STAR WARS™

PHASMA

JORNADA PARA **STAR WARS: OS ÚLTIMOS JEDI**

DELILAH S. DAWSON

STAR WARS™

PHASMA

São Paulo
2022

Disney · Lucasfilm

Grupo Editorial
UNIVERSO DOS LIVROS

Star Wars: Phasma

Star Wars Phasma é uma obra de ficção. Todos os nomes, lugares e situações são resultantes da imaginação dos autores ou empregados em prol da ficção. Qualquer semelhança com eventos, locais e pessoas, vivas ou mortas, é mera coincidência.

Diretor editorial
Luis Matos

Gerente editorial
Marcia Batista

Assistentes editoriais
Letícia Nakamura
Raquel F. Abranches

Tradução
Monique D'Orazio

Preparação
Jonathan Busato

Revisão
Tássia Carvalho
Juliana Gregolin

Arte e adaptação de capa
Valdinei Gomes

Diagramação
Aline Maria

Dados Internacionais de Catalogação na Publicação (CIP (Câmara Brasileira do Livro, SP, Brasil)
Angélica Ilacqua CRB-8/7057

D313s
Dawson, Delilah S.
Star Wars : Phasma / Delilah S. Dawson ; tradução de Monique D'Orazio. – 2. ed. São Paulo: Universo dos Livros, 2022.
432 p. (Jornada para Star Wars: os últimos Jedi)

ISBN: 978-65-5609-262-1
Título original: *Star Wars: Phasma*

1. Literatura norte-americana 2. Ficção científica
I. Título II. D'Orazio, Monique

19-1827 CDD 813.6

Universo dos Livros Editora Ltda.
Avenida Ordem e Progresso, 157 – 8º andar – Conj. 803
CEP 01141-030 – Barra Funda – São Paulo/SP
Telefone/Fax: (11) 3392-3336
www.universodoslivros.com.br
e-mail: editor@universodoslivros.com.br
Siga-nos no Twitter: @univdoslivros

Para meu doce marido, Craig: eu te perdoo por me matar com aqueles Noghri no Star Wars RPG *em 1997. Mais ou menos.*

Há muito tempo, em uma galáxia muito, muito distante…

UM

NAS REGIÕES DESCONHECIDAS

Há algo reconfortante no hiperespaço. Correr de encontro ou fugir dos problemas é sempre a mesma coisa. Constante, lindo, calmante – até mesmo para espiões carregando informações altamente confidenciais que muitas pessoas matariam para ter.

Diante das estrelas que passam velozes do lado de fora, Vi Moradi se acomoda em seu assento de piloto, solta um suspiro e puxa uma bolsa do chão. Ela vem trabalhando ocasionalmente nessa bagunça cheia de calombos há semanas, tricotando a lã grossa e macia em um suéter para seu irmão mais velho, Baako, um dignitário recém-lotado em Pantora, dentre todos os lugares. Ela não é muito boa em tricô, mas o processo é relaxante, e Baako sempre lhe disse que ela deveria passar menos tempo vagabundeando por aí e mais tempo criando algo que valesse a pena. É claro, ela teve que usar seus contatos de "vagabundagem" para obter essa muito cobiçada, mas não "exatamente" ilegal, lã de hippoglace. Tomara que o tom azul-royal caloroso e brilhante esconda todos os pontos errados. Como precisa esconder dele seu trabalho na Resistência, Baako ainda a considera uma irmã caçula mal-intencionada, sem foco e diletante.

Mal sabe ele.

Seu comunicador pisca. Ela vê quem está chamando e sorri. Baako tem um jeito impressionante de saber exatamente quando ela não pode falar, não apenas por estar enterrada até os cotovelos na atividade de tricotar um suéter cheio de pontos irregulares, mas também por estar em ato de vagabundagem oficial que ele não aprovaria e do qual não pode ficar sabendo. Por mais que Vi pudesse aproveitar um bate-papo amigável para aquecer o coração depois do susto da última missão, a General espera que ela se reporte logo.

– Desculpe, irmão – diz, apertando o botão que vai enviar a ligação para sua mensagem de ocupada. – Você pode contar tudo sobre seu novo emprego e me dar sermão sobre minha falta de foco quando eu tiver terminado esta missão e lhe entregar este suéter em pessoa. Mas é melhor me encontrar em algum lugar civilizado e confortável, pois já estou cansada de ambientes impossíveis.

O comunicador para, e ela sente uma pequena pontada de culpa por ignorar Baako. A maioria das naves não consegue nem sequer operar comunicações com tamanha distância, mas a Resistência tem uns brinquedinhos maravilhosos. Vi coloca as botas para o alto e se reclina no assento, focando-se nas indomáveis agulhas de madeira do tricô, que parecem mais armas primitivas do que ferramentas elegantes.

– A questão toda se resume ao impulso de seguir em frente, Gigi – ela diz para seu astromec, U5-GG. – Melhor um suéter horroroso carregado de amor do que... não sei. Quais outros presentes as pessoas dão para seus únicos parentes vivos? Um belo chrono? Preciso continuar até o fim, mesmo que não fique perfeito. – Ela gira a cadeira e segura no ar o que conseguiu até o momento. – O que você acha?

Gigi faz uns barulhinhos que soam como decepção.

– Seja bonzinho, ou vou fazer um desses para você. Uma blusa aconchegante para droides contrastando com a sua pintura.

O droide solta um assobio alegre e dá meia-volta como se desesperadamente interessado nos redemoinhos do hiperespaço passando por eles como raios. Quando a Resistência lhe concedeu o droide, Gigi tinha as cores de fábrica – branco e azul –, mas Vi pintou seu novo amigo de cobre e amarelo, para combinar com os próprios cabelos amarelos descoloridos e pele amarronzada.

Vi volta a se virar e começa a tricotar furiosamente. Seus cabelos estão cortados curtos neste momento. Da última vez em que sua imagem apareceu em uma lista de procurados, os longos cachos escuros eram reconhecíveis demais, então ela os cortou e os jogou imediatamente no espaço. Magra e pequena, ela teve dificuldades de encontrar peças do uniforme da Resistência que servissem bem. O traje montado a partir de peças avulsas que ela veste agora foi customizado, e mostra seu longo uso em rasgos, esgarçamentos e remendos. Até mesmo as solas das botas estão totalmente caindo aos pedaços. Sua missão atual envolveu uma boa dose de esforço físico e um lugar terrivelmente desagradável, e ela está ansiosa para passar alguns dias de descanso em D'Qar.

O hiperespaço a embala e a faz pegar no sono, e Vi consegue tirar um breve cochilo emaranhada em lã grossa e macia, antes de Gigi soltar bipes e zunidos para informar que estão quase chegando ao destino. Ela se senta e se estica o máximo que a cabine permite, desejando que a Resistência tivesse lhe destinado uma nave mais espaçosa, mas sabendo que, para naves, tanto quanto para ela própria, ser pequena e despretensiosa geralmente significava evitar detecção. A nave emerge do hiperespaço e começa a flutuar suavemente no meio do nada, exatamente de acordo com o plano.

Respirando fundo, ela guarda o tricô e insere um longo código no comunicador. A resposta é imediata e, como sempre, misteriosa. Eles nunca dizem mais nada até que ela confirme a identidade.

– Câmbio.

– Starling se reportando à General Organa.

Uma voz familiar responde, cálida, mas profissional:

– Bem-vinda de volta, Starling. O que você tem para nós?

– Ah, General. O trabalho sempre em primeiro lugar, não é mesmo?

– Quando a galáxia é o que está em jogo, tenho o costume de pular todas as formalidades da minha juventude. Vamos ouvir seu relatório.

– Vi consegue perceber o sorrisinho de Leia, e gosta mais dela por causa disso. Não é de admirar que elas se deem bem.

– Finalmente encontrei a peça que faltava no quebra-cabeça, embora eu tenha precisado caçá-la em um lugar inóspito.

– Tudo é inóspito nas Regiões Desconhecidas. Então você tem o que precisamos?

Vi dá de ombros.

– Saber como os monstros se tornam monstros nem sempre ajuda a destruí-los.

– Às vezes ajuda. Todas as armas no nosso arsenal têm um uso, Starling. Pois bem, sei que você está de partida para tirar uma folga, mas tenho mais um conjunto de coordenadas, e você já está no canto certo da galáxia para dar uma passada lá. Posso contar com você?

Vi olha para a lã azul escapando de dentro da bolsa. Detesta postergar seus momentos com Baako, já que hoje em dia eles se veem tão raramente.

– Claro, General. É por isso que estou aqui.

– Transmitindo coordenadas.

Em sua tela, Vi traça a melhor rota para a próxima parada. Leia não estava mentindo: já está bem perto, e não são muitos os pilotos que têm experiência ou coragem de explorar esse canto sombrio no meio do nada. Ela confirma a rota e deixa Gigi traçar o salto.

– Nada mal. Vou estar lá dentro de instantes.

– Ótimo. Só uma breve varredura da área. Ouvimos rumores de naves da Primeira Ordem lá, e é vital que saibamos se são verdadeiros. Se vir alguma coisa, esteja pronta para pular. Muitos dos nossos pilotos estão desaparecidos.

– Mas eles não eram tão rápidos quanto eu.

Leia suspira, e é possível ouvir o som de todos os seus anos.

– A questão não é necessariamente velocidade, mas, se voltarem, você pode apostar corrida com eles nos Cinco Sabres. Vou te comprar uma nave. Por ora, apenas uma rápida varredura, e depois casa. Preciso desses relatórios.

– Sim, sim, General. – Vi se despede, mas desejando que pudessem se ver. – Prestes a entrar no hiperespaço. Cuide-se, General Organa.

– Você também, Starling.

A linha é encerrada. O starhopper entra no hiperespaço. É uma viagem curta, nem um pouco relaxante, e ela não se incomoda em pegar o tricô novamente. Agora está agitada; fazia tempo demais que tinha dormido. Logo despencam do hiperespaço de novo. As longas linhas de estrelas estremecem em pontinhos contra o mar de negro. Os olhos de Vi se ajustam e ela murmura um palavrão. Não deveria haver nada ali, apenas a escuridão pacífica e as luzes brilhantes. Infelizmente, há uma coisa um tanto grande: um Destróier Estelar classe *Ressurgente*. Leia estava certa: a Primeira Ordem está aqui. *E como* está. Antes mesmo de pensar as palavras, seus dedos já estão digitando novas coordenadas.

– Vamos, Gigi – ela murmura. – Temos que dar o fora daqui. Odeio quando a General está certa.

Mesmo apesar de toda a velocidade, ela não se surpreende quando seu starhopper estremece e começa a se mover. Não para a frente, como deveria, mas para o lado, rumo à nave inimiga. Seja lá qual for a nova tecnologia que estão fabricando enquanto se escondem ali, ela é forte, rápida e implacável. Vi tenta todos os truques que tem na manga, mas o starhopper não consegue se desvencilhar do raio trator. Seu poder de fogo é mínimo; ela sabe que poderiam simplesmente pulverizá-la e cantar vitória. Enquanto Gigi guincha e bipa freneticamente, Vi considera suas opções.

– Eu sei, eu sei. – Ela trava o datapad, insere uma criptografia e o arremessa na escuridão do espaço, junto com sua jaqueta com os emblemas da Resistência. A chance de voltar para reclamá-los é infinitesimal, mas cada gota de esperança é importante. Em seguida, enfia a mão em um compartimento de estocagem, tira uma velha jaqueta preta de couro que pegou de um Kanjiklubber e a veste. Tem cheiro de óleo, areia e lar, e foi útil em sua última missão. Sua nave diminui a velocidade conforme se aproxima do cruzador. Vi pega um espelhinho e tira as lentes de contato marrom-escuras dos olhos, revelando sua cor âmbar natural. Com o cabelo, os olhos, a roupa e os documentos falsos no bolso da frente, há uma boa chance de que não seja reconhecida.

Quando Gigi solta bipes de alarme, Vi se acomoda e dá batidinhas nas têmporas.

– Não se preocupe, Gigi. Tenho tudo onde é necessário. Eles não vão me fazer abrir a boca.

Gigi emite um ruído que sugere que as probabilidades estão contra uma ocorrência dessas.

– Está tudo bem, amiguinho. Se eu fracassar, você nunca vai saber.

Girando na cadeira, ela digita um código no slot do astromec e apaga a memória.

Seu conforto anterior e relaxamento despreocupado desapareceram. Essa não é a primeira vez que ela é capturada e precisa manter a cabeça no jogo. Então se reclina na poltrona, pernas afastadas, braços nos apoios laterais. Cada músculo está tenso, um pé batendo na bolsa esquecida de lã. Seus olhos lampejam perigosamente, seus lábios se acomodam em uma linha fina.

De uma forma ou de outra, Vi Moradi vai sobreviver.

DOIS

NA *ABSOLVIÇÃO*

O STARHOPPER CAPTURADO DESLIZA PARA A POSSE DA *Absolvição* e pousa suavemente no hangar do convés. É uma coisinha pequena, de tamanho suficiente para apenas um piloto, um droide, um hiperpropulsor, e tão diminuto no bojo da nave de batalha que parece um brinquedo de criança em comparação, ou possivelmente um inseto. Vi também se sente assim: como uma ninharia rude e insignificante cercada por predadores muito maiores e mais perigosos. Ela fica gelada, perguntando-se se esse convés impessoal preto e branco é a última coisa que verá, se vai se tornar somente mais um piloto desaparecido devorado pela misteriosa Primeira Ordem.

Só para o caso de derrotar as probabilidades e encontrar um jeito de sair dali, ela conta e armazena tudo o que vê: centenas de caças TIE, transportes de tropas, speeders e alguns walkers. A General Organa ficará contente de saber que tipo de poder de fogo estão enfrentando nessa nova batalha. Eles dizem só o que ela precisa saber para completar suas missões, mas, considerando a inteligência que já estavam pagando Vi para conseguir, a Resistência precisa de toda a ajuda que puder obter. No momento, enfrentando perspectivas impossíveis, Vi também precisa.

Com stormtroopers cercando o starhopper, blasters em riste, a atenção de Vi é atraída para seu líder. Ela já viu troopers antes, é claro, mas nunca um como este. Sua armadura vermelha reluzente é uma versão estranha de uma armadura comum de stormtrooper, mas a violência sanguínea da cor exerce nela uma ameaça sangrenta que o branco puro não possui. Ele usa uma capa dependurada em um dos ombros, e um droide esférico preto flutua no ar ao seu lado. Mesmo que esse sujeito não parecesse diferente de seus soldados, e mesmo que Vi não soubesse quem ele é, ela imediatamente reconheceria sua importância. Há uma atenção ali, um nível de foco que os soldados comuns simplesmente não têm. Ela o encara quando um dos homens abre a escotilha da nave e aponta o blaster para seu peito. Durante todo o tempo, ela improvisa o olhar de uma contrabandista comum pega por inimigos: assustada, mas desafiadora. Precisa se fazer de idiota se deseja continuar viva por tempo suficiente para fugir.

– Saia – vocifera o trooper vermelho.

Ela espera um momento, dedos curvados nos apoios para os braços, antes de sair e descer no convés do Destróier Estelar.

– Mãos na cabeça.

Ela obedece... mas, em troca, precisa testá-lo.

– O que era para ser você? – Vi pergunta. – O grande botão vermelho? A alavanca de emergência?

Ele ignora o atrevimento e acopla algemas em seus pulsos.

– Por que você está neste setor?

– O mesmo motivo de você estar aqui. Aproveitando a paz e o silêncio. Pelo menos estava. Olha, sou uma comerciante independente viajando com documentos legais. Não tenho picuinha com ninguém, então por que os blasters? – Gigi emite bipes alarmados, e Vi se vira para encontrar dois stormtroopers revirando sua cabine. – E por que esses caras estão mexendo com o meu droide? – Um dos troopers puxa a lã com tudo e começa a desfazer o suéter com as luvas desajeitadas, como se estivesse procurando armas. – Ei, Soldado Amigão! Trabalhei duro nisso aí. Você não pode simplesmente colocar suas patas nas coisas pessoais dos outros. E, afinal, quem é você?

– Silêncio – diz o líder.

– Fiz uma pergunta. Quem é você?

Ele se aproxima mais um passo, e o blaster cutuca a barriga de Vi.

– Sou eu que estou no comando. Isso significa que sou eu que faço as perguntas.

– Mas o Império já não acabou?

Ele dá risada.

– Não somos o Império, e você sabe disso.

– Senhor – chama um dos stormtroopers, da cabine de Vi. – Temos os registros. Os planetas mais recentes visitados são Arkanis, Coruscant e Parnassos.

O blaster aperta a barriga de Vi com força. Vai deixar um hematoma. Um desses três planetas deve ter chamado a atenção dele, mas qual? Não o superpopuloso Coruscant. Arkanis ou Parnassos, então. Muitos segredos da Primeira Ordem em ambos os planetas, mas não muito mais do que isso. Agora nunca vão deixá-la partir. Que bom que ela pegou aquela lata velha duas paradas depois de D'Qar, porque esse é o planeta sobre o qual esses monstros não precisam saber de nada. Agora vão ter suspeitas, mas ela precisa agir normalmente, o que significa ser beligerante. Só porque ela sabe quem ele é, não significa que o stormtrooper vermelho sabe quem *ela* é.

– O que você está fazendo é ilegal – ela grita para o trooper que está destruindo o starhopper. – Essa nave é minha.

– Não é mais. Vasculhem a nave e levem o droide para desmanche, depois se reportem às suas estações – instruiu o líder. – Vou cuidar desse interrogatório pessoalmente.

– Pessoalmente, hein? – diz ela.

Ele faz Vi girar e bate com o blaster em suas costas, o que é até que agradável, comparando com a pancada na barriga.

– Ande. Sei quem você é, espiã da Resistência Vi Moradi, e vou ficar muito satisfeito em alvejar você.

– Não sei quem é essa pessoa. Sou só uma comerciante, e meu chefe não vai gostar disso.

– Não, *sua chefe* não vai gostar.

O coração de Vi afunda no peito. O stormtrooper sabe. Ela quase consegue sentir seu dedo no gatilho. Ele quer apertá-lo desesperadamente. Vi o observa por cima do ombro, e suor escorre de seu pescoço. Ela esperava que fosse só uma batida aleatória, só o protocolo usual da Primeira Ordem. Ver uma nave onde não deveria estar, capturá-la, desfazer-se da pessoa inconveniente de dentro. Mas, se ele sabe seu nome e sabe quem é sua chefe, o que mais deve saber?

Ele lança um olhar para a sala de controle, aparentemente quase nervoso. Quando empurra Vi com o blaster, ela avança.

– Chefes podem mesmo ser um problema – diz ele. – Agora ande.

Vi foi treinada para se lembrar de todos os detalhes quando eles são importantes, mas nem mesmo ela consegue lidar com as curvas e reviravoltas labirínticas das entranhas do gigantesco Destróier Estelar. Longos corredores terminam e se interceptam, e turboelevadores subindo e descendo tornam difícil para ela se lembrar da rota percorrida. Uma coisa é ver fotos de naves como essa, mas é realmente outra entender a enormidade dos recursos inimigos. O homem de vermelho a conduz para outro elevador e se detém na frente do painel, de modo que ela não consiga ver para onde estão indo.

– Na sua casa ou na minha? – pergunta Vi, na esperança de fazer o sujeito dar um passo para o lado.

Apesar disso, o homem em vermelho não fala nada, a arma sempre apoiada em alguma parte macia do corpo dela, e o droide esférico flutuando ao lado. A jaqueta de couro de Vi é revestida internamente com armadura, mas não adiantaria muito para conter um disparo fatal nessa distância. A questão é: ela sabe que ele não vai disparar, mas tem que participar do jogo. Quando começa a baixar as mãos lentamente, ele estala a língua.

– *Tsc.* Mãos na cabeça. Você sabe como isso funciona, escória.

O blaster atinge seu rim, e ela ergue as mãos à cabeça no mesmo instante.

– Olha só, não sou nenhuma escória. Não sei quem você pensa que sou, mas sou apenas uma comerciante. Talvez eu faça um pouco de contrabando, mas quem não faz? E, aliás, aquela não seria a jurisdição da Nova República? Por acaso voltei no tempo? Eu não deveria estar em uma cela, esperando para falar com algum burocrata cadavérico de chapéu espalhafatoso?

A porta do elevador se abre deslizando, e o soldado vermelho a empurra para dentro de um espaço totalmente perigoso. Não viram ninguém mais para cima, e Vi pode apostar que isso é devido a uma combinação de dois fatores: o fato de o soldado conhecer a rotina rigorosa da nave e a intromissão do droide, já que este, às vezes, insiste em ir na frente. Porém, ali embaixo... bem, é evidente que ninguém desce ali. Exceto pessoas fazendo coisas que não deveriam fazer.

A iluminação é tênue e oscilante, e há algo gotejando, talvez do sistema de ventilação. Desceram às profundezas das entranhas do Destróier Estelar; então, é uma área geralmente de acesso proibido, ou que não costuma ser notada. E isso não é nada bom para Vi. Até mesmo a Primeira Ordem tem suas regras, e o soldado vermelho as está violando. Se esse cara a matasse, nem iria ter que preencher relatórios. Ela seria simplesmente outra carga de lixo deslizando na rampa do incinerador.

Maravilha. A Resistência não sabe muito sobre o inimigo que está enfrentando, e a Nova República não os considera uma ameaça, o que significa que Vi não recebeu informações preliminares sobre o protocolo que essas pessoas geralmente seguem. Não sabe o que esperar. Foi treinada para resistir a interrogatórios, mas também não sabe que tipo de brinquedinhos novos esse cara de vermelho pode ter. Um arrepio percorre sua espinha. Deve estar ferrada dos pés à cabeça.

– Eles te colocam na cobertura, hein, Freio de Emergência? – acrescenta ela, porque sempre começa a tagarelar quando está realmente preocupada. – Acomodações de primeira. Posso pedir serviço de quarto?

O blaster não deixa suas costas. O captor lhe indica direções – vire aqui, vire ali –, mas não responde à provocação. Por fim, ele insere um longo código em um painel de controle na parede e uma passagem se abre, deslizando de maneira bem menos suave do que Vi esperaria naquela nave obviamente novinha em folha. O espaço ali é mais frio do que deveria ser, e tem cheiro de umidade, metal e, não há por que negar, sangue. O droide esférico entra na frente, apressado, e desliga as câmeras uma por uma. Vi se detém na soleira, mas o trooper finalmente a empurra com força com a mão enluvada, de modo que ela cai de joelhos, os dedos curvados em uma grade enferrujada no chão.

– Levante-se.

– Você realmente sabe como tratar bem uma garota.

Ele abaixa a mão até o colarinho da jaqueta e puxa Vi até ela ficar em pé, girando-a de frente. Ela cambaleia até a parede oposta e apoia as costas no metal frio. O ambiente não é grande, talvez três metros por quatro, e seu único uso é claramente um: interrogatório. Bem, há dois usos, se contarmos a tortura. Três, se incluirmos a inevitável morte advinda do fato de que ela não vai ceder e não vai fornecer nenhuma informação sobre a Resistência. O espaço é dominado por uma cadeira de interrogatório, e a única mobília, fora isso, é uma mesa simples e duas cadeiras frágeis de metal, provavelmente um lugar para os bandidos se sentarem com um copo de café e repassarem suas anotações enquanto a vítima sangra até morrer.

– Espero que a roupa de cama esteja limpa.

Ele sacode a cabeça como se estivesse decepcionado, agarra as lapelas da jaqueta e a arrasta até a cadeira. Eles chamam de cadeira, mas na verdade é uma maca em pé, com pinças de metal para lhe segurar a cabeça, o peito, os punhos, e uma base de metal onde ela ficará de pé. Como parte de seu treinamento, Vi foi apresentada a dezenas de imagens de tais máquinas, datando desde os dias dos Inquisidores do Império até as unidades mais sofisticadas, atualmente fabricadas para Hutts e outros bandidos com dinheiro demais e necessidade de conseguir informações ao mesmo tempo em que mantêm as mãos pegajosas limpas. Essa unidade, ela se entristece em notar, tem artefatos de suporte à vida e inspeção mental, o que significa que seu captor pode pular a parte da discussão e partir direto para o cérebro. Vi foi treinada para suportar punhos e armas, mas ninguém ainda encontrou uma forma de evadir ataques diretos ao sistema nervoso. Ela contempla o dente envenenado implantado no fundo de sua arcada dentária pela primeira vez, passando a língua sobre ele enquanto o captor fecha as algemas de metal ao redor de seus braços e do tronco.

Ela não vai morder o dente ainda. Há uma forma de sair dali. Tem de haver. Com tudo o que sabe agora, sobreviver significará passos gigantes para a Resistência. Eles terão uma ideia melhor do que estão realmente enfrentando, em números, em tecnologia e em mentalidade do inimigo. Mas isso significa que ela precisa encontrar uma forma de sobreviver ao interrogatório com a mente e o corpo intactos. E significa que precisa parar de focar no próprio prognóstico e começar a prestar atenção em seu inimigo e no que o motiva.

Por sorte, Vi sabe muito mais sobre ele do que ele sobre ela.

Depois de prendê-la ao equipamento, o homem de vermelho verifica o painel que está lendo os sinais vitais de Vi, e o aciona com um dedo.

– Seus batimentos cardíacos estão elevados – ele observa.

– Sim. Bem, estou presa em uma cadeira de tortura, em pé sobre o sangue seco de outra pessoa. Parece uma resposta natural.

– Você tem algo a esconder.

– E quem não tem?

O capacete vermelho se inclina de lado, mas só um pouquinho, reconhecendo que ela tem razão. À medida que ela o observa, ele caminha ao redor dos limites da salinha, verificando pela segunda vez as câmeras que o droide já desligou, assim como o que ela imagina que seja o sistema de comunicação. O droide se sustenta no ar, agourento, ao lado do ombro do soldado vermelho, e prossegue em sua ronda lenta, como se para transmitir uma mensagem de alerta.

Isso não é oficial.

Isso está acontecendo em *off*.

Ninguém está vendo.

Não haverá interrupções nem descansos.

Não é assim que a Primeira Ordem faz as coisas.

– Então isso é pessoal – aponta Vi.

– É o que veremos. Depende de você. Podemos fazer isso do jeito fácil ou do jeito difícil.

Vi se contorce, testando a firmeza de suas amarras.

– Deixar-me ir embora seria muito, muito fácil. Além disso, você pode me investigar o quanto quiser, mas não vou ter nada de útil. Pode deixar seus rapazes destruírem minha nave, desconstruir meu droide, desfazer meu suéter, cutucar meu cérebro o dia inteiro. Seja lá quem você acha que sou, você está errado. Sou apenas uma pessoa inofensiva que estava passando por aqui.

Ele para diante dela, pernas afastadas e braços cruzados. Seu blaster está preso no quadril, vermelho e reluzente. Seus dedos revestidos nas luvas vermelhas tamborilam contra a arma: mais um lembrete. São só eles dois e o droide ali. Qualquer coisa pode acontecer.

– Você é Vi Moradi, codinome Starling, conhecida espiã da Resistência. E tem exatamente a informação de que preciso.

– E você é o Grande Botão Vermelho. O que acontece se eu apertar você no peito? Por acaso a luz acende em algum lugar? Alguma coisa explode?

– Você não nega?

Ela daria de ombros se não estivesse algemada e presa.

– Você é quem está conduzindo a tortura, então é você quem decide o que é verdade e o que não é.

– Você esteve em Parnassos.

Vi é bem treinada demais para sorrir.

– Estive? E o que há de tão importante em Parnassos?

Seu captor a considera.

– Nada. Esse é o ponto. Agora me diga o que sabe sobre a Capitã Phasma.

TRÊS

NA *ABSOLVIÇÃO*

Vi Moradi é boa no que faz; por isso inclina a cabeça de lado, as sobrancelhas franzidas.

– Quem?

Seu captor não diz nada para trair irritação, mas se move ao redor dela e ajusta as amarras. Alguma coisa desliza sobre a cabeça de Vi, roçando o topo das orelhas. Ela está prestes a dizer alguma coisa espertinha quando um microchoque elétrico a atinge, deixando todos os pelos do seu corpo de pé. Em vez de se dissipar, ele percorre sua espinha, eriçando seus nervos até queimar na ponta dos dedos das mãos e dos pés. Ela cerra os dentes dolorosamente e, por um longo momento, não consegue separá-los.

– Essa não é a configuração mais forte – diz ele, dando a volta para encará-la novamente. – Nem de longe. Mal é um aperitivo. – Ele tem um controle remoto nas mãos grandes e enluvadas, e ela não consegue ver com que tipo de controles o equipamento pode contar, mas não quer realmente saber. A dor é mais fácil quando não se sabe pelo que esperar.

– Me deu um arrepiozinho. – As palavras saem arrastadas; seu maxilar ainda está travado.

Ele dispara uma corrente elétrica forte, e cada músculo no corpo de Vi enrijece. Parece que seus ossos estão pegando fogo, e os olhos reviram nas órbitas, mostrando a ela uma galáxia particular de estrelas em explosão que de forma alguma lembram a segurança confortável do hiperespaço.

Quando o choque cessa, Vi levanta a cabeça e olha para ele, suas mandíbulas estremecendo com a força de separar os dentes. O lugar onde a tira de metal encosta na sua testa parece queimado. As palavras saem num ritmo melódico no início, conforme a sensibilidade e o controle retornam pouco a pouco.

– Não sei de nada. Sobre nada.

O algoz não diz nada, apenas dispara outro choque, aumentando um pouquinho a potência. Ela não tem como saber até que intensidade aquilo pode chegar, ou quando é que vai começar a provocar danos reais e duradouros em seu corpo. Quando a eletricidade vem, ela vem sem piedade, e Vi precisa de todas as suas forças para suportá-la. Estrelas, dor, calor, tremor, uma dor no maxilar e outra no fundo dos olhos. Quando a visão retorna, ela observa o captor através dos cílios. Apesar da calma, há nele algo de desesperado. Ele não parece o tipo que conduz interrogatórios, que faz esse tipo de coisa com frequência. Talvez nunca tenha feito antes. Ele não tentou usar a inspeção cerebral, afinal, e, se seu droide estivesse programado para interrogatórios, não haveria como evitarem o dispositivo.

Vi sabe que, no passado, na época do Império, o Departamento de Segurança Imperial conseguia arrancar qualquer coisa de qualquer um que não fosse treinado na Força. Mas esse cara? Ele não sabe o que está fazendo. E isso significa que poderia matá-la antes de sequer perceber que ela estava morrendo.

– Conte-me sobre a Capitã Phasma! – ele grita mais uma vez. – Sei que você esteve em Parnassos, e sei que ela é de lá. Sei que você foi enviada para coletar informações sobre ela. E agora quero saber de tudo o que você sabe sobre isso. Então comece a falar!

Claro, como se gritar na cara dela fosse forçá-la a dar com a língua nos dentes. Interrogatórios são facas de dois gumes.

Ainda mais agora que ele tem vantagem sobre ela. Vi precisava contar algo, ou ele acabaria com ela, e logo.

Mais duas descargas elétricas e ele a puxa pelos cabelos. Vi cospe sangue nas botas do soldado após ter mordido a língua e fita a mancha vermelha no plastoide impecável. O sangue e a bota não são do mesmo tom de vermelho, por mais que Brendol Hux apreciasse que fossem.

– Phasma – ele adverte. – Conte-me sobre ela, ou as coisas vão ficar muito piores.

Vi ergue os olhos para ele e o observa através de uma névoa vermelha. Seu cérebro parece confuso, como se ela estivesse muito bêbada. Talvez o dispositivo elétrico cerebral esteja funcionando, afinal de contas. Ou talvez uma dor tão intensa assim afrouxe um pouco as coisas, com ou sem a tecnologia sofisticada.

– Quer saber sobre Phasma? Posso te contar sobre Phasma. Ah, as histórias que ouvi...

O algoz se senta em uma das cadeiras, braços cruzados.

– Então me conte uma, e partimos daí.

Vi sorri, mas só um pouco.

– Ótimo. Uma história. Vou te contar exatamente o que uma mulher chamada Siv me contou. Meu cérebro não está funcionando tão bem neste momento, mas tenho uma memória ótima. É por isso que sou uma espiã tão boa.

Ele coloca o controle remoto sobre a mesa.

E Vi começa a falar.

QUATRO

EM PARNASSOS, DOZE ANOS ANTES

A HISTÓRIA COMEÇA COM UMA GAROTA ADOLESCENTE chamada Siv. Ela era parte de um bando de cerca de cinquenta pessoas meio parentes que viviam em um território de Parnassos chamado Scyre. Embora o povo de Scyre soubesse que, no passado, seu planeta havia sido rico de vida e florescia com tecnologia, eles também sabiam que um grande cataclismo o havia atingido, deixando-os com um ambiente cada vez mais inóspito. O território de Scyre era cercado de um lado pelo mar, que avançava rapidamente sobre a terra, e de outro por um deserto de espigões de pedra pontiaguda. Para Siv e seu povo, o único terreno que havia era rocha, e comida e água eram sempre escassos. Alimentavam-se basicamente de algas marinhas secas e carne, criaturas salgadas das piscinas naturais deixadas pelo mar na costa, coisas mortas trazidas até as rochas ou, às vezes, de pássaros que guinchavam e, inteligentes, escondiam seus ninhos e ovos. De vez em quando, algum resquício de civilização acabava chegando aos abismos negros entre os penhascos, um velho datapad ou um pedaço de recyclamesh que conseguiam recolher. Porém, tinham perdido a linguagem escrita; então tudo o que podiam fazer era guardar o que pudessem e esperar que um dia conseguissem encontrar a paz e o conforto que seus ancestrais tinham conhecido.

Siv disse que sua maior dádiva era uma caverna muito antiga. A Nautilus, que já tinha sido seca e segura em outras épocas, mas agora estava inundada pelo mar na maior parte do tempo. Em cada intervalo de alguns dias, a maré baixava e o povo de Scyre encontrava refúgio na caverna para descansar, presidir rituais e cuidar de sua coleção acumulada de máquinas quebradas, armas e restos humanos cuidadosamente armazenados em túneis escondidos. A Nautilus era o motivo para o povo de Scyre defender seu território com tanto afinco, já que o mar cruel e os bandos vizinhos avançavam ameaçadoramente sobre seu lar. Em um mundo perigoso, a Nautilus parecia segura. Então, certa noite, aconteceu algo terrível.

Começou com um grito, e Siv acordou sobressaltada, pronta para lutar. Era jovem naquela época, tinha mais ou menos dezesseis anos, e já era considerada uma guerreira mortífera. Levantando-se com um salto já com uma lâmina na mão, olhos ajustando-se à escuridão, ela verificou a caverna em busca de ameaças. O bando todo estava dormindo em paz sobre paletes ao redor de uma fogueira no centro da caverna, logo abaixo de um buraco no teto que levava novamente para os penhascos. Como era jovem e saudável, o lugar onde Siv dormia era distante da luz e do calor do fogo, mas ela facilmente encontrou a fonte do grito.

Seu líder, Egil, era o que estava mais perto da fogueira, ofegando para recuperar o ar. Um homem mais jovem, Porr, assomava sobre o guerreiro grisalho. A lâmina de Porr pingava sangue, e seus amigos bem armados estavam em pé ao seu lado, sorrindo de forma ameaçadora.

– Egil está morto – gritou Porr, erguendo a lâmina, uma coisa rústica feita a partir de uma serra enferrujada. – Ele era velho demais para governar e ficava mais lento dia a dia. Agora serei eu o líder de vocês. Siv, me traga os detraxores e extraia a essência dele, para que, mesmo na morte, ele proteja nosso povo.

Siv olhou para a bolsa que carregava sempre consigo, antes de lançar um olhar pela caverna para ver como o resto do bando se sentia em relação à alternância de poder. Imediatamente ela entendeu a situação, viu que seus amigos estavam se posicionando e soube que tinha de ganhar tempo.

– Egil não está morto. Só vou usar os detraxores quando não houver mais esperança. Você sabe disso.

– Ele vai estar morto em instantes. Venha até aqui e os prepare. Ou, ainda melhor, me ensine a usá-los. Como seu novo líder, vou assumir o ritual.

Nisso, Siv pegou sua segunda lâmina e se agachou. Não era uma mulher grande, mas era conhecida por ser uma lutadora habilidosa e rápida, com suas duas foices feitas de antigas ferramentas agrícolas afiadas. A prata bem cuidada reluzia na luz fraca da fogueira, e ela arreganhou os dentes.

– Detraxar é um ritual sagrado que me foi ensinado pela minha mãe, da mesma forma como vou um dia passar para minha filha – ela disse a Porr. – Você não pode simplesmente usar máquinas em um corpo e seguir em frente. Você deve cuidar deles, besuntar de óleo e fazer as preces adequadas enquanto retira a essência e produz o unguento oráculo. Sem os detraxores, sem o unguento para proteger nossa pele e curar nossos ferimentos, todo o nosso bando vai morrer. Um bom líder entende essas coisas.

Porr deu um sorriso perverso e avançou um passo em direção a ela. Ele sempre tinha sido um valentão, e Siv morreria antes de lhe entregar os detraxores. Por sorte, não teria que escolher. O plano que imaginou estava em andamento, e um jovem chamado Keldo falou de entre a multidão:

– Porr, esse não é o nosso costume. É proibido matar o líder, a menos que ambos os lados concordem em combater.

Todos se viraram para olhar o orador. A maior parte do bando agora estava em pé, mas Keldo permaneceu onde estava. Quando criança, havia perdido a parte inferior de uma das pernas, e, embora fosse durão o suficiente para sobreviver em Scyre, ele agora era conhecido pelos aconselhamentos sábios e pelas ideias inteligentes.

Porr riu com zombaria.

– Ah, você vai me deter?

No silêncio que se seguiu, uma voz forte preencheu a Nautilus. Mas não era a de Keldo.

– Eu vou deter você.

Uma figura alta em trajes completos de batalha foi até o usurpador assassino e parou na sua frente.

Era a irmã de Keldo, Phasma.

Com mais de dois metros de altura, Phasma atraía todos os olhares. Usava sua máscara de combate, um terror vermelho-ferrugem feito com a pele de um pinípede pintada com riscas pretas e cercada por penas e pele encontradas pelo território. Os buracos para os olhos eram cobertos com uma excelente malha extraída de destroços, o que fazia Phasma parecer menos humana e mais algo como um monstro dos pesadelos. Garras de escalada despontavam de suas luvas, e usava botas para ajudá-la a se locomover sobre as rochas e pelos pináculos lá fora, ou lutar qualquer guerra com bandos rivais. E agora ela encarava Porr coberta por camadas intrincadas de couro, máscara e espinhos, enquanto ele vestia apenas roupas de dormir. Ele havia planejado a incursão para o momento em que Phasma estivesse lá fora, de guarda, mas tinha cometido um erro fatal de cálculo. Ao lado dela, Porr parecia pequeno e frágil.

– Fique fora disso, Phasma. Seu irmão não vale nada para o grupo, e você sabe disso. Agora que eu sou o líder, você será minha vice, mas primeiro deve se submeter a mim.

Phasma sacudiu a cabeça.

– Você nunca vai me governar.

Como se concordasse, um círculo de guerreiros deu um passo à frente para se juntar a ela. Mesmo em trajes de dormir, eles tinham um aspecto letal. Aqueles jovens guerreiros eram leais a Phasma, e prontos para fazer justiça se assim ela ordenasse.

Siv estava entre eles, e primeiro empurrou sua bolsa detraxora na direção de Keldo com um sorriso agradecido, sabendo que ele guardaria os equipamentos vitais em segurança. Ao assumir sua posição de luta, a luz da fogueira refletida sobre sua pele escura, agradeceu em silêncio por ter amarrado os longos *dreadlocks* em um rabo com uma tira de couro, de modo a conseguir agora lutar com mais destreza.

Mais perto de Siv estava Torben, um homem grande com uma cabeleira e barba castanhas emaranhadas, pele morena e olhos verde-claros. Era bem-humorado e sorria mesmo ao segurar o porrete com espinhos e o machado enorme. Era o homem mais alto e mais robusto entre os de Scyre, e estava sempre pronto para uma briga. Seu melhor amigo, Carr, estava ao seu lado, um homem esbelto e de raciocínio rápido com a pele dourada, cabelos clareados pelo sol e sardas. Carr tinha a melhor mira quando lançava lâminas e tinha sempre pronta uma piada; porém, no momento, estava sério e segurava duas facas pelas pontas, os olhos avaliando o recinto em busca de quaisquer pessoas que pudessem se opor a Phasma. Do outro lado de Siv estava Gosta, uma garota ágil e rápida capaz de, em uma investida, estripar um inimigo e dançar para fora do alcance antes que a vítima começasse a cair. Corpulenta, mas puro músculo, com pele marrom-clara e cabelos encaracolados pretos, era apenas alguns anos mais nova do que Phasma, e inspirava-se nela como se em uma deusa renascida.

– Mal posso esperar para mergulhar uma faca nos capangas do Porr – murmurou Gosta.

Era a única jovem da sua idade, tinha acabado de se tornar mulher, e Siv havia notado Porr e os amigos observando Gosta de uma forma que Egil deveria ter questionado. Por mais que Siv odiasse Porr, ela sabia que uma coisa era verdade: Egil era velho e fraco demais para liderar. Não que ele merecesse seu fim, sangrando até a morte no chão da Nautilus, manchando o piso desgastado com ainda mais sangue.

Poucas pessoas passavam dos trinta anos em Scyre, e Egil provavelmente tinha mais de quarenta. Estava ficando lento, e todo mundo sabia.

Os indefesos entre o povo de Scyre se deslocaram para trás e ocuparam as paredes da caverna. Esta era uma parte da vida em Scyre: se você não podia lutar, rapidamente encontrava uma forma de contribuir com o grupo ao procurar e coletar comida, água ou roupas, e saía do caminho na hora da luta ou morria onde estava. Porr e Phasma andavam em círculos, encarando um ao outro, seus guerreiros cercando-os em anéis, armas prontas para usar. Porr atacou primeiro, investindo contra Phasma com sua lâmina longa e uma adaga na outra mão. Ela era mais alta e estava vestida para o combate, mas Porr era mais velho, mais musculoso e mais desesperado.

Phasma defendeu o golpe com a lança, uma coisa rústica feita inteiramente de metal com uma ponta em forma de lâmina. Siv tinha um olho na luta e outro nos capangas de Porr, que não eram tão fortes ou bem treinados como seu líder. Phasma ensinava seus guerreiros pessoalmente e treinava com eles diariamente, desafiando-os a aprender a manejar todos os tipos de arma e a se manter em constante vigilância. Eles a seguiam não porque ela pedia, mas porque ela exercia uma gravidade, uma grandeza e coragem que falava com eles no coração. Por outro lado, Porr exigia apenas atenção e bajulação de seus seguidores, e assim eles se mantiveram para trás, esperando um sinal de Porr em vez de entrar na luta e mudar a maré a favor dele.

Porr era rápido com as lâminas, e um ataque frontal da mão direita foi seguido com um golpe em sentido inverso da mão esquerda. A questão era que Phasma conhecia seus movimentos, já que treinara com ele durante anos sob a liderança de Egil. Todos os olhares na Nautilus observavam Porr e Phasma se enfrentando, golpeando, defendendo e grunhindo. A vida era difícil em Parnassos, e a maioria das lutas consistia de invasões de bandos rivais, quando até mesmo os que não podiam lutar tinham que pegar em armas e defender o território. Era raro observar dois guerreiros em batalha, ainda mais quando não era vida ou morte para o bando. Era lindo, Siv lembrava-se, observar como Phasma tinha facilidade em se defender dos ataques de Porr. Siv rapidamente se deu conta de que, embora Phasma pudesse tê-lo destruído facilmente, estava se contendo. E então ela viu por quê.

Porr gritou e foi ao chão, mas não foi a lâmina de Phasma que o atingiu. Foi a de Keldo. Enquanto todos observavam a cara de Porr, a máscara de Phasma e as armas reluzentes nas mãos deles, Keldo havia se arrastado pelo chão e, com a própria faca, cortado os tendões dos tornozelos de Porr, deixando-o manco de forma permanente.

Quando Porr entendeu o que tinha acontecido, Keldo já havia recuado para longe do alcance, e Phasma tinha a lança apontada para sua garganta.

– Você violou nossa lei mais importante – disse Keldo. – Não levantamos armas contra o nosso próprio povo, e agora você deve ser punido. Você pode servir o povo de Scyre com suas mãos e sua mente, assim como eu, ou pode contribuir com a proteção do povo oferecendo sua essência. Qual é a sua escolha?

Porr agora ofegava, os olhos arregalados, tentando se levantar, mas fracassando.

– Lutem por mim! – ele gritou para seus guerreiros. – Não os deixem vencer!

Mas os capangas de Porr se viram aprisionados pelas lâminas dos guerreiros de Phasma, e não fizeram nada para ajudar o amigo de outros tempos.

– Você ouviu Keldo – disse Phasma. – Escolha.

– Você não pode me obrigar – baliu Porr, e os guerreiros de Phasma deram risada, um som áspero ecoando nas paredes da caverna.

– Ah, ela pode obrigar você, cara – disse Carr. – De um jeito ou de outro, você não vai gostar.

– Eu vou ajudar – disse Porr. – Só... por favor. Não me mate. Traga a curandeira. Isso tem conserto.

Keldo balançou a cabeça tristemente. Ele era o único no chão com Porr, mas força, confiança e dignidade irradiavam dele, enquanto Porr tremia, sangrava e tagarelava. Keldo era apenas um ano mais velho que Phasma, mas Siv há muito sabia que ele daria um grande líder.

– Aceitamos sua rendição, mas você sabe que esses ferimentos não vão se curar – disse Keldo. – Phasma e eu agora somos os líderes. Você deve encontrar a própria forma de contribuir. Qualquer outro que quiser nos desafiar pode dar um passo à frente e será tratado da mesma forma; isto é, com justiça e de acordo com a lei.

Com a ameaça de Porr neutralizada, Phasma se virou para encarar o povo do Scyre, reunido nas paredes da caverna. Mesmo através da máscara, era como se ela estivesse encontrando os olhos de cada uma das pessoas presentes, sua lança empunhada para a frente de modo ofensivo.

– Então agora somos os Scyre – anunciou Keldo.

– Scyre, Scyre, Scyre! – entoaram as pessoas, começando com um sussurro que passava a se tornar estrondoso.

A atenção de Phasma encontrou seus guerreiros, e ela lhes fez um aceno afirmativo que significava que estava satisfeita com o desempenho dos ali presentes.

– Siv, os detraxores – ela murmurou.

Siv pegou a bolsa de onde Keldo a havia guardado e correu para o corpo de Egil. Mesmo mortas, todas as pessoas contribuíam.

– Obrigada por nos servir, Egil – ela disse. – O seu hoje protege o amanhã do meu povo. Do corpo ao corpo, do pó ao pó.

Feita a prece, ela removeu a máquina de dentro da bolsa. O bulbo, os tubos e o sifão com aspecto de agulha já estavam acoplados a uma nova pele de couro, já pronta para recolher os nutrientes do corpo de Egil, sem os quais o povo de Scyre se tornaria adoentado e fraco. Siv usava essa essência para criar uma substância oleosa chamada unguento oráculo, que tinha muitos usos. Mais importante, quando aplicado à pele, servia como proteção para a chuva, o sol e muitas doenças. Uma formulação diferente criava um linimento que ajudava a curar feridas. Para Siv, esse processo não era rigoroso, cruel ou estranho; era a coisa mais próxima que ela tinha de uma religião, e um dia também seria sua vez de contribuir. Egil agora havia partido; o líder grisalho que outrora lhe servira de inspiração perecera em algum momento durante a luta.

Quando o detraxor concluiu seu serviço, Siv se levantou com cautela e levou a pele cheia até onde estava Phasma segurando o irmão com um dos braços. Entregou a bolsa para Keldo com uma leve reverência e ele a ergueu.

– Pelo povo de Scyre! – exclamou, e as pessoas ecoaram gritos de contentamento.

Os Scyre tinham novos líderes, e, embora fossem jovens, eram fortes. Mas eles não entendiam Phasma verdadeiramente. Ainda não.

CINCO
NA *ABSOLVIÇÃO*

Vi lambe os lábios secos e olha para seu captor, desejando que pudesse ver seu rosto. É claro, ela já percebe que ele está irritado. Está batendo um calcanhar ritmicamente no chão e sentado na ponta da cadeira, focado nela como se Vi pudesse explodir.

– Não era o que você queria ouvir, hein?

Ele sacode a cabeça.

– Preciso de informações pertinentes. Ninguém se importa sobre o que acontece com crianças em planetas sem importância, ou esta nave estaria vazia.

Ela leva um momento para armazenar esse fragmento de informação.

– Informações pertinentes. Então eu estava certa. Isso não são apenas negócios para você, são, Freio de Emergência? Isso é pessoal. Muito pessoal. Você tem uma queda pela Phasma?

Ele funga com desdém e inclina a cabeça de lado, refletindo, antes de pegar o controle remoto e acionar a eletricidade em nível ainda mais elevado do que antes, tão elevado que Vi arqueia as costas, fica na ponta dos pés, unhas cravadas em meias-luas sangrentas na palma das mãos. Quando a corrente passa, ela desaba, e, se não fosse pelas amarras firmes, se encolheria no chão e começaria a chorar. O cheiro de carne assada enche o pequeno espaço, o que faz seu estômago revirar. Desta vez leva mais tempo para ela se recuperar, e seu algoz simplesmente espera sentado na cadeira, vigiando-a.

– Certo, então o oposto – Vi finalmente diz. Tenta limpar a garganta ressecada e continua: – Olha, você quer alguma coisa, eu quero alguma coisa e estamos completamente sozinhos. Então vamos fazer um trato.

Vi necessita de todos os seus esforços para erguer a cabeça e olhar para ele nos... bem, na altura onde os olhos devem estar. Os abismos negros nas lentes do capacete só refletem o rosto suplicante de Vi, mergulhado em vermelho. Ele faz um aceno quase imperceptível com a cabeça, então continua:

– Sei de tudo o que você quer saber sobre a Phasma. – Ela faz uma pausa cheia de significado e cospe mais um pouco de sangue com manchas pretas preocupantes. – *Tudo.* Digamos que eu conte. E digamos que, depois de eu fazer isso, você me deixe partir. Que tal, Freio de Emergência?

Ele cruza os braços e considera a proposta, levando tempo suficiente para que ela consiga recuperar a respiração e parar de ofegar.

– Meu nome é Cardeal – ele finalmente diz, e Vi tem que segurar o sorriso. Ela sabia disso, é claro, mas fazer os torturadores revelarem algo pessoal é como a primeira rachadura em um dique de contenção. Se ao menos ela conseguir se manter viva e continuar falando por tempo suficiente, talvez possa encontrar um ponto fraco na armadura. Encontrar um jeito de escapar. Ou, ainda melhor, fazê-lo mudar de lado. Ela sabe que Cardeal é um soldado que segue as regras à risca, mas também sabe que ele se dedica a trabalhar com as crianças, gerenciando o programa que transforma órfãos em assassinos. Talvez dizer o que ele quer saber sobre Phasma possa fazê-lo revelar algumas feias verdades sobre a Primeira Ordem em geral. Ela precisa continuar construindo esse pequeno relacionamento.

– Como foi que você ganhou esse nome, Cardeal? – ela pergunta. – O resto dos cabeças de balde são apenas números.

Ele ignora a pergunta.

– Você queria um acordo, então aqui está. Você vai me contar tudo o que sabe sobre a Capitã Phasma. Todos os detalhes. Se puder me fornecer informações suficientes para destruir a reputação dela na Primeira Ordem e levá-la à corte marcial, vou considerar a possibilidade de deixar você ir embora. Mas entenda que você não tem esperanças de partir se eu não estiver satisfeito. – O droide flutuante solta bipes e alguns trinados urgentes, e o soldado acrescenta: – E seja rápida. Estou cumprindo um cronograma.

– Um cronograma, hein?

Cardeal faz um gesto de desdém no ar.

– Isso não é da sua conta. O que é da sua conta é me dizer o que quero saber.

Vi está com o corpo largado na cadeira de interrogatório, presa pelas amarras e faixas, mas então encontra apoio e fica em pé. Ela é muito menor do que Cardeal, mas é forte, e precisa que ele saiba disso.

– Se me prometer que vai me deixar ir embora, eu conto tudo o que você precisa saber para derrotar Phasma.

Cardeal assente e estende a mão como se quisesse trocar um aperto de mãos; mas, bem, ela está presa a uma cadeira de tortura. Talvez, em algum momento, possa convencê-lo de que é inofensiva o bastante para ele soltá-la. A mão despenca.

– Combinado. Mas apenas se eu conseguir o que preciso. Então vá em frente. Conte-me tudo.

Vi faz que sim e dá uma risadinha. Então ele acha que está no comando? Bem, hora de equiparar os terrenos.

– Ah, você vai ter tudo. – Ela inclina a cabeça para trás, a fim de observá-lo. – Mas ajudaria se eu pudesse ver seu rosto. Que tal tirar o capacete, agora que somos amigos? Tem medo de que eu o ache bonito?

Seu sorriso inofensivo deve tê-lo ganho – ou talvez seja o fato de que ele planeje matá-la depois que conseguir o que deseja. Vi também sabe mais algumas coisas sobre ele, mas são cartas que ela vai guardar na manga para depois.

Após considerar o pedido, ele verifica se a porta está trancada, e novamente todas as câmeras, e vira de costas para Vi. A primeira coisa que ela nota, enquanto ele coloca o capacete vermelho sobre a mesa, é o cabelo suado preto-azulado, cortado curtinho. Quando ele se vira de frente para ela, Vi depara com um homem de aparência muito mais jovem do que esperava. Talvez tenha quarenta anos, embora as linhas do rosto e a distância nos olhos castanho-escuros sugiram que ele já viveu uma vida inteira. Sua pele é dourada, com sardas e manchas mais escuras que falam de anos de queimaduras de sol. Linhas de expressão contornam os cantos de seus olhos e dos lábios, mas agora ele não está sorrindo.

– A cara que você está fazendo sugere que já está pensando sobre o controle remoto de novo – diz Vi. – Mas não se preocupe, vou me comportar. Se usar muito esse choque, não vou conseguir falar. Isso faz com que eu me sinta imbecil, sabe?

Ele não diz nada, apenas a avalia. Sua boca é uma linha severa. Algo em seus olhos sugere... arrependimento? Ou culpa? Seja lá o que for, ela já está pronta para cavar por mais.

– Eu sabia que você era de Jakku, mas parece que passou poucas e boas por lá – diz ela.

Isso o faz se fechar. Ele passa a mão enluvada no ar, como se espalhando uma trilha de areia.

– De onde eu sou não importa. Volte a Phasma. A menos que você queira me dizer onde está localizada a base da Resistência?

Ela balança a cabeça em negativa, como se ele fosse um garoto travesso.

– Acha que eles simplesmente dão esse tipo de informações para gente como eu?

– Acho.

– Bem, então talvez eles passem, talvez não, mas isso não é parte do acordo. Então pode me dar o choque que quiser, e posso simplesmente esquecer como Phasma apareceu um dia e roubou seu emprego.

Cardeal não é capaz de esconder a surpresa ao deparar com o conhecimento de Vi, mas consegue apontar um dedo ameaçador na cara dela.

– Cuidado, escória. Me insultar não vai ajudar você.

– Ah, queridinho. Se não fosse verdade, você não iria ficar tão zangado. Aposto que isso ainda te consome, como vocês dois vieram do nada, e ela ainda assim acabou no topo.

Vi foi treinada para ler microexpressões, e, nesse tipo de situação, monitorar cuidadosamente as feições dele pode ser a única coisa que a manterá viva. Os sentimentos que perpassam sua face são velozes e impossíveis de esconder. Ele não tem treinamento em resistência a interrogatórios ou em controle das feições, e Vi guarda essa pequena informação junto com as demais. Agora as linhas do rosto relaxam em ressentimento, ansiedade, raiva. Seus dedos pairam sobre o controle remoto, mas ele parece ter sido programado com excelente autocontrole. Porém, está lutando consigo mesmo. O droide faz barulhinhos por cima de seu ombro, e Cardeal balança a cabeça de um lado para o outro, devolve sobriedade às feições e tenta uma nova tática.

– Você não deveria me provocar. Estou atrás de você já faz um tempo, Moradi. Vejo que também sabe a meu respeito. E isso significa que você sabe que eu estive em combate, e sabe que não tenho problema em matar meus inimigos.

Não admira que eles mantenham esse cara atrás de um capacete. É fácil lê-lo, fácil irritá-lo, fácil ofendê-lo. Ela poderia tomar tudo o que ele tem numa mesa certa de sabacc.

– Falando nisso, o que você sabe sobre mim? – ele pergunta, o tom agressivamente lacônico, como se a pergunta fosse apenas uma formalidade.

Vi considera o pedido e lhe oferece o menor fragmento do que ela sabe:

– Você nasceu em Jakku, e o General Hux, Brendol Hux, o primeiro General Hux, tirou você do planeta e o levou para o programa de treinamento que ele mantinha, depois da batalha final entre a Nova República e o Império. Agora você comanda a metade mais jovem do programa de treinamento de stormtroopers, enquanto Phasma faz o treinamento fino dos seus recrutas e os prepara para a batalha. Você se reporta ao General Hux, isto é, Armitage, o filho de Brendol. – Quando ele abre a boca para perguntar mais coisas, ela balança a cabeça. – Isso é tudo o que sei, Cardeal. Não conheço nem seu nome verdadeiro, se é que algum dia você já teve um.

Ele se levanta e se vira para a porta. Vi sabe muito bem o que ele está pensando, e tem que pará-lo.

– Espere. Sei mais uma coisa. Você é um recruta ideal. Um soldado perfeito. Não há uma única mácula contra você em todos esses anos. Então provavelmente está pensando em me delatar imediatamente, informar seus superiores que você tem uma refém que é espiã da Resistência. Mas, se fizer isso, Cardeal, não vou te contar sobre Phasma. Você vai deixar esta sala e vou estar morta antes de você voltar. Isso eu te prometo.

Ele murmura um ruído anasalado para expressar desdém, mas se vira e se afasta da porta.

– E por que você faria isso?

Apesar do frio ali dentro, suor escorre pela testa de Vi Moradi, e ela balança a cabeça para dispersar as gotas antes que possam queimar seus olhos.

– Você está disposto a morrer pelos seus ideais. É assim tão inconcebível que eu possa querer morrer pelos meus?

Ele dá um passo para mais perto dela, porém não como ameaça, mas com um tipo de fervor religioso.

– Pela Resistência? Sim. Isso é tolice. Eles não se importam com você. Eles não se importam com ninguém. Eles adoram o caos.

Vi dá uma risada seca sem humor.

– Detesto quebrar o encanto para você, grandão, mas a maioria das pessoas só quer viver suas vidas pequenas, não serem pegas e mortas na batalha de alguém pelo poder supremo. A Resistência significa a busca pela liberdade. Significa fazer o que é certo e impedir os vilões e os tiranos. – Ela não consegue evitar um sorriso ao pensar em Baako, estudando para ser um diplomata e animado com a possibilidade de fazer o bem em Pantora. – E a Resistência recompensa as pessoas boas que desejam ajudar a causa. Se você não gosta da forma como está sendo tratado aqui, se você foi, digamos, preterido para uma promoção, ou se ficar cansado de mandar crianças oprimir populações inocentes com blasters e lança-dores de chamas, a Resistência te concederia perdão total.

– Desertar? Para a Resistência? – Ele ri de um jeito que parece um latido e se recosta na parede, braços cruzados. – E por que eu iria querer fazer algo tão estúpido?

– Porque as pessoas que tentam derrubar Phasma normalmente encontram fins horríveis. Pelo menos encontravam em Parnassos. Imagino que nesta nave aconteça a mesma coisa.

– Falando nisso, nossos registros indicam que Parnassos foi destruído.

– Como foi destruído, se seus homens o encontraram nos registros da minha nave?

Ele revira os olhos.

– O planeta ainda está lá, mas o nível da água subiu. O povo de Phasma desapareceu.

Vi dá um sorriso traiçoeiro.

– Nem todos desapareceram. Alguém simplesmente quer que você pense isso. Fico surpresa que tenha acreditado. E que ela não o tenha apagado dos seus mapas completamente.

– E por que Phasma faria isso?

– Porque ela não quer que ninguém saiba o que aconteceu no dia em que Brendol Hux caiu do céu. E no dia em que ele fez um trato com ela.

Agora Cardeal ri sem humor; com certeza ele a pegou.

– Isso é mentira. Brendol Hux não fazia nada sem que eu soubesse. Eu era o guarda pessoal dele.

– Então você falhou, porque ele esteve lá, em Parnassos. Vi provas disso com meus próprios olhos.

Cardeal se inclina para a frente, traindo seu novo interesse.

– Quando? Como? O que aconteceu?

Com um suspiro, Vi deita a cabeça para trás. Seus pés a estão matando, e um latejar começou atrás dos olhos. Cada parte de seu corpo dói. Ela não consegue fugir do cheiro da própria carne queimada. Porém, precisa continuar. Ela precisa entregar o que ele quer, mas precisa fazer isso no seu próprio tempo, e quem sabe talvez consiga trazê-lo para sua causa. Ou pelo menos impedir que ele a mate.

– Vou chegar a Brendol quando for a hora. Primeiro, você precisa saber a história da Phasma.

Cardeal balança a cabeça.

– Não tenho muito tempo. Vá para a parte sobre o General Hux. Se ela fez mal a ele ou se trabalhou ativamente contra ele, eu só preciso de provas. Alguma coisa para conseguir incriminá-la. – O droide emite um bipe de advertência, e Cardeal retorce a boca ao olhar para ele. – Não, Iris está certo. Conte-me tudo. Não tenho como saber o que pode ser importante no longo prazo.

O que é excelente, já que era o que Vi faria de qualquer forma. Ela não seria boa no seu ofício se entregasse as melhores informações assim tão fácil.

– Concordo com o seu droide. Você precisa ouvir a história inteira. Para entender realmente quem você está tentando derrubar.

Com o polegar, ele brinca com o botão do controle remoto.

– E por que eu preciso entendê-la, quando só quero destruí-la?

– Porque todo grande caçador sabe que é de suma importância entender a presa, ainda mais quando ela também é um predador caçando você. De todas as histórias que Siv me contou, ela fez questão que eu entendesse muito bem uma coisa.

– E o que é?

Vi olha nos olhos de Cardeal, encarando-o para fazê-lo entender.

– Phasma vai fazer de tudo para sobreviver.

SEIS

EM PARNASSOS, DEZ ANOS ANTES

NA ÉPOCA EM QUE ESSA HISTÓRIA ACONTECEU, de acordo com Siv, havia uma criança entre os Scyre que era muito importante. O povo de Parnassos valorizava as crianças acima de tudo, pois sabia que, sem crianças, seu bando se extinguiria completamente dentro de algumas gerações. Nos últimos dez anos, no entanto, bebês estavam se tornando raros, e as gestações com muita frequência acabavam em tragédia. Quer fosse algo no ar ou na chuva ácida, ou talvez na falta de nutrientes vitais, a maior parte das crianças era perdida antes mesmo que a barriga das mães começasse a crescer. Mas uma bebê saudável havia nascido de uma mulher de Scyre chamada Ylva, e o clã estava comprometido a manter mãe e filha seguras.

Quando tinha cinco anos, a filha de Ylva atingira idade suficiente para caçar sapos e ouriços-do-mar e contribuir com o clã; então ela recebeu o nome de Frey. Era raro que uma criança vivesse por tempo suficiente para receber um nome, e Frey trouxe esperança para o clã de Scyre, sendo amada e paparicada por todos. Graças a seu tamanho diminuto e dedos ágeis, ela podia se aventurar em cavernas que o resto do clã não conseguia explorar e apanhar ovos de aves de saliências estreitas de rocha nas quais elas faziam ninhos. A menina foi a primeira a atingir os cinco anos em muito tempo, a única, até aquele momento, de sua geração, e todos a amavam e se desmanchavam em cuidados com ela.

Keldo e Phasma estavam firmemente no comando havia dois anos, e o grupo florescia. Embora ainda mantivesse seus guerreiros por perto, Phasma considerava uma responsabilidade sua manter todos no grupo dos Scyre em boas condições físicas e bem treinados com as armas, incluindo aqueles que não tinham talento para isso ou fossem velhos ou enfermos demais para defender ativamente o grupo. Até mesmo a pequena Frey implorava que Phasma a ensinasse a lutar, e Phasma fez para ela um machado em tamanho infantil usando uma pedra e madeira trazida pelo mar. Juntas, elas praticavam ludicamente dentro da caverna Nautilus sempre que estava seco.

Um dia, Siv e Phasma treinavam combate nos penhascos, saltando de pináculo em pináculo de pedra, defendendo e golpeando com suas lâminas perto dos limites de seu território. Era necessário agilidade e força para se movimentar sobre pedras pontiagudas, com o oceano quebrando nos paredões lá embaixo. De repente, Phasma ergueu a mão para interromper a luta e usou seus antiquíssimos quadnocs para observar o horizonte.

– Balder – disse ela.

– Os Claw estão atacando? – perguntou Siv, contente por ter suas foices em mãos.

Os Claw eram um bando guerreiro local liderado por um Dug especialmente feroz chamado Balder. Todos os integrantes dos Scyre eram humanos, mas tinham histórias transmitidas por seus ancestrais sugerindo que já houvera Dugs, bem como Chadra-Fan e Rodianos, entre suas fileiras. Balder, até onde eles sabiam, era o último de sua espécie. Os Claw eram mais numerosos e, especialmente, tinham mais guerreiros; porém, Balder não possuía a inteligência e a astúcia dos irmãos que lideravam os Scyre.

– Não é um ataque, é só Balder. Mas ele está nos observando. E já faz algum tempo.

As mãos de Siv ficaram mais firmes na empunhadura das foices.

– Você acha que ele quer este terreno? A Nautilus?

Phasma virou os nocs para o outro lado, na direção da maior concentração de despenhadeiros de pedra, onde seu bando vivia a vida comunitária. As pessoas estavam relaxadas trabalhando. Keldo, sentado em uma pele macia, repartia a água em porções, e Torben ensinava a Frey como brandir o machado.

– Acho que ele quer Frey.

– Por quê?

– Porque ela é o que temos de mais precioso.

Siv refletiu sobre a afirmação e perguntou:

– Então por que agora?

– Porque agora ela é útil. Os Claw não tiveram que gastar tempo e recursos para mantê-la viva quando ela era bebê, mas agora poderiam usá-la de bom grado.

O pensamento fez o sangue de Siv ferver.

– Não podemos deixar isso acontecer.

Phasma olhou de novo na direção do território dos Claw.

– Não, não podemos.

Dali em diante, Phasma posicionou dois guardas nas fronteiras de seu território, e, a cada troca de turno, era relatado que os espiões de Balder estavam vigiando.

Assim, Phasma vigiava os Claw vigiarem seu povo, enquanto arquitetava um plano. Era um fato notável, já que, até aquele momento, ela sempre havia trabalhado em parceria com seu irmão Keldo, como se fossem dois braços do mesmo corpo; porém, dessa vez, ela só contou para seus guerreiros. Não mencionou para Keldo que seriam invadidos em breve. E não contou que também havia feito uma incursão no território dos Claw para espionar Balder – mas Siv sabia.

Finalmente, em uma noite sem lua, aconteceu. Phasma e seu povo estavam dormindo nas redes de tela, penduradas entre os pináculos mais altos de pedra, quando soaram os gritos ululantes dos Claw, ecoando nas rochas. Phasma, por sua vez, estava pronta. Ela saltou da rede, totalmente desperta e brandindo sua lança, saltando de rocha em rocha em direção à rede mais segura, onde Ylva sempre dormia com Frey presa a seu peito. Os guerreiros também saltaram de suas redes, armados e despertos, prontos para a luta. O resto dos Scyre não fazia ideia do que estava por vir, mas todos se reuniram e prepararam as armas. A primeira das sentinelas noturnas dos Scyre gritou e caiu, ferida pelo próprio Balder, seu corpo despencando no oceano abaixo e rapidamente sendo engolido na água escura por dentes brancos e reluzentes de pelo menos um metro.

Phasma viu isso acontecer, longe demais para salvar a guarda, e urrou de raiva. Os Scyre não perdiam ninguém havia muitas luas, e era um jeito sujo de morrer.

– A mãe está ali! – gritou Balder, pendurado por uma saliência rochosa e apontando para onde Ylva estava encolhida em uma fenda na rocha, braços envoltos no volume preso ao seu peito.

– Mas eu estou aqui! – provocou Phasma.

Os Scyre se posicionaram em um círculo para proteger Ylva, e Phasma se colocou entre seu povo e Balder.

– Você não me assusta, menina – rosnou Balder.

Embora fosse muito menor que Phasma, o Dug tinha a agilidade e a agressão naturais de sua espécie a seu favor, assim como um estilo único de luta, graças ao fato de que ele caminhava com as mãos e usava suas flexíveis pernas traseiras para manipular as armas. Phasma nunca o tinha enfrentado corpo a corpo antes, mas não ia lhe dar nenhuma vantagem.

Enquanto ele a rondava, Phasma deu um salto em ataque. Em uma das mãos, ela empunhava a lança, encimada com a lâmina estreita, e na outra mão segurava um machado de metal enferrujado. Dos muitos remanescentes coletados por seu povo nas antigas minas, nada era tão útil como as antigas lâminas das serras e maquinário forte o suficiente para partir a própria rocha. Foi ela quem tirou sangue de Balder primeiro e riu, extraindo grande alegria da luta. Antes daquele momento, as invasões tinham sido basicamente testes, mas essa batalha agora era de verdade.

Era difícil acompanhar quem morria e quem vivia entre os Scyre, que lutavam pela sobrevivência. Embora mantivessem um círculo coeso ao redor de Ylva, alguns membros dos Claw conseguiam saltar ou lutar ao redor do círculo protetor. Torben era o que estava mais próximo de Ylva, a última linha de defesa, com seus porretes poderosos cheios de espinhos. Por mais que mantivesse o que tinha de mais precioso amarrado ao peito, Ylva lutava com a mesma ferocidade dos demais, derrubando guerreiros dos Claw com as serras enferrujadas que Phasma lhe ensinara a brandir. Até mesmo Keldo derrubou um Claw, por mais que só conseguisse ficar em um ponto, preso a seu pináculo de pedra por cordas e forçado a lutar com um pé só.

Phasma, porém, era a guerreira que mais infligia danos aos inimigos. Paramentada com a máscara e com os espinhos de escalada, ela era forte, alta, rápida e exímia em todas as armas que carregasse. Por mais que Balder tivesse a vantagem física, Phasma lutava como se almejasse a morte pela mão do inimigo, como se ansiasse tombar pela b'hedda de Balder, uma famosa arma Dug que ele fabricara a duras penas a partir de uma antiga lâmina de mina. No entanto, a b'hedda era uma arma para ser usada a distância, e Phasma rapidamente se aproximou de Balder, invadindo-lhe o círculo de defesa e forçando-o a se afastar de Ylva e a usar armas mais íntimas para superá-la. Era como uma dança, Siv me contou: uma garota adolescente vestida como monstro, girando armas na mão ao enfrentar um Dug adulto.

Phasma defendeu cada ataque e revidou até Balder gotejar sangue da pele cinza-pedra. Uma das razões para ele governar era o fato de não enfraquecer pelos ferimentos com a mesma facilidade dos humanos, mas logo ele estava ofegando e ficando mais lento. Balder deixou a faca cair de seu pé ferido como se estivesse adormecido; mas, mesmo assim, continuava a lutar. Quando Phasma partiu uma das nadadeiras em sua orelha, pesadas com contas cerimoniais, Balder finalmente urrou de raiva, girou e se esquivou, conclamando a retirada. Os Claw o seguiram de bom grado, pois tinham perdido uma dúzia de integrantes e contavam as perdas sem ter obtido a criança que buscavam.

Phasma, ereta em seu pináculo de pedra ao lado de uma bandeira Scyre, ergueu seu machado no ar e emitiu um grito de guerra. Seu povo se reuniu ao redor dela, incluindo Ylva, que estava exausta por ter sido o foco do ataque.

– Como está a menina? – gritou Keldo, de longe.

Mas, quando Ylva soltou as amarras que prendiam o volume em seu peito, não havia sinal de Frey: era apenas um conjunto de cobertores rasgados. Os Scyre soltaram uma exclamação de surpresa, chocados que, apesar de derrotados, os guerreiros de Balder tivessem conseguido roubar a criança que estavam dispostos a morrer para proteger.

Foi quando Phasma desamarrou seu casaco volumoso para mostrar que ela mesma tinha carregado Frey: a menina estava presa ao peito de Phasma, incólume.

– Você assumiu um grande risco, irmã – disse Keldo, com o semblante muito severo.

– E o risco se pagou. Não vamos ver Balder por um longo tempo. Se é que voltaremos a vê-lo.

Isso chamou a atenção de todos. Conforme Phasma soltava Frey e a transferia de volta para a mãe, Keldo pressionou:

– E por que isso? Depois desta noite, eu pensaria que é duas vezes mais provável que ele ataque, já que negamos o prêmio que ele queria.

– Você viu como Balder não conseguia mais lutar? Como as armas dele caíam dos pés, e como ele olhava para seus dedos com horror? Tentei outro estratagema e tive sucesso.

– E você não me contou?

– Eu não tinha certeza se funcionaria. Sempre achamos que os ferimentos apodreciam por causa do ar, mas percebi que é por causa do líquen nas rochas. Até mesmo tocá-los deixa a ponta dos dedos adormecida.

Então amassei o líquen até formar uma pasta e o passei nas minhas lâminas. Foi por isso que Balder enfraqueceu. Nem mesmo o sangue Dug é páreo para veneno.

Ela ergueu o machado, e era possível ver claramente uma substância verde-clara no metal, misturada com sangue e fragmentos de pele cinzenta.

– Por que você não compartilhou isso com a tribo? – Keldo perguntou, sua raiva agora pouco contida. – Quando todos nós poderíamos ter nos beneficiado do conhecimento?

– Eu precisava testar primeiro. E estou contando agora.

– Irmã, estou envergonhado de você.

Phasma enganchou as armas no cinto e seguiu para o pináculo onde ele estava sentado, a perna boa e a meia perna dependurada sobre o oceano revolto lá embaixo.

– Você está envergonhado de eu ter derrotado nosso inimigo, salvado uma mãe e uma criança, e protegido o território dos Scyre? Ou está envergonhado de eu ter escolhido não incluir você em meus planos?

Keldo cuidadosamente avaliou a irmã, da forma como os bons líderes fazem. Ele sabia que perder o autocontrole seria uma humilhação.

– Nós lideramos juntos, Phasma. Sempre foi assim.

Phasma não vacilou, não piscou.

– E ainda lideramos. Mas a batalha é o meu domínio, irmão, e hoje nós lutamos. E vencemos! – Ela soltou um grito de guerra, e os Scyre fizeram eco, erguendo as armas contra o céu noturno tão repleto de estrelas longínquas. – Enquanto Balder está aleijado e o povo dele se recupera, devemos retribuir o favor. Invadir o acampamento. Tomar o território deles. Eles detêm um planalto grande o suficiente para que todo o bando possa dormir lá. Eles acendem uma fogueira à noite, cozinham as refeições e aquecem o corpo. Toda noite! Os Scyre merecem sentir o calor do fogo e ver nossa Frey caminhar em solo macio!

Diante disso, no entanto, as pessoas não gritaram em concordância; ficaram quietas e olharam para Keldo.

Ele mantinha o semblante soturno.

– Isso, irmã, eu não posso permitir. Uma coisa é matar para defender nosso lar e nossa caverna sagrada, mas é outra diferente invadir o espaço do próximo, não importa o quanto ele seja tirânico. Somos bons e fortes, mas não somos assassinos. Eu preferiria dormir livre com a consciência limpa a me aquecer sobre os ossos de uma pessoa inocente. Deveríamos usar esse período de fragilidade para forjar a paz com o povo de Balder. Certamente, eles, assim como nós, entendem que, se passarmos mais tempo sobrevivendo e produzindo descendentes, e menos tempo lutando, nosso povo vai se fortalecer. Se continuarmos a nos desentender por causa de nada, todos vamos desaparecer. Uma, talvez mais duas gerações, e não vai sobrar mais ninguém, e nada pelo que lutar.

Os Scyre assentiram na sequência dessas sábias palavras, mas Phasma resmungou em desaprovação, o vapor exalando de sua máscara, que ela ainda não havia removido.

– Você gosta demais de paz – ela disse apenas.

– Eu sou um líder, e um líder faz o que é melhor para seu povo.

Phasma balançou a cabeça e virou para outro lado.

– Eu sou uma guerreira. Faço o que preciso para sobreviver. E estabelecer a paz com Balder não vai nos salvar.

Depois que Phasma se afastou para sentar sozinha em um promontório distante onde a sentinela noturna havia perecido, os Scyre votaram. Foi decidido que Keldo deveria buscar a paz com Balder, embora os guerreiros de Phasma tenham votado contra. Os confidentes mais próximos de Keldo o ajudaram a fazer a jornada até o território Claw no dia seguinte; ele não requisitou nem a presença nem a ajuda da irmã. Phasma e seus guerreiros observaram, silenciosos, a procissão passar diante deles. Afinal, uma votação era uma votação.

Enquanto o Dug estava inconsciente e ainda convalescendo dos ferimentos infligidos por Phasma, o povo de Balder não teve escolha a não ser concordar com os termos de Keldo. Uma paz frágil foi negociada entre os Scyre e os Claw, sem Phasma ou Balder. Não haveria mais invasões. Eles trabalhariam juntos por um futuro comum, comerciando bens e encorajando novas amizades que pudessem levar a crianças saudáveis. Todos comemoraram, e os Scyre escolhidos por Keldo pisaram em solo de verdade pela primeira vez em muitos anos, desfrutando a breve segurança da terra dos Claw.

Phasma e seus guerreiros permaneceram para trás, vigilantes em seus pináculos de pedra, protegendo a Nautilus e os membros mais indefesos do clã, como sempre tinham feito. Porém, ouviram os gritos de comemoração quando a procissão de Keldo retornou. Phasma usava a máscara, mas suas mãos estavam fechadas em punhos apertados. Virou as costas para a comemoração e fitou o oceano.

Por seus papéis muito diferentes naquela nova paz, Phasma e Keldo foram celebrados como heróis.

Porém, para Phasma, não era paz. Era uma traição.

Talvez ela tivesse omitido seus planos de Keldo, mas ele havia se oposto a ela declaradamente, e depois a desprezado.

Ela não esqueceria.

SETE

NA *ABSOLVIÇÃO*

Vi ergue os olhos. Cardeal está hipnotizado pela história, apoiando-se ávido para a frente.

– Então você está dizendo que ela era uma heroína no planeta natal? – perguntou com uma risada triste. – Que ela salvava mães e crianças e inventava armas novas contra os inimigos? Que merece a reputação de soldado perfeita? – Ele faz um ruído contrariado. – Infelizmente, essa informação não me ajuda, exatamente. Há uma reunião amanhã. O General Hux vai estar lá, e preciso de algo que possa derrubar a Capitã Phasma de uma vez por todas.

– O pequeno Armitage vai vir para brincar? Qual é a ocasião?

– Não cabe a mim saber. Sou um soldado, esqueceu? Agora me conte algo que eu possa usar.

Vi pigarreia para limpar a garganta e sacode a cabeça, sentindo-se como uma professora diante de um aluno especialmente teimoso.

– Essa é apenas uma história, apenas uma amostra da vida dela em Parnassos. A história de sua origem, digamos. É fácil ser um herói quando nossa sobrevivência está alinhada com a de alguma outra pessoa, quando nossa vitória é uma vitória para todo o clã. Em Parnassos, ou você contribuía com o grupo, ou não durava muito. Não havia nada a perder na luta com Balder. O grupo precisava daquela criança para garantir a sobrevivência do clã. Salvar Frey era salvar a si mesma, ainda que isso pareça um pouco piegas na superfície. A verdadeira informação que você precisa extrair dessa cena idílica é que Phasma traiu o irmão e guardou rancor. Sem dúvida ela salvou a criança. E sem dúvida ela inventou uma nova arma. Mas ela não deixou mais ninguém tomar parte na fanfarra, e não queria a paz. Se a decisão fosse dela, Phasma teria matado até o último Claw.

Cardeal não diz nada, apenas esfrega as mãos pelos cabelos e olha para o nada. Vi quase consegue enxergá-lo fazendo as contas na cabeça, vendo que a Phasma que ele conhece agora é a mesma Phasma que um dia habitou Parnassos, armas em punho. Mas essa história sozinha não será o suficiente para convencê-lo de quem Phasma realmente é. Ele vai precisar de mais.

E vai precisar da informação para o dia seguinte pela manhã, para que possa o quê? Fazer fofoca de Phasma? Expulsá-la da Primeira Ordem? Sua rivalidade deve ser mais séria do que a Resistência foi levada a acreditar. Eles contaram para Vi que Cardeal e Phasma estavam em pé de igualdade na hierarquia, cada um em seu próprio domínio, mas definitivamente não é assim que Cardeal se sente. Esse não é um conflito pequeno de trabalho, nem uma disputa amigável. E se Vi aprendeu alguma coisa em Parnassos, é que Phasma tem os próprios planos para Cardeal, que ela não deixaria um rival puxa-saco do chefe caminhando livre por muito tempo, especialmente se ele se tornasse uma ameaça.

Vi percebe como a história está começando a fazer o verniz rachar. Como, quanto mais Cardeal pensa em Phasma, menos mantém sua postura formal de soldado da Primeira Ordem, e mais se aproxima de um garotinho raivoso. Ela precisa encorajar essa mudança, manter as emoções de Cardeal quentes e pressioná-lo para quebrar sua programação cuidadosa. Essa é a chave para trazê-lo para o seu lado.

Porém, ela ainda precisa evitar deixá-lo tão irritado a ponto de matá-la.

O controle remoto nunca está longe demais da mente de Vi. Ela não pode levar muitas mais daquelas descargas descontroladas de eletricidade. É imperativo que Cardeal não perca a paciência novamente. Uma linha tênue sobre a qual caminhar, e, neste exato momento, ela não está em sua melhor forma.

Vi engole ruidosamente, e seus lábios partidos se abrem:

– Ei, que tal um pouquinho de água, talvez? Fico com a boca seca preparando o terreno para as histórias realmente interessantes.

Cardeal balança um dedo.

– Não temos muito tempo. Apenas me conte.

– Não é assim que funciona. Se eu morrer de desidratação ou eletrocutada, a história da Phasma morre comigo.

– Por acaso pareço ter trazido um almoço de piquenique? Isto é um interrogatório, não uma festa.

– Vai ser bem menos uma festa se eu desmaiar.

O droide flutuante – ele o chamou de Iris? – passa zunindo por Vi e apita imperativamente para Cardeal. Vi quer provocá-lo por receber ordens de um droide, mas ela sabe muito bem que, quando Gigi tem novas informações para acrescentar, ela sempre dá ouvidos. Iria sentir saudades daquele pequeno e alegre astromec. Faz questão de ofegar quando Iris voa bem diante do seu rosto.

Cardeal murmura para o droide:

– Eu sei, eu sei. – E se posiciona bem na frente de Vi, tão perto que ela poderia lhe cuspir no olho, se tivesse saliva o suficiente, o que não tem. Ele é de Jakku, sabe o que é desidratação, e não terá escolha a não ser concordar com o droide sobre Vi não estar com a aparência boa. Os choques infligidos pela máquina causaram danos ao seu corpo. As leituras do droide devem ter confirmado que ela não está brincando. Cardeal suspira e se levanta, colocando o capacete.

– Não preciso dizer, mas não se mexa. Não tente fugir. Vou levar o controle, deixar Iris para trás e trancar a porta. Posso confiar em você?

Ela não vai contar que, se ele a soltasse da cadeira naquele momento, ela simplesmente despencaria no chão, em espasmos. Os músculos estão exauridos, e os ossos, doendo.

Ela também não vai contar que a construção da confiança é exatamente o que ela está tentando fazer, e que essa é uma forma excelente de atingir esse objetivo.

– Você pode confiar em mim porque fizemos um trato. Mas, quando você voltar e me encontrar totalmente no mesmo lugar e do mesmo jeito, quero que se lembre.

– Por quê?

Ela lhe dá um pequeno sorriso, suficiente para partir seus lábios.

– Porque eu acho que vamos fazer mais alguns acordos. Um pouco de comida não faria mal. Essa máquina é como uma enorme ressaca metálica. É terrível.

A voz dele sai impessoal e fria pelo capacete.

– É claro que é terrível. É para ser. É um dispositivo de tortura.

Com isso, ele digita no painel de controle e a porta abre deslizando. Vi fecha os olhos para aproveitar a pequena brisa e o ar um tanto mais fresco, antes que a porta se feche. Embora ela tenha uma boa certeza de que conseguiria fugir se se empenhasse ao máximo, não gosta das projeções de futuro. Ainda não. Além do mais, Iris a está vigiando, um olho vermelho piscando como um alerta. Vi está disposta a apostar que esse pequeno droide de comunicações foi equipado com algum tipo de mecanismo de defesa, um laser ou um braço elétrico. Ela não pretende descobrir.

Vi faz uma checagem de seu corpo dos dedos dos pés aos olhos, flexionando cada junta possível, tensionando e depois relaxando os músculos. Está dolorida e exausta, e seu objetivo é, de alguma forma, se fortalecer antes de que ele a solte da máquina ou ela descubra um jeito de fugir, uma das duas coisas. Da forma como está, não conseguiria enfrentar nem mesmo uma das crianças stormtroopers, e ela sabe disso.

Sem ter a intenção, Vi adormece. Está escuro e quentinho dentro da sua cabeça, uma caverna agradável onde ela pode descansar. Acorda, porém, sobressaltada quando a porta se abre, preenchida por vermelho reluzente. Piscando para recuperar o foco nos olhos, ela faz o melhor para ficar desperta, de modo que talvez Cardeal não perceba o quanto está fraca no momento.

– Estou sentindo cheiro de bife de nerf? – ela resmunga.

– É água e proteína. Dieta padrão de um stormtrooper.

– Eu estava brincando. O cheiro é de matar.

Cardeal tira o capacete e o coloca de novo sobre a mesa. Ele está sorrindo, e Vi observa que tem um belo sorriso. Não que isso importe. Ele ainda é o inimigo.

– A proteína ainda está selada no pacote, portanto não tem cheiro de nada. A única coisa nesta sala com um odor óbvio é você. Aposto que fazia algum tempo que você estava naquele cockpit, hein?

Vi não consegue nem inclinar a cabeça para cheirar as axilas, mas ele provavelmente está certo. Com a missão, com os choques e com o fato de estar aprisionada naquele cubículo mortífero, ela provavelmente não deve ser nenhuma iguaria aos sentidos.

– Eu estava lá há algum tempo, sim – concorda, e ambos conseguem ouvir a aspereza na garganta de Vi. – E em Parnassos, que não é conhecido pelo mercado de fragrâncias pessoais.

O olhar que Cardeal lança nela – bem, ela já sabia que seu trabalho envolvia treinar os jovens recrutas, mas agora consegue ver por que ele é bom nisso. Há uma bondade em seus olhos, uma preocupação genuína que ela não esperaria ver em um inimigo. Ele franze a testa e leva uma garrafa de água até ela, estendendo um canudo para ajudá-la a beber, como sua mãe tinha feito quando ela era uma garotinha febril em Chaaktil. A água tem gosto falso, como se tivesse sido batizada com vitaminas e remédios, mas não é necessariamente ruim. Ela engole profundamente e cospe, e ele afasta o canudo.

– Não beba demais. Vai te dar náusea.

Ela sorri para ele, água ainda nos lábios.

– Você só não quer ter que limpar se eu vomitar.

– Seria a única forma possível de você feder mais.

Isso ganha uma risada verdadeira, e ela está feliz por poder se juntar à brincadeira. Policial bom é sempre melhor do que policial mau, e seu jogo final tem uma chance melhor de fruição se eles puderem construir algum nível de camaradagem. É uma surpresa, na verdade, descobrir que alguém que trabalha para a Primeira Ordem pode ser agradável; Vi esperava um valentão raivoso, doutrinado e vítima de lavagem cerebral. Um imbecil. Mas ele vinha de Jakku, não era? Tinha vivido lá durante a adolescência, provavelmente, e tinha uma personalidade antes que a máquina de propaganda política o tivesse trazido para o sistema. E sua personalidade é, até o momento, muito diferente do que ela conhece de Phasma. Ele lhe dá algumas colheradas de uma pasta cinzenta horrenda, e Vi se sente tão agradecida por ter algo no estômago que não reclama por causa do gosto.

Bem, talvez vá reclamar um pouquinho.

– Sabe, você poderia comer comida de verdade na Resistência – diz ela. – Feita com animais e plantas de verdade. Com aquelas coisas estranhas chamadas temperos e sal. Você iria à loucura.

Ele se senta e faz um gesto cansado, dispensando o comentário.

– Eu cresci em Jakku. Alguns ratos de areia, uma ave fibrosa de vez em quando. Às vezes, se eu tinha sorte, encontrava um ninho de grilos. Não estou preocupado com o meu palato. Mas me diga: por que você se uniu à Resistência?

Vi balança a cabeça e leva um momento para pensar sobre a resposta certa.

– Eu não me juntei a eles. Isso poderia sugerir que trabalho de graça, ou que fui procurá-los, ou uma causa na qual eu pudesse me jogar. Estou à disposição para ser contratada, e eles se ofereceram para me pagar para fazer o que faço melhor. Eu tinha tempo, então aceitei.

O olhar sugere que ele sabe que Vi está basicamente mentindo.

– Ah, então se a Primeira Ordem te oferecesse mais créditos, você mudaria de lado agora mesmo?

Ela só consegue dar de ombros.

– Não. Nunca. Você me pegou. Eu não vou trabalhar para os vilões. Eu me dou ao luxo de só trabalhar para as organizações que tenham não só créditos, mas também moral.

O sorriso de Cardeal desaparece.

– Moral? A Resistência? Você está brincando? Eles defendem a anarquia e a destruição. Egoísmo. Não moral.

– E a Primeira Ordem defende a moral? E não apenas a necessidade de dominar a galáxia?

Ele balança a cabeça com jeito triste, como se ela fosse uma aluna que o tivesse desapontado e precisasse de um bom sermão.

– Está bem aí no nome. Primeira Ordem. Primeiro, a ordem. Arrumar a bagunça deixada para trás pela República e agora pela Nova República. Livrar-nos dos diplomatas lobistas de peito estufado que não representam pessoas reais e problemas reais. Trazer igualdade para todos. O velho sistema de governo é uma piada e está fadado ao fracasso. Seres sencientes são incapazes de fazer escolhas que os beneficiem no longo prazo. O propósito da Primeira Ordem é a estabilidade.

– É fácil fazer o que é instável se unir a vocês, então, não é? – Vi retruca. – E quanto aos indivíduos? E quanto à liberdade? Com tantas pessoas em tantos mundos, as nossas diferenças e nossas escolhas únicas não nos fazem maravilhosos?

Cardeal ri sem humor, apoiando-se novamente na mesa, uma das mãos no blaster, como se não suportasse a mera ideia.

– Nossas diferenças nos fazem vulneráveis. Vulneráveis para governar errado, para a corrupção, para sermos atolados pela burocracia em vez de conquistar mudanças reais. A estabilidade propicia o progresso para todos. Esse é o objetivo central do governo.

– Ora, Cardeal. Você fala como alguém que nem sabe que não passa de uma ferramenta para um tirano.

– E você fala como alguém que simplesmente quer assistir à galáxia pegando fogo.

Vi sorri, os olhos dourados cintilando.

– Bem, alguns de nós enxergam mesmo melhor na luz do fogo.

Cardeal solta um grunhido irritado e dá mais um pouco de proteína para Vi. Ela engole, odiando cada aspecto daquilo. Mas ele nem sabe como a gororoba é horrível, sabe? Nem sabe o que está perdendo. Este é o problema com o doutrinamento: todo o propósito do tipo de educação pregado pela Primeira Ordem é impedir que as pessoas pensem, em vez disso instigam o instinto para agir. Fazê-los odiar tudo, para que possam se apegar ao que a Primeira Ordem dá. É difícil pensar por si mesmo quando medo e raiva são os condutores da história.

Mas ele não consegue enxergar nada disso porque está dentro do sistema. E claramente acha que tem razão.

– Olhe, eu não sabia qual era a sensação de ter um estômago cheio antes de Brendol Hux me encontrar. Nunca dormi em lugar que não fosse areia, nunca passei uma noite sem acordar com os ratos ou com as moscas da areia ou com alguma coisa pior me mordendo. As outras crianças eram cruéis, os adultos eram piores. É isto o que a sua Nova República faz: ignora os pobres planetas periféricos e despeja dinheiro só nos planetas ricos que podem se dar ao luxo de ter uma voz no Senado. Quem em nome de Jakku? Ninguém. Quem falou em nome do menino que eu era? Ninguém.

– E o que a Primeira Ordem fez por Jakku, hein? Ficou melhor agora que você o deixou para trás? As crianças estão bem alimentadas e recebendo cuidados médicos adequados?

Cardeal joga a pasta na mesa e se levanta: suas mãos, punhos cerrados.

– Eles vão conseguir essas coisas. Ainda não é a hora, mas ela está chegando.

– Você ainda não se deu conta? Nunca vai ser justo. Mesmo se vocês vencerem, as crianças vão ser esquecidas. Você teve sorte. Sua vida melhorou. Só que isso não significa que Brendol Hux era bom.

– E quanto a Brendol Hux? – Cardeal está diante de seu rosto agora, e ela quer se virar, mas não pode. Ele cheira a suor, a metal e àquela raiva branda e latente que Vi sentiu em homens por toda a galáxia.

Como se sua raiva exalasse pelos poros, porque ele é incapaz de focar no seu verdadeiro alvo. Essa raiva pode destruir um homem. Ou pode ser domada. Usada. Uma ferramenta para o bem maior.

Ela só precisa descobrir como colocá-lo no cabresto para guiá-lo na direção certa.

Cardeal ainda está diante da cara dela. Fica difícil focar. Ela prepara a garganta para falar.

– Paciência. Paciência e um pouco mais de água. Eu já estava chegando à parte sobre Phasma e Brendol.

Cardeal se afasta, empurrando a cadeira de interrogatório, o que faz os ossos de Vi sacudirem dentro da gaiola metálica. Ela sabe que ele adoraria bater nela, mas não pode. A eletricidade não é pessoal o bastante. Sua raiva contra Phasma é algo ensandecido que ainda não encontrou seu alvo. Se ele se recusa a bater em Vi por causa de pena ou se é porque está programado, ela não sabe. Talvez ele pudesse bater se seus superiores lhe dessem uma ordem, mas seus superiores não sabem que ele está ali embaixo. Também não sabem que *ela* está ali embaixo. E ela precisa manter dessa forma. Vi não diz nada, não começa sua história. Apenas passa a língua nos lábios.

Ela precisa da água. O droide apita com urgência, como se estivesse lendo a mente de Vi.

Cardeal dedilha a tela na parede, provavelmente se certificando de que não estão dando falta dele. Vi permanece em silêncio. Ele não ligaria um comunicador. Não com ela ali embaixo, mas Vi ainda não pretende assumir o risco de ameaçar a paz frágil que conquistaram. Por fim, satisfeito com seja lá o que ele descobre, Cardeal leva a água e espera que ela feche os lábios ao redor do canudo para beber.

– Não muito – ele alerta novamente, como só alguém que quase morreu no deserto pode fazer.

– Espere – diz ela, de repente se dando conta de que o sabor da discussão se alterou. Ele saiu do personagem com ela, cedeu informações pessoais. – Por que você está sendo tão bonzinho comigo?

Cardeal se senta novamente na cadeira e sorri.

– Porque, enquanto eu estava nos meus aposentos, fiz mais algumas pesquisas. Você não me disse que tinha um irmão.

Vi imediatamente está acordada e alerta, tensa contra suas amarras.

– Não tenho ninguém. Você não sabe de nada.

– Algo me diz que Baako não sabe sobre a sua vida secreta. Afinal, espionagem não é muito bom para a carreira de diplomatas, é? Até mesmo diplomatas despachados para luas pantanosas?

Agora ela está ofegando, furiosa e aterrorizada. Ela nunca contou sobre Baako nem à Resistência. Mudou de nome para mantê-lo seguro, pagou slicers muito caros para invadir sistemas e enterrar seu passado.

E, ainda assim, Cardeal sabe.

– Conte-me o que você quer – disse ela, em uma voz baixa e mortal.

Cardeal joga o controle remoto para cima e o apanha.

– A mesma coisa que eu queria desde o começo. Fale tudo sobre Phasma. E Brendol Hux.

Vi engole, prepara a garganta e começa a falar.

OITO

EM PARNASSOS, DEZ ANOS ANTES

Assim que uma paz constante havia sido estabelecida com a tribo de Balder, as coisas deveriam ficar boas para Phasma e os Scyre. Ou, pelo menos, tão boas quanto poderiam ficar em um mundo primitivo onde todo dia era uma batalha só para comer, não cair entre as rochas e não ser comido por tubarões gigantes. Mas então chegou o dia em que Brendol Hux caiu do céu. Siv disse que ele nunca falou o que estava fazendo na região. Conduzindo varreduras, procurando crianças para roubar, quem sabe? A única coisa que pode ser dita com certeza é que o velho sistema de defesa orbital de Parnassos mirou nele, atingiu a nave e o fez despencar para a topografia inclemente do agora planeta primitivo.

Phasma e seus guerreiros começaram a fazer preparativos no momento em que viram a explosão. Conforme os restos da nave riscavam o céu, Phasma ia acompanhando-os com seus quadnocs, fazendo anotações cuidadosas da direção em que caíam. Na pior das hipóteses, naves como aquela poderiam ser pilhadas; na melhor, havia sempre uma esperança de que poderiam ser reparadas e usadas para sair do planeta. Ninguém vivo tinha visto naves como aquelas fazer nada que não fosse cair e espatifar, mas havia provas da galáxia maior além de Parnassos, de um futuro que tinha sido negado a eles. Era doloroso viver em um planeta tão traiçoeiro com tantas lembranças da facilidade e da tecnologia que já tinham sido tomadas como coisas certas e garantidas. Na pior das hipóteses, haveria metal, equipamentos, roupas, medicamentos, comida e, possivelmente, blasters funcionando espalhados ao redor do que sobrasse da nave. Essas eram as grandes riquezas no mundo de Phasma.

Porém, tinham que se apressar. Outros grupos em outros territórios também estariam de olho e se preparariam para a jornada. Estrelas cadentes, como eles chamavam, eram raras, e essa nave era a coisa mais brilhante que os Scyre já tinham visto – tão brilhante que até foi necessário proteger os olhos enquanto os destroços caíam como um tiro na direção do planeta. Parte da nave se destacou e desceu flutuando separadamente rumo à área onde o território dos Scyre fazia fronteira com o de Balder, o que tornava ainda mais importante se apressar.

Quando Phasma e seus guerreiros levantaram seus fardos para partir, Keldo gritou de longe para deter a irmã.

– Parece que vai pertencer aos Claw – disse ele, sentado no pináculo de pedra que Torben havia entalhado em forma de cadeira para ele. – Nossa paz é mais importante do que qualquer item naquela nave. Eu a proíbo de atacar o povo de Balder e quebrar nossa trégua conquistada a duras penas.

Phasma não interrompeu seus preparativos.

– Mas essa nave é maior do que a maioria e parece não ter sofrido danos. Ainda pode estar funcionando. Pode carregar as riquezas e a tecnologia de que precisamos para salvar o nosso clã inteiro. Não vou deixar passar a chance de uma vida melhor para nós só porque você não quer entrar em uma briga de gritos com aquele tirano.

– Irmã, você não vê? Se todos trabalharmos juntos em vez de lutarmos, teremos uma chance melhor de sobrevivência. Nossos bandos estão em processo de se unir. Logo vamos dividir os espólios da nave.

– Irmão, acho que você é que é cego. Balder nunca dividiria uma nave com a gente. Ele pode concordar com sua paz agora, quando está fraco e ferido, mas, se recuperar a força, nada vai impedi-lo de nos destruir. Ele vai exigir vingança simplesmente por estarmos defendendo o que é nosso. Você sonha com paz, mas ele sonha com poder. Devemos atacar agora, enquanto ele não pode revidar. Parte da nave está perto do território de Balder, mas a maior parte caiu nas terras baldias, e, se nos apressarmos, vai estar ao nosso dispor. As terras baldias não têm dono.

– Mas vocês devem atravessar o território de Balder para chegar lá. E não sabemos que perigos nos aguardam além das nossas fronteiras.

– Mas sabemos que perigos esperam por nós *aqui*. É hora de assumir um risco. Precisamos daquela nave.

Keldo finalmente cedeu à irmã.

– Não posso negar que a estrela cadente pode ser nossa melhor esperança de sobreviver. Leve nossos guerreiros e veja onde a nave aterrissou. Se for em território Scyre, peguem o que puderem. Se estiver no território de Balder, deixe estar. E, se caiu nas terras baldias, confio que você vai dialogar com nosso aliado e encontrar um acordo. A paz precisa ser mantida a todo custo.

Phasma assentiu diante disso, seu rosto sombrio.

– Farei meu melhor para manter a paz.

Siv notou na época que os olhos de Phasma ardiam de raiva, e que sua voz era dura e rancorosa. Mas o que Keldo poderia fazer? Os guerreiros mais poderosos estavam ao lado de Phasma, e, por causa da perna, Keldo não podia nem sequer ir atrás dela para repreendê-la. Ele não tinha escolha a não ser aceitar sua palavra. Embora os Scyre tivessem votado com Keldo em nome da paz, tinham apenas uma opinião no que dizia respeito à possibilidade de um futuro melhor. Aquela nave era sua maior chance. Phasma pegou seus quatro guerreiros mais próximos e escolheu a dedo mais oito, deixando o resto dos Scyre para defender Keldo, Ylva, Frey e sua amada Nautilus.

A jornada não era fácil, pois nenhuma jornada em Parnassos é. Bem, a menos que aconteça de você estar em um starhopper pequeno e ágil e seja rápida e esperta o suficiente para evitar aqueles canhões orbitais e, em linhas gerais, todas as outras coisas do planeta que queiram comer você.

O território de Scyre era basicamente formado por pináculos de pedra preta, penhascos escarpados, saliências rochosas, cavernas e, de vez em quando, piscinas de maré quando o oceano ficava no seu nível mais baixo. Dentro da área em que estavam acostumados a viver, eles mantinham uma série de tirolesas, pontes de corda, correntes de corda, teias e redes de dormir, e mesmo o Scyre menos ágil e flexível conseguia passar de um lugar a outro sem muitos problemas. Porém, além do local onde viviam, ao longo da fronteira com os Claw, o terreno ficava ainda mais perigoso. As pontes não eram firmes, e ninguém sabia quando um prego de sustentação poderia estar enferrujado por dentro, ou um pináculo de pedra estava prestes a se dissolver em nada. Os guerreiros de Phasma tinham sorte de a nave ter caído durante um período de marés baixas. Assim, era possível atravessar o terreno com muito mais facilidade do que quando as marés estavam altas, para não mencionar que, durante a maré alta, a nave poderia ter sido engolida pelo mar – ou por um monstro dentro dele.

Embora tivesse vivido sua vida inteira perto do território dos Claw, Phasma tinha pouco conhecimento do que existia além das fronteiras com o lar de Balder. O que ela havia visto durante as incursões e patrulhas sugeria que suas terras eram muito superiores às dos Scyre, com planaltos de rocha, solo de verdade e gramíneas verdes esparsas. Muitas vezes ela havia argumentado com Keldo sobre os benefícios de anexar o território dos Claw, adentrar mais o terreno e plantar bandeiras Scyre para reclamar uma parte da terra do planalto, e finalmente proporcionar a seu povo o que parecia um espaço de respiro muito necessário. Porém, Keldo havia se recusado a sequer considerar uma incorporação de território, e a maioria dos Scyre votou com ele. Nem todos os Scyre eram tão habilidosos e tenazes como os guerreiros de Phasma, e, embora seus vinte guerreiros medianos pudessem defender o grupo como um todo, os mais velhos, os mais fracos e os membros feridos do clã estavam bem dispostos a se agarrar à Nautilus e à vida rústica, mas previsível, que ela proporcionava. Eles tinham medo de tomar o que precisavam, o que enfurecia Phasma ao máximo.

Ainda assim, o conhecimento de Phasma a respeito do mundo consistia de um mar, a um lado, e do planalto de Balder, a outro. O que poderia haver nas terras baldias além dos território dos Claw era inteiramente conjectura. Keldo argumentou que só poderia ser mais rocha e mar, mas Phasma ansiava saber se do outro lado poderia haver lugares diferentes, coisas diferentes pelas quais valesse a pena lutar. Se os Claw fossem reais aliados, Phasma afirmou para seus guerreiros certa vez, falando-lhes em particular, então o povo de Balder deveria deixá-los atravessar a terra, se não dividi-la com eles, em vez de manter as fronteiras territoriais tão cuidadosamente traçadas e vigiadas.

Eles partiram imediatamente, treze Scyre carregando suprimentos que poderiam significar a diferença entre a vida e a morte em um terreno inóspito. Peles com água e alimentos secos que resistiriam bem à viagem, tiras de charque e de vegetais de água salgada secos ao sol. Redes, cobertores e armas em abundância. Pregos de escalada e equipamento de rapel. Eles viajavam amarrados um aos outros com longas fileiras de cordas tecidas, a única rede de segurança caso alguém escorregasse e despencasse rumo às ondas ferozes do mar. Considerando o perigo de cortes e abrasões, calçavam grossas luvas e botas de couro, em cujas pontas havia garras para ajudá-los a se fincar na pedra. E usavam suas máscaras, sempre, tanto para proteger o rosto das condições climáticas quanto para impor medo nos corações de quem ou o que quer que os visse se aproximar. Siv havia repartido seu unguento oráculo de antemão, garantindo que os guerreiros tivessem suas forças. Sob a máscara, cada pessoa usava grossas faixas do unguento verde-escuro sobre as faces.

A viagem era demorada. Gosta era a primeira na fila, graças à sua agilidade e leveza. Ela testava os apoios para os pés, plantava os pregos que seguravam as cordas e movia-se em frente para garantir que o caminho pudesse suportar o resto do grupo. Phasma a seguia e ajudava a planejar a rota; Siv, Carr e os demais seguiam logo atrás. O poderoso Torben vinha por último, tanto o mais pesado deles quanto a melhor defesa contra qualquer coisa que pudesse surpreender o grupo pela retaguarda. Era a primeira incursão fora do território que habitavam em anos, e Phasma assegurava que seu povo estivesse seguro à medida que avançavam.

Quando chegaram à fileira de bandeiras que delineava as terras fronteiriças entre o território dos Scyre e o de Balder, Phasma lhes pediu para esperar e tirou os quadnocs. As terras fronteiriças ali pareciam infinitas e se caracterizavam pela aridez e pela inutilidade como área onde pudessem estabelecer um lar. Dedos altos de rocha quebrada despontavam como espinhos, e muito abaixo deles não havia o oceano a que os Scyre estavam tão acostumados, mas rocha ainda mais escarpada, repleta de ossos, lixo e fungos de cores vivas.

Fazendo uma varredura da área, Phasma avistou uma das sentinelas Claw montando guarda em um pináculo mais amplo de pedra. Guardando os quadnocs, ela olhou de um em um para seus guerreiros.

– Gosta, abata-o – disse ela, apontando para a silhueta no horizonte.

Gosta assentiu, desafivelou seu arnês, que a prendia nas cordas do grupo, e partiu, saltando atleticamente de pináculo em pináculo.

Um dos Scyre que não fazia parte do círculo próximo de Phasma pareceu perplexo.

– Mas Keldo disse que devemos manter nossa aliança a qualquer custo.

Phasma deu um passo para partilhar com ele o pináculo, encarando-o intensamente através de sua máscara feroz.

– Keldo não está aqui, e ele não sabe como as coisas funcionam fora de nosso território. Balder jamais nos deixará atravessar a fronteira, especialmente se ele também quer a nave caída. Aquele guarda está entre nós e o que pode nos salvar.

O homem parecia querer dizer mais, mas suas botas fizeram pedregulhos rolarem pela encosta. A torre de pedra mal era suficiente para caberem eles dois. Phasma parecia de alguma forma se inclinar para a frente sem ter se movido, e o homem se inclinou para trás, perdeu o apoio do pé e começou a cair. No último instante, Phasma apanhou seu braço no ar e o segurou, seus corpos equilibrados para impedir que ambos caíssem sobre o precipício.

– Você está comigo ou contra mim? – ela sussurrou.

– Eu estou com os Scyre – ele respondeu rapidamente.

– Quando Keldo não está aqui, *eu* sou os Scyre.

Ela afrouxou a mão que o segurava, apenas o suficiente para fazê-lo oscilar.

– Com você, Phasma. Estou com você.

Ela o levantou, posicionou-o na pedra e saltou para o próximo pináculo como se não tivesse acabado de quase matar um de seus conterrâneos.

– Então todos encontrem um local firme de apoio e preparem as armas. Se Gosta fizer bem seu trabalho, não vamos precisar delas. Ainda.

Os doze Scyre se agacharam no lugar e sacaram porretes, facas, machados e lanças. Era uma situação nova, um grupo deles destacado para um local não familiar e em movimento ofensivo pela primeira vez. Não estavam mais em terreno seguro. Phasma ergueu seus quadnocs e, quando soltou uma risada curta e brutal, todos ficaram tensos.

– A sentinela já era. Gosta está sinalizando que o caminho está livre. Vamos, depressa.

Ninguém falou nada contra ela conforme avançavam em silêncio e com destreza rumo às terras fronteiriças. Quando alcançaram Gosta, a menina apontou para o corpo de um homem curvado lá embaixo em um ângulo estranho, sangue tingindo as rochas. Phasma assentiu e pegou seus quadnocs, avaliando o caminho adiante deles em busca da próxima sentinela, mas ou estavam longe demais, ou escondidos.

– Você. – Ela apontou para um dos Scyre. – Fique aqui no lugar da sentinela.

– Por quê? – perguntou a mulher, e foi preciso usar coragem.

– Para que, quando a próxima sentinela olhar ou voltar, veja alguém onde se espera que haja alguém. Se você encontrar alguém que não seja Scyre, mate.

A mulher parecia querer argumentar, mas o corpo lá embaixo a convenceu do contrário. Ela apenas balançou a cabeça em afirmativa e se ajoelhou para amarrar sua corda ao prego de escalada da sentinela morta. Eles a deixaram e seguiram em frente, acompanhando o progresso lento de Gosta pelas formações rochosas enquanto ela buscava o melhor caminho.

Pois bem, a grande questão sobre essa parte de Parnassos é que era muito difícil se esconder. Quando a única maneira de se mover era ficar em cima de uma rocha muito alta, tudo sem árvores ou arbustos, era impossível permanecer oculto por muito tempo. A vantagem desse problema era que o inimigo sofria das mesmas limitações. E assim aconteceu que Phasma e os Scyre perceberam que estavam se aproximando de uma circunstância incomum. Muito ao longe, no planalto de Balder, todo o povo do clã Claw estava reunido, felizmente com os olhares voltados para outra direção que não as terras fronteiriças e as de seus supostos aliados. O próprio Balder estava gritando, e a principal fala que repetia era:

– Depressa! Traga-os! Traga-os para mim agora!

A terra dos Claw que Phasma tanto cobiçara era maior do que ela se lembrava, ou talvez os Scyre tivessem se tornado um grupo tão pequeno que o território de Balder parecia simplesmente grande em comparação ao seu. O platô era alto, com terra vermelha e vegetação esparsa. Era grande o suficiente para todos os Claw ficarem em pé, e alguns até estavam sentados ou deitados, especialmente os muito velhos, reunidos perto de uma fogueira. Não havia nenhuma criança à vista, o que explicava o desespero por trás da tentativa dos Claw de capturar Frey. O planalto terminava em um penhasco abrupto de um lado, e do outro lado havia um pedaço de rocha grande o suficiente para ser chamado de montanha, para nossos propósitos, mas era rocha sólida, e não o tipo de coisa por onde um corpo poderia simplesmente caminhar ou atravessar. Alguns planetas contam com montanhas por onde é agradável atravessar, entalhadas com caminhos sinuosos e resplandecentes com beleza e animais, mas as montanhas de Parnassos são mais como as garras de algum animal grande e implacável, com sede de sangue.

Sem uma palavra sequer, Phasma instigava seu povo a seguir em frente, fazendo sinal para que fossem silenciosos e rápidos. Quando estavam na beira do planalto, atrás da multidão de Claw tão hipnotizados que nem tinham notado os intrusos, Phasma e os seus finalmente viram o milagre que estava acontecendo.

Cinco pessoas estavam sendo puxadas para cima do platô, a partir da terra abaixo. Contornando o grupo totalmente absorto, os Scyre ficaram fascinados ao ver que do outro lado do planalto de Balder não havia as águas agitadas do oceano escuro e revolto, mas terra firme. E não espaço formado por rocha, ou não apenas por rocha. Era areia. Areia até onde a vista alcançava, curvando-se em dunas ondulantes. O campo cinzento só era quebrado por pedras pretas tombadas. Usando seus quadnocs, Phasma seguiu as pegadas e os rastros de alguma coisa que havia sido arrastada até alcançar uma máquina de metal, meio submersa na areia e ao lado de um tecido grande e amassado. Era a parte da nave que havia se destacado e flutuado suavemente. Os Scyre nunca tinham visto tanto tecido em uma única peça em toda a sua vida, e ficou claro por que vários dos Claw estavam lá, ocupados cortando as longas amarras que prendiam o tecido na máquina para que pudessem tomá-lo para si. Os destroços da nave não estavam à vista, mas longe, muito longe, do outro lado de mais lençóis de areia e ainda mais rocha. Phasma localizou a fina linha de fumaça branca que penetrava no céu, marcando o caminho para as verdadeiras riquezas.

Uma rodada de ovações ecoou da multidão quando a primeira figura estranha foi arrastada para ficar em pé no topo do platô, seu braço agarrado ao pé enfaixado de Balder. Era um homem e, para Parnassos, ele estava muito pouco vestido, apenas roupas finamente tecidas de um preto liso e uniforme, e botas altas e brilhantes salpicadas de areia. Ele era a pessoa mais velha que os Scyre já tinham visto, com pele branca pálida e cabelos ruivos grisalhos nas laterais. Embora seus braços e pernas fossem bem esbeltos, a barriga era grande e ele tinha olheiras escuras sob os olhos. Ele sorriu suavemente diante dos gritos e assobios dos Claw, mas, do ponto de vista pessoal, claramente não tinha nada a comemorar.

Balder empurrou-o gentilmente para o lado e alcançou a figura seguinte, um guerreiro de armadura branca com riscas de areia cinzenta sobre um traje preto fino. Uma exclamação de surpresa se propagou entre os Claw e também entre os Scyre. Essa armadura teria dado a qualquer um em Parnassos uma enorme vantagem sobre as intempéries, e o sólido capacete parecia uma melhoria em relação às suas máscaras de couro. Seguiram-se mais dois soldados de armadura branca e, por fim, um droide. Tinha um formato vagamente parecido com um humano, feito de metal preto fosco, e foi o que demorou mais tempo para ser içado, devido, provavelmente, a seu peso e a sua incapacidade de escalar. O povo de Parnassos tinha visto as partes componentes de centenas de droides, e até mesmo usava metal de droide em suas armas, mas ninguém que ainda estivesse vivo tinha visto um droide em pé por seus próprios esforços erguer a mão de forma indignada, como esse droide negro fez quando Balder tentou tocá-lo.

Agora que as cinco figuras estavam sobre o platô, Balder virou-se para o seu povo e fez sinal para que ficassem quietos. Os Scyre se abaixaram para evitar serem notados na multidão. O Dug parecia mais velho e cansado, as dobras de sua pele e orelhas flácidas, e ataduras sujas envolvendo seus braços e pernas. O local onde Phasma havia decepado sua orelha parecia irregular e feio, a ferida pretejando em torno das bordas. Phasma cutucou Siv com o cotovelo, apontando para sua obra, e as duas se sacudiram com risadas silenciosas.

– Meu povo, vamos nos sentar para que possamos ouvir os recém-chegados – disse Balder.

Os Scyre sentaram-se nos arredores da multidão, gratos por estarem perdidos entre tantos estranhos assistindo ao espetáculo avidamente. Havia pelo menos cinquenta Scyre, mas havia o dobro de Claw, e estavam tão compenetrados nos viajantes que nem pensaram em considerar quem poderia estar espreitando entre eles. O sol castigava naquele dia e muitos Claw usavam suas máscaras, o que ajudava os guerreiros Scyre a se misturar.

Balder indicou que o líder do novo grupo deveria falar, e o homem de preto alisou os cabelos ruivos de um jeito aborrecido antes de unir as mãos às costas, as pernas afastadas como se estivesse mais do que acostumado a falar com grandes grupos e achando a situação toda cansativa. O droide estava ao lado dele, ouvindo atentamente, enquanto os três soldados o flanqueavam, as inclinações ligeiras de seus capacetes sugerindo que estavam mais do que prontos para encrenca. Os soldados empunhavam blasters brancos e pretos brilhantes e levavam blasters menores nos quadris. Phasma e os Scyre cutucavam uns aos outros ansiosamente, inquietos para encontrar uma maneira de reivindicar para si um pouco do novo espólio.

O droide falou com o homem de preto, e todos ficaram boquiabertos ao ouvir a voz mecanizada. Era difícil ouvir no platô, cercado por sussurros e as rajadas súbitas de vento, mas a linguagem parecia familiar e diferente. O homem de preto respondeu ao droide, que falou de novo, desta vez muito mais alto, sua voz projetada por algum tipo de máquina estranha:

– Meu nome é Brendol Hux, e receio que minha espaçonave tenha sido abatida por um sistema de defesa automatizado sobre o seu mundo. Minha língua é um pouco diferente da sua, então esse droide traduzirá ao seu dialeto mais primitivo.

A multidão ofegou e sussurrou. Ouvir sua língua falada através da máquina, embora estranho, era muito surpreendente.

Balder se aproximou, sacudindo a cabeça para fazer as argolas em suas orelhas tilintarem.

– Eu sou Balder, líder do povo Claw. Nós governamos esta terra, e sua nave caiu em nosso território.

O homem de preto, Brendol, deu um sorriso tenso e falou pelo droide novamente:

– Fico contente por sua ajuda, Balder, e pela ajuda do poderoso povo Claw. Minha cápsula de emergência pousou muito longe da nave. Perdi várias pessoas do meu grupo nesta tragédia horrível. Mas, se vocês estiverem dispostos a me ajudar, posso lhes oferecer o tipo de tecnologia e suprimentos que seu mundo perdeu. Se pudermos alcançar minha nave caída, eu lhes darei armas, comida, remédios e água. E vou conseguir chamar uma nave maior para trazer ainda mais riquezas.

– Por que você está aqui, Brendol Hux? – Balder perguntou, acariciando o queixo com o pé.

Phasma teria feito a mesma pergunta. Nada era de graça, e as riquezas oferecidas por Brendol Hux não seriam baratas.

O droide traduziu as palavras de Balder para Brendol, e Brendol assentiu como se aquela fosse uma pergunta sábia e Balder fosse um grande líder. Phasma cutucou Siv nas costelas e disse:

– Esse Brendol Hux é um homem inteligente.

– Eu também seria inteligente, com três guerreiros armados até os dentes ao meu lado. Com esses blasters, eles poderiam matar todo mundo neste platô em menos de um minuto, se quisessem.

– Então temos que fazê-los desejar um desfecho diferente.

Brendol falou com o droide e o droide disse:

– Eu venho de um grupo poderoso chamado Primeira Ordem, que leva paz à galáxia. Eu tenho a tarefa de vasculhar as estrelas em busca dos maiores guerreiros, para que eles possam se juntar à nossa causa. Nosso povo é bem cuidado e bem treinado. Pergunte aos meus soldados, aqui. Troopers, não é assim?

Os três soldados de branco assentiram e exclamaram:

– Sim, senhor!

– Cada um desses guerreiros foi selecionado em um planeta distante e treinado para lutar pela Primeira Ordem. Se o seu povo nos ajudar a nos levar à nossa nave, levarei qualquer um que deseje se juntar a mim quando nossa frota partir. Esses soldados viverão em glória e riqueza, nunca sofrerão de novo. Pois bem, quem vai me ajudar?

Os Claw se levantaram para manifestar entusiasmo, mas uma nova figura apareceu ao lado de Brendol Hux, uma guerreira usando uma máscara vermelha feroz.

– Eu sou Phasma, e sou a maior guerreira de Parnassos. – Removendo a máscara, Phasma encarou Brendol e esperou que o robô traduzisse. – Eu vou ajudá-lo a encontrar sua nave.

Em um piscar de olhos, Balder tinha os dedos dos pés envoltos na jaqueta de Phasma, e os guerreiros Scyre e os Claw estavam de pé, disputando posição ao redor dela.

– Estamos em paz, pequena Scyre – Balder sussurrou. – E, no entanto, você invade nossa fronteira?

– Você teria nos falado sobre as novas riquezas, Balder? Você já enviou mensageiros para o território dos Scyre, pedindo que nos juntássemos a vocês nesta missão? Você incluiria seus aliados na jornada em busca da estrela cadente?

Torben, Siv, Carr e Gosta empunharam suas armas, e os guerreiros entre os Claw de Balder estavam igualmente prontos. Brendol Hux olhou de Phasma para Balder, mas não como se estivesse preocupado. Era como se estivesse apenas curioso.

Balder resmungou:

– Eu teria feito isso, pequena Scyre, mas você acabou com essa gentileza com sua falta de julgamento. Você quebrou o tratado ao vir para cá, e suas terras conhecerão mais uma vez nossa fúria.

– Então você não permitirá que os guerreiros Scyre acompanhem os Claw nessa jornada para a estrela cadente, onde todos nós poderíamos nos beneficiar? – perguntou Phasma, sua voz e seu sorriso enganosamente brandos.

– Eu não recompenso os que quebram juramentos – sibilou Balder.

– E se eu pedir desculpas a você em nome dos Scyre e prometer manter o tratado?

Balder a considerou, seus lábios repuxados para trás em um esgar.

– Prometa a nós a criança dos Scyre como um pedido de desculpas por essa transgressão, e vou manter o tratado.

O sorriso de Phasma tornou-se fino e frágil, e, embora Torben tenha colocado a mão em seu ombro em sinal de advertência, ela disse:

– Então eu concordo. Vamos trabalhar juntos para alcançar a paz para todos.

Ela tirou a luva de escalada e estendeu a mão, e Balder a alcançou com o pé para selar o acordo, da forma como eram selados em Parnassos. Mas, quando se inclinaram para completar o gesto de boa vontade, Phasma o puxou para mais perto e colocou uma pequena adaga de pedra em seu peito. Balder estremeceu contra ela e caiu. Assim que seu corpo bateu no chão, Torben o pegou e o arremessou pela beira do platô, rumo à areia muito abaixo. Phasma e seus guerreiros mal tiveram tempo de se espalhar e sacar as próprias armas antes que os guerreiros Claw atacassem.

– Peguem Brendol Hux e levem-no de volta para a terra dos Scyre! – Phasma gritou para Torben, e o grande homem pegou Brendol como se fosse um saco de areia e o amarrou em suas costas, tão facilmente como se o homem adulto fosse apenas uma criança como Frey.

Os soldados de Brendol apontaram suas armas para Phasma, mas ela gritou:

– Sigam seu líder. Nós vamos levá-lo à sua nave. Balder teria matado todos vocês e roubado suas riquezas, mas eu e meu povo iremos com vocês.

Conforme uma feroz batalha tinha início, os stormtroopers devem ter feito as contas: ficar ali e lutar com um bando de primitivos estranhos ou seguir o homem enorme saltando com seu superior amarrado às costas. Eles poderiam ter atirado contra Torben, mas, com Brendol amarrado às costas e gritando para não atirar, eles não tinham muita escolha. Blasters empunhados, eles seguiram Torben, caminhando cuidadosamente sobre os pináculos de pedra.

A batalha se alastrou em seu rastro. Phasma estava verdadeiramente em seu elemento natural. Antes, todas as lutas tinham sido defensivas, com foco em repelir os inimigos do território e salvar as pessoas que não podiam lutar para se salvar. Agora, com três de seus guerreiros escolhidos a seu lado e mais oito Scyre escolhidos a dedo e treinados individualmente para alcançar a proficiência com armas e disposição para seguir suas ordens, ela poderia vivenciar uma verdadeira batalha corpo a corpo pela primeira vez. O planalto estava lotado, os corpos agarrando-se uns aos outros enquanto os Claw entravam em pânico e procuraram segurança, mas ou fugiam, ou encontravam o machado e a lança de Phasma. Avançando pela multidão, Phasma mirava nos guerreiros, máscaras e armas familiares de quem ela havia se defendido por anos durante as invasões e contra quem ela agora finalmente podia libertar sua raiva, a alegria ferrenha da destruição.

Phasma e seu povo lutavam pelo perímetro do grande platô, chutando os feridos e mortos pela borda do precipício para liberar mais espaço para a luta. Como Phasma havia planejado, eles foram lutando na direção oposta do planalto até chegarem perto da série de pináculos que os levariam através das terras fronteiriças e de volta ao território dos Scyre.

– Agora! – Phasma exclamou, e seu povo recuou através das rochas enquanto Carr lhes dava cobertura, pronto para atingir qualquer um que viesse atrás, arremessando facas mergulhadas no veneno de Phasma.

Logo os guerreiros Scyre remanescentes estavam avançando rapidamente de volta para casa. Eles haviam perdido apenas duas pessoas, e nem valia a pena nomeá-las. Os Claw tinham sofrido danos muito maiores. Sem Balder para liderá-los e mais preocupados em proteger sua propriedade e seus membros mais frágeis, eles sofreram mais baixas, e agora vários sobreviventes estavam nas bordas, olhando para baixo para ver quem tinha morrido e sido atirado para as areias lá embaixo.

– Você quebrou a trégua. Isso não acabou! – exclamou um dos tenentes de Balder.

– Então venha nos encontrar quando quiser morrer! – Phasma respondeu de longe, por cima do ombro, rindo.

Ela e seu pessoal correram para alcançar Torben e ajudar os soldados de Brendol a aprender a atravessar as rochas perigosas de Parnassos. Aos olhos de Phasma, o ataque tinha sido um sucesso absoluto. Ela e seus guerreiros não apenas haviam acabado com o reinado de Balder e lançado os Claw em uma situação de desordem, como também conquistaram Brendol Hux e seus soldados. Sua jogada arriscada funcionara, e Keldo teria que enxergar que essa estratégia os impulsionaria para um futuro grandioso para o povo Scyre.

NOVE

NA *ABSOLVIÇÃO*

– Isso não é suficiente – diz Cardeal, franzindo a testa.

– Você perguntou como foi que Brendol acabou em Parnassos, não perguntou?

– Sim, mas essa história não é importante. É só mais do mesmo. – Cardeal fecha a cara. – Phasma é incrível, Phasma é uma mentirosa, Phasma não tem honra. Phasma pode ter mentido um pouco, mas foi para o bem maior. A Primeira Ordem não se importa com nada disso.

– Mas você deveria. Ela é a soma total das histórias da vida dela, você sabe.

O droide bipa uma pergunta.

– Bem observado. Como você está escolhendo as histórias que você vai contar? Qual é o seu recorte?

Vi dá uma risada seca e espera que ele lhe ofereça um gole de água antes de falar de novo.

– Estou te contando tudo isso porque, como eu disse, tenho pesquisado todos os figurões da Primeira Ordem, e você está na lista. Não consigo encontrar nem uma marca negativa sequer nos seus registros. Tenho arquivos e arquivos com provas de que você não é um cara malvado. Você tem seus princípios e se mantém fiel a eles. Você é um ótimo soldado. Você pratica o que prega. As crianças e os jovens que se formam no seu programa de treinamento simplesmente te veneram.

Eu não consigo nem encontrar um jeito de te odiar, e ainda posso sentir o cheiro da carne queimada de quando você me eletrocutou. Então acho que isso tudo pode acontecer de duas maneiras. Ou você usa o que te dou para derrubar a Capitã Phasma, ou percebe para quem você está realmente trabalhando e deserta. De um jeito ou de outro, eu ganho.

Cardeal senta e dispara uma risada abrupta, olhando para Vi como se ela tivesse enlouquecido.

– Você é uma tola – ele diz, balançando a cabeça. – Tudo o que você me disse é o que eu já sei: a Capitã Phasma está disposta a fazer o que for preciso para levar glória ao seu povo. Ela fez exatamente o que a Primeira Ordem teria feito na mesma situação, o que ninguém mais teve a coragem de fazer. O que garantiria prosperidade para seu povo. Nem mesmo eu consigo encontrar falhas nisso. E quero encontrar. Não, você vai ter que me dar algo mais se quiser sair desta viva. E se quiser manter seu irmão a salvo.

À menção de Baako, Vi arreganha os dentes.

– Ah, mas esse não era o fim da história – ela sussurra. – Eu nem cheguei à parte boa.

DEZ

EM PARNASSOS, DEZ ANOS ANTES

PHASMA E SEUS GUERREIROS ENFRENTARAM UMA VOLTA DIFÍCIL e custosa para a terra dos Scyre. Prosseguiram devagar. Durante todo o percurso, Phasma concentrou-se em entender melhor o sotaque estranho e o vocabulário peculiar de Brendol. Agora sem o droide tradutor, perdido de alguma forma durante a luta, ela estava determinada a se comunicar em seus próprios termos. Brendol era educado e prestativo, na maior parte do tempo, mas teve que corrigi-la com frequência.

– Pare de me chamar de Brendol Hux – ele murmurou. – Enquanto estivermos neste maldito planeta, apenas me chame de Brendol.

– Seu povo tem mais de um nome? – perguntou Phasma, fascinada.

Brendol encolheu os ombros.

– Alguns têm. Alguns atendem por números, como os meus soldados.

– Eu não acho que vou querer ser um número – Phasma disse, virando-se para observar os três stormtroopers.

– Isso depende das suas prioridades – Brendol retrucou. – Eles consideram uma barganha que vale a pena em troca de uma vida melhor.

Phasma se encarregou de ajudá-lo a atravessar o terreno. Embora Brendol não fosse tão ágil e forte quanto os guerreiros Scyre, entre os músculos de Torben e a paciência de Phasma, Brendol não os atrasava muito. Seus soldados, Siv relatou, eram bem treinados, rápidos para improvisar e incansavelmente dedicados ao seu superior. Embora já tivesse prometido ajudá-los a encontrar a nave, Phasma ia armazenando informações sobre esses estranhos das estrelas, tentando entender melhor seus modos de falar.

A jornada original para alcançar o território de Balder levara meio dia, talvez, mas a volta demorou mais. Os guerreiros estavam cansados, vários tinham sofrido ferimentos leves, e o próprio Brendol não era ágil nem rápido e tinha pouca massa muscular. Sua vida nas estrelas deve ter sido fácil, os guerreiros sussurravam entre si. Quando pararam em um dos últimos platôs para descansar e comer, Phasma monopolizou o tempo de Brendol, fazendo-lhe pergunta após pergunta enquanto lutava para dominar as complexidades de sua linguagem. Ela queria saber sobre a vida dele, sobre as naves, sobre por que a Primeira Ordem precisava de guerreiros. Estava especialmente interessada em seus programas de treinamento, já que tinha observado os soldados de armadura branca lutarem durante a batalha com os Claw de Balder, e havia descoberto muito a admirar na calma que apresentavam, bem como na mira, nos nervos e no modo de seguirem ordens como reflexo.

Brendol parecia contente o bastante em falar, apesar de seus olhos lacrimosos dispararem para todo lugar, examinando o céu constantemente, como se a equipe de resgate pudesse chegar sem ser solicitada a qualquer momento. Ele falava devagar enquanto Phasma ia resolvendo as diferenças de idioma, mas era óbvio que ele não tinha interesse em aprender sobre o povo Scyre e seus padrões de fala. Todas as suas perguntas eram sobre o planeta como um todo.

– Mas o que aconteceu aqui? – ele perguntou, agitando um braço, o nariz enrugado como se o ar tivesse um cheiro ruim. – Há um poderoso sistema de defesa, mas nada mais. Nenhuma cidade. Nenhum sinal.

– Nós não sabemos – Phasma disse a ele. – Gerações atrás, tínhamos tecnologia. E talvez as suas cidades, mas isso tudo foi esquecido. – Ela deu de ombros e mastigou sua carne seca. – Tudo o que podemos fazer é sobreviver e esperar que algo mude.

– Então vocês nunca viram veículos ativos no céu? Não há presença corporativa ou governamental aqui?

Phasma sacudiu a cabeça.

– Há apenas os Scyre e os Claw. E então as terras baldias. Ninguém que tenha ido lá voltou, ao longo de muitos anos.

– Fascinante. Veja, nada disso consta em registros. O planeta está listado como desabitado, mas o resto dos arquivos foi apagado.

– O que são arquivos?

Brendol ignorou isso.

– Conte-me, Phasma. Existem outros lutadores nesta área que compartilham das suas proezas? Bandos vizinhos que possam ter guerreiros valiosos como você?

Com isso, Phasma deu uma risada altiva.

– Não, Brendol. Meus guerreiros são os melhores daqui. Balder era poderoso, mas eu o matei. Talvez o clã dele ainda tenha guerreiros, mas não há outros bandos. Já houve uma época em que existiam outros, quando eu era jovem, mas eles morreram ou se juntaram a bandos mais fortes. Nós perdemos terreno a cada ano enquanto o mar se eleva. É por isso que estamos ansiosos para partir com vocês.

– É engraçado que sua terra esteja sendo engolida – Brendol disse. – Do céu, notamos várias outras massas de terra que pareciam muito mais habitáveis. Campos e florestas, talvez, até mesmo alguns grandes complexos de construções que sugerem algum tipo de civilização. Mas ninguém respondeu ao nosso pedido de socorro. O que você acha disso?

– Eu gostaria de ver com meus próprios olhos, na sua nave. Todos os planetas de estrelas noturnas são como os nossos?

– Alguns são. A maioria dos planetas é significativamente mais avançada.

– Mas a maioria dos planetas não tem guerreiros tão ferozes quanto nós? – Phasma olhou para seu bando de guerra com orgulho. – Como nos tornaremos guerreiros para o seu clã, Brendol?

Brendol ficou muito rígido.

– A Primeira Ordem não é um clã, Phasma. É uma organização política e militar.

– Essas palavras, *política* e *militar*. O que elas significam? – ela perguntou, embora encolhesse um dos ombros como se para implicar que, se não eram parte do dialeto Scyre, não haveria como serem importantes.

Brendol a considerou como se avaliasse sua inteligência.

– Significa, em resumo, que a Primeira Ordem busca governar aqueles que não podem governar a si mesmos. Criar estabilidade e promover progresso para todos.

Phasma estendeu o braço, apontando para o horizonte.

– E o que a Primeira Ordem pensaria sobre este lugar?

– Este lugar. – Brendol fez uma pausa enquanto lutava para mastigar um pouco de carne seca. – Muitas partes deste planeta poderiam ser úteis, se pudéssemos desativar o sistema de defesa. Ele poderia ser colonizado e usado para treinamento e apoio, possivelmente até para agricultura ou mineração. É uma pena que seu povo tenha ficado preso em uma área tão pouco acolhedora. Mas, como eu já disse, podemos lhes oferecer algo mais do que arranhar a rocha.

– E aqueles que não são guerreiros? – Phasma perguntou. – Talvez eles pudessem ser transportados para essas partes melhores que você viu.

– Possivelmente – disse Brendol, mas rapidamente mudou o assunto de volta para as habilidades de luta de Phasma.

Siv notou que, enquanto Phasma falava com Brendol, ela combinava seus padrões de fala com os dele. Suas consoantes ficaram secas, suas vogais se alongaram mais e, em poucas horas, ela começou a desenvolver o sotaque do estranho. Uma imitadora natural, embora Siv nunca tivesse ouvido a expressão. A maior parte do povo Scyre ainda tinha dificuldades para entender o sotaque de Brendol e continuava a se concentrar no aspecto mais importante da vida Parnassiana: permanecer vivo. Siv e suas amigas examinavam constantemente as terras fronteiriças, esperando que o povo Claw aparecesse e reivindicasse seu prêmio.

Não demorou muito para que estivessem em movimento novamente, a caminho do território Scyre. Phasma foi na frente com Torben e Brendol ao seu lado e o resto dos guerreiros ajudando os stormtroopers a navegar pelos abismos em suas armaduras. Quando a primeira sentinela fez uma saudação, Phasma e seus guerreiros a devolveram com entusiasmo, batendo as armas contra os ombros e uivando sua vitória. A sentinela não refletiu o triunfo, mas compartilhou notícias solenes: Keldo e o resto do povo Scyre estava esperando por eles na Nautilus. Era considerado um excelente presságio que os estranhos das estrelas tivessem caído em Parnassos quando a caverna estava aparente, e Keldo presidia uma reunião lá dentro, sentado no trono ancestral de pedra.

Um contingente de guerreiros guardava a entrada da caverna. Phasma e Brendol passaram por eles e entraram lado a lado, seguidos pelos stormtroopers, que foram autorizados a manter suas armas e tratados como convidados de honra. Torben, Carr, Siv e Gosta vieram na sequência. Apesar da formalidade da reunião, foi um momento de grande entusiasmo e esperança, pois nenhum Scyre vivo encontrara alguém das estrelas, alguém que tivesse sobrevivido ao sistema de defesa orbital que geralmente reduzia todas as naves invasoras a uma pilha de peças.

A grande claraboia jogava um feixe de luz no trono de Keldo. Resplandecente e solene, ele usava seu traje Scyre completo, composto de tecidos brilhantes e penas antigas cuidadosamente guardadas para grandes ocasiões de Estado. Sobre ambos os joelhos, havia um antigo cetro feito de metal dourado, um pedaço antigo de equipamento de mineração passado de líder a líder entre os Scyre, e escondido na Nautilus com outros tesouros enquanto o nível do mar estava elevado. Havia espaço ao lado dele para Phasma, mas desta vez ele estava sentado no centro do trono, negando à irmã o seu lugar de direito.

– Irmão, eu trago presentes. Primeiro, para você.

Os guerreiros de Phasma sabiam que não deveriam bisbilhotar, mas todos estavam curiosos sobre o que ela trazia na mochila, um volume que ela não trouxera consigo no caminho à terra dos Claw. Naquele momento, Phasma o desembrulhou para revelar o inesperado: uma perna. Siv a reconheceu como pertencendo ao droide tradutor de Brendol que havia desaparecido.

– Com alguns ajustes, você poderá ficar em pé sozinho novamente.

Keldo pegou a perna que ela entregava, com cuidado para não trair o quão difícil era para ele segurar um equipamento tão pesado. Ele o considerou de todos os ângulos antes de se reclinar contra o trono, seu rosto uma guerra de esperança e raiva. Siv entendeu perfeitamente: sim, era um presente, mas também era um insulto, talvez até mesmo uma maneira de Phasma dizer *eu avisei* na frente de todos os Scyre. Keldo a proibira de sair, mas não era capaz de detê-la, de segui-la. Ele era, a esse respeito, incapaz. E isso o deixava furioso.

– E o que mais você me trouxe? – ele perguntou cuidadosamente.

– Um visitante de além do céu – disse Phasma. – Este é Brendol Hux, e estes são seus soldados. Eles se chamam stormtroopers, do clã Primeira Ordem. Brendol comanda muitas naves grandes que estão esperando por ele no céu.

Mas Keldo não sorriu. Seus dedos ficaram brancos onde se curvavam em torno da pedra e ao redor do cetro.

– Irmã, e quanto ao nosso tratado? Certamente nosso aliado, Balder do clã Claw, não permitiu livremente que você trouxesse esse Brendol Hux com você para os territórios Scyre?

Phasma manteve a calma. Ela estava ereta, ainda usando a máscara, e não se curvou ao irmão de maneira alguma.

– Essas pessoas e suas naves são mais importantes do que qualquer tratado. Se pudermos ajudar Brendol Hux a alcançar a nave caída, ele se comunicará com seu povo, e eles nos darão comida, água, suprimentos, remédios e acesso aos muitos avanços que nossa civilização perdeu.

Keldo lançou um olhar fulminante que demonstrava sua insatisfação, e sua voz ribombou pela caverna.

– Essas pessoas então foram encontradas nas terras fronteiriças?

– Eles estavam além do território Claw, nas terras baldias de ninguém.

– E Balder permitiu a vocês uma passagem segura?

Phasma expirou, fazendo vapor sair da máscara. Quando ela falou, sua voz era dura e baixa, quase animalesca:

– Não. Ele não permitiu. Balder exigiu a criança Frey por minha insolência em cruzar a fronteira, então eu trouxe essas pessoas para os Scyre e matei Balder por sua presunção. Aquele Dug asqueroso não nos perturbará mais.

A caverna ficou em silêncio, os Scyre presos entre a alegria feroz de Phasma e a decepção de Keldo.

– E quantos dos nossos morreram durante essa escaramuça inútil?

A voz de Phasma era contrita.

– Duas pessoas. E pelo menos doze Claw. Mas a perda será mais do que recompensada. Brendol Hux vai nos ajudar. Nossos filhos nascerão e serão criados em segurança entre as estrelas, e nossos guerreiros se unirão à glória da Primeira Ordem e trarão honra ao nosso povo.

Keldo suspirou.

– Esses são sonhos de criança, irmã. Suas ações quebraram a paz entre os bandos, e sua loucura destruiu vidas preciosas!

– Esses são sonhos de guerreiro, irmão, e eles são reais. Balder está morto, e o bando Claw foi derrotado. Matamos uma dúzia dos melhores guerreiros dele e reivindicamos o prêmio de forma justa. Brendol Hux é a nossa maior esperança para o futuro. Com a ajuda dele, podemos nos tornar o bando mais poderoso do planeta e impedir nosso povo de ser extinto. Existem terras melhores além do mar, Brendol me disse, terras onde edifícios ainda estão de pé e o chão é sólido e produz lavouras, frutos e animais. Ele pode nos levar até lá em sua nave, nos realocar com todos os nossos tesouros para um lugar mais seguro. Essa será nossa recompensa por devolvê-lo ao seu povo. Ele só precisa chamá-los e eles aparecerão!

Siv notou aqui que, até onde ela sabia, Brendol não prometera nada disso, mas nunca ousaria corrigir Phasma, especialmente em público.

Keldo levantou um dedo.

– Se o povo dele é tão incrível, por que não o encontram por conta própria? Se a tecnologia deles é como a que perdemos, suas naves já deveriam ser capazes de imobilizar o sistema de defesa orbital e procurar na superfície do planeta pela nave perdida. Eu li os manuais antigos, Brendol Hux. A sua nave não tem um dispositivo de retorno?

Siv não podia ver o rosto de Phasma, mas viu as mãos da líder se fecharem em punhos. Nem mesmo Siv sabia que Keldo havia aprendido a ler sozinho, embora tivesse notado que ele tinha um antigo datapad entre seus pertences. Ele também mantinha segredos.

Ouvindo o tom paternalista de Keldo, Brendol falou por si mesmo, embora devagar e como se estivesse falando com uma criança.

– O sistema de defesa orbital pode ter destruído a minha embarcação, bem como quaisquer balizas que pudessem contatar meu pessoal de forma independente. Mesmo que viessem nos procurar, estamos longe do local do acidente, e agora ainda mais longe do nosso pod de fuga. É da maior urgência que eu retorne à minha nave caída, para que minhas tropas e eu possamos consertar a matriz de comunicação e fazer contato direto com meus superiores. Sua irmã está correta: uma frota inteira de naves, milhões de homens fortes, aguardam minhas ordens.

Keldo permaneceu sentado como pedra em seu trono, fulminando Phasma com o olhar. Ele estava lívido, e se sentia ofendido. Siv o conhecia bem, e nunca soubera de alguma briga ocorrida entre os irmãos. Todos estavam em terreno novo, algo raro para os Scyre. Phasma deu um passo à frente, mas Keldo ergueu a mão como se ordenando que não se aproximasse.

– Irmão, escute. Isso é pensando no melhor. Meus guerreiros e eu levaremos Brendol Hux e seu povo para encontrar essa nave. Eu vi as terras baldias não reclamadas, além do território de Balder, e não é como nada que tenhamos visto antes. Terra até onde a vista pode alcançar, estéril e coberta apenas com areia. Sem pedras, sem água. Sem a sua perna, você será incapaz de percorrer essa jornada com a velocidade necessária, então eu imploro, fique aqui onde você estará mais confortável, e eu vou trazer a glória aos Scyre quando o objetivo for alcançado.

– Mas, irmã, você me trouxe uma nova perna.

– Mas, irmão, você deve primeiro aprender a usá-la.

O interior da Nautilus de repente parecia pequeno demais, e o povo Scyre se amontoava, muito próximo, confuso pela hostilidade de seus líderes e pela presença de estranhos vindos do espaço. Eles olhavam para Keldo e Phasma em busca de respostas, mas tudo o que encontraram foi tensão. Em algum lugar, Frey começou a chorar baixinho.

Quando Keldo falou novamente, sua voz era hostil e fria, muito distante do tom caloroso e ansioso de Phasma.

– Mas, irmã, a nave está além do território de Balder. Você sabe a quem pertence o território, ou de que forma eles lutam para defendê-lo? Os Claw terão escolhido um novo líder a essa altura, e podem até estar planejando um contra-ataque que traria violência para a nossa terra. Perdemos vários dos nossos guerreiros, e eu vejo ferimentos dos que sobraram começarem a apodrecer. É simplesmente arriscado demais para você e seus excelentes guerreiros nos deixarem aqui, desprotegidos, quando você perturbou o equilíbrio da paz.

– Mas, irmão...

– Phasma, me ouça. Povo Scyre, me ouça. Brendol Hux, me ouça. Proíbo qualquer um dos meus homens de perseguir essa busca. Brendol Hux e seu povo são bem-vindos para ficar aqui e se juntar aos Scyre, mas o risco de partir é simplesmente grande demais. Nosso povo lutou e morreu para proteger esta caverna e esta terra. Você pode ter destruído a paz conquistada a duras penas com o nosso maior inimigo, Phasma, mas eu não vou deixar você destruir os Scyre. Uma missão de resgate está fora de questão.

Ele bateu com o cajado no chão, e o som ecoou pela agora silenciosa Nautilus, propagando-se através de todas as cavernas escondidas e saindo, em algum lugar, para o mar.

– O Scyre falou.

Phasma não disse nada; quando o Scyre falava, não havia mais argumentos. Naquela noite, seu irmão escolhera assumir o manto formal de governo, negando-lhe o lugar que ganhara ao seu lado, como seu braço de espada. Como ela bem sabia, não havia brigas entre o povo Scyre; ali, na Nautilus, as pessoas reunidas receberiam as ordens de Keldo. Ela aquiesceu, balançando a cabeça, girou nos calcanhares e caminhou rumo à escuridão.

Se ao menos Keldo tivesse compreendido melhor sua irmã...

Naquela noite, enquanto os Scyre dormiam em suas redes entre os pináculos rochosos, Phasma entrou na caverna Nautilus e carregou vários fardos com a comida coletada pela tribo, ferramentas e água, provisões que eles mantinham para emergências. Talvez ela tivesse chegado à conclusão de que a Primeira Ordem ficaria mais do que feliz em reabastecer tudo o que ela levasse. Talvez ela se importasse apenas em forjar uma aliança com Brendol. Seja qual fosse a razão que ela deu a si mesma, Phasma partiu para a noite com seus quatro guerreiros mais próximos, Brendol Hux e os três soldados, deixando uma tribo aleijada e indefesa para trás.

ONZE

NA *ABSOLVIÇÃO*

– Você entende o que Phasma estava fazendo, não entende? – Vi pergunta.

Cardeal encolhe os ombros.

– Aliando-se com a parte mais forte, ao mesmo tempo em que se livrava da influência do irmão, que era mais fraco. Mas tudo isso ainda está bem alinhado com a maneira da Primeira Ordem fazer as coisas. Ela era leal ao seu povo, em primeiro lugar, e, quando não concordou com a decisão do irmão, fez o que achou melhor. Se ele fosse verdadeiramente seu superior, eu objetaria. Porém, como você descreveu, eles eram iguais. Portanto, ela não quebrou nenhum pacto.

– Então você acha que ela fez a coisa certa?

Vi aprecia o cuidado que Cardeal coloca em sua resposta. É claro que ele está frustrado, mas também está disposto a debater. É raro encontrar alguém disposto a desafiar os próprios preconceitos, especialmente em um tópico importante como esse é para Cardeal.

– Não importa se Phasma fez a coisa certa. Minha lealdade é com a Primeira Ordem e o que acontece dentro de nossas fileiras. O que quer que tenha acontecido antes de Phasma ter prometido sua lealdade a nós não é da minha conta. Não tenho como conhecer as complexidades de sua cultura e a estrutura de liderança. O que você me disse até agora pode ser um estudo de personalidade interessante, mas preciso de provas documentais de erros cometidos por Phasma dentro da Primeira Ordem. E você ainda não me contou sobre como o General Hux morreu.

– Estou chegando a isso. Mas preciso de um medpac. Se eu ficar muito mais fraca, não vou conseguir falar. E as minhas necessidades pessoais? Não é fácil contar uma história quando você está prestes a explodir.

Cardeal se inclina para a frente e balança a cabeça.

– Haverá tempo para tudo isso depois. Conte-me sobre Brendol.

Vi endurece.

– Medpac primeiro. Eu preciso estar fortalecida para essa parte. – Ela abaixa a cabeça e sorri ironicamente. – Você não vai gostar.

Cardeal se levanta para verificar a leitura no painel ao lado da cabeça dela, que está verificando os sinais vitais. Seja lá o que ele vê, deve confirmar o que ela está dizendo. O droide emite um sinal sonoro relutante, e Vi percebe que ela começou a pensar em Iris como o mais amigável de seus interrogadores.

– Suas necessidades pessoais são problema seu. Vou trazer um medpac e mais comida e água. Tente qualquer coisa e o acordo está encerrado. E lembre-se: eu sei onde seu irmão está. E Iris está de olho em você. – Ele coloca o capacete e vai até a porta.

Antes que se abra, Vi diz algo cuidadosamente escolhido para incomodá-lo.

– Diga-me, Cardeal. Você se lembra de quando Phasma chegou pela primeira vez à *Finalizador?*

DOZE

NA *ABSOLVIÇÃO*

Cardeal sai para o corredor, fecha a porta e a verifica novamente. Essa espiã da Resistência deve permanecer como seu pequeno segredo sujo; pelo menos até que receba dela as informações de que precisa. Verifica a hora e murmura um xingamento, uma gíria vulgar de Jakku que seria desaprovada se houvesse alguém por perto para ouvi-la. A Capitã Phasma e Armitage Hux estarão na *Absolvição* para uma reunião na manhã seguinte, o que significa que Cardeal não tem muito tempo para arrancar os segredos de Phasma da prisioneira.

É agradável pensar nela como Phasma, em vez de Capitã Phasma. Uma vilã suja, ignorante, desesperada e traidora, vinda de uma colônia agonizante, disposta a fazer qualquer coisa para sair do planeta. Sim, isso soa como algo típico da Phasma que ele conhece – ou, pelo menos, o que gostaria de presumir. Ele não sabe praticamente nada sobre ela, mas tudo o que Vi disse faz sentido. Cardeal levou em consideração que a espiã pode estar mentindo, mas as histórias são muito específicas, aplicáveis à sua rival de uma maneira muito fácil. É estranho que ele possa odiar Phasma com tanta intensidade. Na superfície, eles têm muito em comum. Jovens guerreiros incompletos arrebatados por Brendol Hux e induzidos pela promessa de uma vida melhor em uma nave entre as estrelas.

Rá. Cardeal foi o primeiro e melhor projeto de Brendol. Phasma foi uma adição posterior. Uma reflexão tardia. E que recebeu atenção injusta.

Enquanto ele marcha em direção ao refeitório, as palavras finais de Vi ecoam em sua cabeça.

Ele se lembra do dia em que Phasma chegou à *Finalizador?*

Claro que sim. Como poderia esquecer?

Foi o dia em que ele perdeu metade de tudo pelo que tinha lutado.

Com Brendol longe, em uma missão de recrutamento, ficou ao encargo de Cardeal orientar o programa de treinamento. Era uma tarefa que ele amava, e para a qual era excepcionalmente qualificado. Quem mais poderia acalmar e inspirar novos recrutas se não um homem que já estivera no lugar deles, usando as mesmas botas pesadas e que não serviam direito? Desde que havia deixado Jakku com Brendol, Cardeal já havia ele mesmo feito parte do programa, bem como ajudado a moldar as jovens mentes e transformá-las em soldados perfeitos para a Primeira Ordem. Os oficiais de Brendol lidavam com a programação, mas Cardeal lidava com a real instrução física. Combate corpo a corpo, prática com blasters, simulação de corrida e testes recorrentes de coragem, sempre moldando sutilmente as mentes jovens – ele era o líder ideal. Ninguém acreditava na Primeira Ordem como Cardeal acreditava; ele, que tinha sido tirado da pobreza esmagadora e recebido um propósito, e se orgulhava de ajudar cada jovem órfão a encontrar forças interiores e alcançar aquele núcleo resiliente interno que um dia viveria para servir a Primeira Ordem.

Ele estava treinando um batalhão no uso de bastões de controle de insurreições quando uma ordem veio de seu comunicador:

– Cardeal, reportar à sala de reuniões um-zero-sete imediatamente. São ordens de General Hux.

Quando essas ordens chegavam, muito como a reunião que aconteceria no dia seguinte, não havia como questioná-las, como perguntar se ele estava sendo chamado para receber elogios ou reprimendas.

Também não se toleravam demoras. Ele deixou Iris e o próximo oficial mais graduado na escala no comando do treinamento, deu ordens claras e saiu às pressas pelos corredores rumo à sala de reuniões familiar, ansioso para descobrir o que seu superior queria. Embora fosse formalmente o guarda pessoal de Brendol e o acompanhasse em todas as tarefas importantes de Estado, Cardeal estava bem ciente de que Brendol com frequência fazia viagens de recrutamento, geralmente para buscar, em um novo planeta, cadetes que tivessem a combinação ideal de desvantagem e força. A galáxia estava repleta de órfãos que tinham crescido como Cardeal, sozinhos e passando dificuldades em um planeta difícil. Para essas crianças, a Primeira Ordem era a salvadora ideal. Mesmo os cadetes que não estavam dispostos a ir – aqueles levados contra a vontade, mas para o próprio bem, em última instância – aprenderiam a enxergar a Primeira Ordem dessa maneira, mais dia, menos dia. Então, talvez Brendol tivesse trazido um novo pelotão de estudantes para os quais Cardeal deveria apresentar suavemente as maravilhas da água limpa e da comida que vinha regularmente. Esse era o melhor dos cenários.

Porém, quando Cardeal chegou à sala de reuniões, armadura e capacete totalmente polidos e postura ereta, encontrou não o grupo usual de crianças desalinhadas ou um datapad com novos números de identificação, mas uma única figura alta ao lado de Brendol. Ele – pois, na época, Cardeal tinha certeza de que se trava de um homem – claramente não era um stormtrooper adequado, mas usava armadura branca de stormtrooper, que não servia bem e que estava, para todos os efeitos, imunda. Sangue, marcas de lama e chamuscados espalhavam-se por toda parte. Sob a armadura, ele estava blasfemamente envolto em tecido vermelho em vez da necessária malha corporal preta, e era mais alto do que Cardeal ou Brendol, exalando uma aura de ameaça sutil.

Desde o começo, Cardeal soube que aquele novo recruta seria um problema.

– Cardeal, esta é Phasma – dissera Brendol. – Você vai apresentar a ela a nave e os deveres. O programa de treinamento cresceu além do que previram nossas maiores esperanças, e, assim que o treinamento dela for concluído, o seu atual papel será dividido entre vocês dois. Cardeal continuará a lidar com os novos recrutas e as crianças, enquanto Phasma futuramente assumirá o controle dos adolescentes e adultos, especialmente em relação a simulações de combate e terreno. Cardeal, vou designar um novo guarda pessoal. Você teve um desempenho admirável, e agora gostaria que se concentrasse em nosso programa de expansão e em treinar Phasma em todas as nossas armas. Certifique-se de que ela use com velocidade os datapads, a tecnologia, esse tipo de coisa.

A apresentação pegou Cardeal inteiramente desprevenido.

Não somente ele não estava preparado para o alto intruso ser mulher, como também tinha perdido a maior honra que tinha como guarda de Brendol – e metade de seu programa de treinamento. Tudo isso, e ele ainda precisava treiná-la.

Se alguma outra pessoa tivesse exigido tal tarefa dele…

Mas era Brendol Hux.

– Ela recebeu um número, senhor? – ele perguntou, odiando o guinchado de desespero em sua voz.

Brendol mostrou aquele seu sorriso secreto e deu risada.

– Ah, não. Como você, ela é um caso especial. Ela também vai necessitar de uma adequação de armadura. Já lhe designei uma suíte separada. Nós tivemos uma longa jornada, então hoje vamos descansar. Você vai começar seu treinamento amanhã de manhã. E agora devo me certificar de que nossos outros novos recrutas comecem com o pé direito. Tenho grandes expectativas para esses guerreiros de Parnassos.

Cardeal fez uma saudação, mas Brendol agia estranhamente. Vinha observando seu mentor durante anos, desde aquele primeiro voo quando partiram de Jakku, e ele tinha visto Brendol em dias bons e ruins, sob grande estresse e se regozijando com uma vitória burocrática. Algo estava errado com ele naquele dia, algo mais do que apenas a pele avermelhada pelo sol, mas Cardeal não sabia dizer o quê. Talvez o homem mais velho estivesse simplesmente exausto de seja lá o que houvesse acontecido no planeta de Phasma.

Brendol saiu, e Cardeal sentiu como se tivesse perdido algo valioso e recebesse um substituto patético no lugar. Ele virou-se para Phasma, determinado a fazer o melhor possível. Porque era isso que Brendol e a Primeira Ordem exigiam, e se nada mais acontecesse, Cardeal queria fazer seu trabalho e fazê-lo bem.

– De que planeta o General Hux disse que você era? – ele perguntou, abrindo a porta e esperando que ela passasse.

– Parnassos – ela respondeu, seu sotaque seco e impecável como o de Brendol, mas, observou Cardeal, quase sem emoção.

– Não ouvi falar dele. – Ela ainda não tinha passado pela porta, então ele acrescentou: – Depois de você.

Phasma sacudiu a cabeça.

– Você vai primeiro. Eu não sei o caminho.

Cardeal tinha dado de ombros na época, sem dar importância. Ela estava cansada, claramente havia lutado, e era obviamente de algum país periférico devastado pela guerra. Claro que não iria querer falar sobre isso. Então ele assentiu e foi na frente, conduzindo-a para fora da sala de reuniões.

Agora, andando pelos corredores de um Destróier Estelar diferente, mas do mesmo modelo, na sua *Absolvição* em vez do que tinha se tornado a *Finalizador* dela, Cardeal é forçado a se lembrar de que Phasma nunca mencionou seu planeta natal novamente, e que ela sempre se desviava de fazer qualquer menção a suas origens ou treinamento prévio. Qualquer insistência e ela sempre ia mais fundo no silêncio, ou dava o troco duplicando sua ferocidade no que deveria ser um exercício amistoso de treinamento.

Não admirava que o último destino de Vi tivesse chamado sua atenção. Embora ele olhasse nos mapas estelares e visse que estava rotulado como destruído, nunca tinha ouvido o nome Parnassos novamente, tinha? Até aquele dia.

Quando entra no refeitório, Cardeal deixa suas preocupações deslizarem de seus ombros para que possa ficar com a postura ereta. Ele se move entre seus soldados, acenando com a cabeça para os que acenam para ele com deferência. Certamente, pensa neles como soldados, mas são todos menores de dezesseis anos, não são? Desde a divisão nos programas de treinamento, os recrutas mais velhos do Capitão Cardeal partem para completar seu treinamento na *Finalizador* com a Capitã Phasma, enquanto os cadetes mais jovens permanecem na *Absolvição*. Cardeal não tem ideia do que acontece lá com os mais velhos. A julgar pelas vitórias militares celebradas em ambas as naves, suspeita de que os métodos de Phasma continuem sendo exemplares. Sabe que os seus são impecáveis.

Na fila, ele seleciona várias garrafas de água e outro pacote de proteína, este com um sabor diferente. Não que sua prisioneira vá se importar com isso, mas ele quer mantê-la viva para que continue falando, o que significa que ela precisa comer. Iris confirmou que suas estatísticas não eram boas, então Vi não estava mentindo sobre isso. Mesmo que ele tenha descoberto muita coisa das histórias dela até aquele momento, tem certeza de que está mantendo alguma coisa em segredo, arrastando a história por mais tempo do que é realmente necessário. Ela sabe algo sobre Phasma – algo que pode ajudá-lo. E, se ele puder apenas arrancar essa informação da espiã antes que Armitage e Phasma cheguem, se ele puder obter provas reais e concretas, talvez possa se livrar da sua rival de uma vez por todas.

Não porque ela seja melhor do que ele, e não porque ele esteja preocupado com a competição amigável. Mas porque, quanto mais ele descobre sobre Phasma, mais ele acredita que ela não é o soldado perfeito que parece ser. Que há algo perigoso nela, algo que potencialmente ameaça a Primeira Ordem. Ela é como uma bolota podre em um pacote de proteína que estaria comestível. Algo que não deveria ser permitido de existir e que é controlado... mas que de alguma forma passou pela inspeção.

E tudo vai acabar na história de Brendol Hux – Cardeal simplesmente tem certeza.

E isso também é pessoal. Quando Phasma apareceu, Cardeal foi retirado do serviço como guarda pessoal de Brendol, e essa distância impediu que o protegesse quando ele mais precisava. Brendol estava muito bem antes de Parnassos, e continuou bem por um tempo depois que voltou. Mas então ele foi se adoentando cada vez mais, e simplesmente... morreu. Ou foi isso que o jovem Armitage Hux disse em um discurso particularmente comovente diante de toda a tripulação da *Absolvição*. A verdadeira causa da morte nunca foi revelada, e as investigações de Cardeal foram ignoradas, como se Brendol fosse apenas mais um stormtrooper sem nome.

Seus recrutas parecem muito jovens no refeitório, seus capacetes cuidadosamente colocados em prateleiras numeradas para que possam se alimentar. Eles acenam para Cardeal alegremente e ele acena de volta. Ali, jantando e bebendo em grupos de sua própria escolha, eles são simplesmente crianças. Recolhidos de alguns dos territórios não reclamados mais solitários da galáxia, eles se reúnem para se tornar grandes soldados sob o olhar atento de Cardeal. Seus cabelos e pele são de todos os tons possíveis, variando do branquíssimo ao negro; seus olhos variam de azul-gelo a preto e todos os matizes intermediários. Seus escalpos raspados mostram suor do treinamento, e sua risada desafia a miséria de suas histórias e origens. Eles se ergueram das próprias cinzas.

Cardeal sente uma onda de orgulho. *Isso* é o que a Primeira Ordem é. Dar a todos oportunidades iguais para ter sucesso, não importa quão humilde seja seu começo, ou quão distante seu planeta. Não há crianças ricas ali impondo-se como superiores aos órfãos. Não há lobistas, grupos de interesse ou subornos. Ninguém está morrendo de fome, passando sede ou morrendo de exposição às intempéries. No que diz respeito a Cardeal, qualquer um que se oponha aos benefícios óbvios da Primeira Ordem é um tolo.

E qualquer um que faça um juramento à Primeira Ordem e a traia responderá a ele.

Cardeal olha o refeitório uma última vez antes de voltar para o corredor. Deveria se encaminhar para dormir por um turno de quatro horas naquele momento, mas isso não vai acontecer. Ele é, no entanto, obrigado a participar de sua sessão noturna de moral, que é obrigatória e monitorada pelos oficiais no andar de cima. Deslizando para seu quarto, toma seu lugar diante da tela e relaxa enquanto absorve a mensagem. Quando era jovem, achava aquilo um pouco apavorante, observar todas as coisas horríveis que acontecem na galáxia sob o domínio da Nova República, o caos e a tragédia causados por terroristas e rebeldes. Mas agora é relaxante, porque ele sabe que a Primeira Ordem se elevará para conquistar todos os que se opõem a ela. Ele teve seu papel no treinamento de soldados que vão lutar pela estabilidade, e está confiante em suas proezas.

Quando a sessão é concluída, Cardeal para na estação de medicamentos dos alojamentos e diz aos droides que está se sentindo fraco, e que poderiam lhe fazer bem algumas vitaminas e estimulantes. Ele é o Capitão Cardeal, então recebe o que pede sem questionamento. Segue então uma rota sinuosa de volta à sala do nível inferior, onde a espiã está esperando. E, se ela for inteligente, não estará tentando nada estúpido. Ela tem que saber a essa altura que é tolice resistir – tanto a ele quanto ao poder que ele representa. Ninguém pode lutar contra a Primeira Ordem e sobreviver. E, apesar de sua natureza obviamente rebelde, há algo nela de que ele gosta. É um jogo de azar questioná-la de forma independente. Esse interrogatório é seu primeiro exemplo de rebeldia dentro da Primeira Ordem. Iris, pelo menos, cobriu seus rastros. Qualquer pessoa que pesquise os registros encontrará uma anomalia, como se o espião nunca tivesse existido ou alguém tivesse adulterado os registros. É um jogo ousado, e possivelmente condenável. Mas, para ele, é a última gota. Ele tem uma chance de remover o câncer que é a Capitã Phasma, e está disposto a apostar que seu jogo de azar valerá a pena. Aquela espiã sabia como acabar com Phasma.

Será que ela poderia estar jogando apenas para se manter viva? Talvez, mas Iris tinha sido programado para captar mentiras, o que ajudava com os recrutas mais jovens. Até o momento, Vi acredita na história que está contando. Ele precisa tentar fazê-la tropeçar e ver como ela reage. Mas também vai conseguir extrair mais dela se ela acreditar que ele tem compaixão ou é ingênuo; então Cardeal não pode pressionar demais.

Quase parece uma traição mostrar empatia por uma espiã da Resistência, mas o que ele está fazendo está a serviço da Primeira Ordem. Se Phasma é uma semente podre, cabe a ele ajudar seus superiores a enxergá-la e eliminá-la antes que algo perigoso crie raízes. De alguma forma, eles não viram o que ele havia notado o tempo todo. Talvez, se Brendol estivesse vivo, ele captasse. É uma pena quanto a Armitage. Ele jamais gostou de Cardeal, e o Hux mais jovem e Phasma são próximos. Mas Cardeal vai mudar isso.

Ou pelo menos é o que diz a si mesmo.

O turboelevador se abre e ele entra no corredor escuro, odiando a falta da ordem e limpeza onipresente no resto da *Absolvição*. Esse nível mais inferior... Bem, eles têm seus usos para isso, claramente, mas ele não representa as melhores partes da Primeira Ordem. Cardeal só conhece aquela sala em particular por ter testemunhado vários interrogatórios feitos por Brendol anos atrás, também em segredo, e duvida que muitos outros já tenham visto ou conheçam tais lugares. Mesmo os soldados designados para a limpeza não têm tarefas em pontos tão profundos no gigantesco Destróier Estelar.

Ele se detém do lado de fora da sala, com suprimentos na mão, controlando as emoções. Tem que manter o controle, mas parecer alegre e simpático. Tem que ser ameaçador, mas mantê-la feliz, mantê-la falando. Não pode perder o controle e machucá-la demais. E precisa chegar ao cerne da história rapidamente, antes que Armitage e Phasma cheguem à nave e comecem a fazer perguntas sobre onde Cardeal esteve. Precisa de evidências físicas reais. Ninguém aceitaria a palavra de uma espiã da Resistência contra uma guerreira valorosa que era Capitã da Guarda da Primeira Ordem, especialmente a Capitã Phasma.

A ironia não lhe escapa. Cardeal está quebrando as regras da Primeira Ordem para eliminar a Capitã Phasma por quebrar as regras da Primeira Ordem. Mas não está fazendo isso para ganho pessoal, porque deseje uma promoção, recompensa ou poder. Está fazendo isso porque ela tem o potencial de destruir a coisa que ele mais ama, e deve ser detida.

Ele tem que obter as respostas de que precisa. Senão…

Senão ele também será um traidor.

TREZE

NA *ABSOLVIÇÃO*

– AH, QUE BOM – DIZ Vi, piscando os olhos baços algumas vezes. – Não estou apenas sonhando.

– Não chame de sonho até ter sentido o gosto da comida – Cardeal responde, colocando o capacete na mesa, mas há algo forçado sobre seu jeito jocoso que indica a Vi que ele não é inteiramente genuíno. – As vitaminas são difíceis de engolir.

Ele a ajuda com a água, aplica os estimulantes, força-a a engolir as vitaminas e espreme ainda mais pasta proteica cinzenta na boca de Vi para ajudá-las a descer.

– Quase tem gosto de frango – diz ela, esforçando-se para engolir – se você descontruísse o frango e o esmagasse com um happabore. Mas então, quando você vai me deixar sair dessa cadeira chique para eu poder comer com minhas próprias mãos?

– Quando você me contar o que preciso saber.

– Você já sabe o que precisa saber. Phasma é encrenca.

Ele sacode a cabeça, exasperado.

– Ah, é claro. Só me deixe ir ao General Hux e passar isso adiante. *Sim, senhor, então acontece que essa espiã da Resistência que estou escondendo no porão da nave disse que a Phasma não serve pra ser líder da manada.* – Por apenas um momento, o que ela acha que pode ser o verdadeiro sotaque de Cardeal vem à tona, amplo a áspero. Então ele retorna para sua melhor aproximação aos tons secos da Primeira Ordem. – Eles me chutariam por uma saída de ar. Isso não é uma brincadeira infantil de dedurar. Preciso de provas reais e verdadeiras de maus atos. E não a ideia especial da Nova República de maus atos. Precisa ser uma clara violação da lei da Primeira Ordem.

– Como assassinar Brendol Hux?

Isso chama sua atenção. Ele gira e a encara, e o droide se aproxima ansiosamente voando ao seu lado.

– Sim. Exatamente como isso. Estamos finalmente chegando à parte importante. Você tem provas?

Vi inclina a cabeça para trás, sorrindo.

– Posso te dizer onde encontrar provas, embora seja quase uma missão suicida. Mas você precisa me deixar chegar lá. É tudo parte da história. – Ela ri. – Tudo parte da lenda. Isso não o incomoda?

– O quê?

– Que é como se eles escolhessem ela e não você. Quiseram transformá-la em um mito. A menina de lugar nenhum que se tornou o motor mais enaltecido na maior máquina de guerra.

Ele se vira, e ela sabe que o tem na mão.

– O que me incomoda é ela não ser o que parece.

– E você nunca se perguntou se tudo não passa de uma mentira? Se ela não é realmente o modelo reluzente de armadura cromada em todos os seus pôsteres de propaganda, com aquela capa farfalhando ao vento? Não é o soldado ideal? – Uma pausa. – Que ela pode não acreditar de verdade na Primeira Ordem como você acredita?

Cardeal fica muito imóvel. Ele está de costas, mas ela percebe a dor em cada linha de seu corpo. Seus dedos brevemente agarram a própria capa de sua armadura, idêntica à de Phasma, não que ele esteja em algum pôster. Tudo o que veem é o metal cromado polido da armadura dela. Essa farpa de Vi o acertou em cheio.

– É claro que me incomoda. Todos os dias.

– Mas você não fez nada a respeito disso.

Ele se vira de frente para ela, seus dentes à mostra.

– E o que eu poderia fazer? Ninguém sabe nada sobre ela. Brendol não está mais aqui. Vasculhei os registros e não encontrei nada sobre Parnassos, nada até você ter aparecido aqui hoje. Não posso revistar a suíte dela procurando pistas. Ela não fala com ninguém, nunca fez confidências com uma pessoa sequer. Como se enfrenta uma lenda, especialmente uma que continua a cair nas boas graças dos superiores e a impressioná-los? Como se enfrenta um mito que eles construíram a partir do nada?

– Talvez, se seus superiores aprendessem a verdade, eles fizessem a coisa certa. Eles se dariam conta de que ela é um mynock roendo o coração dos ideais que eles sustentam. Que ela é uma ficção, só fumaça e espelhos. Que a lenda é, na verdade, uma mentira. Que ela um dia vai trair a Primeira Ordem como traiu tudo o que ela já professou amar.

Cardeal de repente está na frente de Vi, o fervor ardendo em seus olhos escuros.

– Então me dê a prova para que eu possa colocar um fim nisso. Um fim nela.

Vi sorri.

– Está bem, então. Deixe-me contar sobre o início do fim de Brendol.

CATORZE

EM PARNASSOS, DEZ ANOS ANTES

Depois que deixou os Scyre, Phasma nunca mais olhou para trás. Seus guerreiros sempre a consideraram sua verdadeira líder, e suas verdadeiras lealdades deixaram de ficar ocultas. Ninguém falava de Keldo ou do resto dos Scyre ou dos Claw; ninguém falava de arrependimentos. Mantinham silêncio ao atravessar pelos torreões de rocha que faziam a terra dos Scyre tão traiçoeira. Enquanto Gosta ia na frente, testando o terreno, Torben ajudava Brendol novamente, e Phasma, Carr e Siv ajudavam os stormtroopers. Apesar dos ruídos inescapáveis feitos pela ancoragem dos pregos e pelos saltos de rocha em rocha, ninguém da tribo se mexeu conforme partiam, nem mesmo as sentinelas.

Quando alcançaram as terras fronteiriças, a última sentinela Scyre estava adormecida em sua rede. Mais tarde, em segredo e longe dos ouvidos de Phasma, seus guerreiros discutiram aquela peculiaridade, e foi mencionado que talvez a líder tivesse despejado alguma coisa no ensopado noturno para ajudar o grupo a partir. Phasma tinha servido seu povo pessoalmente, o que eles consideraram uma honra. Seus guerreiros e o pessoal da Primeira Ordem tinham, é claro, sido servidos primeiro. Depois de deixar a sentinela roncando para trás, eles não podiam deixar de considerar que talvez o gesto benevolente de Phasma fosse menos uma honra e mais uma política de segurança – não que eles tivessem uma palavra para isso entre os Scyre. Ainda assim, sabiam que alguma coisa estava acontecendo, e era inquietante ver esse novo lado de Phasma.

Siv estava passando por sua crise pessoal na época. Como guardiã dos detraxores, ela havia sido criada para entender que seu dever era manter o povo vivo e saudável ao extrair a essência dos mortos de seu clã e fabricar o unguento oráculo para aqueles deixados para trás. Partir com Phasma e deixar os dois detraxores para trás significava que estava abandonando, traindo e possivelmente condenando a maioria de seu bando. Ela sentia isso ferozmente. Mas tinha feito sua escolha, e então continuou sem reclamar. Phasma era a chave para um futuro mais animador, ela esperava, para todos os Scyre. Um dia, eles trariam as riquezas da Primeira Ordem para seu povo, e eles não mais precisariam do unguento.

Em vez de ir diretamente pelas terras fronteiriças e entrar no território de Balder, onde sentinelas Claw poderiam disparar um alarme, Phasma desviou a rota para o leste. Seus guerreiros seguiram sem questionar, mas essa era considerada uma manobra arrojada. Os Scyre sabiam pouco sobre aquela região, apenas que as rochas eram mais altas do lado do mar, e que havia muito pouco para encontrar ali. Se a terra fosse fértil e acolhedora, Balder teria trabalhado para expandir seu território, mas parecia haver uma mortalha sobre a área, como se houvesse uma razão para ninguém desejar ir lá. Os Scyre e os Claw independentemente chegaram à conclusão de que não valia a pena lutar pela terra.

Logo antes do amanhecer, Phasma chamou seu grupo para perto de um afloramento rochoso que proporcionava espaço suficiente para todos sentarem ou se empoleirarem relativamente próximos. Muito pouco era visível à luz das estrelas, e eles não tinham fogo; apenas pedaços de metal no uniforme preto de Brendol e o brilho da armadura dos stormtrooper que refletiam luz na escuridão.

– Não podemos cruzar diretamente pela terra dos Claw – disse Phasma, imediatamente abordando a questão que estava na mente de todos. – Não sabemos o quanto a gente dele é sedenta por sangue. Se forem espertos, vão enviar um contingente para as areias na direção da nave de Brendol, deixando uma força defensiva para conservar seu território e coletar os corpos.

– Coletar os corpos? – Brendol perguntou, meio enojado e meio curioso.

– Siv, explique.

Siv colocou a mão em sua mochila e tirou um detraxor.

– Como você sabe, nosso planeta está doente. O sol é duro demais, a chuva queima nossa pele, e não conseguimos todos os nutrientes de que precisamos em nossa comida, o que leva a doenças, ossos fracos e à perda de dentes. Quando alguém morre, usamos detraxores pare reclamar os minerais e líquidos que pudermos, e eu transformo esses nutrientes em um bálsamo que chamamos de unguento oráculo. Todos os membros do bando recebem uma porção. Espalhá-lo sobre a pele garante que permaneçamos tão saudáveis quanto possível, protegidos das intempéries. Os Claw também os usam.

– Não é elegante, mas é necessário – afirmou Phasma, sua voz áspera e fechada a críticas.

– Entendo – disse Brendol, sempre diplomático. – E como vocês vieram a possuir tal máquina?

– Foi passada de mão em mão desde que as cidades morreram. Houve uma época em que a usavam no gado. Minha mãe me ensinou a cuidar deles. – Siv acariciou o couro desgastado de forma amorosa. – E eu fiz alguns aprimoramentos. O unguento oráculo da minha mãe tinha cheiro de peixe rançoso, mas o meu, pelo menos, cheira a...

– A peixe mais fresco – interrompeu Carr, e Siv o acotovelou com um sorriso.

– É coisa de bárbaros – apontou Brendol.

Siv contrariou-se.

– Não, é sagrado. É a forma de manter nosso povo forte, mesmo quando partimos e o deixamos para trás. Do corpo ao corpo, do pó ao pó.

– A morte é inevitável, mas significa que o resto da tribo vai ficar mais forte – disse Phasma. Ela lançou um olhar pelo círculo de pessoas, para cada stormtrooper, faces sempre escondidas sob os capacetes. – Aprenda a respeitar as duas pontas dessa máquina, se você desejar sobreviver a seu período em Parnassos.

– Vocês não têm esses problemas entre o seu povo? – Gosta perguntou. A menina estava impressionada com Brendol e seus soldados, assim como se impressionara com Phasma e seus guerreiros.

O sorriso de Brendol era mais gentil quando ele falou com a menina.

– Não, criança, não temos. Nós nos beneficiamos dos grandes avanços na tecnologia e na medicina. Simplesmente acrescentamos nutrientes vitais à nossa comida para que fiquemos fortes.

– Mas então de onde vocês conseguem essas coisas?

– Compramos de nossos comerciantes.

– Mas de onde os comerciantes obtêm?

Brendol não estava sorrindo agora.

– Essas perguntas tolas desperdiçam tempo valioso. A questão maravilhosa da civilização é que você pode comprar o que precisa e assim apoiar comerciantes e artesãos. Onde os vendedores conseguem seus produtos não é problema meu, mas garanto que eles não vêm de humanos. Geralmente esse tipo de coisa não é vista com bons olhos nas partes mais civilizadas da galáxia.

Gosta parecia arrasada, mas Phasma falou em seguida:

– Estou ansiosa para me beneficiar de tal civilização, mas, até esse momento chegar, vamos usar todos os recursos disponíveis que tivermos para nos tirar deste planeta. Não há vergonha em usar todas as vantagens para continuarmos vivos.

Brendol parecia surpreso quando um dos stormtroopers falou em seguida, sua voz estranha e de alguma forma amplificada pelo capacete.

– Tivemos algo semelhante em Otomok, mas para animais. É semelhante a um detraxor de umidade.

Os guerreiros de Phasma não deixaram de notar o sorriso sarcástico quando ele olhou para o trooper e depois para seu número.

– Talvez você esqueça, PT-2445, que eu visitei Otomok várias vezes, assim como planetas em condições ainda piores. E, quando estava nesses planetas, eu continuava com a minha patente.

– Sim, General Hux. Desculpe, senhor.

Brendol assentiu, mas agora a atmosfera do grupo esfriara. Em Parnassos, com todos lutando para sobreviver, tais formalidades eram guardadas para momentos raros de ritual e liderança, como o pronunciamento de Keldo de seu trono na Nautilus. Durante os momentos regulares, todos eram considerados iguais. Aparentemente não era assim que as coisas eram feitas na Primeira Ordem. O stormtrooper não falou mais.

Quanto a Phasma, ela já estava olhando além do grupo, na direção da linha dura do horizonte. Siv sabia que sua líder tinha anotado cuidadosamente o local da queda da nave de Brendol e, embora não soubessem as características das terras entre onde estavam e onde chegariam, todos esperavam encrenca.

– Não importa para qual direção sigamos, estamos adentrando um território que nunca vimos antes. Comam, bebam, apliquem o unguento e então preparem as cordas de segurança. É um longo caminho até o outro lado dessas montanhas.

– Como você sabe? – perguntou Gosta.

Phasma a encarou longamente.

– Sabemos que há terra plana além dessas rochas porque vimos o que há do outro lado do território de Balder. É razoável que a terra se estenda até essas rochas. Alguém discorda?

Ninguém se atrevia, nem mesmo Brendol.

– Serão, penso eu, vários dias de viagem até a nave caída, mesmo sem maiores impedimentos. Podemos encontrar animais e pessoas, ou podemos simplesmente enfrentar condições duras como aquelas que temos em nossa própria terra. General Hux, pode nos dizer o que viram do terreno entre a sua nave ter sido alvejada e sua jornada até o planalto de Balder?

Brendol considerou.

– Usamos os pods de fuga logo depois de termos sido atingidos. Cada pod comporta seis pessoas, e éramos em onze, então tínhamos dois pods. Dois pilotos no cockpit já estavam mortos, então nosso pod só continha nós quatro e o droide. Não vimos o outro pod, nem conseguimos nos comunicar com os outros por meio de nosso sistema de comunicação. Não há como dizer se os outros cinco conseguiram. Fomos incapazes de ver o que aconteceu à nave, mas, quando deixamos o pod, a fumaça estava bem distante. Pelo menos ela sugere que os destroços não caíram no oceano, o que tornaria a nave irrecuperável. A terra que vimos era toda de areia, infinita areia. Caminhamos na direção do planalto porque conseguíamos ver fumaça, o que significava pessoas. Não esperávamos ser recebidos por um Dug assassino e sermos reclamados como... espólios. – A expressão em seu rosto sugeria que ele adoraria ter sido quem apunhalou Balder.

– Nunca caminhei sobre areia – observou Torben. – Como é?

O povo de Phasma olhou para ela, que assentiu para Brendol.

– A areia se move debaixo dos nossos pés. Grosseira e áspera. É irritante. Entra em todo lugar. Até na nossa roupa e em nossas botas.

– Mas vocês não passaram por nenhum animal nem por pessoas no seu caminho até a terra de Balder? – insistiu Phasma.

Brendol sacudiu a cabeça.

– Ninguém e nada. Tememos estar em um planeta totalmente desabitado, embora tivéssemos visto do céu vários complexos fabris e cidades desertas.

– A que distância?

– Da minha nave, algumas horas. A pé, vários dias, muito provavelmente. É difícil fazer estimativas navegacionais precisas durante uma queda livre para a morte. – Ele suspirou e continuou de uma forma melancólica. – É uma pena que tenhamos de ter caído aqui, onde o terreno é tão inclemente. Do outro lado do oceano há um continente maior, verde e exuberante. Como você disse ao seu irmão, se conseguirmos chegar até a minha nave, talvez seu povo possa ser transportado para lá e assim ter uma chance melhor de retomar as condições que antes havia aqui. Talvez haja sobreviventes lá, uma civilização.

– Talvez – disse Phasma. – Mas sabemos como um fato concreto que existe vida melhor entre as suas estrelas.

– Posso falar com você em particular? – perguntou Brendol.

Os guerreiros de Phasma sempre entenderam que viviam sob dois governantes, com Phasma agindo como os músculos e Keldo como o cérebro e o espírito. Era fácil aceitar que Brendol agora era um de seus líderes, e fazia sentido para eles que Brendol pudesse desejar falar com Phasma a sós. O par desapareceu ao virar em um grupo de pedras maiores, em que seus sussurros não poderiam ser ouvidos.

Quando as pessoas crescem em pequenos bandos, em terras difíceis, elas se acostumam a nunca ter privacidade e a proporcionar àqueles que buscam reclusão o pouco espaço que podem dar. Os guerreiros viraram as costas para Phasma e Brendol e começaram a falar entre si, tagarelando sobre sua esperança de um novo lar, quer fosse em um continente próximo feito de terra firme ou lá no alto, nas estrelas, usando armadura branca. Os três stormtroopers ficaram de fora desse círculo, parecendo muito deslocados.

– Você gosta? – Gosta perguntou a um dos stormtroopers, apontando para o céu estrelado. – Lá de cima?

O homem considerou-a e pareceu que estava prestes a responder, mas PT-2445 o interrompeu.

– Não deveríamos estar conversando. Não sem a permissão do General. Não estamos descansando.

Com o capacete, era impossível supor o que o trooper silenciado poderia estar sentindo. Ainda assim, ele deve ter concordado com seu compatriota, pois não respondeu à pergunta e, em vez disso, desviou o olhar, sua mão sobre o blaster. Os guerreiros de Phasma trocaram olhares. Um bom líder impediria seus soldados de falarem o que pensam? Esses guerreiros abririam mão do próprio poder, da própria personalidade, tão facilmente? Era uma forma nova de fazer as coisas, uma que não se adequava tão bem com o povo livre de Scyre.

O sol estava nascendo quando Phasma e Brendol retornaram de sua conversa particular. Phasma deve ter usado parte do tempo para preparar o outro líder a respeito do próximo passo da jornada, já que Brendol agora usava luvas Scyre com garras de escalada e tinha um par de pregos amarrados firmemente a suas botas pretas brilhantes. Ele era um homem desajeitado, como você sabe, basicamente barriga e careta, e tropeçava conforme avançava e se acostumava às novas ferramentas.

Phasma colocou a mão em um de seus fardos e tirou mais três pares de luvas e botas com pregos, todos roubadas da Nautilus, os quais seus guerreiros rapidamente ajudaram os stormtroopers a calçar. Estavam quase prontos para partir, e Phasma olhou para Siv, que estendeu o pote de unguento oráculo. Era uma pasta densa preto-esverdeada, e Phasma mergulhou dois dedos e riscou linhas escuras debaixo dos olhos. Siv estendeu o pote para cada um dos Scyre, que fizeram o mesmo. Quando ela o estendeu para Brendol, ele sacudiu a cabeça, enojado.

– Podemos sobreviver alguns dias antes de recorrer a tais indelicadezas.

– Faça como quiser – disse Phasma, vestindo a máscara. – Vamos.

Mais uma vez, seus guerreiros trocaram olhares. Estavam acostumados a conhecer os planos secretos de Phasma, mesmo quando Keldo não conhecia. Mas, dessa vez, ela não revelou nada. Eles também vestiram as máscaras. Se iriam morrer na montanha, morreriam com honra.

A montanha em si representava um novo tipo de desafio. Os Scyre tiveram que usar todas as suas ferramentas e truques para se orientar pelas saliências arriscadas do torreão escarpado de rocha. Estavam a algumas centenas de metros acima do terreno arenoso, e tinham que se deslocar colados na face do paredão usando apenas pregos nas botas e garras nas mãos, todos amarrados à corda uns nos outros, o impossivelmente desengonçado Brendol e os desajeitados troopers. A cada deslize de um pé ou quebrar de uma rocha, o grupo inteiro se agarrava à montanha, fortalecendo-se para absorver o peso de um corpo caindo. Phasma e Torben mantinham Brendol entre eles, mostrando onde plantar os pregos e mantendo-o perto para que ele não os arrastasse para baixo. Cada passo os levava ao redor da montanha e para baixo, apenas um pouquinho a mais. O vento assoviava por eles, e aves marinhas curiosas voavam por ali, observando na esperança de sinais de um banquete iminente de humanos destroçados lá embaixo.

Veja, qualquer um habilidoso e forte o suficiente para atingir a idade adulta entre os Scyre sabia que um montanhista inteligente nunca olhava para baixo, mas dessa vez todos depois admitiram olhar para baixo mesmo assim. Não era frequente que tivessem a chance de ver alguma coisa totalmente nova pela primeira vez. Do lado da montanha por onde tinham vindo, o oceano escuro e familiar colidia com a rocha incessantemente e a consumia; mas, a distância, a montanha começava como um paredão vertical que ia, de forma gradual, começando a formar um declive rumo a outro mar escuro: areia cinzenta infinita. Quando o sol matinal atingiu o vale lá embaixo, reluziu em vibrantes vermelhos e laranja, uma visão linda que prometia a rara chance de caminhar sem medo de tropeçar e cair para a morte. Siv confessou que essa visão foi tão inesperada e arrebatadora que ela quase se soltou da montanha. Se tivesse feito isso, suspeito de que não estaríamos aqui conversando agora. Quando todo mundo está distraído e uma pessoa vacila, geralmente há uma grande tragédia, não é mesmo?

Passo a passo eles seguiram pela encosta da montanha, cada vez mais próximos das areias. O sol atingiu o zênite, e o ar começou a aquecer. Os Scyre começaram a se retorcer e a balançar a cabeça, suando sob as máscaras; nunca tinham sentido aquele tipo de calor antes. Embora o sol fosse severo em sua terra, sempre havia frio, graças ao frescor do oceano, os ventos cortantes e a sombra das rochas mais altas. Mas, agora, o suor começava a escorrer nos olhos e pelas costas. Tirar as máscaras não era uma opção: o vento soprava areia em todos os poros, enquanto o sol fustigava com mais do que sua punição usual. O pobre Brendol era o único sem nenhuma proteção facial, e nada poderia ser feito por ele até que estivessem no chão e capazes de acessar os fardos que carregavam. Cada dedo das mãos ou dos pés estava alojado em uma fenda na rocha. Ele logo estava atravessando a montanha com os olhos fechados fortemente, luvas e botas tateando cegamente em busca de rachaduras, as faces vermelhas e os lábios já formando bolhas.

Os troopers eram surpreendentemente tenazes, pois sua armadura os fazia robustos. Siv notou que seja lá qual fosse o treinamento que tinham recebido, fora bem feito. Os três troopers estavam em forma, eram fortes e capazes de dominar a arte da escalada com rapidez. Ninguém reclamava, nem mesmo Brendol, que claramente enfrentava problemas. Até mesmo os guerreiros de Phasma sofriam, já que seu terreno usual envolvia saltos e descidas de rapel entre um pináculo e outro, não se manterem agarrados a um paredão rochoso por horas a fio. Seus braços começavam a doer e a queimar, os pés curvados adormecendo nas botas. Cada vez que alguém encontrava uma saliência, eles se revezavam em ficar em pé ali por pelo menos um momento, balançando os braços e dobrando os joelhos, tentando devolver a sensibilidade aos ossos. Se não fosse por esses pequenos momentos de misericórdia, alguém teria dado um passo em falso.

Mas, por algum milagre, ninguém deu.

As botas de Phasma foram as primeiras a atingir a areia, algum tempo depois do meio-dia. Ela deu um grito de triunfo que atraiu todos os olhares. Pela primeira vez na história viva, um Scyre pisava no solo de um planeta. Não no alto de uma rocha, não em uma caverna, mas em terreno sólido o suficiente, sem nenhum lugar onde cair. Na sequência, Brendol pulou na areia, e Phasma o ajudou a segurá-lo e a estabilizá-lo. Quando Torben pulou, subiu uma nuvem de areia ao redor dele como se fosse fumaça cinzenta, e ele emitiu sua risada ribombante, que fez Siv sorrir.

Um por um, os guerreiros e os stormtroopers pousaram na terra. Os Scyre não podiam evitar a vontade de erguer as máscaras para olhar para baixo e se maravilhar com a sensação de terra de verdade sob os pés, e então desamarraram as cordas e se ajoelharam ou se sentaram na areia, impressionados com a sensação. Por toda a sua vida até aquele momento, eles tinham consciência de que estavam bem alto em relação ao solo, e que cair de tais alturas significava morte. Ali, não havia nenhum lugar para onde cair. Siv nunca se sentiu tão segura, por mais que estivessem em um território inteiramente novo. Ela ficou sabendo depois que a areia era em parte mineral e em parte cinzas vulcânicas, o que contribuía para sua maciez emplumada e tendência a soprar para o alto e irritar os olhos e as membranas mucosas.

Quanto a Carr, ele removeu a luva e passou a areia entre os dedos, dando risada.

Sua risada parou abruptamente.

– Ai!

Phasma saltou para o lado dele.

– O que foi?

Carr ergueu a mão e mostrou um calombo vermelho que acabara de se formar.

– Alguma coisa me mordeu, eu acho. Aqui está!

Ele apontou para uma criaturinha minúscula e brilhante se enterrando rapidamente na areia cinzenta, e Phasma afastou-a para pinçá-la entre dois dedos da luva. Era um besouro com uma carapaça dourada, chifres e um probóscide pontudo e afiado. Contra o sol, o inseto reluzia dourado e verde, com um arco-íris todo iridescente entre um tom e outro. É claro, posso descrever isso para você porque estive em Parnassos e estudei um bichinho desses, mas ninguém dos Parnassianos já tinha visto aquilo antes.

– É bonitinho – disse Gosta.

Phasma o segurou contra a luz, e uma única gota de sangue pingou do probóscide do inseto e caiu na areia, onde foi imediatamente absorvida. Ao redor da gota de sangue, mais besouros explodiram de pequenos morrinhos de areia, vasculhando a área furiosamente com os próprios probóscides e sugando os grânulos de areia cobertos de sangue.

Após esmagar o besouro entre os dedos, Phasma arremessou a carcaça úmida preta e dourada em uma congregação de besouros lutando por uma gota de sangue. Os besouros caíram sobre o companheiro, devorando cada gota do fluido viscoso dentro dele até que não sobrasse mais nada a não ser fragmentos reluzentes de exoesqueleto. Assim que a umidade se foi, os besouros mergulharam de novo sob a superfície, deixando-a lisa e ondulada com peculiares montinhos em forma de cone. Phasma se levantou.

– Mantenham-se de luvas, e não as removam a menos que eu diga para fazê-lo. Você acha que infeccionou?

Carr olhou para o ferimento vermelho latejante e calçou a luva novamente com um sorriso irônico.

– Parece bobo. E um pouco constrangedor. Pensar que eu perdi a luta com um inseto.

Phasma suspirou, mas ninguém poderia ficar zangado com Carr por muito tempo.

– Leve a sério, para variar.

– Está coçando, mas não sinto a febre.

– Avise-me se sentir. General Hux, você está familiarizado com essa criatura?

Brendol encolheu os ombros.

– Não com essa espécie. Cada deserto tem seus insetos ávidos por umidade. Ainda assim, concordo: melhor ficar longe deles e evitar dar o que querem.

Ele ainda estava apertando os olhos, agora vermelhos e inchados, para se proteger da areia soprando. Agora que estavam em terra firme, Phasma pôde tirar um comprimento de tecido de sua bolsa e ajudá-lo a amarrar ao redor do rosto, deixando apenas os olhos azuis lacrimejantes expostos. Gosta deu um passo adiante para lhe oferecer óculos velhos, que ele aceitou prontamente. Quando Siv mais uma vez lhe ofereceu o pote de unguento oráculo, ele considerou com mais cuidado, mas ainda assim não aceitou o presente.

Quando Brendol estava trajado para suportar as areias, Phasma olhou para os stormtroopers e disse:

– Seria melhor se pudéssemos manchar mais a armadura de vocês. As partes limpas se destacam no deserto cinzento.

Eles já estavam um tanto sujos pela trilha anterior na montanha, mas os troopers devem ter concordado. Um dos soldados pegou um punhado de areia e o esfregou na armadura, onde deixou um brilho cinza-escuro. Logo, os três troopers estavam manchando as armaduras com a ajuda dos Scyre, todos tomando o cuidado de manter as luvas calçadas e verificando cada porção de areia em busca de besouros de sangue. Quando a armadura branca e os capacetes ficaram uniformemente manchados com um cinza borrado, Phasma assentiu, demonstrando aprovação, e começou a caminhar. Os Scyre já tinham enrolado as cordas de escalada e removido os pregos das botas, e seguiram sua líder rumo ao grande desconhecido.

QUINZE

EM PARNASSOS, DEZ ANOS ANTES

A AREIA CINZENTA SE ESTENDIA PARA TODAS as direções além das montanhas, até onde a vista podia alcançar. Erguia-se em grandes dunas texturizadas pelo vento e despencava em vales profundos. Para os Scyre, aquilo se assemelhava ao mar que eles tão frequentemente tinham visto do topo das pedras, uma coisa escura, inclemente, ondulante – mas, ainda assim, desconfortável e artificialmente imóvel. Não havia plantas ou animais em parte alguma. Quanto mais se afastavam da montanha e das torres de pedra das terras fronteiriças, mais agitados todos ficavam. Nunca tinham passado um dia de suas vidas sem se agarrar a um torreão alto, e era desnorteador ir se atolando na areia solta, cada passo afundando e escorregando. Não havia marcos de referência, nenhum objetivo claro, nenhum lugar onde se esconder.

Brendol e seus soldados de alguma forma pareciam mais estáveis e firmes atravessando o deserto, Gosta ganhou coragem ou talvez ficou apavorada o suficiente para lhes perguntar sobre isso.

– Já visitamos planetas por toda a galáxia – disse Brendol, sem diminuir o passo arrastado, embora sua falta de condicionamento físico o fizesse ofegar pesadamente. – Planetas desérticos, planetas aquáticos, planetas de gelo, planetas destruídos como o de vocês, com todos os tipos de topografias e meio ambientes. Cada ambiente tem as próprias misericórdias e horrores. Até mesmo nas condições mais inóspitas, como estas… – Ele olhou em volta e, embora ninguém pudesse vê-lo franzir o cenho através do tecido que o envolvia, era evidente que ele estava desconfortável. – A gente nunca está tão sozinho quanto pensa.

– Mas, se não encontrarmos água logo, vamos estar encrencados, não vamos? – a menina perguntou.

– Nós continuamos – disse Phasma, a voz dura. – Nós seguimos em frente. Nós vamos encontrar o que precisamos ou não. Mas vamos chegar lá.

Suas palavras deixaram os Scyre nervosos. O que será que Phasma tinha planejado, e por que ela estava de repente tão determinada? Eles a tinham visto lutar contra todas as adversidades e assumir grandes riscos em nome de seu povo, mas a forma como ela marchava em frente através da areia sem pausa parecia a eles quase suicida.

Carr era o último na fila, e, conforme o dia avançava, ficou aparente que ele estava diminuindo o ritmo. Siv ficou para trás e lhe perguntou sobre sua saúde, mas ele apenas sacudiu a cabeça.

– Estou me sentindo zonzo e febril. E não de um jeito gostoso.

– É *a* febre?

Ele deu uma risada triste, um eco patético de seu bom humor usual.

– Quando sua pele parece estar pegando fogo e seu crânio prestes a explodir, uma febre é igual a qualquer outra, eu acho.

Quando ela levantou a máscara dele e colocou a mão em sua testa para sentir a temperatura, ele estava quase frio. Havia uma cor estranha manchando a pele normalmente bronzeada de seu rosto, uma palidez preocupante. Ela podia ver uma veia azulada, logo abaixo da pele de sua têmpora, pulsando depressa junto com o coração.

– Phasma, venha ver isso – chamou Siv, e Phasma deixou Torben e Brendol na liderança do grupo e voltou para o fim da fila.

– O que há de errado?

– Carr está se sentindo zonzo e febril, mas a pele dele está fria.

Phasma ergueu a própria máscara para ver melhor e franziu as sobrancelhas com o que viu.

– Mostre-me seu ferimento do besouro.

Quando Carr puxou a luva, eles ficaram surpresos de ver que o ferimento havia quase sumido. Ficara inchado, vermelho e duro depois da mordida, mas parecia estar se curando adequadamente, deixando apenas uma mancha rosada ao redor do orifício da picada. Phasma colocou a mão na testa dele e verificou o branco dos olhos, mas, no fim, apenas sacudiu a cabeça.

– Precisamos continuar andando. Avise-me se houver alguma mudança. Se isso for uma infecção, é diferente dos perigos que enfrentamos no nosso território. Não é a febre, pelo menos. Permaneça vigilante. Aplique mais unguento e coloque sua máscara. Se for contagioso, precisaremos tomar precauções.

– Vou tentar não beijar ninguém – murmurou Carr.

Ainda assim, ele obedeceu, riscando uma segunda linha nas faces com o bálsamo de Siv e puxando a máscara no lugar, assim como ela. Phasma correu até o início da fila e todos continuaram caminhando. Os Scyre podiam ouvir Phasma consultando Brendol aos sussurros, e eles acharam tê-lo ouvido prometer medicamentos. Isso era bom: então seu... líder estava fazendo planos para ajudar o amigo ferido. Eram um grupo muito coeso e apegado, e todos ajudariam para garantir que Carr chegasse à nave de Brendol, nem que tivessem que se revezar para carregá-lo.

Caminharam por toda a tarde, parando uma vez na sombra em uma duna para mordiscar carne seca e tomar goles cuidadosos das peles de água. Phasma havia distribuído várias peles para cada pessoa, retiradas dos suprimentos da Nautilus, mas Siv verificara os números e soube instantaneamente que não era suficiente para levá-los à nave de Brendol. Assim tão longe de seu território e sem uma planta viva ou criatura à vista, água seria uma preocupação crescente. Em sua região, eles tinham outras formas de coletar o suficiente para beber, e, embora raramente houvesse mais do que necessitavam, eles nunca haviam se preparado para um período tão seco quanto aquele. Coletar e filtrar urina era uma parte regular da vida, mas logo isso também acabaria. Porém, os Scyre não falavam sobre suas preocupações em voz alta. Phasma cuidaria deles – eles tinham que acreditar nisso.

O deserto esquentou com o sol vespertino que queimava, e, embora estivessem tentados a erguer as máscaras e puxar os tecidos que os cobriam para deixar o vento refrescar sua pele suada, eles sabiam que não deveriam fazê-lo. Manterem-se cobertos era sempre uma opção melhor: qualquer faixa de pele exposta rapidamente iria queimar e possivelmente formar bolhas sem uma grossa camada de sálvia. O sol não era mais tão bondoso quanto já tinha sido antes. Quando Siv olhou para trás, viu Carr arrastando as pernas mais para trás, sua máscara no topo da cabeça. As bochechas estavam inchadas e pálidas, os olhos também um tanto inchados, os lábios secos e estufados.

– Eu sei – disse ele, ao notar que ela o observava. – Estou terrivelmente lindo.

– Você precisa descansar.

– Posso descansar depois. Ajude-me a subir o morro.

Siv correu para o lado dele e o ajudou na duna seguinte, sentindo-o vacilar contra o corpo dela como se tivesse perdido seu antes sólido equilíbrio. Ainda se passariam dias antes que eles alcançassem a nave de Brendol, e Carr atrasaria todo o grupo se não se livrasse dessa nova doença.

Quando chegaram ao topo da duna, ficaram desalentados ao descobrir que era a primeira de uma série de montanhas altas estendendo-se pelo horizonte como um mar de ondas gigantes. O vento era forte ali em cima, e eles desciam numa corridinha pela encosta rumo ao vale fresco, antes de se arrastarem na subida por outra colina. O tempo se estendia estranhamente, Siv me contou, conforme eles constantemente se esforçavam para subir e descer, mas não pareciam chegar a lugar nenhum. Era como batalhar contra o mesmo inimigo de novo e de novo, nunca encontrando progressos visíveis; tudo como sua antiga vida no seio dos Scyre, verdade fosse dita. Qualquer impressão positiva encontrada no novo mundo era perdida para pavor e desconforto, além de preocupação por Carr. Os músculos usados para andar na areia provaram ser diferentes daqueles empregados para subir e saltar entre as rochas. Seus braços ainda doíam de terem descido pela face do penhasco. Era, de muitas formas, um inferno inesperado para um povo forjado no calvário da dificuldade.

Eu já vi dunas, e não posso imaginar que tipo de mentalidade seria necessário para superá-las sem simplesmente deitar para morrer no vale. Ficamos acostumados a nossos speeders, a nossas naves, a nossos hiperespaços. Estar em um mundo onde apenas nossos pés podem nos levar adiante, centímetro a centímetro, pelo infinito... Digamos apenas que havia uma razão para Phasma querer sair daquela rocha.

O sol estava se pondo quando eles desceram de uma duna e entraram no vale abaixo, frio com sombra e um vento sussurrante agourento. Carr foi o último a chegar, e escorregou como um peso morto, aterrissando de costas nos pés de Siv.

– Bem, vamos acampar aqui esta noite – disse Phasma. – Mantenham-se cobertos. Reciclem fluidos corporais. Cada gota conta. Tenham cuidado com seus suprimentos. Dormir próximos uns dos outros vai conservar calor corporal. – Ela suspirou alto e acrescentou: – Vai ser difícil, mas não vou ouvir nenhuma reclamação.

Seus guerreiros assentiram, apáticos, e os troopers olharam para Brendol, que acrescentou:

– Phasma está correta. Conservem seus recursos.

Eles se sentaram em um grupo menor para comer, os guerreiros Scyre juntos e Phasma sentada ao lado de Brendol com seus stormtroopers. Os três soldados de armadura tiraram seus capacetes pela primeira vez, e Siv ficou estranhamente fascinada ao ver que eram simplesmente pessoas como quaisquer outras, os cabelos cortados muito curtos e a pele suada e vermelha. Um deles era uma mulher, embora isso só fosse perceptível por sua estrutura facial, já que tinha o cabelo tão curto quanto os homens. Sua armadura não mostrava diferença estrutural, e Siv lembrou-se de ter ficado satisfeita de ver que, entre a Primeira Ordem, mulheres eram consideradas iguais e guerreiras. Sua mãe lhe contava histórias, sabe, de um mundo diferente em que as mulheres eram consideradas, de alguma forma, inferiores, mais fracas. Talvez esse preconceito tivesse se extinguido, já que havia ficado provado que as mulheres Scyre conseguiam escalar com mais facilidade que os homens e tinham começado a superá-los entre os guerreiros. Naquela época, no entanto, sentada nas dunas com aquelas estranhas pessoas de além das estrelas, Siv considerou como seria usar, ela também, armadura branca reluzente, não ter face, ser poderosa e uma dentre os incontáveis que lutavam por uma causa digna.

Será que seu povo se incomodava que a líder deles se sentasse com estranhos em vez de com os seus? Um pouco, mas eles também entendiam que Brendol Hux era um comandante poderoso por si mesmo, e que líderes geralmente passavam tempo juntos fazendo planos para o avanço do povo. Eles ainda tinham dificuldades de entender Brendol, às vezes graças a seu sotaque seco e algumas estranhas mudanças em seu vocabulário. Se era possível dizer alguma coisa, Siv afirmava que eles sentiam certo orgulho de que uma mulher Scyre fosse considerada uma igual em relação a um General rico e poderoso que comandava naves espaciais.

Quanto a Carr, ele estava ficando cada vez mais apático, com o olhar perdido no espaço e oscilando um pouco quando se sentou. Recusou a carne seca que Siv lhe ofereceu e mordiscou somente um pouco da alga marinha desidratada, engolindo sua parcela de água com uma golada. Não tinha dejetos corporais para acrescentar ao equipamento de reciclagem, o tipo de coisa que era notado quando a água estava mais escassa do que o normal. Ele foi o primeiro a adormecer, caindo no chão em uma nuvem de areia cinzenta e roncando suave através dos lábios inchados. Não havia nada que pudessem fazer por ele – tratava-se de uma doença nova, e sua única esperança era que passaria sozinha ou seria facilmente resolvida com o equipamento médico que Brendol prometeu que havia em sua nave.

Na manhã seguinte, Carr estava ainda pior. Estava inchado e pálido, todas as veias azuis de seu corpo visíveis e pulsando perto da superfície da pele. Ele lembrava Siv das criaturas que às vezes eram trazidas das profundezas do mar, de um branco fantasmagórico e parcialmente transparentes, ofegando para conseguir ar, como se esmagados pelo nada. Suas luvas ficaram apertadas demais nas mãos inchadas e quase tiveram que ser cortadas com uma faca. Quando lhe perguntaram como ele se sentia, ele não conseguiu falar; sua língua e lábios estavam inchados demais. Ele só conseguiu sacudir a cabeça. Porém, a surpresa e o medo que Siv esperava encontrar em seus olhos... não estavam ali. Ele parecia sonolento e resignado. Eles o colocaram em pé, e Torben ajudou-a a apoiá-lo na duna seguinte, cada músculo de Siv queimando ao sustentar o homem ferido e oscilante entre ela e Torben.

Quando Phasma chegou à crista da duna, ela foi iluminada pelo sol nascente, metade de um dourado líquido e metade em sombra índigo. Ela posicionou a mão para proteger os olhos e gritou:

– Inimigos! Scyre, lutem! – E agarrou a lança e o machado pendurado em seu cinto.

Siv e Torben não tiveram escolha a não ser derrubar Carr na areia e correr ao lado de Phasma, sacando as próprias armas. Os troopers sacaram seus blasters e começaram a atirar duna abaixo, e, quando Siv chegou ao topo com Torben logo atrás, viu o ataque. Figuras cobertas de cinza pareciam deslizar sobre a areia, puxadas por enormes lagartos com pele cinzenta e rugosa. Eles se locomoviam pelo terrenos de forma muito mais veloz do que o grupo de Scyre poderia correr, e empunhavam longas lanças trêmulas encimadas por lâminas vítreas.

Siv avaliou seus dardos de sopro, mas não conseguia encontrar pele nos agressores e não quis se arriscar a perder suas farpas de metal. Em vez disso, ela tirou suas duas foices curvas. Os agressores agora estavam mais próximos, seis deles puxados por seis lagartos. O blaster de um stormtrooper fez um dos lagartos voar pela duna, seu mestre despencando atrás dele. Os cinco restantes nem sequer vacilaram.

Phasma era a que estava mais perto; ela desviou-se da investida do lagarto e passou sua adaga pelas dobras do pescoço do animal, cortando fundo no músculo e fazendo a criatura gritar. O que vinha surfando logo atrás foi capaz de saltar com destreza de uma peça plana de metal e correr na direção de Phasma com pés grandes demais, e sua luta silenciosa atraiu os olhares de todos – até que o próximo surfista das dunas chegou perto. Ele passou pelos stormtroopers, mas Torben estava correndo diretamente para ele. Golpeou com o porrete no crânio do lagarto, disparou ao redor dele e atingiu com o machado o peito do que vinha deslizando. O sujeito caiu, e Torben cravou uma bota enorme em sua barriga, arrancando o machado e soltando seu grito de guerra, respingado de sangue tão vermelho quanto o seu.

Então esses agressores eram humanos. Provavelmente. Por mais que usassem trajes estranhos, eles podiam morrer, e isso deu uma carga de coragem aos Scyre. Besouros dourados surgiram do meio da areia para lamber o sangue, e Torben recuou, em busca da próxima presa.

Siv deu seu berro ululante e desceu correndo a duna na direção de um dos surfistas da areia, pronta para fazer seu dever perante seu povo. O lagarto se esquivou para o lado, bocarra aberta para mostrar centenas de dentes serrilhados. Siv escorregou até ficar de costas na areia e deslizou cortando a barriga da criatura ao passar por baixo dela e colidir com os pés nas pernas do inimigo que vinha puxado pelo animal. A pessoa caiu soltando um xingamento totalmente humano. Antes que Siv pudesse se levantar e continuar a luta, a pequena Gosta saltou sobre ela, brandindo a lâmina, e apunhalou um ponto vital da criatura enquanto gritava ferozmente. Esse surfista não levantou mais.

Gosta ergueu a mão para ajudar Siv a se levantar e, quando olhou em volta, notou que os guerreiros Scyre e os convidados stormtroopers tinham dizimado os agressores e seus lagartos. A luta havia sido extraordinariamente rápida e brutal. Nenhum inimigo foi deixado respirando, o que significava que nenhuma resposta poderia ser obtida. De onde tinham vindo esses guerreiros? O que eles queriam? Seu povo tinha traçado o caminho da nave de Brendol pelo céu e tinha, eles também, corrido para reivindicar o espólio?

Não havia mais como saber. Pelo menos os Scyre tinham vencido.

– Bem, não foi tão ruim assim – Siv disse com um sorriso, mas não pôde se dar ao luxo de comemorar a vitória por muito tempo.

– Rápido, os detraxores! – gritou Phasma, severa.

Siv correu para o lagarto que ela acabara de ferir, extraindo o primeiro detraxor da bolsa e enfiando o espeto fundo no músculo da criatura. Considerando os besouros ávidos que já corriam para a cavidade sangrenta, ela precisava ser rápida. Assim que o primeiro detraxor começou a funcionar, ela foi até o guerreiro que Gosta acabara de derrotar. Embora ela reconhecesse que tempo era primordial, tinha que ver quem proporcionaria a essência da vida para o unguento que protegeria os guerreiros Scyre em sua jornada. Para Siv, aquilo não era apenas um ato físico; era um ritual. Puxando os invólucros de tecido ao redor do rosto do guerreiro caído, ela não sabia o que encontraria: uma espécie alienígena, um humano mutante, algo nativo de Parnassos que eles nunca tinham visto ser trazido nas rochas pelo mar.

Porém, era um ser humano como qualquer outro. Uma mulher jovem como ela. Pele marrom-clara, cabelo longo e trançado debaixo dos tecidos. Limpa e saudável. Nenhum sinal visível de trauma ou doença. Até mesmo os dentes da mulher estavam intactos. Siv fechou os olhos castanhos da mulher e fez uma prece rápida que os Scyre sempre faziam quando colhiam minerais e líquidos de um corpo.

– Obrigada por me dar a vida. O seu hoje protege o amanhã do meu povo. Do corpo ao corpo, do pó ao pó.

Antes que Phasma pudesse vociferar para ela novamente, Siv acoplou o detraxor seguinte na coxa da mulher e o colocou para funcionar.

Os Scyre e os troopers não tinham sofrido danos, o que era considerado uma grande vitória. As bolsas de nutrientes e água que extraíram dos agressores salvariam suas vidas e possivelmente ajudariam a nutrir Carr de seja lá qual trauma ele estivesse sofrendo. Siv extraiu seu primeiro detraxor do agora desidratado lagarto, trocou a pele cheia por uma vazia e enfiou a máquina no próximo lagarto. Enquanto ambas as máquinas faziam seu trabalho, ela se juntou ao resto do grupo na busca de espólios e bolsas de água dos outros humanos. Foram cuidadosos em remover os besouros, esmagando as coisinhas perniciosas sempre que necessário e nunca os deixando chegar perto de sua pele.

Cada um dos agressores carregava bolsas penduradas de cada lado dos quadris, e, embora os Scyre não reconhecessem tudo o que havia dentro delas, pegaram os objetos e incrementaram sua determinação em entender como viver naquele lugar árido. O item mais valioso encontrado em cada bolsa foi um bolinho seco de sais e minerais densamente compactados que lembraram Siv um pouco da essência rica dos detraxores. Os trenós com os quais os guerreiros deslizavam pela areia seriam um grande benefício e lhes permitiriam arrastar suas malas sem esforço sobre a areia em vez de carregar peso, agora aumentado por várias peles com água. Os lagartos eram uma fonte especialmente rica, e Gosta já estava extraindo fatias de sua carne seca para a viagem.

– Ah! Podemos puxar o Carr – disse Siv, de repente lembrando-se de que ela e Torben haviam sido forçados a soltar seu companheiro para correr até sua líder para a batalha.

Torben assentiu e seguiu-a de volta para o outro lado da duna, arrastando o trenó atrás dele pela corda. Carr era apenas um amontoado escuro na base do vale, caído de lado, a respiração irregular e entrecortada, e os batimentos cardíacos oscilando em ritmo veloz.

– Carr, você piorou? – Siv perguntou.

Um grunhido baixo foi a resposta.

– Virem-no de costas.

Torben cuidadosamente virou Carr para cima e o ajudou a sentar. Carr parecia ter o dobro do tamanho normal, seu corpo inchado e a pele fina, pálida e esticada. Siv pegou a mão desnuda e a segurou. Descobriu então que as unhas tinham desaparecido. Na verdade, tinham se soltado e caído na areia.

– Fique com a gente, velho amigo – disse Torben, muito delicadamente, apesar de seu tamanho e imponência. – Vamos arrastar você atrás de nós, vamos ser seus lagartos pessoais, e então Brendol Hux vai curar você e te levar para as estrelas.

Carr gemeu de novo e tentou fechar os olhos, mas as pálpebras não escorregavam sobre as globos oculares estufados.

– Apressem-se! – Phasma exclamou do topo da duna. – Os detraxores estão cheios e prontos para serem movidos, e precisamos partir antes de alguém vir procurar essas pessoas.

Torben assentiu para Siv, que puxou o trenó mais para perto. Carr estremeceu e gemeu, e Siv parou para prestar atenção nele. Ele estava tremendo, sacudindo-se pelo corpo todo, os olhos arregalados e os lábios e a língua inchados esforçando-se para falar.

– O que foi? – Siv perguntou.

Em resposta, Carr revirou os olhos na direção dela e estremeceu. Sua pele estava trêmula, inchada demais para tocar. Ele deu um último gemido e explodiu em uma nuvem de água. Era como se sua pele tivesse se dissolvido, e líquido espirrou em Siv e Torben e afundou na areia, colorindo-a de preto. Não havia muito sangue, e seus órgãos pareciam ter encolhido, coisas escuras enrugadas conectadas por tubos azul-claros e ossos quase translúcidos. Quando Siv se levantou e deu um passo para trás, vendo aquilo horrorizada, o chão ao redor das roupas de Carr sofreu uma erupção de besouros que saíam de seus cones de areia e lambiam a água com longos probóscides.

– Levante-se! Saia daí! – ela gritou para Torben, que estava paralisado de choque e tristeza.

O homem grande deu um passo e cambaleou para trás, conforme ainda mais besouros brilhantes, centenas e centenas, surgiram da areia para banquetear sobre a água que tinha sido seu amigo e companheiro de batalhas. Besouros sugavam os órgãos enrugados e tentavam subir pelas pernas de Siv para lamber o líquido que encharcava suas calças, mas ela os chutou e correu mais alguns passos para trás.

– Vocês dois, saiam daí.

Siv e Torben olharam para cima e viram Phasma no topo da duna, envolta por um halo de luz matinal, observando-os, machado e lança ainda nas mãos. Brendol estava ao lado dela, a cabeça inclinada curiosamente observando o horror se descortinar.

– Mas Carr – disse Siv.

– Agora ele se foi. Não podemos reclamá-lo. Ele não pode nutrir o povo dele. Agora cabe a nós. Temos que preparar o que pudermos e partir.

– Pelo menos ele não está mais sentindo dor – acrescentou Brendol, mas suas palavras soaram rasas e vazias. Ele não havia perdido ninguém dos seus, e Siv suspeitava de que, se tivesse, não teria sofrido por eles.

Nunca alguém de Scyre tinha morrido sem, por sua vez, nutrir o povo. Acreditava-se que mesmo aqueles que caíam no oceano alimentariam as criaturas de lá, e essas criaturas em algum momento morreriam e seriam jogadas nas rochas da costa, onde os Scyre poderiam usá-las para conseguir roupas, comida e umidade. Mas Carr havia simplesmente desaparecido. Não haveria prece para fazer sobre ele que funcionasse.

– Obrigada... por ser você – disse Siv, parada sobre os ossos envoltos em roupas molhadas e recobertos por besouros frenéticos e ferozes.

– Sim, obrigado – acrescentou Torben antes de colocar a mão no ombro dela e a impulsionar levemente para subir a duna. – Carr foi um bom amigo e um excelente guerreiro.

Por mais que já tivessem subido inúmeras colinas no deserto, aquela foi a mais difícil. Quando finalmente chegaram com dificuldade ao topo, Siv viu que Phasma tinha se afastado alguns passos e estava agachada com Brendol, conversando aos sussurros.

– Esse aqui já foi – disse Gosta, fazendo um gesto para o segundo lagarto, que agora não passava de um esqueleto enrolado em uma pele com aspecto de couro e seco como o próprio ar. O detraxor estava cheio e roncando baixinho, e Siv se ajoelhou para trocar a pele e posicionar o sifão no lagarto seguinte. Enquanto trabalhava, ela descreveu cada passo para Gosta, mostrando-lhe como as peças do detraxor se encaixavam uma na outra e como tinham que ser limpas. Ninguém mais entre eles sabia como fazer as máquinas funcionar ou produzir o unguento, e ela precisava passar esse conhecimento adiante. Era perigoso ali entre as areias escuras, e Siv poderia ser a próxima a tombar como resultado de algum terror desconhecido. Sem filhos ainda para passar o conhecimento adiante como sua mãe havia passado para ela, Siv agora ensinaria a Gosta tudo o que sabia. Era tudo o que tinham entre os Scyre: uns aos outros e esperança.

DEZESSEIS

EM PARNASSOS, DEZ ANOS ANTES

Enquanto Siv e Gosta trabalhavam em conseguir o máximo de nutrientes daqueles seres que haviam tombado, Phasma dirigia o resto da equipe na coleta da carne dos lagartos, adicionando as camadas leves de roupas dos agressores em seus próprios trajes.

– Se nos parecermos mais com eles, talvez não ataquem tão rápido da próxima vez – explicou ela, passando os braços pelas tênues túnicas cinzentas cor de areia.

Seu próximo foco foram os stormtroopers, cobrindo sua armadura com um pano para que não se destacassem contra a paisagem desnuda. Brendol Hux era uma figura estranha, com suas roupas negras impecáveis escondidas sob longas túnicas e amarradas com uma faixa ao redor da barriga avantajada, uma característica que nenhum dos guerreiros Scyre jamais vira em outro ser humano. Entre os Scyre, as costelas eram contáveis e os abdomes eram convexos.

Conforme despiam os corpos até a pele, eles encontravam uma caixa de madeira entalhada pendurada no pescoço de cada um dos agressores. Phasma abriu uma delas e todos ficaram surpresos ao ver mais um besouro como o que havia mordido Carr.

– O que é isso? – Gosta perguntou.

– Uma arma – palpitou Phasma, fechando a caixa. – O besouro morde alguém, e o que quer que injete no corpo destrói silenciosamente a carne e os órgãos. Uma maneira fácil e elegante de matar inimigos desavisados.

– Inteligente – refletiu Brendol.

– Perigoso.

Phasma jogou a caixa fechada pela duna, onde ela caiu para a obscuridade. Como Torben não tinha nada para contribuir na colheita, ele pisava em besouros enquanto vigiava para ver se mais invasores se aproximavam. Toda vez que uma gota de sangue de uma morte atingia a areia, um ou mais besouros se enfunavam para empanturrar-se dela, e Torben os pulverizava com seu porrete ou os pisoteava com as grandes botas, deixando as carapaças de ouro brilhantes cobertas de gosma negra e espessa que atraía ainda mais besouros. Conforme o tempo passava e os detraxores faziam seu trabalho brutal, os besouros pareciam vir se arrastando de longe, criando longas riscas douradas através da areia, e os troopers se juntaram a ele para esmagá-los. Quando estavam cortando tiras de carne dessecada do último dos lagartos, havia tantos besouros que pisotear não era mais suficiente.

Depois que Brendol derrubou um de sua túnica, anunciou de modo sombrio:

– Chegou a hora de partir.

Phasma assentiu e não discutiu, notou Siv.

Não havia dúvida sobre se deveriam seguir os rastros do trenó que estavam sendo rapidamente apagados pelo vento. Eles não tinham tempo para descobrir de onde os agressores tinham vindo. Aquela era uma missão de resgate com o único propósito de levar Brendol Hux à nave, não um ataque, nem mesmo uma missão de reconhecimento. Os guerreiros, tão curiosos sobre aquela nova parte do mundo, não se davam ao luxo da curiosidade, e teriam que esperar que o ataque tivesse sido pura coincidência. Phasma examinou o deserto com seus quadnocs, seguindo os rastros do trenó sobre uma duna, para a direita. Siv a conhecia bem o suficiente para saber que ela estava marcando o ponto em sua mente, adicionando-o ao seu mapa mental impecável da topografia do planeta.

Carregando a mochila de Carr e as dos agressores em dois dos trenós, o grupo partiu descendo pelo outro lado da duna e seguiu em frente em direção à nave caída. O funil de fumaça branca desaparecera havia muito tempo, mas Phasma e Brendol concordaram que estavam indo na direção em que a nave havia caído. Torben puxava ambos os trenós, enquanto Siv e Gosta levavam os pacotes contendo os detraxores limpos e prontos e as peles. Por mais que ninguém jamais fosse considerar um ataque bem-vindo, sua rápida defesa e suas habilidades de combate haviam conquistado a água e os nutrientes de que tanto precisavam para a jornada. No geral, foi considerado um bom presságio, e todos se sentiam confiantes, embora cautelosos, de que, se mais esquiadores aparecessem, estariam preparados para enfrentar o desafio.

Siv olhou por cima do ombro para os corpos na duna, a areia já mudando para cobrir o que restava de sua pele e de seus ossos. Lagartos e humanos logo seriam pedaços e então apenas areia lisa. Ela estava feliz por não poder ver no vale os restos de seu amigo. E não podia deixar de pensar em quantas coisas mortas dormiam debaixo das brilhantes dunas cinzentas.

Pobre Carr. Em todos os seus vinte anos, Siv nunca tinha visto um membro dos Scyre morrer de uma maneira tão estranha e desconcertante. Mesmo aqueles que eram perdidos para o mar alimentavam as criaturas marinhas, e isso era considerado uma morte valente e natural. Mas ali, naquelas areias estranhas e intermináveis, os ossos de Carr não encontrariam sua casa nas cavernas ocultas da Nautilus. Seus restos mortais seriam lentamente escondidos pela areia e esquecidos para sempre, cercados de inimigos e vazio. Era um lugar solitário, e eles sentiriam muita falta de seu bom humor e de sua risada sincera ao redor da fogueira.

Ainda assim, a vida para os Scyre era dura e curta, e Siv tinha visto muitos amigos morrerem. Era considerado fraqueza chorar demais, então ela virou o rosto para o sol quente e seguiu Phasma para o destino que os aguardava.

Durante o resto da tarde, eles não viram nada além de areia e dunas. Subindo cada duna eles se arrastavam, puxando trenós, carregando mochilas e tomando, cuidadosamente, a menor quantidade de líquido possível. Na crista da duna, não conseguiam evitar uma parada, examinando a área à frente em busca de algo, qualquer coisa, que não fosse areia. De novo e de novo, eles se decepcionavam. Tudo o que viam eram infinitas dunas cinzentas elevando-se em ondas intermináveis contra um céu infinito de azul fundido. Nuvens cinzentas se agrupavam, ao longe, escurecendo o horizonte na direção do caminho por onde tinham vindo. Os Scyre pareciam condenados a permanecer sob uma mortalha opressiva e a ameaça do trovão. Ali, por outro lado, a poucos dias de distância, nem uma única nuvem pontilhava o céu; não havia nada para fornecer qualquer sombra nem a esperança da água. O ar estremecia sobre a areia, o calor seco saltando para queimar os olhos de Siv. A própria terra impelia-os adiante, estimulando-os a seguir a promessa da nave de Brendol, a paz imaginada e o frio do espaço.

Naquele entardecer, Phasma parou no topo de uma duna e estendeu a mão no sinal universal que dizia para se aproximarem com cautela. Siv se virou para encontrar o olhar de Torben, e ele transferiu as duas cordas do trenó para a mão esquerda e levantou o porrete.

Mais à frente, Phasma pegou os quadnocs, examinou-os brevemente e depois os passou para Brendol, que também ficou olhando por eles durante algum tempo.

– O que você acha disso? – ele perguntou.

Phasma sacudiu a cabeça.

– Este não é o nosso território. Não sabemos nada deste lugar. Você nunca viu algo assim antes em suas viagens?

A reprimenda em seu tom devia ter escapado a ele. Brendol balançou a cabeça e franziu a testa ainda mais.

– Não faço a menor ideia do que pode ser. Animal ou mineral, vamos descobrir. Está diretamente em nosso caminho.

Phasma olhou para seu povo.

– Armas em punho. Estejam prontos.

– O que é isso? – Gosta perguntou, ao subir ao topo da duna ao lado de Phasma.

– Não sabemos – foi tudo que Phasma disse.

Phasma e Brendol seguiram na frente, os troopers e Gosta atrás deles. Siv e Torben chegaram por último, com as armas desembainhadas. Quando alcançaram o topo da duna, Siv estava se coçando de curiosidade. O que poderia ter deixado Phasma e Brendol intrigados e confusos? O que ela viu mais além não lhe deu respostas.

A areia se estendia, plana, por muito tempo, sem dunas pelo que seriam várias horas de caminhada. No meio daquela planura infinita havia um grande monte preto. A essa distância, e com o ar oscilante, quente e cheio de areia cinzenta, era realmente impossível imaginar o que poderia ser, ou até mesmo que tamanho tinha ou se estava vivo.

A forma era negra com faíscas de sol refletido aqui e ali, que sugeriam que alguma coisa estava mudando ou era possivelmente metálica. Era irregular e parecia grande – maior que uma pessoa, maior do que a Nautilus. A areia ao redor era do mesmo cinza que se tornara o mundo inteiro deles, e não havia nada que assinalasse uma diferença de topografia – nada de vegetação, rocha ou metal. Apenas a mancha escura levemente oscilante no meio do nada.

Pois bem, era preciso se lembrar de que Siv e os outros guerreiros Scyre nunca tinham visto nada vivo na terra que fosse maior que um humano. Eles tinham visto bocas no oceano, mas não os corpos gigantescos aos quais elas pertenciam. Tinham visto pedaços e pedaços de bestas enormes jogadas contra as pedras; mas, na verdade, nenhum deles poderia ter dado nome ou descrito os monstros cujas peles se tornaram suas próprias capas e botas. Não havia mamíferos em seu mundo maiores do que os poucos bodes minúsculos remanescentes, e até mesmo os lagartos que antes puxavam os trenós tinham sido uma revelação para eles. Nunca tinham visto um prédio ou uma máquina que não tivesse sido relegada a seus componentes e lâminas. Então, como poderiam saber o que estavam vendo? Quanto a Brendol, talvez este tivesse alguma ideia, mas ninguém jamais poderia dizer o que ele estava pensando, e ele certamente não dava pistas.

– Vamos contornar aquilo. Mantenham as armas prontas – disse Phasma.

Não que ela tivesse que lhes pedir para fazer isso. Seus guerreiros eram bem treinados. Ela havia garantido que fosse assim.

– Você está bem? – Torben perguntou, e Siv olhou para ele.

– Claro. Não duvide de mim.

Eles desceram a duna devagar e entraram no vale grande e plano. Todo mundo estava nervoso, armas em punho, procurando por sinais de vida, por mais lagartos e agressores, ou à espera de que a coisa grande e volumosa fizesse qualquer ação além de estar ali, projetando uma sombra igualmente grande e volumosa na areia. Mas aquilo não agia como um animal – não tremia, fungava ou piscava olhos amarelos para os intrusos. Havia algo estranho e desconfortável a respeito daquilo, sobre a maneira como não parecia se importar ou mesmo percebê-los ali. Eles se aproximaram, depois se moveram, e Siv estava pálida e de olhos arregalados quando me contou sobre aquilo.

As palavras não demoram muito para ser proferidas, mas a jornada em si continuou por horas. Horas se aproximando da coisa, horas se movendo ao redor, horas passando por ela. O tempo todo, ela não fez nada além de tremer, por nenhum motivo que eles pudessem discernir.

Eu me lembro dessa parte da história porque, apesar de toda a violência que ela descreveu em nosso tempo juntas, Siv parecia mais assombrada do que nunca quando relatou essa parte.

Depois que deram a volta na coisa, Brendol parou. Todos os outros pararam e olharam para ele; ninguém se sentia seguro. Eles estavam no meio do terreno aberto, perto de algo desconcertante que não podiam explicar, e cada nervo em seus corpos bem afinados dizia para se afastarem. Mas Brendol parou, porque ele era assim, não era? Brendol era curioso e Brendol precisava de respostas.

– Me dê o seu blaster – ele disse ao trooper mais próximo.

Uma vez com a arma, ele mirou e disparou contra o montículo negro e pesado.

E ele explodiu.

A pele negra que eles estavam observando se mover e tremular era um enorme bando de pássaros, ou de morcegos, ou alguma mistura das duas coisas. O que quer que fossem, eram negros e pequenos, rápidos e de movimentos acentuados, e irromperam em uma nuvem que se movia como uma coisa só, guinchando como a morte. Os vislumbres embaixo do preto provaram ser mais dos besouros dourados, e, quando eles também se afastaram, a verdadeira forma da coisa encaroçada foi revelada. Era um monstro, uma coisa morta sendo dilacerada pelos catadores. Algo parecido com os lagartos que eles tinham visto antes, mas maior e com grandes saliências e espinhos para cima e para baixo pelas laterais do corpo. Não restava muita coisa, apenas mantas de pele penduradas em ossos nus e um buraco marrom cujas extremidades batiam ao vento, na lateral.

– Não precisamos tanto assim da água – decidiu Phasma.

– Não com tantos besouros – concordou Brendol.

– Espere, o que é isso? – Gosta perguntou.

O interior do animal morto ondulava, e duas luzes vermelho-vivas apareceram no buraco em sua pele. Um grunhido se elevou, e uma fera saiu da carcaça, uma coisa de aparência molhada como um lobo gigante sem pelo, sua pele da mesma cor da areia cinzenta. Ele veio se esgueirando com as longas pernas que se dobravam para trás, e era coberto de verrugas e calombos, todos salpicados de manchas vermelho-ferrugem, os restos de seu banquete. Seus olhos vermelhos estavam fixos no grupo, e ele se agachou brevemente antes de saltar em uma corrida certa na direção deles. Mais duas criaturas apareceram e o seguiram, saltando em uma formação em V para atacar.

Fiel à sua forma, Phasma puxou a lança e a adaga e correu para a primeira fera, bradando seu grito de guerra. Gosta estava em seus calcanhares, e Siv e Torben a seguiram. Os músculos das pernas de Siv doíam de tanto esforço nas subidas e descidas pelas areias, mas eles se soltaram na corrida plana, e ela desviou ligeiramente para a direita enquanto Gosta se movia para a esquerda, cada uma investindo contra uma das criaturas sujas e brilhantes. Houve um choque de carne e metal, mas todo o ser de Siv agora estava concentrado na coisa-lobo. Seu trabalho era matá-lo antes que pudesse machucar mais alguém. O povo Scyre sabia que qualquer ferida poderia se tornar tóxica, mas o folclore dizia que arranhões e mordidas de animais eram os mais prováveis de causar morte.

Ao contrário do lagarto, o lobo de pele, como mais tarde o chamaram, não caiu na primeira apunhalada. Sua pele era grossa e áspera, e o corte da lâmina de Siv pareceu se fechar novamente, sem nem sequer chegar à carne da coisa. O lobo investiu contra seu braço, e ela recuou e atingiu os tornozelos delgados do bicho, na esperança de partir a pele fina, tendão ou osso. Sua foice bateu e saiu, mal causando qualquer dano, e a criatura pegou a bainha de seu manto e o sacudiu, puxando Siv de costas. Ela golpeou para cima com sua lâmina curva, mas não perfurou o pescoço enrugado do lobo e teve que soltar suas foices para segurar o volume corpóreo da criatura, que tentou morder seu rosto.

Pew!

Um raio incandescente passou por seu pulso e atingiu a fera, que uivou e recuou, levando as patas ao que restava de seu focinho.

Pew!

Outro disparo atingiu a criatura nas costelas, que mancou uma vez e caiu de lado, um buraco fumegante em seu peito cinzento e úmido.

– Precisa de uma mãozinha? – A mulher stormtrooper estendeu uma luva para Siv, que aceitou de boa vontade e se levantou.

Os outros soldados estavam cuidando dos dois lobos remanescentes, que haviam absorvido vários cortes, mas recusavam-se a diminuir a velocidade ou responder aos ferimentos. Os blasters eram brutalmente eficientes, e as criaturas não duravam muito sob o ataque de raios laser. Dois tiros cada, e elas morreram.

– Alguém sofreu algum dano? – perguntou Phasma.

Brendol levantou o braço, mostrando um rasgo no tecido que chegava até a pele. Não estava sangrando; era mais como uma queimadura, apenas uma linha vermelha contra a pele pálida do interior de seu braço.

Phasma bufou com aborrecimento.

– Deveríamos ter vestido você com os couros de Carr. Siv, ponha linimento na ferida. General Hux, me avise se piorar ou se começar a ter febre. Se tiver sorte, não vai acontecer nada.

– E se acontecer? – perguntou Brendol, com a face comprimida enquanto inspecionava o ferimento.

Phasma lançou-lhe um olhar sério e determinado.

– Então você vai perder o braço na altura do cotovelo.

Brendol olhou-a como se ela fosse uma tola.

– Mas isso não causaria uma ferida ainda pior? Atrairia ainda mais infecção?

– Não. – Siv ajoelhou-se diante dele com a antiga lata de metal que continha o linimento oracular que sua mãe lhe ensinara a fazer. A formulação dessa substância era diferente da do unguento; era trabalhada especificamente para abrasões e ferimentos e incluía na composição ervas calmantes que ainda cresciam perto das falésias dos Scyre. Quando ela fez menção de pegar sua mão, Brendol parou por um momento antes de lhe oferecer o braço.

– A infecção vem do animal ou do líquen, não do ar. Uma lâmina limpa faz um corte limpo, o fogo cauteriza a ferida e o linimento evita mais contágio.

– Você é treinada em medicina? – perguntou Brendol, pela primeira vez parecendo interessado em alguém além de Phasma.

Esta deu um passo à frente.

– Esse conhecimento mantém nosso povo vivo. As crianças aprendem assim que podem falar. Crianças que não falam aos adultos sobre seus cortes morrem ao anoitecer. Diga a ele, Gosta.

Em uma voz melodiosa, Gosta cantou:

Se a menor ferida você ganhar
É melhor logo à sua mamãe contar
Pele branca e bordas vermelhas
Esta noite, você vai perder uma orelha.
Se a mamãe não souber, você vai ver
O machucado apodrece e você vai morrer.

Brendol sacudiu a cabeça como se quisesse livrar sua mente das palavras.

– Que coisa macabra.

– Não conhecemos essa palavra, mas você faz parecer algo ruim. Como se tivéssemos a escolha de ser diferente do que somos. Esta é a nossa vida. É por isso que meu povo é forte. – Phasma pôs a mão no ombro de Gosta, e a menina mais nova brilhou de orgulho. – Até nossas crianças sabem lutar pelo clã. Nós crescemos sabendo exatamente o quanto a vida é difícil em Parnassos e o que se espera de nós. Não sofremos pelos fracos.

– Você está dizendo que o homem que perdemos hoje, um homem que você escolheu e treinou, era fraco?

Brendol fez a pergunta como se fosse uma espécie de teste, e Phasma aproximou-se dele, um pouco perto demais.

– Carr era forte e eu o treinei bem, mas ele teve azar e agora se foi. Aqueles que sobrevivem devem seguir em frente.

Brendol sorriu como se essas palavras lhe agradassem, mas Siv não conseguia imaginar por quê.

– Se eu tivesse um rádio comunicador... – ele ponderou. – Esses slogans dariam muito certo em nosso programa.

– Seu programa?

Siv terminou de aplicar o linimento e puxou a manga de Brendol, que inclinou a cabeça para ela em um agradecimento mudo, levantou-se e começou a andar, as mãos atrás das costas. Depois de sacudir a cabeça para seus guerreiros, Phasma moveu-se para caminhar ao lado de Brendol. Todos os outros se apressaram em segui-los. Siv estava contente por não esperarem que ela usasse o detraxor nos cães sujos. Por mais que fossem fortes e brutos, pareciam doentes e errados. Ela secretamente temia que sua essência pudesse carregar algum patógeno responsável por causar os horrendos furúnculos e verrugas na pele das criaturas. Enquanto Torben pegava as cordas de trenó, ele e Siv se apressaram a seguir em frente para ouvir o que Phasma e Brendol estavam discutindo.

– Tenho uma tarefa especial na Primeira Ordem – disse Brendol. – Minha patente é de General, muito semelhante à sua aqui entre o seu povo. Sou um líder. Minha maior responsabilidade é criar o programa que vai treinar os jovens guerreiros, ensiná-los a lutar, ao mesmo tempo em que os ajuda a entender *por que* lutamos. Como você pode imaginar, isso envolve não apenas os aspectos físicos do treinamento, que deixo para os oficiais mais jovens e aptos, mas também a educação. Temos ditados como a rima sobre as feridas, canções, histórias e parábolas que usamos para incutir nossos valores e crenças em nossos guerreiros desde a mais tenra idade. O resultado final é o que você vê aqui diante dos seus olhos. – Brendol fez um gesto para seus três stormtroopers. – Os melhores guerreiros da galáxia, treinados para seguir minhas ordens usando uma variedade de armas e equipamentos e navegando por uma ampla variedade de ambientes. Eles devem saber pensar com os pés e agir rapidamente, não importa o quanto a situação seja hostil. Parece uma tarefa para a qual você, Phasma, pode ser particularmente bem qualificada.

Phasma fez um ruído desdenhoso com o nariz, indiferente ao elogio.

– Você diz que cria os melhores guerreiros da galáxia, mas eu poderia testar os meus contra os seus a qualquer momento. Uma vida como a nossa acrescenta uma determinação, uma coragem que não pode ser instilada com músicas inteligentes.

Brendol assentiu, parecendo divertido.

– Estou ansioso para ouvir mais de suas estratégias e como elas podem ser aplicadas em um ambiente mais controlado. Talvez um dia nos sentemos juntos e observemos seus guerreiros testando os meus, mas sob as condições ideais. Você ficaria muito impressionada com o nosso quartel de treinamento na *Finalizador*.

Atrás da máscara, o rosto de Phasma era inescrutável.

– Isso seria muito instrutivo – ela disse. Sua entonação e cadência eram frios, combinando perfeitamente com os de Brendol. Isso fez disparar um arrepio pela espinha de Siv.

Atravessaram a planície até o sol começar a se pôr e o ar ficar pesado e frio. O mundo era o mesmo em todas as direções, areia sem fim, sem lugar para se esconder. Eles ficariam expostos, não importava onde acampassem durante a noite.

– Nós vamos descansar aqui – disse Phasma, parando em um lugar não diferente de qualquer outro. – Os guerreiros vão vigiar em turnos e nós nos levantamos ao amanhecer. Vou ficar com o primeiro turno.

Seus guerreiros assentiram em resposta e, depois de olhar para Brendol, os troopers fizeram o mesmo. Brendol ficou de fora dos deveres de guarda, e Siv não tinha certeza se era porque ele parecia ter poucas habilidades de luta ou porque Phasma o considerava superior na classificação e acima de tais tarefas. No território dos Scyre, Keldo nunca havia exercido funções de guarda por essa mesma combinação de características. Mas não era trabalho de Siv pensar na hierarquia. Sua tarefa era curar feridas e distribuir a água e o unguento. Normalmente, Gosta teria recolhido pedacinhos de lenha o dia todo e, enquanto estivessem se acomodando, ela construiria uma bela fogueira; mas ali, na areia, não havia nada para recolher, nada para queimar.

Embora a terra dos Scyre fosse um lugar solitário e ameaçador, Siv nunca se sentira tão infeliz e exposta no mundo. Os ventos duros repuxavam suas vestes, arrancavam cada borda de tecido e sopravam tanta areia que a única maneira de comer era escorregar pedaços secos de algas debaixo de sua máscara. Fazia uma noite miserável, e todos pareciam dormir com sono leve, jogando-se na areia e acordando, assustados, meio cobertos de cinza, para tirar a poeira da areia e tentar encontrar uma posição mais confortável. Não havia nenhuma. Os Scyre estavam acostumados a dormir em suas redes de tela, sozinhos ou com um companheiro de confiança, mas, à medida que a temperatura caía e caía ainda um pouco mais, eles se aproximaram, procurando, meio adormecidos, por algum tipo de calor. Siv ficou contente quando Torben a despertou para o turno de vigia, já que o sono havia trazido pouco conforto.

Ela passou a vigília em alerta máximo, examinando a escuridão total em busca de qualquer nova sensação. Havia pouca luz, as estrelas obscurecidas por redemoinhos de areia, e nada podia penetrar na escuridão. O único som eram os uivos altos do vento e o suave arrastar da areia. Tudo cheirava a minerais e a corpo, pois o povo Scyre havia suado através de suas camadas de roupas durante o dia e agora estava encharcado com o odor azedo da pele suja, pegajosa de areia. Mesmo através da máscara, a areia salpicava os lábios de Siv, e, quando ela ficou frustrada o suficiente para lambê-la e tirá-la dali, teve uma sensação crocante desagradável entre os dentes. A terra dos Scyre começou a parecer um lugar amigável em comparação ao deserto. Seja lá o que

Phasma achava que ganhariam com Brendol Hux e sua nave, Siv só podia esperar que valesse a pena o sofrimento, que valesse a pena perderem Carr.

Quando sua hora terminou, ela foi acordar um dos stormtroopers, já que todos os Scyre tinham passado por seu turno de vigiar o acampamento. Seus olhos se ajustaram à pouca luz que havia, e ela examinou o grupo solto de corpos adormecidos e escolheu o mais próximo a ela, estendendo a mão para tocar suavemente o ombro blindado do soldado adormecido.

– Chegou a hora – ela disse, bem baixo, e uma luva pousou em sua mão e torceu-a de modo a quase lhe quebrar o pulso.

Ela sabia que não deveria gritar.

– Estou do seu lado – ela sussurrou.

O trooper se ergueu, a boca passando de um grunhido a uma carranca quando soltou a mão dela.

– Desculpe – disse ele. – Treinamento, você sabe. – A voz do homem era baixa e áspera, não tão cortante e refinada quanto a de Brendol.

– Está tudo bem – disse ela. – Estamos todos nervosos.

– Então eu assumo a partir daqui.

– Seja forte. – Quando as sobrancelhas dele se abaixaram em confusão, ela explicou: – É o que dizemos quando trocamos de turnos de vigia.

– Vocês fazem isso toda noite?

– Claro. Tanto em nosso lar-acampamento como quando estamos de sentinelas.

Ele balançou a cabeça.

– Quanto mais tempo eu passo aqui, mais o quartel da *Finalizador* parece aconchegante.

Ela assentiu e se aproximou de Torben, apoiando a cabeça na manga arenosa da túnica. Torben estava deitado de lado, e ela se arrastou em direção a ele até que suas costas lhe tocaram o braço. Ele estendeu a mão e puxou-a para perto da curva quente de seu corpo, e ambos suspiraram de alívio. Apesar de todos os horrores das areias, aquele abraço era uma experiência inteiramente nova, muito diferente dos corpos caindo juntos em uma rede balançando precariamente sobre o mar. Memórias de Keldo e Carr passaram pela mente de Siv, embora não fosse o costume dos Scyre lamentar aqueles que estavam perdidos ou desaparecidos. Deter-se no passado arriscava a vida de todos no presente. Mas era sorte terem aproveitado aquele momento para fazer uma pausa e afastar a tristeza, pois, no silêncio, ela teve certeza de ouvir um som que não deveria estar ali.

Siv congelou, prendendo a respiração e prolongando seus sentidos noite adentro. Antes que pudesse perguntar ao trooper se ele também tinha ouvido, ela foi ofuscada pela luz mais brilhante que já tinha visto.

– Ataque! – Siv gritou, buscando as foices enquanto se esforçava para sair do enorme braço de Torben.

– General! Stormtroopers! – gritou o vigia.

Todos acordaram imediatamente, saltando com as armas prontas. Os troopers não atiraram, porém, e os guerreiros Scyre não conseguiam ver o que atacar. Enquanto estavam ali, esperando, prontos para lutar, a luta nunca chegou. O acampamento foi banhado pela luz forte e, quando seus olhos se ajustaram, Siv viu que não estavam enfrentando mais esquiadores ou lobos de pele. Nem mesmo humanos.

Suas foices caíram ao lado do corpo quando percebeu que estava olhando para um droide muito branco. Não era como o que Brendol Hux trouxera da nave. Esse era esguio e tosco, um pouco mais baixo que a própria Siv. Não parecia estar carregando nenhuma arma – apenas uma caixa emitindo a luz ofuscante.

– Nossas preces foram atendidas – ele disse em tom monótono, que, de alguma forma, ainda conseguia expressar entusiasmo. – Louvados sejam os criadores! Espero que venham comigo. Estamos esperando por vocês há muito tempo.

– General Hux, o que fazemos? – perguntou Phasma.

Mas, quando olharam para Brendol, ele ainda continuava deitado na areia. Inconsciente e imóvel, vermelho de febre. Quando Siv olhou para o braço, notou que já estava avançado demais. Nem mesmo a amputação ajudaria.

Brendol Hux estava morrendo.

DEZESSETE

EM PARNASSOS, DEZ ANOS ANTES

– Eu não posso ajudá-lo – disse Siv. – A febre já se instalou. É tarde demais.

– Minha nossa – disse o droide. – Isso parece ruim. Felizmente, a nossa ala médica é bem equipada, e teríamos prazer de administrar os antibióticos adequados.

Phasma aproximou-se do droide com seu machado e lança prontos. Os stormtroopers a flanquearam com os blasters.

– Quem é você, e por que está aqui? – Phasma vociferou.

O droide inclinou a cabeça para ela.

– Eu sou TB-3 da Con Star Mining Corporation. Se seu companheiro está morrendo, talvez devamos continuar essa discussão enquanto voltamos para a estação. Não é longe.

Siv checou o pulso de Brendol e o achou irregular.

– Precisamos de ajuda – disse ela. – Torben?

O grande guerreiro rapidamente manobrou Brendol para cima do trenó e ergueu ele mesmo as mochilas, mas Phasma ainda encarava o droide.

– Você pretende nos fazer mal?

– Ha-ha-ha! – A risada do droide era monótona e estranha. – É contra meus protocolos prejudicar os seres sencientes. Aliás, meu único desejo é servir vocês. Louvados sejam os criadores. Como pode ver, eu não estou equipado com armas de nenhum tipo, nem meus irmãos.

– Seus irmãos?

– Há quarenta e sete droides atualmente funcionais na Estação de Terpsichore. Sou um droide de protocolo, programado para ajudar a força de trabalho humana com idiomas, estatísticas, estratégias e necessidades básicas. Por favor, sigam-me.

Ninguém concordou e, mesmo assim, o droide se virou e se afastou deles, apontando a luz para o deserto. Siv parou de ajudar a arrumar Brendol e notou que o droide estava andando sobre as próprias pegadas, uma trilha que passava pela próxima duna.

Phasma se ajoelhou ao lado de Brendol, olhou a ferida e sibilou entre os dentes.

– Você está certa. Já avançou muito.

– Ele deve ser salvo – disse um dos stormtroopers. – Não importa o custo.

– Você confia nesse droide? – Phasma perguntou a ele.

Ele encolheu os ombros.

– Parece que eu não tenho escolha.

Arrastando a mochila, ele seguiu o droide. Os outros dois stormtroopers entraram em fila atrás dele. Siv e os guerreiros Scyre olhavam para Phasma.

– Brendol é nossa única esperança. Nós também não temos escolha.

Phasma pegou sua mochila e correu atrás dos soldados, e Torben a seguiu obstinadamente, rebocando Brendol atrás de si. O droide iluminava o caminho. Siv sentiu como se ainda estivesse meio adormecida, arrastando as botas pela areia e rangendo os dentes contra o frio noturno. Ninguém falou, e Siv se manteve perto de Brendol, apesar de o ferimento estar além de suas poucas habilidades como curandeira.

O amanhecer estava apenas começando a iluminar o céu quando o droide parou diante de uma duna especialmente íngreme. Sua trilha fora coberta havia muito tempo pelas areias, mas ele parecia saber exatamente para onde estava indo. Embora ela não tivesse visto nenhuma característica de gênero na fisicalidade do droide, algo na voz e no modo de andar lhe parecia masculino, e então ela pensou em TB-3 como "ele".

– Oh, meu Deus. Os ventos são tão brutais. Um momento.

Os guerreiros Scyre trocaram um olhar de suspeita enquanto o droide cavava a duna.

– Ah, aqui está.

A parede de areia estremeceu e uma camada de cinza caiu para revelar uma abertura artificial. Eu sei o que é uma porta, é claro, mas Siv nunca tinha visto nada parecido. Ela a descreveu como se o mundo, tal qual ela sabia, se abrisse para revelar um estranho coração mecânico. No interior, a areia cinzenta encontrava um piso branco e liso com paredes iguais e um teto coberto de luzes.

– Bem-vindos à Estação de Terpsichore, a principal instalação de mineração da Con Star Mining Corporation em Parnassos – disse orgulhosamente TB-3. – Por favor, entrem para que eu possa fechar a porta e impedir que entre areia demais. Não podemos deixar os droides ratos agitados. – Como se fosse uma sugestão, um minúsculo droide preto veio de algum lugar e começou a, prestativo, sugar a areia que estava começando a girar pelo corredor limpo.

Embora Phasma geralmente desse os primeiros passos em qualquer situação, desta vez ela olhou para os stormtroopers. Até mesmo Phasma se sentiu intimidada ao entrar em um edifício pela primeira vez, quando a Nautilus era o único espaço fechado que ela já conhecera. Os stormtroopers entraram e se afastaram um pouco pelo corredor como se tudo estivesse absolutamente normal, então Phasma os seguiu, mas delicadamente, como se esperasse que o chão desabasse sob suas botas gastas. Depois de cruzar o limiar, fez sinal para que seu pessoal se juntasse a ela, e Siv pisou no chão liso, seguido por Gosta e Torben puxando Brendol logo trás. Assim que todos entraram, o droide apertou um botão e a porta se fechou.

Naquele momento, uma grande sensação de terror tomou conta de Siv. Ela estava fechada, totalmente incapaz de ver o céu. Mesmo na

Nautilus, eles tinham uma espécie de claraboia, mas ali tudo era artificial e nada era familiar. Ela queria se abaixar no chão, e sentiu como se o prédio pudesse desabar sobre ela a qualquer momento e esmagá-la. A julgar pelo rosto sem sorriso de Torben e pelos olhos inconformados de Gosta, Siv não estava sozinha.

– Este é o caminho para a ala médica – disse TB-3, conduzindo-os pelo corredor.

Eles seguiram, e Siv ficou maravilhada com as coisas que viu na estação. Ali havia janelas nas paredes, cobertas com vidraças transparentes para mostrar maravilhas do mundo anterior que Siv nunca havia testemunhado em sua totalidade. Ela era um pouco familiarizada com antiguidades, mas nunca tinha visto uma mesa e cadeiras intactas, muito menos um computador ou uma coleção de máquinas de fábrica. Em algumas salas, os droides paravam para observá-los, e Siv sentiu-se estranha ao ser vigiada por máquinas com olhos. O corredor serpenteava e serpenteava e, às vezes, TB-3 apertava outro botão para abrir uma nova porta. Assim foi até que ele os levou para uma sala aberta cheia de máquinas.

Três droides esperavam ao lado de uma plataforma de metal, todos mais robustos que TB-3.

– Por favor, coloque o paciente na cama – disse um, estendendo um braço. – Louvados sejam os criadores.

Torben olhou para os troopers e um deles respondeu com um aceno de cabeça. O grande guerreiro tomou Brendol em seus braços como um bebê e cuidadosamente o colocou na maca, arrumando os braços e as pernas para que seu corpo ficasse contido. Recuando ao lado de Siv, Torben murmurou:

– Eu nunca senti uma febre tão quente. Ele está praticamente morto.

Os droides imediatamente começaram a realizar procedimentos que Siv não entendeu, examinando Brendol e injetando-lhe líquidos.

– Agora que seu acompanhante está sendo tratado, por favor, venham comigo para discutir as opções de pagamento – disse TB-3.

Um dos stormtroopers gemeu, mas Siv ainda não entendia o que estava acontecendo.

– Eu deveria ficar com ele – disse ela.

– Um de *nós* deveria – retrucou a mulher stormtrooper.

TB-3 estendeu os braços para conduzi-los para fora da sala.

– Por favor, permitam que os droides médicos realizem a função deles. Seu companheiro tem uma chance de sobrevivência de setenta e dois por cento no momento, mas qualquer estresse ou patógenos desconhecidos poderiam diminuir essas chances. Estaremos no final do corredor.

O droide levou-os a uma sala dominada por uma longa mesa com várias cadeiras.

– Por favor, sentem-se e eu voltarei com os dados. Talvez vocês fossem apreciar alguns refrescos?

– Isso é confuso – disse Torben. – Posso matá-lo?

Antes que Phasma pudesse responder, TB-3 saiu correndo da sala, fechando a porta atrás de si.

– Droides – um dos troopers murmurou. – Eles podem ficar estranhos se não estiverem calibrados corretamente. Esse parece um pouco excêntrico.

– E por que não vimos pessoas? – perguntou outro stormtrooper. – Algo está errado aqui.

A porta se abriu para revelar outro droide, este atarracado e se movimentando com rodinhas, carregando uma bandeja cheia de bebidas e comida. Siv e os Scyre hesitaram, mas os stormtroopers tiraram os capacetes e começaram a comer e a beber. Phasma tomou um gole experimental de uma bebida, e Siv ficou contente de seguir o exemplo de sua líder. A água era abundante e fresca, a comida era estranha, suave e adocicada, e ela queria continuar a comer para sempre.

– Temos certeza de que isso é seguro? – perguntou Phasma, segurando um pedaço de comida.

– Olhe dessa maneira – disse um trooper. – Se esses droides nos quisessem mortos, eles poderiam nos matar no deserto. Eles poderiam nos ter envenenado neste complexo. Talvez TB-3 não tenha armas, mas eles estão em maioria. Quem quer que esteja dirigindo este lugar, deve nos querer vivos, senão não estaríamos. – E então ele voltou a comer.

Quando a comida acabou, TB-3 reapareceu carregando um datapad em funcionamento. Ele parou na cabeceira da mesa e apontou números que brilhavam na tela iluminada.

– A Con Star Mining Corporation tem o prazer de informar que seu companheiro está vivo e que a infecção está sob controle. Nossos protocolos sugerem que ele permaneça aqui na ala médica, descansando e sob cuidados, por pelo menos dois dias. Como vocês gostariam de reembolsar a Con Star Mining Corporation por esse atendimento médico?

– Reembolsar? – perguntou Phasma.

– Ele quer créditos – disse um trooper. – Pagamento. Nada é de graça.

– Correto. Aqui está a conta.

TB-3 deslizou o datapad para o stormtrooper e Phasma levantou-se para olhar por cima do ombro. De onde estava sentada, Siv só conseguia ver listas intermináveis de símbolos que não faziam sentido.

O trooper soltou uma gargalhada e, descuidadamente, jogou o datapad de volta.

– Não temos créditos. Talvez você possa enviar a conta para a Primeira Ordem, mas somos apenas stormtroopers. Não contabilistas.

A cabeça do droide caiu como se estivesse desapontado ao ouvir aquilo.

– Infelizmente, estamos temporariamente impossibilitados de transmitir dados para fora do planeta. Se o seu acompanhante quiser sair, a fatura deve ser paga ou o seu grupo pode aceitar cargos na Con Star Mining Corporation como trabalhadores. Com um plano de sessenta dias, vocês podem trabalhar por um valor equivalente a essa dívida enquanto desfrutam acomodações confortáveis e benefícios para funcionários. Louvados sejam os criadores.

– O que isso significa? – Phasma perguntou ao stormtrooper ao lado dela.

– Para ser franco, ou aceitamos empregos para pagá-los, ou Brendol morre.

– Mas não temos sessenta dias. Precisamos chegar à nave.

O trooper olhou para TB-3.

– Podem nos dar alguns instantes?

O droide inclinou a cabeça e disse:

– Claro. Voltarei em breve. – Em seguida, ele desapareceu pela porta, fechando-a atrás de si.

– Podemos lutar até conseguirmos achar um jeito de fugir? – perguntou Phasma, e o trooper fez sinal para que ela se aproximasse.

– Fale baixo. Eles podem ter dispositivos de escuta. Da forma como estão as coisas, não sabemos quem está administrando este local ou onde fica a sala de controle principal, então é provável que não possamos pegar Brendol e fugir antes de que eles ajam contra nós.

Phasma considerou aquelas palavras.

– Então precisamos de Brendol inteiro e precisamos saber mais. Devemos aceitar essas posições, reunir as informações de que precisamos e fugir.

O trooper deu de ombros.

– É nossa única opção, na verdade, mas existem vantagens. Eles podem ter veículos que poderíamos usar para chegar à nave mais rápido. E o General saberá o que fazer quando acordar. Ele é um mestre tático.

TB-3 havia deixado o datapad na mesa, e Phasma o puxou e experimentou mexer nele, arrastando o dedo aqui e pressionando ali. Seus olhos assumiram um brilho de fascinação, e Siv percebeu que nunca tinha visto Phasma interessada em nada. Ela enxergava tudo como uma ferramenta, mas olhou para o datapad quase como se fosse sagrado.

– Mostre-me como isso funciona – disse ela, e o trooper o pegou e começou a pressionar botões.

O droide retornou e, agitado, recuperou o datapad.

– Vocês tomaram sua decisão? – ele perguntou.

– Aceitaremos sua oferta – disse Phasma. Os stormtroopers se entreolharam, mas ninguém se pronunciou contra ela.

– Louvados sejam os criadores! Ficamos muito contentes. Vamos começar imediatamente. – O droide tirou as impressões digitais deles e disse muitas coisas que Siv não entendia, e depois anunciou que eram funcionários da Con Star Mining Corporation.

– E agora é hora de um breve disco de orientação – disse ele. As luzes se apagaram, mas não tanto que Siv entrasse em pânico, e uma imagem em movimento iluminada apareceu na parede branca e lisa, junto com a voz em tom alegre de uma mulher.

– Bem-vindos à Con Star Mining Corporation. Estamos felizes por vocês terem decidido se juntar a nós na bela Parnassos, onde farão parte de uma comunidade única de pioneiros neste planeta exclusivo! – A imagem saiu de um grande caixote branco, o que deixou Siv zonza, e a caixa ficou minúscula, cercada por montanhas e expansões de verde, e depois oceanos de azul cristalino. – Parnassos é rica em metais e minerais, e nós projetamos o seu hábitat especialmente para trazer conforto familiar para a sua espécie.

A imagem deu um zoom e se moveu para dentro da coisa achatada, a cena mudando tão rapidamente que Siv sentiu seu estômago se mover. Ela reconheceu o corredor que levava até aquela mesma sala.

– Você vai morar na Estação de Terpsichore, situada em um vale rico repleto de recompensas da natureza. Fica a apenas uma curta viagem de bonde até o Mar das Sirenas para passar um dia na praia. – A imagem mostrava algo brilhante e prateado percorrendo dois trilhos, cortando o verde. Então um homem, uma mulher e duas crianças saíram e acenaram com o braço. A imagem mudou e então a família estava sorrindo para o oceano, mas não era o oceano escuro, ameaçador e frio que lambia os paredões rochosos na terra dos Scyre e fervilhava de feras famintas. Essa água era azul-clara e acolhedora, com um fundo arenoso visível, e as crianças corriam contentes para as ondas, espirrando água e rindo.

– Isso é insano – Siv murmurou para Phasma.

– Isso é o que Parnassos pode ter sido, há mais de cem anos. – Phasma bufou, observando as pessoas, sempre sorridentes, no gramado verde jogarem uma bola vermelha para que um animal de quatro patas com uma língua flácida a perseguisse. – Nossos ancestrais eram estranhos. Estranhos e moles.

As imagens e a voz estrondosa continuaram e continuaram. Siv soube que a coisa plana e achatada era um prédio e a coisa prateada era um bonde. Viu laboratórios, fábricas, minas e filas intermináveis de casas arrumadas, com todo tipo de conforto peculiar proporcionado por máquinas que agora eram apenas pacotes de ferrugem guardados na Nautilus. Ela aprendeu que haviam existido dezenas de comunidades separadas em Parnassos, cada uma com sua própria estação e propósito. E descobriu que, outrora, muito tempo antes, aquele deserto de areia era um vale verde e fértil, cheio de plantas, animais e seres humanos misteriosamente felizes, todos trazidos para o planeta exuberante a fim de trabalhar para a Con Star.

– E assim nós damos as boas-vindas à Estação de Terpsichore, onde o seu hoje protege o nosso amanhã – a voz ribombou. – Estamos certos de que você será muito feliz aqui.

A tela ficou branca e a luz se apagou, deixando-os em escuridão momentânea.

– Você acha – disse Gosta, parecendo admirada – que talvez os Scyre tenham recebido esse nome por causa do Mar das Sirenas?

– E por que eles não param de dizer "louvados sejam os criadores"? – Torben perguntou. – Eles realmente amam quem os criou?

Um stormtrooper sacudiu a cabeça.

– Eu disse. Droides ficam estranhos quando não recebem manutenção adequada.

– Não importa – disse Phasma com firmeza. – O passado está morto e os droides não são da nossa conta. Nosso único objetivo é sair daqui e terminar a missão antes que outra pessoa possa fazer isso.

As luzes voltaram e um novo droide entrou em cena. Enquanto TB-3 parecia inofensivo, manso e subserviente, esse novo droide lembrava Siv de uma ferramenta, algo sem corte feito apenas para desempenhar o trabalho.

– Olá e bem-vindos à Con Star Mining Corporation. Louvados sejam os criadores. Eu sou D473 e vou atribuir suas tarefas. Normalmente, vocês passariam por uma série de testes para que pudéssemos atribuir a atividade correta para as suas habilidades, mas o tempo é fundamental e as cotas estão atrasadas, então todos vocês trabalharão na mina. Espero que achem isso aceitável, sim?

– Não somos mineiros! – exclamou um dos stormtroopers. – Exigimos falar com um supervisor.

D473 apertou as mãos de metal, a cabeça inclinada de um jeito de quem lamentava.

– Sinto muito, trabalhador, mas estamos com pouca mão de obra agora. O supervisor está indisponível no momento. Espera-se que reforços sejam enviados em breve para a administração, louvados sejam os criadores. A Con Star Mining Corporation lamenta esse inconveniente. Agora, por favor, aproveitem este disco de orientação sobre mineração. Louvados sejam os criadores.

O droide saiu, a sala ficou escura novamente e uma nova imagem apareceu na tela. Em vez de fotos bonitas do passado, esse disco informou Siv de como a mineração era realizada e quais tarefas seriam necessárias. Ela aprendeu sobre procedimentos de segurança apropriados, o que fazer em caso de desmoronamento, e a sempre usar capacete e a carregar seu datapad Con Star, o que alertaria sobre vazamentos de gás e a avisaria quando os intervalos de descanso fossem permitidos.

As pessoas na parede branca sorriam enquanto trabalhavam em longos túneis que se pareciam com a Nautilus, mas não continham pinturas feitas com sangue, ou as coleções de esculturas e objetos ritualísticos.

– Eles vão nos usar para fazer esse trabalho? – Gosta perguntou.

– Apenas até Brendol estar melhor – respondeu Phasma. – E então nós veremos.

A porta se abriu; mas, em vez de um droide, eles ouviram apenas uma voz, a mesma mulher calma do disco.

– Por favor, siga a linha vermelha até os alojamentos para pegarem uniformes, louvados sejam os criadores.

Na parede, uma linha vermelha apareceu, serpenteando e desaparecendo por uma curva. Phasma foi primeiro e Siv percebeu que, com Brendol fora de cena, os stormtroopers haviam aceitado calmamente sua liderança. Eles caminharam ao ritmo do passo de Phasma, diminuindo a velocidade para olhar cada nova abertura na parede. Siv conhecia Phasma bem o suficiente para saber que ela estava reunindo conhecimento para informar suas escolhas futuras, tentando aprender tudo o que pudesse sobre aquele novo ambiente.

A linha vermelha terminava em uma porta aberta; a sala ali dentro iluminada na mesma luz fria, muito diferente do sol lá de fora. Havia araras de panos penduradas ao longo das paredes. Outro droide esperava ali, silencioso e imóvel até todos entrarem.

– Eu sou D477 – ele disse, em uma voz de mulher mais suave. – Vou tirar suas medidas para os uniformes, louvados sejam os criadores. Por favor, venham um de cada vez.

Todos os olhos dispararam para Phasma.

– Por quê? – ela perguntou.

– Todos os funcionários da Con Star Mining Corporation são obrigados a usar o uniforme apropriado – o droide respondeu calmamente.

– E se recusarmos? – perguntou Phasma.

A cabeça do droide inclinou-se para ela de um jeito que lembrou Siv de um inseto predador conhecido por arrancar a cabeça de seu companheiro depois de botar ovos.

– Vocês devem mostrar respeito pelos criadores e seguir as ordens, ou os seus períodos de servidão aumentarão de acordo.

Phasma permaneceu irredutível.

– Eu não concordei com essa tolice e cumprirei meus deveres da forma como estou vestida.

A cabeça do droide piscou e Siv recuou.

– *NÃO COMPUTA LOUVADOS SEJAM OS CRIADORES TODOS OS FUNCIONÁRIOS SEGUEM AS ORDENS E TODOS OS DROIDES SEGUIRÃO O PROTOCOLO DOS CRIADORES!*

O grupo ficou tenso até que o droide parou de piscar e recuperou a calma. Ele endireitou a cabeça e enfiou a mão na arara de roupas, retirando dali um pano dobrado pendurado em um pedaço de arame de metal.

– Isso deve servir – disse, estendendo a mão para Phasma. Ela pegou, mas não fez mais nada. – Por favor, prove este – disse o droide, educado novamente. – Queremos que você fique confortável, louvados sejam os criadores.

Phasma acenou com a cabeça para o droide, mas, quando começou a voltar para a arara, puxou o tecido do arame e o chicoteou ao redor da cabeça do droide para cobrir seus sensores faciais. Plantando uma bota no peito do robô, ela o chutou para trás. O droide caiu no chão com um pesado *bam!* e, num piscar de olhos, Phasma estava em seu torso, enfiando o arame de metal na abertura do olho.

Um dos troopers caiu de joelhos ao lado dela, lutando para encontrar um painel no peito do droide, cavando os dedos, tentando forçá-lo a abrir. As mãos do droide se agitavam e tentavam alcançar seus agressores, mas estavam claramente desacostumadas a combater. Os outros dois troopers sentaram-se um em cada braço, e Torben conteve as pernas do droide quando o primeiro soldado abriu o painel e começou a puxar os cabos aos punhados.

– *NECESSÁRIO NECESSÁRIO LOUVADO LOUVADO NÃO...* – berrou o droide.

As luzes se apagaram, uma buzina começou a tocar e algo molhado caiu do teto. Siv virou o rosto, maravilhada com o conceito de líquido caindo como a chuva inofensiva que ela lembrava de sua infância. Porém, não era água. Ela respirou o odor desagradável e artificial, e tudo ficou preto.

DEZOITO

EM PARNASSOS, DEZ ANOS ANTES

Siv acordou de costas, olhando para o teto branco. Quando ela se sentou, estava zonza, e seus companheiros também dormiam em volta dela. Pequenos droides negros corriam entre eles, secando o chão, mas Siv ainda estava molhada. TB-3 estava em cima deles, remexendo-se, impaciente.

– Eu avisei – disse ele. – Vocês são funcionários agora e não podem fugir de suas obrigações contratuais, louvados sejam os criadores.

Ainda confusa, Siv perguntou:

– Por que você não para de dizer isso de "louvados sejam os criadores"?

TB-3 orgulhosamente tocou um distintivo em seu peito branco brilhante. Ele havia sido polido desde que os trouxera para a estação, todas as evidências da areia cinzenta agora removidas.

– A Con Star Mining Corporation pousou aqui há 186 anos. Nós fomos construídos e ativados em Parnassos por nossos criadores, que nos projetaram para executar perfeitamente nossos deveres. Uma vez que a instalação estava sob gestão adequada e o pessoal humano havia chegado, os criadores foram embora. O tempo passou e nós experimentamos uma temporária interferência de sinal. Não pudemos mais nos comunicar com os criadores ou com as outras estações. Nosso contingente humano… bem, estamos esperando por ele desde então. Pelos criadores. Estamos muito felizes por vocês terem chegado.

– Mas nós não somos...

Phasma a interrompeu.

– Estamos felizes por estar aqui.

– Muito bom. Espero que considerem tomar um banho e vestir seus uniformes agora. O pobre D477 ficou bastante perturbado com a sua insubordinação. Vocês precisarão se alimentar antes do turno, e a pontualidade é importante.

Siv olhou para Phasma e Phasma apenas sacudiu a cabeça.

– Ficamos felizes em aceitar os termos.

TB-3 levou-os a uma sala cheia de água pulverizada e pediu para se despirem e se banharem. Siv relutou em confiar suas armas ao droide, e os stormtroopers sentiam-se igualmente inflexíveis sobre suas armaduras, mas TB-3 lhes mostrou armários para guardarem seus pertences. Quando Phasma não discutiu e colocou seu machado e lança na caixa de metal, Siv teve pouca escolha a não ser fazer o mesmo. Era estranho ficar sem suas foices, e a sensação de tomar banho, nua, com sabonete da Con Star, a deixava perplexa. Uma máquina de vento quente os secou, e uma nova versão de D477 deu-lhes roupas estranhas e leves com um distintivo da Con Star no peito, exatamente como o que o TB-3 usava com orgulho.

Eles foram instruídos a seguir a linha amarela até o refeitório, onde lhes serviram alimentos idênticos em bandejas de plástico idênticas. Seguindo o exemplo da Phasma, Siv comeu a comida, que tinha a mesma textura, mas sabores e cores muito diferentes. A bebida, servida de uma bolsa, tinha o sabor de minerais. Assim que a comida acabou, Siv se levantou com os amigos – agora colegas de trabalho – para esvaziar a bandeja e seguir a linha azul até o turboelevador, que os levou para a mina.

Quando Siv me contou essa história, ela ainda estava impressionada com a diferença entre a estação e a terra dos Scyre. Tudo era limpo, fresco e de arestas afiadas, com paredes lisas, cantos perfeitos e luzes frias que às vezes tremeluziam, mas nunca se apagavam. Ela teve que aprender palavras que nunca tinha ouvido antes, entender como realizar o trabalho repetitivo que era exigido dela. Depois de algumas horas, era como se suas mãos tivessem sido feitas para segurar a haste e empurrar o carrinho. Ela usava seu capacete e óculos de proteção e fazia tudo o que lhe pediam, uma equipe de droides prestativos sempre instruindo-a e supervisionando-a.

A cada nova tarefa, todos olhavam para Phasma. Em vez de uma máscara, garras e armas, Phasma usava seu uniforme impecável e, embora não sorrisse, observava tudo o que acontecia, seus brilhantes olhos azuis correndo para todos os controles e consoles pelos quais passavam. Olhares secretos eram trocados entre todos eles; estavam ganhando tempo, e sabiam disso.

As mãos de Siv já estavam cheias de bolhas quando uma luz verde piscante anunciou o fim de seu turno. Ela largou a britadeira e empurrou o carrinho para o turboelevador, onde permaneceu em silêncio entre Phasma e Torben. Eles seguiram a linha verde até o alojamento, onde vestiram as roupas de dormir e entraram em seus beliches designados. Era o lugar mais confortável em que Siv já estivera, com muito espaço para se esticar completamente e se virar em qualquer direção que desejasse, sem sentir o rangido de aviso de uma rede ou o deslizamento granuloso de areia. Apesar disso, não estava com sono. Nenhum deles estava. Apenas estavam esperando até que a porta se fechasse e os deixasse sozinhos na escuridão e no silêncio.

– Isso é loucura – disse um dos stormtroopers. Era o trooper com quem Brendol tinha gritado, PT alguma coisa. Depois daquela explosão, os soldados tinham mantido distância do povo Scyre, mas, com Brendol fora, talvez ele sentisse que era seguro falar. Do lado de fora de seu capacete e da armadura, ele parecia muito menor e como qualquer outro homem, não um estranho vindo de além das estrelas.

– Precisamos continuar juntos até conseguirmos resgatar Brendol – disse Phasma, com a voz baixa.

O trooper assentiu.

– Sim, ele vai entender mais sobre os droides e sua programação. Sabemos como derrubá-los individualmente, mas não podemos lutar com quarenta e sete droides sem nossas armas, sem mencionar quem comanda a sala de controle.

– E ainda pode haver pessoas.

– Verdade.

– Qual é o seu nome? – Siv perguntou, sentindo-se ousada. – Não o número de que Brendol o chamou, mas seu verdadeiro nome. Parece errado que você saiba nossos nomes, mas não saibamos o seu.

Ele deu um sorriso irônico.

– Não temos nomes. A Primeira Ordem só nos dá números. Eu sou o PT-2445, e esta é LE-2003. – Ele acenou para a mulher. – E HF-0518. – Ele acenou para o outro homem.

– Seus nomes são difíceis de dizer – comentou Gosta. – Posso te chamar de Petey?

Por um momento, PT-2445 pareceu gentil e divertido.

– Isso é mais como um nome de criança, mas suponho que você pode pensar em mim como Pete quando o General não estiver por perto.

– E isso faria de mim Elli – disse a stormtrooper feminina. – E você é... Huff.

O terceiro trooper, agora Huff, franziu o cenho.

– Isso nem é um nome.

– Ah, mas nós não temos nomes, não é? – disse Pete, e os soldados compartilharam uma risada particular.

– Chega dos nomes de vocês. Quero sair. Essas roupas são inúteis – disse Torben. Seu uniforme era pequeno demais para ele e mal cobria seus ombros. – Não posso lutar com isso. Essas roupas não podem conter uma lâmina. Não admira que eles tenham dificuldade de manter as pessoas aqui.

Siv riu, agradecida por encontrar um momento de misericórdia no estranho lugar. Phasma, porém, não estava a fim de tomar parte de nenhuma de suas jocosidades.

– Então todos nós concordamos – disse ela, ríspida. – Vamos fazer o que os droides pedirem até Brendol estar conosco, e depois...

– E depois? – Gosta perguntou.

– E depois nós viramos a mesa.

O tempo passou em um borrão por vários dias, ou pelo menos foi o que Siv achou que fossem dias. Eles não podiam ver o céu e não tinham noção do tempo. Sono, depois comida, depois trabalho, depois comida, depois trabalho, depois sono. Era monótono ser funcionário da Con Star Mining Corporation. Os droides que ela encontrava enquanto caminhava pelos corredores ou entregava seu carrinho cheio de minério eram alegres e prestativos, mas ela nunca viu outra pessoa, e não confiava totalmente nos droides nem se sentia segura quando estava perto deles. Ela ansiava pela vida lá fora, mesmo que fosse dura. Pelo menos era honesta.

Dois ciclos de sono depois, Brendol Hux apareceu no desjejum. Sua pele estava mais pálida do que o habitual, com duas bolsas roxas sob os olhos, e seu uniforme, embora limpo e passado, estava um pouco mais folgado. Assim que os viu, correu até eles, com TB-3 arrastando-se ansiosamente logo atrás.

– Que diabos vocês estão vestindo? – ele gritou, olhando para eles um de cada vez.

– Nossos uniformes, senhor – disse um dos stormtroopers, com os olhos desviando para o droide, que estava rondando. – Fomos contratados pela Con Star Mining Corporation para pagar suas dívidas médicas.

Brendol assumiu um tom peculiar de vermelho e começou a balbuciar, mas Phasma acenou com a mão.

– São apenas sessenta dias cada um – ela disse com um sorriso. – Tenho certeza de que nosso tempo aqui valerá a pena. Apesar disso, devemos permanecer calmos. Nós enfurecemos um dos droides recentemente e fomos punidos duramente por isso.

– Espera-se bom comportamento dos funcionários da Con Star, louvados sejam os criadores – concordou TB-3.

– Você deveria pegar uma bandeja e se juntar a nós – disse Phasma. – Nossas jornadas de trabalho são longas e você terá fome.

– Jornada de trabalho? Eu quase morri. Mal sobrevivi na ala médica sob os cuidados daqueles açougueiros. Não posso trabalhar! – Brendol explodiu.

– General... – um dos stormtroopers começou.

Phasma o interrompeu:

– Se há uma coisa que aprendemos aqui, é que a insubordinação é punida, por isso ficaríamos satisfeitos em ajudá-lo a se aclimatar. Tenho certeza de que nosso tempo passará rapidamente sob nossos anfitriões vigilantes.

O sorriso que ela mirou em TB-3 era frio o suficiente para congelar a água, mas o droide não percebeu.

– Você é uma funcionária modelo, Phasma – disse ele.

A boca de Brendol se contorceu quando ele considerou a situação; mas, no final, ele pegou sua bandeja como todo mundo. Assim que se acomodou, TB-3 foi embora. Eles já estavam acostumados o bastante para seguir a linha azul até o turboelevador, a fim de iniciarem o turno, quando o sino tocasse.

Quando Brendol se aproximou da mesa com o desjejum, Phasma deslizou no assento para abrir espaço. Ele sentou-se, contemplando a bandeja como se estivesse cheia de lodo.

– Isso é loucura – disse ele.

– Nós sabemos – respondeu Phasma, inclinando-se para sussurrar. – Mas não podemos fugir sem você. Nós podemos matar os droides um por um, mas seus stormtroopers não sabem como desligar o sistema. Há muitos deles, e estão sempre vigiando. E ouvindo. – Ela inclinou a cabeça para o droide do refeitório, congelado no lugar perto das bandejas.

– Precisamos encontrar a sala de controle. – Brendol experimentou a comida e quase a cuspiu. – E rápido.

– Esta noite. Eles ficam menos alertas à noite. Fiz várias incursões e não encontrei droides.

Siv ficou chocada ao saber que Phasma havia se aventurado fora do quarto à noite sem ela, sem nenhum dos guerreiros Scyre. Ela deu a Torben um olhar inquisitivo, e ele encolheu os ombros. A pobre Gosta parecia tão surpresa quanto ela. Eles sempre ficaram sabendo dos planos de Phasma antes.

– Que bom – disse Brendol, e continuou comendo com o braço que quase o matara; um braço ainda inteiro.

– Como está seu ferimento? – perguntou Siv, porque nunca tinha visto alguém se recuperar da febre antes.

Brendol arregaçou a manga para mostrar a ela. O ferimento do lobo na pele era uma linha cor-de-rosa, e o braço tinha uma cor normal. Todos os sinais de infecção haviam desaparecido. Sem vermelhidão, sem manchas, sem pus asqueroso. Siv assentiu com aprovação; mas, por dentro, ela se encheu completamente de um novo senso de esperança. Os remédios ali realmente eram milagrosos. Se a Primeira Ordem de Brendol tivesse tais itens curativos à disposição, era imperativo que eles reivindicassem a nave e saíssem do planeta, não importando o custo.

Os dois turnos de trabalho levaram uma eternidade, e então eles finalmente voltaram aos alojamentos para passar a noite. Phasma e Brendol conversaram aos sussurros e logo estavam prontos para se mover.

Em vez de seguir as linhas vermelha, amarela, verde ou azul, eles correram para os chuveiros, onde trocaram as roupas de dormir da Con Star por roupas e armas comuns e serviram-se de unguento oráculo para se preparar para a fuga. Brendol foi o único que não precisou se trocar, e passou seu tempo identificando câmeras que os pudessem estar observando.

– Eles estão gravando – ele refletiu. – E, no entanto, ninguém veio nos impedir.

– Uma questão que descobri dias atrás, enquanto você ainda estava na ala médica. Em vez de ponderar sobre isso, vamos aproveitar – retrucou Phasma, abaixando a máscara.

Siv se sentiu melhor no momento em que estava de volta em seus couros, e sorriu para Torben, agradecida por vê-lo se parecendo com ele novamente e feliz por sentir o peso de suas foices ao lado dos quadris. Pegou Phasma estudando os stormtroopers enquanto vestiam as armaduras e checavam as armas. Ela conhecia Phasma desde que eram crianças, e ainda assim estava notando um novo lado de sua líder. Phasma sempre se dedicara ao poder, mas agora estava com fome de mais do que apenas estabilidade na terra dos Scyre. Ela cobiçava a armadura, os blasters, a tecnologia. Siv começou a se perguntar se talvez Phasma não quisesse coisas demais.

De volta ao corredor, eles seguiram Brendol enquanto lia a placa ao lado de cada porta. Siv tirou as foices, pronta para encarar qualquer um dos droides que pudessem desafiá-los. Estranhamente, nenhum apareceu, nem mesmo os pequenos droides rato que pareciam sempre aparecer quando a menor quantidade de sujeira marcava o chão reluzente.

Finalmente, Brendol encontrou o que procurava. Ele bateu de leve na placa e disse:

– Sala de controle. É isso. Meus soldados vão na frente, já que os blasters causarão mais danos ao metal e nós só vimos droides até agora. Se houver algum ser senciente ali dentro, sinta-se à vontade para subjugá-lo.

Phasma assentiu e Brendol pressionou algo na parede. A porta se abriu e os troopers se espalharam para dentro, blasters em punho, mas não atiraram. Segundos se passaram antes que um trooper declarasse:

– Tudo limpo, senhor.

Brendol conduziu os outros para dentro. Sem que pedissem, Torben permaneceu do lado de fora, como um guarda. Na terra dos Scyre, nunca se entrava em um espaço apertado sem um amigo para ficar de vigia. Era fácil demais ficar preso.

A sala ali dentro era como todas as outras salas: branca e imaculada. Não havia ninguém ali para ameaçar. Os troopers tinham seus blasters em riste, e Siv percebeu que, de armadura, não havia como distingui-los. Eles não eram mais Pete, Elli e Huff. Eles eram apenas soldados sem rosto.

Brendol foi diretamente para uma bancada de máquinas que apitavam, piscavam e mostravam estranhos símbolos. Telas ao redor da sala mostravam várias imagens da estação, incluindo todas as salas que Siv tinha visto e muito mais. Uma sala, para seu horror, estava cheia de corpos humanos empilhados ao acaso. Pelo menos não eram novos, pelo que ela podia ver. Em outra sala, Siv ficou surpresa ao ver todos os droides em filas bem definidas, perfeitamente imóveis, com TB-3 de frente para eles. Porém, sua atenção foi atraída de volta para Brendol.

Os dedos dele voavam sobre um teclado, e Phasma estava por perto, observando cada movimento seu.

– Vamos – resmungou Brendol para o painel, apertando botões e girando controles.

Ele devia ter feito algo importante, pois todas as luzes se apagaram, deixando-os na escuridão total. O zumbido suave das máquinas sempre no fundo se reduziu ao silêncio. O ar, que era de um frio constante e regular, ficou parado e viciado, carregando o inconfundível cheiro da morte.

– Apenas espere um momento – disse Brendol, e ele estava certo. Um brilho vermelho encheu suavemente a sala.

– O que está acontecendo? – perguntou Phasma.

– Eu desliguei a energia principal e desliguei os droides. Vou dar alguns instantes antes de reiniciar. Os droides, no entanto, permanecerão desativados.

– Significado?

– Isso significa que as luzes e os circuladores de ar estarão ligados enquanto os droides insanos permanecem desligados. Não parece haver nenhum outro ser por aqui e, se houvesse, eles estariam correndo para cá a fim de nos impedir.

As luzes voltaram e as telas se acenderam piscando, mas nada mais aconteceu. Siv observava a porta, esperando que Torben gritasse ou que alguma nova ameaça aparecesse, mas não aconteceu nenhuma das duas coisas. Brendol se afastou até encontrar o que estava procurando.

– Esses registros mostram que o único supervisor restante é o dr. Kereg Ryon, mas isso é tudo o que eu consigo descobrir. Alguém o está vendo em uma tela em algum lugar?

– Acho que o encontrei – murmurou Gosta.

Ela estava na frente de uma das telas. Ali se viam os restos de um homem em uma mesa grande, um blaster na mesa diante dele. Brendol olhou rapidamente e assentiu.

– Isso é o que a placa de identificação diz. Então agora sabemos o que aconteceu. A única coisa pior do que pessoas sem supervisão, sem um líder e sem um propósito é um bando de droides na mesma situação. Eu não acho que há mais ninguém aqui para nos desafiar.

– Mas o que eles estão fazendo? – Siv perguntou, apontando para a tela que mostrava os droides alinhados perfeitamente em fileiras.

Brendol se aproximou para olhar mais de perto.

– É quase como se estivessem adorando alguma coisa. Veja como curvam a cabeça, como estão com as mãos dobradas. Comportamento estranho.

– Os criadores – disse Siv, baixinho, apontando para a parede atrás de TB-3, onde um enorme logotipo da Con Star Mining Corporation fora pintado. – Eles só querem que seus criadores voltem.

Brendol sacudiu a cabeça.

– É por isso que os droides precisam de manutenção de rotina. A programação fica estranha e eles começam a agir…

– Como humanos?

Ele lançou a ela um olhar penetrante.

– Como loucos.

– Mas eles foram gentis conosco. Eles te curaram. Estavam apenas fazendo seu trabalho. E ficaram muito felizes em nos ver. Você não pode ligá-los depois que sairmos?

– Não – disse Phasma, movendo-se para ficar ao lado de Siv. – Não podemos arriscar nada que possa pôr a missão em perigo.

– Eles podem desativar os veículos, trancar as portas ou ter acesso a armas – concordou Brendol. – É melhor assim. Droides nunca foram feitos para serem pessoas. Eles só servem para realizar o propósito de seus mestres.

Siv não pôde deixar de olhar para os stormtroopers, para ver a reação deles às palavras de seu superior, mas suas expressões estavam ocultas pelas armaduras. Quando ela olhou para Gosta, a menina mais nova apenas balançou a cabeça, claramente fora de sua zona de conforto. Com Torben ainda do lado de fora, Siv era a única pessoa que sentia pelos droides. Com o manuseio de algumas chaves, Brendol efetivamente destruíra sua civilização e aniquilara suas personalidades e seus propósitos. Mesmo que não fossem pessoas com sentimentos, ainda assim parecia cruel.

– Quando eu estiver entre o seu povo, vou aprender a operar essas máquinas? – perguntou Phasma, apontando para o teclado que Brendol usara.

– Se você desejar.

– Estou ansiosa por isso, General Hux – disse Phasma. Embora Siv não pudesse ver o rosto de Phasma sob a máscara, ela sabia que sua líder estava sorrindo.

Com os droides desativados, não demorou muito para encontrarem o hangar. Brendol entrou, movendo-se de objeto em objeto, pensando. As formas pesadas não faziam sentido para Siv, mas Brendol sabia o que estava procurando. Finalmente, ele parou na frente de uma fileira de máquinas de metal pontiagudas.

– Estas são as motos speeder – disse ele. – E aqueles grandes parecidos com blocos, com as torres, são veículos terrestres de assalto, ou GAVs. Os speeders são feitos para voar sobre o solo, e os GAVs foram projetados para se moverem pela areia ou por outras condições difíceis de terreno. Eu sugeriria aos meus troopers que pegassem speeders, pois eles já estão treinados, e podem seguir em frente e atrás de nós. O resto de nós pode andar em um GAV, que também terá espaço para levar nossas mochilas.

– Qual é a fonte de energia deles? – perguntou Phasma.

Brendol deu-lhe um sorriso paternalista.

– Isso é muito complicado, mas o GAV é a única coisa com a qual precisamos nos preocupar. Se o tanque estiver cheio, ele deve nos levar o quanto for necessário. Levaremos outro barril de combustível conosco, apenas por desencargo de consciência. Está vendo aqui? Há um slot feito para isso. Nós só precisamos chegar à minha nave, afinal. Quando estivermos lá, a Primeira Ordem cuidará de todo o resto.

Sempre curiosa, Siv não pôde evitar de explorar a enorme sala enquanto Brendol e seus troopers preparavam os veículos. Ela encontrou outro conjunto de vestiários como o dos chuveiros. Eles estavam destrancados, e alguns continham roupas dobradas ou botas polidas, enquanto outros continham armas.

– Podemos pegar qualquer coisa que quisermos, não podemos? – perguntou Siv, espantada.

– Essas roupas velhas são inúteis – disse Phasma, despejando uma pilha de tecido no chão e pegando uma bota curta e lisa que não duraria um dia nas pedras dos Scyre. – O que essas pessoas fizeram para sobreviver claramente não funcionou. Sabemos que podemos contar com as nossas botas. Nós as fizemos de couro, costuramos à mão com tendões. Quem sabe quanto tempo essa coisa vai durar, ou se vai rasgar no primeiro golpe de faca ou garra?

– Mas, se vamos nos juntar ao pessoal de Brendol, não será tudo assim? – Siv ergueu uma camisa tão macia e fina que parecia que uma leve brisa a levaria embora.

Phasma sacudiu a cabeça.

– Eu nasci para essa armadura. Nós vimos o quanto ela é forte. O povo de Balder não fez nem sequer uma marca nela durante a luta. Coisas como essa – ela pegou a camisa da mão de Siv e a rasgou ao meio – nunca foram para mim.

– Tão estranho. – Siv caminhou pela fila de armários, percorrendo os dedos calejados sobre o metal. – Nossos ancestrais usaram essas coisas. Viveram aqui. Trabalharam aqui. Quem sabe se vieram para Parnassos por vontade própria ou se foram trazidos para cá a contragosto. Eles tentaram fazer uma vida aqui. E então tudo simplesmente... desmoronou.

Phasma puxou um blaster de uma sacola e sorriu.

– Eles não eram fortes o suficiente. Nós somos. Este planeta está morrendo, mas nós faremos uma nova vida nas estrelas. – Ela entregou outro blaster menor para Siv.

Siv pegou a arma, notando a estranha suavidade da empunhadura, o quanto parecia leve e simples. Aquela arma poderia causar mais danos do que as duas lâminas de Siv, e de uma distância maior. Se não fosse pelos blasters dos stormtroopers, os lobos de pele poderiam ter derrotado todo o grupo.

Siv sorriu.

– Só precisamos de uma maneira de amarrar os blasters em nós. E podemos encontrar mais para Gosta e Torben.

Phasma abriu todos os armários, jogando o conteúdo como se estivesse procurando algo em particular. Siv remexia entre os objetos, selecionando blasters e outros itens que parecessem úteis. Finalmente, Phasma levantou seu prêmio: um capacete. Não era como os capacetes lisos e arredondados dos stormtroopers. Desgastado pelo uso e pintado em cores vivas, tinha uma linha preta cruzando sobre os olhos, outra linha preta do nariz até o queixo e uma minúscula antena despontando em cima. Phasma tirou a máscara e colocou o capacete, depois pegou as luvas resistentes, no mesmo padrão visual do capacete, e uma placa de peito. Siv me disse que era como assistir a um droide sendo montado, peça por peça. Phasma começou a parecer menos e menos como um animal e mais como um soldado. Sob esse capacete, ela poderia ser qualquer um, ou ninguém. Ela nem parecia humana.

– Agora não há como nos deterem – disse Phasma.

DEZENOVE

EM PARNASSOS, DEZ ANOS ANTES

Não importava o quanto Brendol explicasse que eles andariam dentro do veículo, Siv não entendia como isso poderia funcionar... até ela estar dentro dele, com o veículo se movendo. Brendol sentou-se na frente, trabalhando com alavancas e botões complicados, usando as mãos e os pés, enquanto Phasma se sentava na torre ao lado dele, o blaster no quadril e a mão na enorme arma que girava em torno de uma cúpula transparente. Siv, Gosta e Torben estavam sentados juntos em um banco na parte de trás. O veículo zumbia e vibrava através dela, fazendo seus dentes rangerem. Ela envolveu os dedos ao redor do banco e esperou que terminasse logo, ou que pelo menos estivessem sob o céu, em vez de ficarem presos entre as paredes lisas e artificiais do edifício.

Siv tinha sentimentos complicados sobre a Estação de Terpsichore e os droides que efetivamente haviam morrido ali, silenciosos e imóveis, com alguns golpes dos dedos grossos de Brendol. Eles eliminaram uma civilização do tamanho da dos Scyre, e nem Brendol nem Phasma pensaram nisso por um momento sequer. Siv olhou para os stormtroopers que flutuavam sobre as motos mais velozes. Até agora, eles não compartilhavam seus nomes reais ou mostravam qualquer tipo de personalidade. A Primeira Ordem de Brendol se importava tão pouco com a humanidade básica que eles queriam que seu povo, ou pelo menos seus soldados, fossem tão maleáveis e uniformes quanto os droides? Como Phasma poderia aderir tão rapidamente àquele estado de espírito?

Recentemente, Siv tinha visto Phasma matar um aliado, desafiar seu irmão, abandonar a terra dos Scyre, e agora isso. Sua líder usava um capacete e mantinha seus planos para si mesma. Talvez Phasma estivesse mudando, ou talvez estivesse apenas mostrando sua verdadeira natureza pela primeira vez.

O hangar levava a um corredor menor, muito parecido com o que eles percorreram a pé, mas largo o suficiente para acomodar seu veículo – ou até três veículos – lado a lado. Os troopers de Brendol voavam ao lado do GAV em seus speeders, deslizando sobre o solo sem tocá-lo. O corredor era muito comprido e ligeiramente inclinado, iluminado pela mesma luz fria, azul-esbranquiçada, que atormentava Siv desde que ela entrara na estação. Mais à frente, mais uma parede branca e lisa aparecia em seu caminho. Brendol parou o veículo, saiu e teclou no painel, até que uma porta se abriu deslizando.

Siv não sabia o que estava esperando. Dia ou noite ou ainda mais branco sem fim. O que ela viu foi uma parede sólida de areia cinzenta que desmoronou para revelar um ponto luminoso além.

O sol.

Ela protegeu os olhos, e Brendol voltou a entrar no veículo e o colocou em movimento. As rodas enganchavam e cravavam, subindo até que conseguiram o apoio necessário para se locomover. Roncando para fora do buraco, eles surgiram no meio do deserto cinzento, as rodas do GAV agitando e cuspindo uma nuvem de areia. Os stormtroopers em seus speeders saíram do buraco e voaram sobre a areia tão rapidamente quanto aves marinhas em seus mergulhos. Uma vez que o GAV estava livre, ganhou alguma velocidade, mas Phasma pediu que Brendol parasse.

– Não sabemos em que direção estamos indo – disse ela.

Ele suavemente parou o veículo, e ela desceu da torre e caminhou alguns passos para longe, olhando na direção do sol e na direção da área ao redor deles. Não havia como saber onde estavam quando TB-3 os encontrou, nem onde a Estação de Terpsichore ficava em comparação. A maior parte do complexo ficava enterrada sob a areia, com saliências redondas brilhando e desaparecendo novamente enquanto o vento girava em torno dele. Siv estremeceu, sabendo que tinham ficado no subterrâneo o tempo todo.

– Antes, estávamos indo para o norte – disse Brendol.

Phasma se virou lentamente, o vento chicoteando as penas e a pele felpuda em volta de sua gola. Parecia estranho, Siv pensou, ver sua líder em um capacete liso em vez de sua feroz máscara vermelha como ferrugem. Siv se perguntou se os outros conheciam sua própria máscara verde-líquen melhor do que seu rosto, como às vezes ela sentia que acontecia. Torben era Torben, mas, quando usava a máscara branca com as riscas negras e chifres estilizados, ele se tornava um monstro brutal. Gosta era Gosta, mas sua máscara cinza-escura desaparecia durante a noite, fazendo-a quase uma sombra ágil, com enormes olhos brancos. Era engraçado como as máscaras escondiam seus rostos e, de alguma forma, os faziam mais parecidos com eles mesmos.

O capacete só fazia Phasma parecer-se mais com uma máquina. Enquanto vagava pelo lado de fora, os dedos de Gosta procuraram os de Siv onde eles se curvavam na borda do assento.

– Estamos muito longe de casa – disse a menina, com a voz alta e lembrando Siv do quanto ela ainda era jovem.

Siv sorriu, embora Gosta não pudesse ver sob sua máscara.

– Mas estamos mais perto de nosso novo lar no céu.

– Eu sinto que gostava lá de dentro. Isso é errado?

Torben se inclinou, sua máscara aterrorizante em desacordo com sua voz gentil.

– É normal que o pássaro ame o cativeiro – disse ele. – Pelo menos até que deseje voar de novo.

– O que isso significa?

– Eu não sei. Mas minha mãe costumava dizer isso quando eu falava que queria ficar na Nautilus para sempre. A caverna ainda ficava aberta por uma semana inteira de cada vez, quando eu era pequeno.

Gosta olhou para baixo, fazendo beicinho.

– A comida da Con Star era gostosa.

– A comida era gostosa. Não significa que fazia bem para você. – Torben lhe de um pouco de carne seca. – Este negócio é melhor para seus dentes e para o seu intestino. A comida mole é para pessoas moles.

Enquanto Gosta aceitava a comida com um agradecimento, Phasma voltou para o veículo e apontou.

– Precisamos ir por aquele caminho.

– Que direção é aquela? – perguntou Brendol.

– A certa.

– E como você fez esse cálculo?

– Ela simplesmente sabe – afirmou Siv.

– Você não sabe onde estamos e você não vê a fumaça há dias. Tem certeza?

Phasma se inclinou da torre, seus couros rangendo um no outro. Ela tirou o capacete e fixou Brendol com seu olhar fulminante.

– Eu apostaria minha vida nisso. Eu *estou* apostando minha vida nisso. Se você quiser encontrar sua nave e o seu povo, nós vamos por aqui. Se quiser morrer em Parnassos, escolha sua própria direção.

Brendol considerou, mordendo o lábio por um momento, inseguro. Agora ele usava uma jaqueta grossa com um capuz peludo que Phasma havia trazido da sala de armazenamento, assim como o antigo par de óculos de proteção de Gosta. Se outro lobo de pele investisse contra ele, pelo menos teria alguma proteção. Pela primeira vez, ele usava uma linha grossa de unguento oráculo sobre cada bochecha. Siv considerou alertá-lo para cobrir o resto da pele antes que se queimasse, mas ela não queria que Brendol Hux lhe desse aquele olhar, o que sugeria que ele tinha acabado de adicionar o nome de alguém a uma lista de inimigos.

– Bem, então – disse ele. – Nós vamos pelo seu caminho.

Porém, a maneira como disse isso sugeria que ele considerava uma aposta perdida, e, se as coisas dessem errado, Phasma sofreria. Na verdade, se ela estivesse errada, todos sofreriam – e morreriam. Com as duas mãos no volante, Brendol virou o veículo na direção indicada pela guerreira Scyre. Phasma colocou o capacete de volta e retornou para a torre, e a etapa seguinte da jornada começou.

VINTE

NA *ABSOLVIÇÃO*

– Por que você parou? – pergunta Cardeal. Ele a fita tão intensamente que Vi sabe que ela está fazendo um bom trabalho. Seja lá o que ele sinta em relação a Phasma, está tão fascinado por sua história quanto Vi.

– Porque minha garganta está seca como as areias cinzentas de Parnassos. – Ela lambe os lábios ressecados e, por apenas um momento, deixa a dor de cabeça latejante dominá-la, deixa Cardeal ver que ela está em péssima forma. Os estimulantes ajudam, mas também deixam seus músculos mais tensos, e ela não consegue parar o tremor.

Com frustração escrita em cada linha de seu rosto, Cardeal estende a bebida. Vi pega o canudo nos lábios e suga o líquido profundamente. Ela se pergunta, por um breve instante, se a água pode conter sedativos ou alguma outra adição especial da Primeira Ordem – não que isso a impeça de beber, mas, considerando as necessidades de uma nave inteira desse tamanho – centenas de milhares de pessoas –, certamente a água contém vitaminas e nutrientes, provavelmente medicamentos. Um pequeno impulso para o moral, um pouco de alívio dos produtos químicos para evitar que os cérebros alertas despertem completamente e se rebelem. Ou, pior, questionem. Vi sabe mais do que apenas um pouco sobre como a nova geração de stormtroopers é treinada, e não a parte em que Cardeal os ensina a manejar armas, tão amigável para as crianças quanto um tio favorito.

Não, os jovens recrutas são ligados a suas camas como datapads baixando novas informações. Vozes suaves e monótonas à noite enchem a cabeça deles com ditados, propaganda política, avisos, lembretes de que a Primeira Ordem é a única resposta, a única maneira de salvar a galáxia de si mesma, da destruição. Armitage Hux cresceu na Academia Imperial em Arkanis, vendo seu pai entregar, manipular e programar crianças para se tornarem máquinas de matar, mas Armitage foi ainda mais longe com seu astuto conhecimento teórico de batalha, elaborando simulações complexas que replicam realisticamente todos os aspectos do combate. As crianças perdem todo o senso de individualidade, de si mesmas. Elas nunca estão autorizadas a brincar. Além disso, são desencorajadas ao riso, à frivolidade ou à criatividade, a não ser às formas como essas emoções ou desejos podem ser usados para ganhar jogos de guerra.

Mas Cardeal está de acordo com tudo isso. Ele é um produto desse sistema. Vi não vai fazê-lo trocar de lado atacando o cerne de quem ele é e o que defende. Não, ela tem que continuar desenhando a história, mostrando a ele quem realmente é Phasma, ao mesmo tempo em que ganha tempo suficiente para fugir, caso, ao fim das coisas, Cardeal não enxergue seu ponto de vista.

O droide emite um bipe, lembrando os dois da tarefa em questão.

– Vá em frente – diz ele. – Nosso tempo está acabando.

– Você não sabe que não se pode apressar uma história? – ela brinca, mas de modo cansado.

– Eu sei que a verdade não leva nem de perto o mesmo tempo de uma mentira.

Vi ri ou tenta rir. Acaba como uma tosse. Ele lhe permite tomar outro gole de água.

– Às vezes, a verdade leva um tempo. Muito parecido com Parnassos, ela não se importa com você.

Cardeal pega o controle remoto e Vi não consegue se impedir de encolher o corpo com antecipação.

– Então se preocupe com esse controle remoto – diz ele. – Porque Phasma estará nesta nave em breve e eu terei o que preciso antes que ela chegue aqui. Ou então você e seu irmão, Baako, terão problemas maiores do que um pequeno choque.

VINTE E UM

EM PARNASSOS, DEZ ANOS ANTES

Os veículos saíram do complexo durante a tarde, o que lhes proporcionava várias horas de luz para navegar. Não que houvesse muito pelo que navegar. A areia era cinzenta e infinita como sempre, embora houvesse algumas dunas menores, quase como um corpo gigante coberto por um lençol, curvando-se aqui e ali. Quando o sol se pôs, uma forma escura surgiu no horizonte, longe demais para qualquer um adivinhar o que poderia ser. Outro complexo, outro animal morto, uma daquelas cidades destruídas que Brendol mencionara quando sua nave caiu – não havia como afirmar.

Brendol parou o veículo em cima de uma das pequenas dunas. Quando o capacete de Phasma se virou para encará-lo, ele encolheu os ombros.

– Andar nos speeders à noite não é seguro para os meus stormtroopers. Nós vamos parar aqui e descansar até o amanhecer. Seja o que for, lá à frente... tenho a sensação de que preferiríamos enfrentá-lo à luz do dia.

– E se ele decidir vir contra nós primeiro?

Brendol lançou para ela um olhar fixo e pesado.

– Você é uma guerreira. Fará o que precisa fazer.

Phasma não respondeu, mas seu silêncio sempre dizia muito. Siv sabia muito bem que Phasma continuaria até o veículo morrer e depois andaria o resto do caminho. Era estranho ver sua líder orgulhosa se curvar à vontade de outro, especialmente um que obviamente perderia, caso os dois travassem algum tipo de combate. Só podia ser, Siv raciocinou, como o acordo que Phasma tinha com seu irmão Keldo: contanto que servisse aos seus propósitos, Phasma reconhecia e cedia a uma mente mais astuta, ou pelo menos uma que cumprisse um objetivo que ela não pudesse cumprir.

Eles haviam trazido suprimentos dos armários da Estação de Terpsichore, barracas cuidadosamente embaladas e cobertores metálicos que continham calor e protegiam a pessoa adormecida da areia – e, esperava-se, dos besouros. Enquanto arrumavam os catres em um círculo formado pelos speeders e pelo veículo avantajado, Siv acomodou o cobertor perto de Torben. Isso sempre a fazia se sentir mais segura: estar perto de seu grande volume confortável.

– E se houver mais droides? – Gosta perguntou. – E se os anteriores acordarem de novo?

– Não seja ridícula – disse Brendol, embora ela não tivesse perguntado diretamente a ele. – Droides podem se reativar sozinhos tanto quanto uma pessoa morta pode se levantar e começar a andar por aí. A Estação de Terpsichore, para todos os fins conclusivos, está perdida.

– Mas pode haver outras estações – disse Siv, e Gosta lhe deu um sorriso de agradecimento.

Phasma considerou seus guerreiros, o capacete perto do corpo, no chão.

– Poderíamos passar a noite toda conversando sobre as coisas que tememos que possam acontecer, mas prefiro comer e dormir. Se algo está por vir, nós vamos lutar, mas não há sentido em convidar problemas. A vida aqui não é mais perigosa do que na terra dos Scyre. É simplesmente um tipo diferente de perigo.

– É preciso se acostumar – admitiu Torben. – Toda essa areia. Um nada sem fim. Mudando, soprando, coçando. Pelo menos nas rochas, a gente sabe onde está. Coisas boas e sólidas, as pedras.

Ninguém poderia argumentar contra sua afirmação. Para um homem com mais músculos do que cérebro, ele às vezes falava coisas que faziam muito sentido.

Siv retirou comida e água de sua mochila, acomodando-se entre Torben e Gosta, enquanto os stormtroopers se reuniam entre si na outra grande barraca. As estruturas eram abertas nas laterais, mas forneciam um pouco de proteção contra o constante uivar do vento. O plástico metálico batia com cada rajada, mas as estacas tinham sido plantadas profundamente, graças a outra habilidade demonstrada pelos stormtroopers. Phasma e Brendol foram para o veículo, silenciosos mas reservados, e Siv se perguntou se talvez estivessem encontrando conforto um no outro. Phasma não se acasalava entre os Scyre, pelo menos não até onde Siv sabia, e havia pouca chance de privacidade entre as rochas.

Pensando em tempos melhores, ela se inclinou contra o ombro de Torben enquanto mastigava sua carne seca.

Naquela noite, felizmente, nada de terrível aconteceu. Era uma coisa rara o bastante em Parnassos.

Na manhã seguinte, eles acordaram para um dia que, ao amanhecer, já estava fritando. A forma escura no horizonte não se moveu nem mudou, e todos a observavam enquanto bebiam água e mastigavam o desjejum. Eles fizeram um bom progresso, graças aos veículos, e Siv se acostumou a se locomover com o movimento da máquina. A monotonia da areia era uma coisa estranha, e, à medida que se aproximavam cada vez mais da mancha escura, ela ficava cada vez maior. Ficou tão grande que se tornou evidente não ser nem uma fera ou um edifício, mas a coisa que Brendol chamava de cidade.

– Na maioria dos planetas habitáveis, os seres se reúnem em grandes grupos para viver juntos, construir domicílios e compartilhar recursos – explicou ele. – Alguns planetas não são nada além de edifícios e cidades. Outros têm enclaves, capitais, cidades e aldeias.

– O que é esta aqui? – Phasma perguntou, olhando através de seus quadnocs.

Brendol parou o veículo, esticou uma das mãos e mexeu os dedos, e Phasma colocou os quadnocs em sua palma. Brendol franziu a testa, olhando da esquerda para a direita.

– Uma cidade, mas primitiva. O que me preocupa é aquela parte no meio, elevando-se sobre todo o resto.

– O que há de tão ruim nisso? – Gosta perguntou.

Brendol tirou os quadnocs para olhar desdenhosamente para a garota.

– Quando tudo está no mesmo nível, exceto um edifício, isso geralmente significa uma de duas coisas, e nenhuma delas boa. A primeira possibilidade é uma igreja, que representa uma religião em busca de alcançar algum deus bobo no céu; a segunda é um rei ou um déspota desesperado para manter suas posses. De qualquer maneira, você tem alguém com recursos que acha que é superior às pessoas que governa. Não há maior inimigo para a justiça do que um pequeno rei numa pequena colina.

Phasma alcançou as quadnocs, sem palavras, e olhou de novo enquanto mastigava a carne seca.

– Então sua Primeira Ordem não tem o objetivo de governar? Apesar disso, parece que você se opõe ao governo.

Brendol grunhiu.

– Há uma diferença. A Primeira Ordem deseja trazer igualdade a todos e destruir as políticas mesquinhas e a burocracia podre que assolam a galáxia. Eu falo de um governo esclarecido de milhares de pessoas, trabalhando em nome de bilhões de pessoas não esclarecidas. Em um lugar como este, no entanto, as decisões estão sendo tomadas por uma única pessoa, ou talvez por um pequeno punhado de déspotas ricos. E o primeiro interesse desse ou desses déspotas é encher os próprios bolsos e preservar seu estilo de vida dourado.

Siv observou-o em silêncio. Algo lhe dizia que Brendol estava escondendo alguma verdade ou simplesmente mentindo, mas ela não pretendia desafiá-lo. Suas palavras eram muito bonitas, seus motivos declarados eram puros demais. Mesmo que não pudesse ler o rosto de Phasma através do capacete, podia afirmar que sua líder também não estava convencida.

– E então o que a Primeira Ordem faz com reis pequenos como esses? – perguntou Phasma.

Brendol olhou para a areia como se pudesse ver diretamente o coração da cidade.

– Nós os destruímos – ele respondeu.

Phasma largou os quadnocs. A maneira como olhava de um integrante para o outro de seu grupo, seus equipamentos, depois de volta para a cidade, dizia à Siv que ela estava fazendo planos. Seus guerreiros estavam familiarizados com esse olhar, já que geralmente sinalizava uma nova estratégia.

– Precisamos contornar esse lugar – ela finalmente disse. – Caminhar em volta dele. Nós temos todos os suprimentos de que precisamos. Quem mora lá apenas se colocará entre nós e nossos objetivos.

– Posso ver? – Siv estendeu a mão para os quadnocs.

Phasma entregou-lhe o equipamento, junto com um aceno de cabeça brusco que sugeria que qualquer pergunta que ela tivesse era melhor ser inteligente. Siv frequentemente ajudava Phasma com seus planos, e só participava da discussão quando tinha certeza de que suas ideias eram boas. Dessa vez, quando ela olhou, o que os quadnocs revelaram foi surpreendente.

– O que é todo aquele verde? – ela perguntou. Porque o verde estava em toda parte, e não o verde-acinzentado do líquen, mas um verde vibrante e intoxicante. A olho nu, a cidade parecia um borrão preto oscilante, mas os quadnocs mostravam paredes verdes do lado de fora, prédios verdes por dentro, mais verdes do que Siv jamais vira em toda a sua vida, o que até então incluía apenas as linhas verdes da Estação de Terpsichore, os olhos de algumas pessoas, alguns artefatos antigos e gemas escondidas na Nautilus. As coisas mais verdes da terra dos Scyre eram musgos acinzentados e vegetais marinhos quase pretos.

– Verde significa plantas. – Brendol bebeu sua água, mais do que um Scyre beberia, e enxugou o excesso da boca como se não fosse importante. – Eles chamam isso de oásis. Um lugar verde no meio do deserto. Geralmente há uma fonte de água subterrânea, ou talvez um lago onde um rio termina. Às vezes, aqueles que vagam pelo deserto por muito tempo imaginam tal lugar e tropeçam para a morte, perseguindo um sonho cintilante que não está realmente lá.

– Mas esse está lá.

– Sim, está.

– Eles devem ser muito ricos – disse Gosta. – Com tanta água.

Phasma riu com desdém.

– Quem se importa com suas riquezas? Tudo o que precisamos está na nave de Brendol, e chegar lá antes que alguém mais possa é a nossa prioridade número um. O que podemos querer com alguma cidade verde? Ainda está em Parnassos. O planeta ainda está morrendo. Nada mais que fosse bom durou aqui. Dentro de dez anos, quando aquela fonte vai secar, as plantas murcharão e morrerão, e as pessoas junto com elas. Essa cidade não é mais do que um cadáver que ainda não sabe que está morto.

Torben levou a mão à máscara para proteger os olhos do sol.

– Esquerda ou direita, então?

– Esquerda – disse Brendol.

No mesmo instante, Phasma disse:

– Direita.

O ar quente ficou tenso. Ninguém disse nada. Os troopers voavam por perto sobre os speeders, suavemente flutuando de um lado para o outro.

– Por que você acha que é esquerda? – perguntou Phasma.

– Por causa do nosso ângulo em relação à cidade. Parece um caminho um pouco mais curto.

– Eu digo direita porque não teremos que corrigir muito a rota para chegar à sua nave.

Os troopers devem ter percebido o distúrbio, enquanto seguiam montados em seus speeders, com as mãos sobre os blasters. Torben soltou a respiração e ajustou as armas em seus quadris. Gosta havia saltado do veículo para ficar em pé, e seus dedos dançaram sobre seu novo blaster, os olhos inabaláveis em Phasma.

– Nos dividirmos é uma má ideia – Siv se aventurou.

Phasma não moveu um músculo. Mesmo com sua máscara, estava claro que ela estava olhando para a cidade, sua mente perspicaz considerando cada aposta.

– Esquerda, então – disse ela.

O povo Scyre relaxou, mas Siv ficou atônita. Ela e Torben trocaram olhares e ela encolheu os ombros. Eles nunca viram sua líder ceder tão facilmente. Nem mesmo para Keldo. Ainda assim, sabiam que não deveriam questioná-la. Sempre que ela fazia uma proclamação naquele tom de voz, ou se seguia com ela, ou se ficava para trás. E ser deixado para trás significava morte certa.

– Vamos partir, então – disse Brendol, soando satisfeito.

Ninguém mais havia deixado o veículo, mas Gosta relutava em voltar. A garota parecia fascinada e encantada com os speeders, ou possivelmente pelos stormtroopers que os montavam.

Phasma notou Gosta se aproximando pouco a pouco do speeder e gritou:

– Gosta! Pare aí.

– Eu queria saber se seria possível eu montar no speeder com a Elli – disse Gosta, tentando soar corajosa e ousada. – Seria bom se outro de nós soubesse montar. No caso de perdermos alguém.

Phasma, novamente, olhou para Brendol.

– Não me oponho à ideia – disse ele. – Embora a garota não possa simplesmente inventar apelidos bobos como se meus troopers fossem animais de estimação. Ela está correta, no entanto: devemos planejar para a eventualidade de perdermos pessoas. Ainda é uma longa jornada. LE-2003 pode ensinar a garota. Vamos fazer uma pausa antes de continuarmos.

Enquanto Siv distribuía goles de água e tiras de carne, ela observava sorrateiramente a mais nova guerreira Scyre interagir com Elli. Siv não prestara muita atenção aos troopers: exceto pelas raras vezes em que retiraram seus capacetes – e em sua breve permanência na instalação de mineração da Con Star –, pareciam completamente idênticos, se não fossem levadas em consideração expressões muito leves de constituição física ou altura. Na maior parte do tempo, eles se mantinham reservados, e Brendol ficava contrariado ao vê-los mostrando muita personalidade ou sendo casuais demais em seus modos. Ainda assim, Elli não parecia terrível, e estava apontando para partes da moto speeder enquanto Gosta, sorrindo como uma tola, montava no assento. A mãe de Siv contara-lhe histórias de sua própria infância, e uma característica importante era que as crianças tinham liberdade para brincar e tempo para não fazer nada. Na terra dos Scyre, todos trabalhavam desde o momento em que podiam, mesmo que o único trabalho fosse agitar um bastão contra os pássaros para mantê-los longe da carne seca ou dos vegetais do mar, um trabalho que Frey fizera quando criança amarrada em um cinto de segurança, firmemente pendurada nas rochas. Siv percebeu que nunca tinha visto Gosta sorrir assim antes – a expressão aberta e desprotegida, os olhos brilhando.

Colocando a mão no ventre, Siv fez uma oração para que chegassem à nave de Brendol vivos e intactos. Ela ainda não contara a ninguém o seu segredo, pois a maioria das crianças terminava com sangue antes de nascer, mas tinha mais motivos do que a maioria para desejar um transporte milagroso para fora do túmulo que Parnassos estava rapidamente se tornando.

Quando terminaram a refeição, os Scyre fizeram uma pausa para observar Gosta em sua primeira viagem curta na moto speeder, zunindo sobre as dunas e rindo com alegria. Foi um momento encantador, um que Siv ainda guarda como um tesouro valioso. Especialmente após o que aconteceu depois.

– Não temos o dia todo! – gritou Brendol, afastando os olhos do espetáculo e entrando no veículo para continuar a viagem ao redor da cidade verde. Eles se revezaram sentados na torre perto do banco do passageiro, onde, acoplada, estava a arma mais pesada que Siv já vira, algo que Brendol chamava de "perturbadoramente destrutivo". Até o momento, eles não a haviam usado, mas ele a testara, brevemente, e a maneira como cuspia fogo na areia tinha sido impressionante. Quando saíram para ver o estrago, levaram uns bons cinco minutos a pé até as marcas queimadas, onde haviam desenterrado relâmpagos retorcidos de vidro cinza e opaco. Brendol explicou que o laser era tão quente que derretera a areia, e Phasma havia passado mais turnos na torre do que qualquer outra pessoa, apesar do calor causado por sua cúpula protetora.

Ela estava lá agora, o capacete na cabeça e a mão em volta da empunhadura da arma enorme. Quando Siv olhou para sua líder, ela se sentiu segura de que eles atingiriam seu objetivo. Esperança era uma sensação nova para ela, e, sem Gosta no banco de trás, ela aproveitou a oportunidade para enrolar os dedos ao redor de Torben e encostar a cabeça no calor reconfortante de seu ombro. Sentir-se segura também era incomum, e ela queria aproveitar o máximo que podia.

Brendol guiou o GAV para a esquerda, a fim de dar um amplo espaço de folga entre eles e a cidade. Phasma não fez mais comentários, apenas girou a arma de frente para a muralha verde que se aproximava. Siv não gostava da aparência das plantas, as quais os quadnocs mostraram ser longas trepadeiras com folhas largas e verdes, salpicadas de minúsculas flores cor-de-rosa. Dois dos speeders avançaram, posicionando-se à esquerda e à direita, à frente do GAV, mas com bastante espaço entre eles. O último speeder ficou na parte traseira, protegendo-os pela retaguarda. Enquanto Siv observava o cabelo de Gosta voando atrás dela, os braços da garota envolvendo a cintura de Elli, movendo-se sobre a areia cinzenta, algo chamou sua atenção logo à frente dos speeders. Ela não sabia o que era, não conseguiu identificar, o que a fez gritar.

– Pare! Aquela coisa...

Brendol mal tinha começado a gritar "O quê?" e o speeder de Elli se inclinou para a frente, mergulhando de bico e desaparecendo na areia, jogando a stormtrooper e Gosta no ar.

– PT-2445, pare! – Brendol gritou no comunicador em seu pulso, freando o GAV com força, enviando uma chuva de areia quando ele deslizou e parou.

A moto speeder restante derrapou para o lado e girou até parar, as botas de Pete caindo no chão em uma nuvem cinza. Ele imediatamente saltou do speeder e correu para onde Elli estava esparramada na areia. Antes que pudesse alcançá-la, desapareceu completamente.

– PT-2445, reporte-se!

– Há uma vala, senhor. Cheia de espinhos. Eu caí entre eles, por sorte. Não quebrei nada. O speeder de LE-2003 está aqui embaixo, junto com... droga. Dezenas de veículos e corpos. Ossos velhos nos espinhos.

– HF-0518, você o ouviu. Siga em frente com cautela. Tire PT-2445 daquela vala.

Phasma desceu da torre.

– Siv, pegue a arma. Eu vou buscar Gosta.

Siv assentiu e subiu; uma onda de calor tomava conta da bolha de plástico, mas ela ignorou-a enquanto se sentava no banco e examinava a área onde Elli e Gosta haviam caído. Gosta estava sentada agora, sem a máscara, esfregando um ponto ensanguentado em seu cabelo, parecendo confusa.

– Vou com Phasma – disse Torben.

Phasma saltou do GAV, um blaster em uma das mãos e o machado na outra. Torben seguiu-a, porrete e machado prontos, como se tivesse esquecido completamente o blaster no coldre em seu cinto. Brendol estava sentado ao volante, Siv notou, e, embora ladrasse comandos em seu comunicador de pulso, nem sequer colocou a mão na porta.

Enquanto Siv segurava a arma com as mãos trêmulas e tentava se concentrar em seu povo através da névoa de calor e areia, algo reluziu no plástico brilhante e transparente em cima. Quando ela se virou na torre, já era tarde demais.

– Brendol, estamos sendo atacados por trás!

Ela não conseguia ver o que estava acontecendo com Phasma, mas Torben lhe contou sobre isso mais tarde. Phasma correu até a vala e saltou sobre ela, mal conseguindo atravessá-la, esgueirando-se pelo outro lado na areia escorregadia. Quando Torben tentou segui-la, não conseguiu completar o salto; era grande e corpulento, e Phasma era mais leve e rápida. Ele caiu na areia, deslizando entre os espetos e pousando entre os ossos e as carcaças de metal enferrujadas de veículos antigos. Quando viu Pete com as mãos estendidas, tentando alcançar a luva estendida de Huff, Torben correu e levantou Pete para que ele pudesse sair. Porém, quando Torben levantou a mão em busca de ajuda para sair da trincheira, os stormtroopers já haviam partido. Ele estava sozinho no poço, que era profundo demais para que conseguisse sair sem ajuda.

– Phasma! – Torben chamou. – Estou preso aqui embaixo. Gosta está em segurança?

– Ferimento pequeno na cabeça – Phasma gritou de volta. – Ela vai viver. Há alguma coisa aí embaixo que você possa usar para sair?

Torben protegeu os olhos e espiou ao redor.

– A moto speeder deles. Ainda está um pouco… flutuante.

– Então monte nela.

– Não está flutuando *tanto* assim.

– Venha com ela até mim, então.

Phasma apareceu no lado oposto da vala, e Torben gentilmente levantou o speeder até que o bico pontudo pairasse ao alcance de Phasma.

– Precisamos fazer uma ponte com isso – explicou ela.

Juntos, eles manobraram o speeder manco de forma que atravessasse o fosso, o bico de um lado e a traseira do outro.

– Apoie-o no fundo enquanto eu o levo até a outra ponta – disse Phasma, pois a vala era tão comprida, em ambas as direções, que ela não podia simplesmente dar a volta. A armadilha era para pegar tudo o que se aproximasse, mas eles ficaram sabendo mais sobre isso somente depois.

Torben sabia seu papel: ele era o músculo. Havia sido treinado desde o nascimento para maximizar seus pontos fortes e ajudar seu povo. Então ele se moveu para a barriga do speeder e a segurou firme, apoiando-o por baixo.

– Pronto? – perguntou Phasma.

– O quê? Você quer esperar um pouco?

Enquanto ele segurava a moto speeder, Phasma apareceu na beirada com uma agora inconsciente Gosta jogada sobre os braços, a cabeça da garota sangrando livremente. Torben esforçou-se para manter o speeder estável enquanto Phasma o atravessava com o que Siv chamava de agilidade sobre-humana, carregando a menina mais nova. Assim que Phasma atravessou, ela parou.

– Agora use o speeder para subir por este lado. Eu tenho que levá-la para a segurança. – Ela olhou para o GAV e ficou rígida. – Estamos sob ataque. Rápido.

E então ela foi embora. Torben cumpriu sua ordem, levantando metade da moto speeder contra o lado do poço como uma escada e subindo para sair. Quando aterrissou na superfície, ouviu a batalha em curso e se levantou, correndo de volta para onde Siv estava lutando.

Quanto a Siv, ela finalmente sentiu o poder destrutivo da arma do GAV. A força de ataque compreendia vários GAVs como os deles, cada um com o mesmo logotipo da Con Star Mining Corporation, mas os veículos tinham sido enfeitados com estacas e correntes, transformadas de simples máquinas para levantamento de terreno em monstros de combate, assim como os guerreiros Scyre se transformavam em feras com garras e penas.

Siv conseguiu acertar o primeiro GAV na fila que se aproximava, e ele voou pelos ares, capotando várias vezes antes de pousar em uma explosão espetacular. Porém, antes que ela pudesse comemorar, sentiu o GAV inteiro sacudir ao seu redor ao ser atingido pelo inimigo. Suas mãos escorregaram da arma e sua cabeça bateu contra a bolha de plástico, o que a deixou atordoada.

– Aguente.

Isso foi Brendol. Ele colocou o GAV em marcha, virou à esquerda e pisou fundo. A torre de Siv girou, e ela lutou para manter o foco e descobrir para onde apontar a arma. Logo percebeu que Brendol não ajudaria ninguém do povo Scyre, dando uma guinada para a esquerda rumo ao deserto, acelerando ao se afastar da cidade e da vala. Não chamou seus soldados pelo comunicador, não tentou lutar, não tentou salvar ninguém.

Ele apenas fugiu.

Os outros veículos seguiram na perseguição e, embora Siv apontasse a arma e puxasse o gatilho, não teve o mesmo sucesso de seu primeiro golpe. A torre a sacudia em todos os lugares, e ela estava começando a sentir náusea. Ela perdeu o rastro de Torben e Phasma. Um dos veículos de ataque correu por cima de um speeder, quebrando-o como um brinquedo de criança.

– Temos que voltar! – ela gritou. – Eles precisam de nós! Vamos perder a todos!

– Errado. Nós temos que fugir. Para a minha nave. Não podemos ajudá-los agora.

Siv rugiu de raiva – não era assim que se vivia a vida entre os Scyre. Todos eram necessários, cada pessoa tinha um trabalho particular. Brendol devia ter vindo de um lugar muito diferente se estava disposto a abandonar seu povo e fugir para salvar a própria pele. E que consciência devia ter, para saber que poderia viver com tal decisão e simplesmente seguir com seus dias em vez de ser esmagado pela vergonha e pelo arrependimento.

Mesmo em sua condição, mesmo sabendo o quanto estavam em desvantagem, Siv quase desceu da torre e pulou do GAV para voltar a Torben, Phasma e Gosta. Porém, não teve chance. O veículo parou repentinamente em uma enorme explosão de areia.

– O que aconteceu?

– Batemos em alguma coisa!

Com isso, Siv se apressou, e, no momento em que se sentou no banco do passageiro, encontrou uma ponta de lança irregular firmemente apontada na frente do rosto. Brendol tinha as mãos para cima, então ela também levantou as suas. Os agressores eram estranhos, vestidos apenas com roupas coloridas e finamente tecidas, como as que as pessoas da terra dos Scyre mantinham armazenadas na Nautilus como relíquias sagradas. Nenhuma armadura, nenhuma máscara. Mas cada centímetro de pele era coberto por tecido; até usavam luvas finas nas mãos. Tinham a cabeça envolta em longas faixas de tecidos vibrantes, e apenas os olhos apareciam.

– Saiam. Não tentem nada – disse quem ela presumiu que fosse o líder. Suas palavras tinham um sotaque estranho, mas era mais próximo do que ela estava acostumada do que da maneira como Brendol falava. – Nós já capturamos seus outros companheiros, então não se incomodem em tentar ser heróis. Ainda.

Era uma coisa desconcertante de se dizer, mas Siv não teve tempo para considerar. Alguém abriu sua porta, e ela escorregou do GAV, pousando em uma nuvem de areia. Prenderam algemas de plástico surradas em seus pulsos e revistaram-na para remover todas as suas armas. Do outro lado do veículo, Brendol passava pelo mesmo tratamento, com o rosto vermelho de fúria crescente. Mais dois grupos de estranhos bem vestidos se juntaram a eles, trazendo Pete e Huff acorrentados, aparentemente ilesos, e arrastando uma inconsciente Elli.

– E os outros? – perguntou o líder a um dos seus.

– Ainda lutando.

– Eles estão ganhando?

A mulher riu.

– Eles vão ganhar. Nós sempre ganhamos.

– Arratu! – gritou o líder, sacudindo a lança e uivando para o céu.

– Arratu! – os outros responderam, continuando o grito maníaco.

Brendol parecia estar além de enojado.

– Loucura – ele murmurou.

– Vamos assistir então? – o líder perguntou a seu povo.

A única resposta foi outra rodada de gritos. Siv foi rudemente virada com os outros de frente para uma grande extensão de areia. Phasma e Torben, de costas um para o outro, lutavam, o corpo de Gosta na areia entre eles. Phasma tinha o blaster em uma das mãos e seu machado na outra e, a julgar pelos volumes coloridos e imóveis na areia, ela já havia derrubado dois agressores em seu lado do campo. Torben brandia o machado e o porrete com espinhos e tinha três corpos espalhados do seu lado. Enquanto Siv observava, Phasma acertou um de seus agressores no braço com um raio do blaster, depois girou e o acertou no peito com a lâmina, chutando-o no estômago quando ele caiu. O círculo de atacantes recuou, incerto.

Torben rugiu. Siv sabia o que viria a seguir, e sorriu para si mesma. Com uma arma fatal em cada mão, ele correu para o círculo de agressores e girou com uma graça elegante que ninguém esperaria de um homem tão grande, cortando corpos na barriga e deixando um rastro curvo de sangue. A areia borbulhava com um vulcão de besouros, e Siv gritou:

– Torben! Afaste-se!

Torben olhou para ela, com o rosto em pânico: foi quando eles o pegaram.

Os agressores jogaram uma rede sobre ele, prendendo-o no chão. Quando ele se levantou para se livrar da rede, alguém o empurrou, e a tela se estreitou em torno de seus tornozelos, fazendo-o tropeçar.

O líder, entre Siv e Brendol, riu com vontade.

– Mesmo os poderosos caem diante da vontade de Arratu! – exclamou ele.

Phasma era a única ainda em pé, e não havia retardado seu ataque. Ela atingia um dos agressores com o blaster, então os acertava em algum lugar mortal enquanto eles ainda estavam em choque. Olhando em volta, Siv percebeu que aquelas pessoas não estavam realmente lutando ou usando seus blasters. Todos carregavam armas, e tinham as enormes armas montadas no topo dos GAVs, mas pareciam mais interessados em assistir ao show do que em proteger os seus.

Aquele, então, não foi um ataque ou incursão como uma das de Balder, nem uma oferta arriscada de troca de vidas por recursos. Quem quer que aquelas pessoas fossem, queriam corpos. Pessoas. Mesmo o grande Torben, que havia matado tantos deles, não havia sido prejudicado ou punido. E, no entanto, eles não pareciam se importar de ver o próprio povo morrer, e até então haviam perdido pelo menos uma dúzia, por mais que tivessem mais cinquenta apenas parados de fora, observando.

– O que você quer com a gente? – Siv perguntou ao líder.

– Espere e verá, pequena pulga da areia – disse ele. – Por enquanto, vamos assistir ao espetáculo.

A luta de Phasma foi valente, extraordinária e sangrenta. Ela usou o blaster como se tivesse nascido com um em sua mão, mostrando uma mira infalível, mesmo sem a capacidade de parar e focar cuidadosamente seus disparos. Ela era adepta de mutilar um inimigo e depois sincronizar perfeitamente o tiro mortal. Um dos homens desmoronou em dois pedaços, partido no estômago e, para surpresa de Siv, o líder atrás dela apenas gargalhou.

– Justinian sempre foi um pouco alto, não foi? – ele gritou.

Quanto mais Siv assistia, mais enojada ficava. O que quer que aquelas pessoas quisessem, não era tão puro e verdadeiro como o que os Scyre queriam. Eles não estavam lutando para sobreviver, para comer, para manter a terra vital. Eles não estavam lutando para defender seus idosos e jovens dos agressores. Eles pareciam estar lutando apenas pelo entretenimento, uma vil blasfêmia para a mente de Siv.

– Começo a ficar entediado – disse o líder. – Diga a Seylon para acabar com isso.

A mulher com quem ele falara assentiu e correu pela areia em enormes sapatos largos que levantavam baforadas de cinza. Tudo o que ela disse quando chegou ao aglomerado de pessoas circulando Phasma teve o efeito desejado. Um homem grande se separou do grupo e ergueu uma longa lança, que crepitava com o que parecia ser um raio. Quando três agressores atacaram Phasma do outro lado, ele a cutucou casualmente com a lança, e estalos de eletricidade envolveram seu corpo e capacete. Phasma ficou rígida e caiu para trás, no chão, seu corpo enrijecido e ligeiramente fumegante.

– Empacote-os e vamos para casa antes da próxima tempestade. O Arratu ficará satisfeito.

O líder caminhou calmamente até um GAV e sentou-se, enquanto o resto do grupo cutucava, empurrava e se apressava ao lado dos cativos. Quando Phasma parou de atacar, Seylon jogou outra rede sobre ela, arrastou-a para longe e a colocou em um GAV, jogando seu capacete caído atrás dela. Brendol e Siv foram mantidos juntos, conduzidos para dentro de um GAV coberto de espinhos que cheirava a especiarias estranhas.

– Está vendo? – sussurrou Brendol a Siv enquanto observava Torben, agora fora de sua rede e obrigado a carregar Gosta. A garota ainda estava inconsciente, e Torben a colocou no banco de trás de outro GAV. – Eu disse. Quem quer que seja Arratu, ele deve viver no edifício mais alto, e o que quer que ele queira nos custará mais do que estamos dispostos a dar. Pode apostar nisso.

Siv não gostava de Brendol Hux e não confiava nele, mas suspeitava de que, nessa ocasião, ele estivesse certo.

Ela não estava ansiosa para descobrir quem Arratu realmente era.

VINTE E DOIS

EM PARNASSOS, DEZ ANOS ANTES

Andando no GAV do inimigo, Siv rapidamente começou a se sentir mal. Em vez de dirigir relativamente em linha reta, como Brendol fizera, o condutor desviava para um lado e para o outro e mergulhava para cima e para baixo nas pequenas dunas como se tivesse um desejo de morte. Seu estômago revirou, e ela percebeu que aquela era a maior distância que já a separara de outro membro do povo Scyre. O bando era uma família, e ela estava presa ali com Brendol Hux, que estava curvado no assento o mais longe dela quanto conseguia ficar, mal-humorado e carrancudo.

A princípio, Siv sentiu como se estivesse ficando febril, sua pele alternando de quente para fria, mas então percebeu que o céu estava escurecendo. Quando uma tempestade chegava à terra dos Scyre, todo mundo rapidamente encontrava um lugar estável para atravessá-la, certificando-se de que suas cordas estivessem presas a pregos firmes, pois as chuvas escorregadias e os ventos fortes poderiam facilmente derrubar uma pessoa de um torreão de rocha. Nos melhores dias, eles se amontoavam na Nautilus, nos cantos mais distantes do buraco no teto que jorrava chuva tóxica, mesmo quando colocavam uma capa tecida sobre ele. Nos piores dias, a Nautilus ficava cheia de água furiosa, e eles se agachavam na chuva miserável, pungente, torrencial, sem cobertura e sem meios de evitar relâmpagos aleatórios e ventos cruéis e cortantes. Siv e Torben tinham uma rocha de que gostavam, um tipo maior de pico que quase podia contê-los confortavelmente enquanto se aconchegavam sob uma pele protetora.

Porém, aquela tempestade era estranha. O ar não parecia pesado, molhado e grosso. A sensação era quente, ácida, e, quando o líder, agora dirigindo o velho GAV de Brendol, gritou algo ao vento, o motorista de Siv acelerou ainda mais, fazendo-a colocar a mão sobre a boca, debaixo da máscara, para segurar a náusea e impedir a areia de entrar. Não demorou muito para que eles se aproximassem da frente da cidade, e Siv teve dificuldade de entender o quanto ela era enorme. Maior que os territórios Scyre e Claw juntos, maior que a Estação de Terpsichore. A muralha tinha que ter a altura de dez pessoas e era solidamente coberta por aquelas plantas perigosas. Bem quando Siv teve certeza de que iriam colidir contra ela, uma porta se abriu, uma abertura com a largura apenas suficiente para permitir a entrada do GAV. Embora a parede parecesse inteiramente sólida do lado de fora, aparentemente as videiras escondiam seus próprios segredos.

Uma vez lá dentro, a cidade era uma visão acachapante para uma mulher que só tinha conhecido talvez cem pessoas pelo nome em toda a sua vida. Era tão cheia de gente correndo de um lado para outro que um de seus captores de vestes coloridas teve que sair do GAV de Siv e empurrar as pessoas para fora do caminho com um longo e colorido bastão coberto de sinos, gritando:

– Liberem as ruas! São ordens de Arratu!

As pessoas eram de todas as idades, algumas tão velhas que Siv ficara fascinada de ver os corpos curvados, as rugas e os cabelos grisalhos. Na terra dos Scyre, poucas pessoas viviam além dos trinta e cinco anos. Mas, assim como lá, esse lugar tinha poucos bebês ou crianças pequenas; a maioria da população parecia ter mais de vinte e poucos anos, as idades mais fortes e robustas.

A próxima coisa que ela notou foi que as pessoas pareciam ser de dois tipos diferentes: magras e maltrapilhas ou grandes e enfeitadas em faixas de tecido vibrante e camadas de joias de ouro. Ela nunca tinha visto corpos carregando tanta carne extra, e não lhe escapava que as pessoas maiores e mais ricas pareciam muito mais felizes do que seus vizinhos magros. Todos estavam correndo para se abrigar, olhando preocupados para o céu que escurecia.

Quando Siv olhou para Brendol, com uma pergunta nos olhos, ele balançou a cabeça em desaprovação.

– Eu disse. As pessoas que vivem no alto têm muito, e as pessoas que raspam a terra estão famintas. Extravagância e sofrimento sem intermediários, nenhum pensamento pelo bem-estar da cidade. Este mundo precisa da Primeira Ordem.

– O que pode ser feito por eles? – Siv perguntou.

Brendol levantou uma sobrancelha peluda e vermelha.

– Eles devem ser governados por alguém com a mão mais firme.

Mas ele não entrou em mais detalhes, e um dos captores o cutucou com um bastão.

– Não fique falando assim onde os Ratos podem ouvir – ela murmurou. – Você não vai durar muito tempo fazendo ameaças como essa.

Brendol olhou para a mulher, cujo rosto era coberto por um lindo marrom-arenoso que Siv nunca vira antes. Ela havia puxado o pano que antes cobria seu nariz e boca, e seus olhos cinza-claros eram delineados em um preto profundo.

– O que será feito de nós? – perguntou Brendol.

Ela encolheu os ombros de modo elegante.

– Não cabe a mim dizer.

– Mas não somos convidados.

A mulher sorriu, mostrando covinhas.

– Ah, não. Você teria que merecer primeiro.

O condutor grunhiu.

– Silêncio. Não lhes dê ideias.

E então seus captores ficaram em silêncio, o que era desconcertante. Embora Siv estivesse acostumada a inimigos, eles sempre atacavam violentamente, nunca perdendo tempo e recursos em cativos adultos cujos corações não podiam ser transformados, como se podia fazer com o de uma criança. O que quer que essas pessoas quisessem deles, bem, Brendol estava certo. Siv não estava disposta a entregar.

Para desviar sua atenção, ela se voltou para as maravilhas da cidade. Como a Nautilus possuía tantos artefatos, e desde que ela passara um tempo na Estação de Terpsichore, Siv conhecia um pouco mais sobre o mundo de antes. As estruturas da cidade eram edifícios, onde as pessoas viviam e trabalhavam. As estruturas, no entanto, ficavam tão próximas umas das outras, altas e lotadas, que mal havia espaço suficiente para os GAVs passarem entre elas. O chão pavimentado em que estavam andando era uma estrada. E, à frente, ela reconheceu um edifício semelhante às imagens do disco de orientação da Estação de Terpsichore, antes que o planeta se tornasse estranho. No entanto, essa cidade tinha outras estruturas construídas em torno e no topo da antiga estação, que se tornara a base do edifício mais alto no centro da cidade, aquele sobre o qual Brendol tinha tantos pensamentos.

– Quem mora lá em cima? – ele perguntou, braços cruzados. – Seu deus ou seu rei?

Em resposta, a captora apontou um blaster para ele e rosnou:

– Não fale mal de Arratu.

– Parece então as duas coisas – Brendol murmurou, com o volume quase insuficiente para ser ouvido. A mulher olhou feio para ele, mas não atirou, embora parecesse querer muito fazê-lo.

Outra coisa curiosa que Siv notou ao navegar lentamente pela multidão foi a proliferação de plantas e vegetação. Estavam no topo de cada telhado, penduradas em todas as janelas, revestindo cada parede em potes coloridos. As videiras serpenteavam pelas estradas, sem folhas onde haviam sido arrancadas pelos transeuntes, mas brotando de novo, cravando-se nos lados dos edifícios e subindo mais perto do sol. Havia criaturas nas plantas que Siv não entendia muito bem, coisas voando que não eram nada parecidas com as aves marinhas e insetos da terra dos Scyre. Pequenos e delicados como pedras preciosas, eles zumbiam aqui e ali, mergulhando nas plantas e batendo um contra o outro com estalos agradáveis antes de seguirem em frente.

– O que são eles? – ela perguntou quando passaram perto de uma planta coberta de flores, cada uma cercada por criaturas brilhantes como pedras preciosas.

– Squeeps – a mulher disse com um breve sorriso antes de endurecer a expressão e voltar ao silêncio.

– Por que as pessoas famintas não os comem? – perguntou Brendol.

A mulher apontou o blaster para Brendol novamente e balançou a cabeça.

– Tudo o que você diz é uma blasfêmia?

As sobrancelhas de Brendol se levantaram, mas ele sabiamente desviou o olhar e não continuou a conversa.

O céu estava quase preto agora, o vento chicoteando areia nos olhos de Siv sob a máscara. O ar parecia elétrico e incontrolável, e as ruas estavam vazias. Finalmente, os GAV chegaram ao prédio que lembrava uma estação da Con Star Mining Corporation, embora não se parecesse em nada com as imagens que Siv tinha visto na tela em Terpsichore. Essa estrutura havia sido pintada em pigmentos brilhantes e era coberta de videiras. As portas de correr estavam abertas, mostrando um corredor branco que fez a pele de Siv se arrepiar. Naturalmente, eles se dirigiram para dentro do espaço. Uma vez no interior, o condutor estacionou o GAV em uma longa fileira com outros veículos igualmente enfeitados para parecerem perigosos, e Siv reconheceu uma sala muito parecida com aquela onde haviam encontrado os speeders. Um hangar. Cada um dos GAVs se conectava à parede, e havia um zumbido suave de máquinas. Brendol, apesar de todo o seu mau humor, parecia astuto e atento ao observar a sala, e Siv desejou ter alguma ideia do que ele estava pensando. A garota tinha certeza de que ele estava desenvolvendo um plano. Entre os Scyre, planos não eram algo que se mantinha em segredo dos guerreiros. Se uma pessoa sequer não soubesse o que fazer em caso de emergência, as coisas tendiam a desmoronar. Mas Brendol era engenhoso e estranho, e mais uma vez ela foi lembrada de que algo nele não cheirava bem.

– Conseguimos por pouco – exclamou o líder, apertando o botão que fechava a porta do corredor. O uivo da rajada de vento parou e a sala ficou estranhamente silenciosa.

– Fora – disse a captora, blaster apontada para Brendol, como se ela nem sequer considerasse Siv uma ameaça.

Brendol saltou, seguido primeiro pela captora, depois Siv. Não importava para onde se virasse, havia blasters apontando para seu rosto. Depois de tanto tempo gasto na areia quente e movediça, era estranho ficar de pé no chão frio e duro, e ela cambaleou por um momento, tentando recuperar o equilíbrio.

– Ande – a mulher disse, cutucando Siv nas costas com o blaster. Essa também foi uma nova experiência. Tendo crescido com um monte de carcaças velhas e quebradas de blasters na Nautilus, Siv não estava acostumada a pensar nas máquinas pequenas, sem corte e inofensivas como uma ameaça real. Mas, quando a mulher a cutucou novamente, ela se moveu na direção indicada.

Brendol já estava andando, a cabeça virando de um lado para o outro, para cima e para baixo. Eles logo se juntaram aos outros, e Siv sentiu um profundo alívio por estar perto de Torben, Gosta e Phasma novamente. Os stormtroopers ficaram atrás de Brendol, carregando a pobre Elli entre eles. Siv não sabia dizer se a mulher respirava ou não; ela estava pendurada entre seus companheiros, inerte e inconsciente. Gosta estava acordada, mas ainda nos braços de Torben, e Phasma, claramente atordoada pelo choque, tinha problemas em caminhar em linha reta. Quando o braço de Torben tocou o dela, Siv sorriu levemente, mas ela sabia onde era necessária, então se chocou contra ele de uma forma reveladora e correu para ajudar Phasma.

Muito bem, os Scyre eram um povo que gostava de toque físico e conforto, considerando que enfrentavam uma vida fria, imprevisível e cruel, mas Phasma sempre se manteve à parte. Siv confiava a própria vida em Phasma e sabia que ela era a estrategista mais talentosa e a guerreira mais feroz do planeta, mas isso não significava que Siv iria se aproximar e colocar um braço ao redor da guerreira cambaleante. Mesmo ali, havia uma aura em torno de Phasma, quase como um aviso não verbal para manter distância.

– Do que você precisa? – perguntou ela, andando ao lado de Phasma e erguendo um braço para mostrar que estava disponível se ela quisesse se apoiar.

– Do meu capacete e da minha visão – retrucou Phasma. – Minha visão está embaçada. E as pontas dos meus dedos estão... queimadas. Entorpecidas.

Mas ela não pegou o braço de Siv, que deixou que ele caísse de volta ao seu lado e apenas andou um pouco mais perto de sua líder do que normalmente andaria, pronta para pegá-la se ela caísse.

– Silêncio – disse um dos captores, acenando com um dos bastões elétricos. Ele parecia ter pavio curto, então Siv parou de falar.

Assim que saíram do hangar e entraram em um corredor, a estação tornou-se estranhamente parecida com Terpsichore, com as mesmas paredes e pisos brancos e a iluminação fria e azulada. No entanto, Siv não viu droides e notou algumas mudanças na estrutura. Janelas largas se abriam para máquinas em intensa atividade, e, embora estivessem sendo levadas rapidamente, Siv viu que muitas das máquinas pareciam estar fabricando ou manipulando os tecidos brilhantes que todos da cidade vestiam. Ela percebeu que estavam seguindo uma linha verde na parede, então não ficou surpresa quando a próxima porta que seu captor abriu levava aos alojamentos. O quarto era bastante semelhante ao da estação Terpsichore, mas tinha o dobro de camas e era ocupado por pelo menos trinta pessoas, a maioria delas magra a ponto de ter os ossos aparecendo. Aquilo não era um bom presságio, pensou Siv.

– Mãos para a frente – disse o líder.

Um por um, ele destravou as algemas e empurrou os prisioneiros para dentro do alojamento, enquanto o homem com o sorriso de escárnio e o bastão elétrico bloqueava a saída.

– E quanto a Gosta e Elli? – Siv perguntou assim que ficou livre. O líder encolheu os ombros, então ela acrescentou: – As mulheres que foram feridas?

Ele encolheu novamente os ombros.

– Não é problema meu. Elas vão melhorar ou não, como Arratu desejar.

– Mas o que fazemos? – perguntou Brendol, quando o líder se virou para sair.

– Façam a única coisa que podem fazer – disse o homem, com os olhos brilhando. – Esperem que os deuses brilhem sobre vocês e esperem que não morram.

Seus captores foram embora, rindo, e os Scyre e a Primeira Ordem foram deixados para lidar com uma sala inteira cheia de estranhos, nenhum deles de aparência amigável.

– Carne fresca – alguém murmurou.

Apesar da lesão e do fato de que tinha sido despida de suas armas e de seu capacete, a postura de Phasma mudou, sutilmente assumindo uma posição de luta.

– Não para você – ela rosnou.

E então eles investiram contra ela.

VINTE E TRÊS

EM PARNASSOS, DEZ ANOS ANTES

Por sorte, foram os esqueléticos que atacaram. Torben gentilmente colocou Gosta no chão e se preparou para o ataque, e Siv arreganhou os dentes e gritou. A primeira pessoa que alcançou Phasma foi um homem tão magro que se podia ver cada osso pressionando furiosamente sua pele. Phasma não esperou por ele; acertou-lhe uma cabeçada e o jogou de lado. Aproveitando a deixa, Torben espantou os agressores como se fossem gravetos, e eles desmoronaram e rolaram pelo chão duro, gemendo. Siv entrou, com os punhos voando, e descobriu a estranha sensação de bater em pessoas que estavam exaustas demais para lutar.

– Parem com isso imediatamente! – Phasma exclamou quando um dos homens caídos estendeu os braços para ela.

– Vocês têm alguma comida? – ele perguntou.

– Eles ainda são fortes – acrescentou outro.

– Não vai durar muito – alguém disse, mais no fundo do alojamento.

Brendol e seus troopers estavam atrás do povo Scyre. Os stormtroopers tinham colocado Elli ao lado de Gosta, mas Brendol não lhes dera a ordem de lutar, e ninguém ainda o ameaçara, de modo que eles apenas ficaram de pé, esperando. Agora que os outros prisioneiros haviam parado de atacar, Brendol deu um passo à frente, passando por Torben para ficar ao lado de Phasma.

– Alguém explique este lugar para nós.

Um homem baixo e barbado, com um manto de mangas compridas que ainda tinha algum músculo no corpo, pulou de cima de um beliche e desfilou como se fosse o dono do lugar.

– Esta é a Estação de Arratu – disse ele, sua voz dramaticamente projetada para encher a sala. – Uma vez o principal fornecedor de tecidos, reciclados e lonas para as operações da Con Star Mining Corporation em Parnassos. Vocês sabem o que aconteceu. Tudo foi para o inferno. Nós somos o que foi deixado para trás.

Brendol sacudiu os dedos para o homem.

– Chegue ao ponto central.

– Esta é uma prisão.

– Nós sabemos. Mas o que eles querem de nós? Apenas sofrimento? Porque suspeito que seja algo mais.

O homem baixo cruzou os braços e sorriu. Ele usava um manto carmesim drapeado como as pessoas de corpo macio do lado de fora, o tecido amassado e gasto, mas ainda vibrante em comparação a qualquer coisa na terra dos Scyre além do sangue recém-derramado.

– Há muitas pessoas aqui – ele disse com simplicidade. – Não há comida suficiente, não há espaço suficiente. Então, nós servimos o Arratu e esperamos por seus favores.

– E o que o Arratu pede? – Brendol pressionou.

O homem caminhou até um dos prisioneiros esqueléticos no chão, ainda rastejando em direção a Phasma, embora ela tivesse provado, sem sombra de dúvida, que essa era uma ideia fadada ao fracasso.

– Se você causa problemas, ele deseja que você sofra de uma forma divertida. Se você é interessante, ele quer ser entretido. Então eu te pergunto, meu amigo sem cor. Você é problemático ou divertido?

Brendol deu um suspiro e olhou ao redor da sala como se esperasse algo melhor.

– Estou entediado.

– Assim como o Arratu. Então eu sugiro que você encontre uma maneira de ser divertido. – O homem chutou o prisioneiro rastejante, que caiu com um grunhido apático. – Porque o sofrimento não parece tão agradável. Todo mundo tem uma chance de ganhar comida e possivelmente a liberdade, mas o Arratu é exigente, e aqueles que não o deleitam não comem. Eles eliminam essas pobres almas uma vez por semana. – Ele sorriu através dos dentes amarelos. – A sopa é sempre muito boa nesse dia. Eu sou Vrod, a propósito. – Ele levantou as duas mãos, deixando as mangas das vestes caírem. Sua mão esquerda era inteiramente rosa-esbranquiçada, enquanto o resto dele era marrom-claro. – Vrod da Mão Branca, eles me chamam. Estou com sorte. Eu sempre divirto o Arratu, e é por isso que sou responsável por esta prisão cheia de forragem para a arena. Sua hora chegará em breve. Esperemos que encontre seu próprio dom rapidamente.

Com isso, Vrod se virou e foi até a porta. Quando ele vociferou um comando, a porta se abriu deslizando, e ele saiu. No momento em que se foi, os ocupantes originais da sala se concentraram mais uma vez nos recém-chegados.

– Eu sou o General Brendol Hux – gritou Brendol, alto o suficiente para qualquer um ouvir. – Nós não temos comida. Tudo foi roubado de nós pelos seus opressores. Mas deixo um aviso agora: somos guerreiros treinados. Se nos perturbarem, vocês sofrerão ainda mais do que isso. – Ele acenou para um de seus troopers, que se aproximou da figura meio morta no chão aos pés de Phasma e pressionou a bota até que um estalo de algo triturando ecoou no ar parado.

Ao redor do alojamento, as cabeças assentiram em compreensão e respeito. Siv ficou horrorizada, tanto pela prisão como pelo fato de Brendol encorajar um de seus homens a matar alguém que já estava meio morto. Talvez tenha sido uma morte por misericórdia, mas o quebrar dramático do osso sugeria uma intenção mais sinistra. Olhando para os dois soldados agora, Siv não podia nem dizer qual era o responsável pelo ato. Gosta gritou, e Siv se virou para encontrar um dos homens magros agarrando a mão da garota ferida que estava deitada no chão, debatendo-se.

– Torben! – Siv fez sinal para o grande guerreiro ajudar sua amiga, e ele pulou para chutar o homem para longe e puxar Gosta de volta para seus braços.

– Precisamos de uma cama – observou ele.

Phasma ainda estava um pouco atordoada, e Siv quase falou por ela, mas Brendol entrou em cena.

– Ali.

Os beliches para os quais ele apontava continham cinco prisioneiros, tão magros que podiam se espremer dois em cima e três em baixo, embora cada andar do beliche fosse feito para caber apenas um. Siv rapidamente percebeu que seria bastante fácil expulsar aqueles prisioneiros fracos, e também algo particularmente cruel. Ainda assim, ela era uma mulher do povo Scyre, e Gosta e Elli precisavam de um lugar seguro e defensável. Pete e Huff já estavam indo em direção ao beliche, tudo em sua postura e caminhar sugerindo que as pessoas na cama deveriam sair antes de serem forçadas, o que elas fizeram, deslizando até o chão como se não tivessem energia ou força para ficar de pé. Siv se sentiu mal, observando-os rastejar para longe, mas pelo menos Brendol os deixou viver.

Torben colocou cuidadosamente Gosta no beliche superior, e Siv subiu para se sentar ao lado da menina mais nova. Havia um conforto animal em sentir o calor da carne de um amigo e farejar seu cheiro familiar. Desde que estavam na cidade, o nariz de Siv tinha sido atormentado pelo cheiro de muitos corpos combinados com fragrâncias enjoativas, ambas combinadas em camadas sobre o odor pungente das videiras em crescimento.

– Você está bem? – Siv perguntou, enquanto Pete e Huff colocavam Elli no beliche de baixo.

– Minha cabeça dói e tudo parece muito brilhante e barulhento, mas acho que vou sobreviver.

Siv sorriu para o espírito corajoso da menina e lhe deu uma cotovelada gentil.

– Que bom. Realmente não precisamos da sua cabeça, de qualquer maneira. E este lugar é brilhante o suficiente, então você não está sozinha em achar isso.

– O que vai acontecer, Siv? – Gosta perguntou. – O que eles querem com a gente?

Siv alisou o cabelo para trás de modo tranquilizador.

– Vamos descobrir em breve. Até então, descanse. Você precisará de energia para o que estiver por vir.

Gosta se aconchegou agradavelmente. Siv deixou-se relaxar pelo menos um pouco, aproveitando o acolchoamento da cama depois do passeio de sacudir os ossos no GAV. Sua náusea havia parado, por mais que ela estivesse faminta. Nada poderia ser feito a esse respeito. Ela se acomodou também, preparando-se para uma rápida soneca. Torben estava do outro lado, de guarda no beliche, seu ombro no mesmo nível da cama. Ele roçou a bochecha com os dedos enormes antes de se levantar e lançar ao quarto um olhar fulminante e desafiador. Phasma e Brendol estavam ao pé do beliche, sussurrando em voz baixa. Os stormtroopers vigiavam de ambos os lados, e Siv teve de presumir que estavam tão seguros quanto era possível, e ela poderia muito bem ceder à sensação de peso nos braços e pernas que alcançava os ossos.

Enquanto caía no sono, Siv notou os prisioneiros esqueléticos se aproximando do corpo que os stormtroopers haviam pisado, os olhos vazios, brilhantes e desesperados. Ela fechou os olhos e se virou. Usar os detraxores era uma coisa, quando todos cresciam sabendo de sua responsabilidade para com as pessoas do povo, vivas ou mortas. Havia uma dignidade na máquina, até mesmo na maneira como a agulha deixava o menor orifício, nada realmente berrante ou perceptível, na verdade. Mas ali, aparentemente, os corpos eram algo mais. Siv já passara fome, mas nunca fome como as pessoas no chão. Ela esperava que nunca tivesse que aprender como era.

No dia seguinte, Vrod apareceu em vestes azuis vívidas, sua longa barba trançada e tingida de roxo. Quando o conheceram no dia anterior, ele parecia ser apenas outro prisioneiro, mas devia ter sido algum jogo ou estratagema peculiar para testá-los. Agora ele parecia uma caricatura de uma pessoa, com tinta colorida em volta dos olhos e costuras na manga que enfatizavam a mão branca. Um sussurro de preocupação subiu ao redor do alojamento. Ele olhou para os prisioneiros com um sorriso satisfeito de antecipação e bateu palmas.

– Butim de ontem, venham. É hora de conhecer o Arratu e ver o que vocês podem fazer.

Brendol deu um passo à frente.

– Todos nós? Uma pessoa do meu povo ainda está ferida.

Vrod encolheu os ombros.

– Isso não é problema meu. Você só tem uma chance de conhecer o Arratu, então é melhor deixá-la para trás.

Eles haviam removido o capacete de Elli em algum momento durante noite e, quando Siv saltou do beliche, viu que a cor da mulher não era boa. Ela estava pálida, com círculos roxos em volta dos olhos e lábios azuis cuja tonalidade combinava.

Phasma se inclinou e confirmou o que Siv suspeitava.

– O pescoço dela está quebrado. Mesmo que acorde, não será capaz de mover as pernas, talvez nem mesmo os braços. Brendol acha que ela pode sobreviver, mas, no mundo dele, a pessoa se acostuma com os milagres médicos.

– Mais uma razão para voltar à nave – observou Siv.

Phasma assentiu.

– Mas não vamos chegar lá se tivermos que arrastar um peso morto.

De pé, Phasma gritou para Vrod:

– Você nos permitirá manter nossas roupas?

Vrod deu risada.

– Se sua aparência divertir o Arratu, sim.

Brendol e Phasma trocaram um olhar. O que quer que tivesse passado entre eles terminou com Brendol inclinando a cabeça, fazendo um sinal.

Sem outra palavra, Phasma começou a tirar o corpo de Elli da armadura branca.

Embora Phasma nunca fosse desajeitada, era um trabalho estranho. Os outros dois soldados não sabiam se deveriam ajudá-la ou repeli-la até que Brendol suspirou.

– Bem. Ajudem-na.

– E agora vocês têm tempo até que *eu fique* entediado – disse Vrod, voltando sua atenção para uma bagunça debaixo de um cobertor irregular no canto. – Quem puxou o palito mais curto na noite passada? Ah. Ele não era muito interessante. Nenhuma grande perda. É melhor esperar que o sangue novo seja divertido, ou vocês lamberão ossos no jantar.

Todos os olhares se fixaram em Siv e em seu grupo, e ela sentiu como se fosse cortada por facas. Aquelas pessoas estavam além de lealdade e da bondade, reduzidas a apenas fome e desespero. Talvez a Primeira Ordem de Brendol fosse a resposta que ele alegava ser para tais pessoas, se pudessem tomar uma cidade tão miserável e superlotada e trazer a paz.

Com a ajuda dos stormtroopers, Phasma logo colocou a armadura branca sobre suas roupas normais. Vestia de forma deselegante, já que Elli era mais baixa que Phasma e um pouco mais robusta, mas o resultado final foi que sua maior guerreira tinha a melhor armadura já vista entre os Scyre. Quando Phasma colocou o capacete, ofegou brevemente.

– Você se acostuma – Brendol disse, o capacete de Phasma virando de um lado para o outro.

– O que você vê? – Siv perguntou.

Phasma riu, uma coisa rara.

– Mais – foi tudo o que ela disse, e Siv ardeu de curiosidade para saber como era olhar através daquelas misteriosas lentes negras. Phasma parecia pouco à vontade desde que perdera o capacete velho, e agora visivelmente relaxara, embora tudo indicasse que estavam indo em direção a um destino incerto.

Mas então os olhos de Siv foram atraídos para Elli, e foi uma visão triste. A mulher estava inerte, um de seus pés em um ângulo estranho que havia ficado invisível sob a armadura. Phasma estava certa. Aquela não era uma pessoa à altura da luta pela vida na terra dos Scyre, muito menos uma perigosa jornada através das areias cinzentas. Vestindo apenas a roupa preta justa e o pescoço machucado e retorcido revelado pela remoção do capacete, Elli era uma visão pequena e patética, o cabelo grosseiramente cortado e as bochechas marcadas com velhas cicatrizes.

– Não tenho os detraxores – disse Siv, de repente tomada pela perda.

Havia uma reverência no seu trabalho, uma certa admiração e apreço que o bando lhe dedicava pelo que fazia. Sem o unguento oracular e o linimento, seu povo rapidamente queimaria, enfraqueceria ou sucumbiria a uma infecção menor. Ela vira a mãe realizar aquele ritual sagrado quando era criança, e, no dia em que ela morreu, tendo caído de uma torre de pedra e batido a cabeça enquanto estava pendurada pelas cordas, tinha sido responsabilidade de Siv encontrar a força para recuperar o corpo de sua mãe e os detraxores em sua mochila. No momento em que a agulha mergulhou no braço da mãe, Siv chorou. Lágrimas eram coisa rara em um lugar sem água, mas ela as pegou em um pequeno frasco e as adicionou à essência de sua mãe, um ato final de amor. Desde então, Phasma e os outros guerreiros se tornaram sua família. Estando na presença de um corpo no caminho avançado da morte, mas sentindo falta de suas ferramentas, Siv não pôde deixar de sentir um nó de fracasso na boca do estômago. As listras verde-escuras tinham se desbotado nas bochechas de todos, e ela não podia fazer nada para ajudar a proteger seu povo ali.

– Já está pronta? – Vrod perguntou. – O Arratu está ansioso para conhecê-la.

Brendol e Phasma caminharam lado a lado, seus guerreiros seguindo atrás deles. Siv notou que Phasma andava um pouco mais orgulhosa com a armadura, embora também tenha admitido que Phasma sempre andara com orgulho. Ainda assim, a armadura combinava com ela.

Torben ajudou Gosta a descer do beliche, e a garota inclinou-se para ele, mancando, no rastro de Phasma. Quando o grupo saiu pela porta, Siv ouviu passos se aproximando de seu beliche. Não olhou para trás. Não havia como ajudar Elli agora, e as regras eram diferentes naquele lugar.

E, quando ela pensou sobre isso, não era estranho que eles estivessem em algemas e correntes no dia anterior, mas agora, caminhando para o corredor, tivessem apenas um líder e nenhuma contenção física? Ela entendeu imediatamente quando passou pela porta. As pessoas de Vrod esperavam no corredor, entre eles dois dos cães de pele cinza amarrados em cordas. Assim como os lobos de pele que haviam lutado no deserto, esses animais tinham estranhos nós, rugas e verrugas por toda parte, e também dentes arreganhados e rosnados que sugeriam que não adorariam nada mais do que ter algo divertido para perseguir.

– Correr seria imprudente – disse Vrod, afirmando o óbvio. – Mas, se você decidir correr, pelo menos coloque um pouco de coragem no intento. Os cães também anseiam por entretenimento.

Vrod os fez marchar por vários corredores familiares, na direção de onde o turboelevador ficava localizado na Estação de Terpsichore. Ali em Arratu, no entanto, aquele corredor terminava em portas altas e largas. Quando Siv apontou, sem palavras, para manchas de tinta sobre as portas, Brendol franziu a testa e murmurou:

– Está escrito *Bem-vindo ao esquecimento.* Bem, é animador. – Vrod colocou uma das mãos em cada porta e empurrou com força, abrindo-as dramaticamente. O espaço era mais cavernoso até mesmo do que o hangar, tão grande quanto o resto de toda a fábrica. Era tão alto quanto seis homens, as paredes perfeitamente retas e sólidas e o teto tão distante que os coloridos squeeps disparavam entre os suportes.

Quando Siv descreveu o que enchia a sala, tive que lhe ensinar a palavra certa para aquilo: arena. Fileiras e fileiras de bancos cercavam um poço circular com altas paredes de pedra e um chão de areia cinzenta. Mesmo que não soubesse que nome dar àquele lugar, ela entendeu imediatamente o que era. O medo escorria por sua espinha. A terra dos Scyre era um lugar hostil, sem sentido e aleatoriamente cruel, mas os humanos tinham criado essa monstruosidade repugnante de propósito.

Vrod conduziu-os através de um portão para dentro da arena. De pé no centro do ringue, era natural girar no lugar, olhar para cima e sentir-se pequeno. Os assentos estavam vazios, exceto por uma espécie de caixa aninhada entre os bancos e protegida por todos os lados por elaborados toldos de tecido. Dentro dessa caixa havia um trono que superava o que Keldo e Phasma tinham compartilhado na Nautilus. Vários homens e mulheres mais velhos em túnicas violetas sentavam-se em bancos em ambos os lados do trono, conversando animadamente e apontando com seus leques de tecido, mas eles claramente não eram o foco.

No trono havia uma figura envolta em vestes vermelhas volumosas, usando um chapéu alto e ornamentado. Era um homem humano, rosado e gordo como um bebê. Sua boca estava franzida em desgosto, mas, quando notou que eles se aproximavam, ele sorriu. Os pequeninos e brilhantes squeeps alinhavam-se nos ombros dele e sentavam-se no chapéu, piscando e reassentando incansavelmente contra o escarlate vívido. Naquele momento, ele sentou-se avidamente, agitando os dedos.

– O que é isso? – perguntou.

Vrod inclinou-se, dando um floreio com a mão branca.

– Novo butim para o seu prazer, meu Arratu. Apanhado ontem na armadilha oriental.

– O que eles são?

– Eu não gostaria de estragar a diversão para Sua Majestade.

O Arratu pigarrou e acenou para eles.

– Expliquem suas origens exóticas.

Brendol deu um passo à frente e Siv percebeu que seus modos haviam mudado completamente. Seus movimentos eram maiores, seu sotaque estalado, sua voz culta, deferente e macia.

– Grande Arratu, somos peregrinos nobres passando por sua terra magnífica.

O Arratu saltou em seu assento.

– Sim, mas o que vocês podem *fazer?* O último grupo de estranhos tinha um alienígena coberto de pelo!

Brendol vacilou brevemente, depois se curvou.

– Sou um educador e estrategista da Primeira Ordem, grande Arratu, e meu talento é gerir e pastorear os jovens para fins estratégicos. Se precisar de homens inteligentes a seu serviço, posso assumir muitos papéis. Eu talvez pudesse ajudar a distribuir os recursos para que menos pessoas pudessem morrer de fome.

– Eu não gosto dele – disse o Arratu, fazendo beicinho. Ele mexeu os dedos na direção de Brendol como se tentasse espantá-lo, e girou em seu trono, fazendo os minúsculos pássaros irromperem e se agitarem em volta. – Espere! Por que aquele… – ele apontou para Phasma – parece diferente dos demais? – Ele apontou para Pete e Huff. – A armadura daqueles serve, mas esse mais alto é engraçado. É um palhaço?

Brendol deu um novo passo à frente e começou:

– Ó grande Arratu…

– Não. Eu perguntei para *ele*. O Alto. O que é?

Phasma falou de dentro do capacete, a voz baixa e meio robótica. Uma semana atrás, Siv não teria reconhecido a voz, o sotaque.

– Eu sou Phasma dos Scyre e sou uma guerreira. Eu peguei esta armadura de um soldado moribundo, então ela não foi feita para me servir. E, se exige habilidades, minha habilidade é a morte.

O Arratu se sentou, parecendo fascinado e entusiasmado.

– Morte?

– Eu vou lutar contra qualquer um ou qualquer coisa em troca da minha liberdade.

Mais tarde, Siv percebeu que Phasma falara apenas por si mesma, não por seu povo.

O Arratu balançou a cabeça, seu chapéu balançando.

– Isso não serve. Se for agradável assistir à sua luta, quero que você fique. Vou exigir que você tenha alguma teatralidade na morte que proporcionar.

– Então, se eu me sair bem, ficarei e, se me sair mal, ficarei?

– Bem, sim, mas, se você se sair bem, será alimentada. E receberá benefícios.

– Mas Vrod disse que poderíamos ganhar a nossa liberdade se lhe agradássemos.

O Arratu olhou para Vrod, que deu vários passos para trás.

– Sim, bem, ele estava mentindo. Só eu posso fazer as regras.

Phasma assentiu, e Siv a conhecia bem o suficiente para entender que estava percorrendo uma variedade de cenários em sua cabeça, tentando selecionar o melhor ângulo de ataque. O Arratu examinou o resto do grupo, mas não pulou no lugar novamente.

– O resto de vocês é muito chato. Até suas roupas são maçantes. Alguém pode fazer outra coisa senão lutar?

Um silêncio desconfortável se seguiu. Quando os olhos enlouquecidos do Arratu pousaram sobre ela, Siv sentiu como se as pernas de um inseto estivessem cutucando seu rosto, procurando por alguma fenda a que se agarrar.

– Eu posso contar histórias – disse Siv.

O Arratu inclinou a cabeça.

– Oh? Sobre o quê?

– A vida na terra dos Scyre. Nossas batalhas passadas e as histórias do tempo de minha mãe, que as transmitiu para mim.

Os olhos do Arratu se estreitaram.

– Então, essas são apenas… histórias de pessoas como você? Isso não parece muito emocionante.

– É emocionante para quem viveu.

O Arratu bufou de desgosto e agitou a mão fechada para eles. Os pássaros agitaram-se e reassentaram como se também estivessem entediados.

– Leve-os embora, Vrod. Vista-os em algo empolgante e traga-os de volta esta noite.

Brendol permanecera em silêncio, mas naquele momento falou de novo, e sua voz não guardava nada do respeito ou da imponência que havia usado antes.

– E o que faremos esta noite? – perguntou.

O Arratu sorriu como uma criança que adorava tirar as asas das borboletas.

– A única coisa que vocês podem fazer, aparentemente. A melhor coisa. Luta.

Vrod levou-os a outro aposento no complexo e os fez se despirem completamente, se banharem em águas perfumadas e vestirem novas roupas que ele distribuía a partir de uma prateleira sem fim de roupas coloridas. O estilo de se vestir era completamente diferente do dos Scyre, e Siv não conseguia se acostumar com a camisa solta que se erguia ao redor dela enquanto andava e as calças largas que balançavam a cada passo. Seus anos de luta em terrenos acidentados e irregulares lhe disseram imediatamente que tais roupas só a atrapalhariam, enganchando em obstáculos quando ela mais precisasse de agilidade. Sentia falta dos couros justos e das botas grossas, uma segunda pele que podia suportar tudo exceto a lâmina mais afiada.

Até mesmo Phasma recebeu novas roupas para usar sob sua armadura de stormtrooper. Conforme foi empurrada para o chuveiro, ela continuou olhando para sua armadura como se suspeitasse que seria roubada. O Arratu devia ter indicado que preferia o traje, no entanto, pois este esperava por ela, inalterado, no banco quando voltaram. Os couros que ela usara por baixo, no entanto, tinham sumido.

Enquanto esperavam que Phasma e os troopers terminassem de vestir as armaduras, Torben se aproximou de Siv, batendo em seu ombro suavemente. Ele tinha ajudado Gosta durante o processo de banho, já que os Scyre eram mais tímidos sobre desperdiçar água do que com nudez, mas a garota estava se saindo bem sozinha, arrumando seu longo cabelo encaracolado em uma trança grossa. Virando-se para encarar Siv, Torben acariciou o ventre dela com a mão larga e quente.

– Eu notei nos chuveiros – disse ele. – Como você está se sentindo?

Siv sorriu. Ela se perguntava quando ele reconheceria a mudança em sua forma. Para um grande animal perigoso, ele era terno em muitos aspectos, e Siv tinha certeza de que ele notaria mais rápido que os outros.

– Bem até agora.

– Você deveria comer mais.

– Eu também gostaria.

Ele fez uma pausa, as mãos nos quadris, desviando o olhar timidamente.

– Meu?

Siv riu.

– Acho que você sabe a resposta. Seu ou de Keldo. Não há muita privacidade entre os Scyre.

Torben sorriu e assentiu. Ela sabia que ele considerava essas boas chances.

– A nave de Brendol terá coisas para ajudar você. O remédio dele.

Engolindo o nó na garganta, Siv olhou para baixo. Ela perdera dois bebês, até onde sabia, depois que o corpo começara a mudar, mas antes que estivessem completamente formados. Cada vez menos descendentes eram concebidos na terra dos Scyre, e ainda menos nasciam. Ylva quase morrera ao dar à luz a Frey, que era uma coisinha pequena e frágil. Frey estava com seis anos e ainda era a única criança do bando com menos de doze. O bebê de Siv teria sido um grande benefício para os

Scyre, mas somente se ela fosse capaz de trazê-lo a termo e sobreviver à luta sangrenta para atravessar a gravidez e pari-lo. Egoísta, talvez, ela decidiu que preferiria ter uma criança viva no espaço a dar aos Scyre outro punhado escasso de unguento e outro pacote seco escondido nas câmaras ocultas da Nautilus.

– Espero que sim – disse ela.

Gosta apareceu, sorrindo, ainda espremendo a água de sua trança. A garota não notara nada da forma alterada de Siv, mas, por sua vez, até onde Siv sabia, Gosta tinha apenas catorze anos e ainda não escolhera nenhum parceiro com quem acasalar – ou demonstrou que estava interessada em fazê-lo. Como a mãe da garota já tinha morrido havia muitos anos, talvez ninguém lhe tivesse ensinado os modos de viver, embora não houvesse como evitar o ato que gerava a vida. Siv enrubesceu de vergonha, pensando que estivera tão preocupada com o possível filho que talvez tivesse negligenciado a menina mais nova, já sozinha no mundo. Esse era outro benefício de encontrar a nave de Brendol e se juntar ao seu clã entre as estrelas: não apenas menos bebês perdidos, mas também menos mães perdidas.

Brendol apareceu e o momento de ternura acabou. Embora Siv quisesse desesperadamente ter acesso à segurança e aos recursos da nave e do povo dele, não gostava do homem em si. Gostava ainda menos quando Phasma não estava por perto, pois ele podia ser um valentão, especialmente quando se tratava das necessidades de seus guerreiros, em comparação às dos Scyre. Talvez fosse diferente assim que o bando Scyre formalmente se juntasse à sua Primeira Ordem, fosse ela qual fosse. Talvez eles também se tornassem seu povo. Siv prometeria de bom grado sua lealdade a Brendol em troca da promessa de medicamentos que seus ancestrais tinham desfrutado. Injeções mágicas que poderiam curar doenças e dores, droides bem informados que poderiam facilmente guiar uma mãe através do parto com a garantia de um resultado positivo. A recuperação da febre que Brendol tinha experimentado na Estação de Terpsichore havia convencido Siv de que ela fizera a escolha certa. Estar ao redor do azedo e astuto Brendol valeria a pena quando ela segurasse seu primeiro filho.

Mas até lá, ela olhava para Phasma sempre que Brendol estava por perto. A guerreira estava enfrentando dificuldade em ajustar a armadura sobre o excesso de tecido de sua roupa ondulante. Siv se aproximou.

– Horrível, não é?

Phasma ergueu os olhos cheios de mau humor.

– Eles querem que a gente morra e se pareça com magníficos idiotas fazendo isso.

Tecido listrado com cores vivas, bufante, escapava entre os segmentos de armadura empoeirados, mas Siv sabia que não deveria tentar ajudar Phasma de forma alguma. Com Gosta, ela não hesitaria em estender a mão, enfiando o tecido aqui e ajustando ali, mas Phasma não confiava no toque como o resto deles. Até mesmo Keldo procurava conforto, como Siv bem sabia. Embora ele fosse muito reservado e raramente falasse de seus problemas ou sentimentos, ainda assim tinha seus momentos de ternura, quando pressionava a testa na dela na escuridão silenciosa da Nautilus ou sussurrava segredos que ela prometia guardar. Mas Phasma não era assim. Ela se mantinha afastada, sempre, e havia maior probabilidade de ela se jogar entre um integrante de seu povo e uma flecha do que dar um tapinha no ombro de alguém de forma amigável, depois de uma vitória.

– Eles querem que a gente morra? – perguntou Siv, mostrando um sorriso. – Então vamos desapontá-los.

Com isso, Phasma sorriu, e era uma coisa feroz de se ver. Siv esperava nunca estar do lado errado daquele sorriso.

– Sim, vamos.

Vrod apareceu na porta.

– O fino tecido do Arratu abençoa seu público. – Ele sacudiu a túnica colorida que atravessava o peito de Torben, e Torben rosnou. – Mas uma palavra para os sábios: se desejam encher seus estômagos vazios, entretenham a multidão. Tragam-nos para o seu lado. Especialmente o Arratu. Ovações ganharão sua carne e sua água.

Gosta se mexeu perto de Siv, que sentiu seu medo. A garota era uma lutadora ágil, rápida e silenciosa, uma excelente batedora e indetectável sob o manto da noite ou quando se arrastava entre as rochas. Mas o que quer que tivesse acontecido com sua perna durante o outono levaria tempo para cicatrizar. Sua luta não seria, como Vrod havia pedido, divertida. Siv resolveu permanecer perto dela e defendê-la, se fosse necessário, de qualquer coisa que pudesse sentir sua fraqueza e se voltar contra ela. Siv passou um braço em torno de Gosta para ajudá-la a andar. Eles ainda não tinham ideia do que seriam obrigados a enfrentar – soldados, outros prisioneiros, os cachorros medonhos ou algo ainda mais perigoso. E eles não receberam armas, nem ninguém lhes perguntou quais armas preferiam.

– Ponham seus sorrisos mais brilhantes no rosto para o Arratu!

Com isso, Vrod estendeu o braço para a porta, empurrando-os para o corredor. Enquanto caminhavam em direção ao vasto salão que continha a arena, cercados por blasters e lobos de pele, puderam sentir uma certa mudança no ar. Antes, tudo estava parado e quieto, a não ser pelo suave zumbido das máquinas de recirculação de ar. Agora ouviam um barulho crescente, algo como o estrondo do trovão combinado com o tagarelar de aves marinhas e o duro bater do oceano furioso.

– O que é isso? – Gosta perguntou.

– Arratu – Vrod respondeu alegremente.

– A pessoa?

– A cidade. Arratu é a cidade. Arratu é o líder. Arratu é o coração deste lugar.

– O que isso significa?

Em vez de responder, Vrod assobiou uma melodia desconcertante e pulou um pouco. Quando ele abriu as portas duplas, o som e o calor atingiram Siv como uma parede de pedra. Ela nunca tinha visto tantos corpos aglomerados tão próximos uns dos outros, e os Scyre pararam na porta aberta, congelados no lugar. Brendol e seus troopers continuaram andando; eles deviam estar acostumados a grandes grupos de pessoas. Porém, o coração de Siv batia no ritmo da energia no ar, do ataque aos sentidos. Milhares de pessoas lotavam os bancos ao redor da arena, quadris a quadris, uma profusão de cores, sons e movimentos enquanto assobiavam, gritavam, batiam os pés, batiam palmas e agitavam bandeiras coloridas. Um cheiro pesado quebrou sobre ela como uma onda do mar, o habitual almíscar de corpos somado a perfumes inebriantes e a especiarias estranhas que a lembraram da vegetação que se agarrava aos muros e paredes. Até o calor – tantos corações batendo, tanto sangue! – a deixou tonta.

– O que há de errado? – Vrod perguntou, incitando-os para a frente com os braços abertos. – O Arratu lhes dá as boas-vindas!

– É um Arratu e tanto – observou Torben.

Phasma olhou ao redor em um círculo completo, seu capacete examinando a arena.

– Que assim seja.

Ela caminhou firmemente adiante, passando por Brendol e por seus homens e entrando na arena. Não havia armas visíveis, nem obstáculos, nem esconderijos. Apenas o chão da arena, coberto de areia cinzenta. Cabeça erguida, Phasma andou até encarar o Arratu novamente.

– Bem? – ela gritou.

O Arratu se levantou, os braços para cima cercados de pássaros reluzentes, e as pessoas ficaram em silêncio, embora seus sussurros ainda fizessem cócegas nos ouvidos de Siv, como se simplesmente não tivessem o tipo de autocontrole que até mesmo crianças pequenas mostravam na terra dos Scyre.

– Meu povo, temos guerreiros esta noite. Com quem devemos colocá-los para lutar?

Arratu falava em uma máquina que amplificava sua voz, enchendo o salão gigante com suas palavras estrondosas. Um murmúrio de discussão subiu nas arquibancadas, lentamente se transformando em uma estranha palavra repetida, de novo e de novo, como o chamado de um raptor. Enquanto o canto ia se intensificando e as vozes passavam dos sussurros aos gritos, Siv percebeu que, o que quer que fosse, não era bom.

– Wranderous. Wranderous, Wranderous!

– O que é um Wranderous? – Torben perguntou.

Siv virou-se para perguntar a Vrod, mas ele estava fechando as portas com um sorriso enlouquecido ao retornar ao corredor. O metal se fechou com um estrondo e a fechadura travou. Uma passada rápida do olhar mostrou a Siv que não havia saída. As paredes eram muito mais altas do que a cabeça de Phasma e eram feitas de metal liso, nada parecido com as pedras escarpadas por onde eles haviam crescido, escalando e se agarrando como cracas.

Com as portas fechadas, o povo Scyre permaneceu próximo, rapidamente se movendo em um grupo coeso, apoiando-se enquanto cada pessoa virava-se para fora na direção de uma ameaça desconhecida. Os stormtroopers reconheceram a vantagem estratégica daquele agrupamento no círculo maior da arena e se juntaram a ele. Brendol deslizou entre seus homens para ficar no centro. Não era de se admirar. Se havia luta a ser travada, alguém como Brendol deveria ficar fora do caminho e deixar que os verdadeiros guerreiros lidassem com a batalha.

Phasma ainda estava sozinha perto do Arratu, que incitava a multidão a gritar cada vez mais alto por Wranderous. Como se tivessem uma só mente, o círculo de guerreiros Scyre e da Primeira Ordem se moveu junto para o centro da arena e esperou. O coração de Siv batia no ritmo da torcida da multidão, e sua mão deslizou, sem pensar, até o ventre. Ela se sentia segura o suficiente com armas nas mãos, confiante de que estava treinada para lutar e morreria uma boa morte se sua hora chegasse, mas aquela situação era inquietante e contra a natureza de uma forma que a vida na terra dos Scyre não era. Havia um sabor artificial no espetáculo que ela achou desagradável.

– Então venham nos matar! – ela gritou de volta para a multidão.

Ninguém a ouviu. Os rostos que ela via eram iluminados por um fervor doentio, saliva voando dos lábios e punhos socando no ar. Seu olhar pousou em um homem velho com um bigode tingido de azul, depois em uma mulher rechonchuda repleta de colares, e, em seguida, em um grupo de crianças pequenas famintas, aos gritos, jogando pedras que caíam longe de alcançar. Seus rostos a faziam sentir-se um animal encurralado – mas não eram as pessoas nas arquibancadas que se comportavam como animais?

Quando parecia que as vozes já elevadas não podiam ficar mais altas, os corpos nos bancos se dividiram como ondas ao redor da barbatana de um tubarão, revelando um homem enorme, ainda maior do que Torben, caminhando casualmente até a arena. Ele estava vestido com as calças coloridas habituais do povo Arratu, mas não usava camisa, e seu peito pálido era uma profusão de cicatrizes e tatuagens debaixo da barba loira e espessa. Ele não carregava armas, mas suas mãos estavam envoltas em tecido branco manchado. Enquanto descia as escadas pelas arquibancadas, ele bateu palmas, socou o ar e gritou o próprio nome na multidão. Quando alcançou o corrimão na borda da parede da arena, saltou com facilidade e pousou na areia macia com um agachamento dramático.

Porém, Phasma já estava correndo para ele, e, quando ele se levantou e se inclinou para a multidão com um floreio exagerado, ela saltou para um chute voador que deveria ter quebrado a perna do guerreiro. A multidão rugiu em desaprovação, mas Wranderous não caiu com um osso quebrado. Ele virou-se devagar e lançou a Phasma um olhar que faria um guerreiro menor estremecer. Gosta, de fato, estremeceu; em pé tão perto dela, Siv podia sentir a tensão em seu corpo, a sacudida nos braços da garota.

– Então, esse é Wranderous – murmurou Torben. – Ele parece divertido. – Estralando os dedos, ele se afastou do círculo e em direção a Phasma e à luta.

Os stormtroopers e Brendol ficaram no lugar, então Siv e Gosta fecharam o círculo, esperando que mais guerreiros aparecessem. Phasma, no entanto, não estava esperando. Ela continuou seu ataque contra Wranderous, partindo para uma combinação de socos e chutes que qualquer guerreiro Scyre reconheceria, já que ela a havia ensinado cada um deles. Envolvia uma sequência de investidas para desconcertar e apagar a vítima, tornando uma luta justa menos justa. Um soco na garganta, um cruzado no rosto, um gancho na orelha, um cruzado no plexo solar. Mas, em vez de se dobrar para recuperar o fôlego, Wranderous deu um soco no elmo de Phasma, e a cabeça dela balançou para trás de um modo inquietante. Ela sacudiu-se para se recuperar do golpe e o observou, procurando um novo ângulo; o capacete devia ter sido construído para absorver uma parte do dano e proteger o crânio, ou Phasma já estaria no chão.

– Por que não há armas? – questionou Gosta, inclinando-se pesadamente para Siv.

– Fique quieta e aprenda – disse Siv. – Você sabe tudo o que eu sei.

Phasma circulou em torno de Wranderous, com os punhos para cima, protegendo a cabeça, enquanto Torben subia do outro lado.

– Estou vendo você, homenzinho – alertou Wranderous. – E você é o próximo.

Antes que ele terminasse de falar, Phasma bateu com o capacete no queixo do grande homem, pegando-o de surpresa e fazendo sua cabeça balançar para trás. Torben pegou o cabelo comprido de Wranderous e o puxou para trás, a fim de que Phasma pudesse socá-lo na garganta, mas Wranderous segurou seu punho tão facilmente quanto se ele fosse uma criança. Girando, Wranderous atirou Phasma em Torben e ambos caíram. Phasma nunca havia lutado na armadura antes, e, embora ela devesse ter ajudado a absorver uma parte do impacto, também a tornava menos ágil. Ainda assim, ela se recuperou rapidamente, rolou para longe de Torben e ficou de pé – então talvez a armadura tivesse sido útil.

No momento em que se pôs em pé, Phasma avançou com uma saraivada de chutes, mas Wranderous bloqueou todos eles, rindo, depois lhe segurou as pernas e caiu em cima dela na areia. Antes que Torben pudesse reagir, Wranderous tirou o capacete de Phasma e começou a sufocá-la.

– Vocês não vão ajudá-los? – Siv murmurou para os stormtroopers.

– Não até eu dar a ordem – Brendol murmurou em resposta.

Siv queria ajudar, sua profunda lealdade Scyre agora ferida ao ver sua líder ser motivo do riso da multidão; porém, ela era a única pessoa entre Wranderous e Gosta, se chegasse a esse ponto. Estava claro que os troopers não a ajudariam, não se ainda tivessem Brendol para proteger. E talvez Siv fosse espancada e sufocada também, mas pelo menos o seria pelo motivo certo.

Torben estava de pé agora, e acertou um soco na espinha de Wranderous que fez o homem Arratu abandonar o ataque a Phasma e pular de pé com um uivo. Eles circulavam um ao outro, um grande e pálido e o outro grande e moreno. O vermelho sumiu do rosto de Phasma, e ela balançou a cabeça e ficou de pé, ainda um pouco zonza, mas planejando o próximo ataque. Quando Torben o agarrou, Phasma fez Wranderous tropeçar para ajudar a levá-lo ao chão. Torben aterrissou em cima dele, montando em seu peito, e os homens começaram a lutar enquanto Phasma disparava uma sequência de golpes do alto e chutes de lado.

Observando a luta, ficou claro para Siv que Wranderous tinha habilidades diferentes das que eles haviam aprendido entre os Scyre. Seu estilo de luta não era apenas se esquivar de um lado para o outro, visando uma posição melhor. Ele estava torcendo os braços, procurando por certas formas de agarrar, e acabou encontrando uma maneira de sufocar Torben na curva de seu cotovelo até deixá-lo inconsciente, seu rosto enterrado no pescoço dele, para que os golpes de Phasma não o ferissem. No momento em que Torben ficou inerte, Wranderous se elevou e sorriu para Phasma.

– Você é a próxima. Se o Arratu desejar?

Ele olhou para o Arratu, um pé no peito de Torben.

O Arratu se levantou e foi até a grade, com os pássaros flutuando em seu rastro. Ele segurava três pedaços de tecido em suas mãos macias, um vermelho, um verde e um preto. Tamborilando os dedos no queixo, ele considerou os lenços; em seguida, selecionou um e jogou-o na areia, para a alegria desenfreada da multidão. O pano era vermelho, e, o que quer que isso significasse, Wranderous riu.

Phasma mais tarde contou a Siv o que Wranderous sussurrara em seu ouvido quando a multidão foi à loucura: *Ele quer ver você espancada, mas não morta. Leve alguns golpes e você vai comer bem esta noite, mas faça parecer bem feito.*

E Phasma também contou a Siv o que ela sussurrou de volta: *Não.*

O que aconteceu depois foi algo que Siv nunca tinha visto, nunca pensou que veria.

Wranderous socou Phasma na areia.

Ele segurou o cabelo dela e lhe deu um soco no rosto. Pegou-a da areia e a acertou com o punho no queixo. Com a armadura intacta, ele não podia espancar o corpo até virar um saco de ossos, então descontou sua raiva comedida no rosto. Phasma lutou e chutou e socou e arranhou, mas não conseguiu derrotar Wranderous, um homem com o dobro de sua massa física. Se ela tivesse seu machado e lança ali, ou até mesmo um punhal, aí teria tido uma chance. Mas faminta, exausta, não familiarizada com a luta de armadura e totalmente sem armas ou apoiadores, Phasma provou sua primeira derrota.

E o Arratu adorou. Ele riu e bateu palmas com cada novo soco. Quando Phasma finalmente caiu, pingando sangue na areia e incapaz de se levantar de novo, o Arratu saltou no lugar com prazer, como se fosse menos um líder e mais uma criança crescida, uma criança estúpida e cruel. Os pássaros gritaram enquanto voavam em círculos ao redor do chapéu. Siv olhou ao redor da arena para as pessoas, que aplaudiam e zombavam, e sentiu uma onda de puro ódio. Devia ser fácil ser mesquinho e cruel quando havia um excesso de pessoas. Na terra dos Scyre, as vidas eram tão poucas e tão difíceis de criar que a morte não era motivo de riso. Esse tipo de desumanidade bárbara era uma coisa nova, e Siv sentiu, em resposta, uma fúria queimando no próprio coração.

O Arratu e seu povo, ela esperava, um dia pagariam pelo que haviam feito.

Pelo menos Phasma não estava morta. Enquanto as pessoas aplaudiam e gritavam por Wranderous, uma porta escondida se abriu na parede da arena, e Wranderous pegou o lenço vermelho e saiu, com os braços para cima, gritando o próprio nome. A porta se fechou no momento em que ele estava lá dentro, e não havia nenhum mecanismo externo visível para mostrar como isso tinha sido realizado. Longe de onde estava, mesmo que estivesse disposta a deixar Gosta pra trás, Siv não poderia ter escapado por ali. Mas pelo menos agora eles sabiam que havia portas.

– Vão buscá-la – Brendol disse a seus homens, e os stormtroopers correram para Phasma e a pegaram pelos braços, arrastando-a de volta ao grupo, deixando uma trilha longa e sangrenta na areia. Ao menos não havia besouros de sangue.

Quando nenhuma outra ameaça se apresentou, Siv empurrou Gosta em Brendol e murmurou:

– Ajude-a. – E correu para Torben. Derrapou até parar na areia, caiu de joelhos e sacudiu o ombro dele, chamando seu nome. Quando ele não respondeu, ela acariciou seu rosto suavemente, e em seguida deu-lhe um tapa.

– Torben! – ela gritou no ouvido dele, desesperada para acordá-lo antes que algo mais viesse a eles.

Finalmente, os olhos de Torben se abriram e se concentraram nela.

– Eu não gosto da maneira como ele luta – disse ele.

Siv sorriu.

– Nem eu. Você deve ficar em pé. Não sabemos o que vem por aí.

Ele assentiu e se sentou, e Siv o ajudou a se levantar. Juntos, sob as vaias da multidão, eles se arrastaram para onde o resto do grupo esperava. O círculo se formou novamente, com Phasma e Brendol no centro desta vez. Phasma estava deitada de lado, curvada pelo rosto quebrado. Percebendo que o capacete ainda estava perto dos respingos de sangue, Siv correu até ele, pegou-o e voltou para seu povo. Phasma iria querê-lo quando acordasse. Era difícil, depois de a pessoa adotar uma máscara, desistir dela, Siv sabia muito bem.

– Vamos tentar mais uma coisa – gritou o Arratu. – Vamos liberar os lupulcus!

Ele apontou para a parede da arena e outra porta deslizou para cima. Duas formas cinzentas irromperam dali, entrando facilmente na arena como se estivessem bastante acostumadas. Eram os lobos cinzentos e sem pelo outra vez, grotescamente úmidos e cobertos de verrugas e furúnculos. Esses dois pareciam maiores, mais musculosos e mais malvados que os selvagens. Rapidamente se concentraram nos guerreiros e aumentaram a velocidade, os dentes à mostra enquanto corriam pela areia cinzenta.

Se tivesse uma arma, Siv não teria achado as criaturas ameaçadoras de forma alguma. Dois contra sete era uma boa proporção, mesmo para criaturas que eram mais difíceis de derrotar do que a maioria. Mas sem o blaster ou as lâminas, e considerando que Torben ainda estava apenas meio acordado, ela não tinha muita certeza se poderia deter aqueles animais desarmada. Desconfiada, mas determinada, entrou na frente de Gosta.

Phasma gemeu e estendeu as mãos.

– Meu capacete – ela murmurou. Gosta o chutou para ela, e Phasma empurrou-o sobre a cabeça. No momento em que o capacete se ajustou, Phasma estava de pé ao lado de Siv, os stormtroopers se juntando a eles para formar uma parede de quatro pessoas.

– Você está bem? – Siv perguntou a ela.

Em resposta, Phasma ficou tensa e empurrou Siv para trás, que aterrissou na areia e se levantou de novo a tempo de assistir ao primeiro salto do lobo de pele contra Phasma. O braço coberto de branco da líder dos Scyre se elevou, os dentes do cachorro se fechando ao redor dele. Com o braço livre, Phasma pinçou o dorso do pescoço do cachorro e ele caiu no chão, onde ela o prendeu com uma bota no pescoço e pisou forte. O outro cachorro atacou os stormtroopers, que fizeram o possível para afastá-lo.

– Parem de brincar – disse Phasma, caminhando entre eles e estendendo o braço para a fera. No momento em que o animal se agarrou à armadura, ela enfiou um punho enluvado no crânio e ele também caiu.

Ela se levantou, olhou diretamente para o Arratu, colocou um pé na cabeça da fera e esperou.

Siv sabia que deveria ter sentido orgulho e satisfação ao ver sua líder não apenas sobreviver à surra que recebera, mas também derrubar os cães agressores. Porém, não podia deixar de sentir algo blasfemo sobre o assassinato. Mesmo aquelas criaturas feias poderiam fornecer água, nutrientes e carne. Em vez disso, estavam espalhados pela areia, seu valor ignorado por um povo sem recursos suficientes para alimentar seus membros mais pobres.

A arena ficou em silêncio, exceto pelos sussurros das pessoas nas arquibancadas. Todos os olhos se voltaram para o Arratu. Ele ficou de pé, a cabeça inclinada, considerando, mas parecia satisfeito. Ergueu os braços no ar e os passarinhos giraram em torno dele, gritando alegremente.

– Isso foi maravilhoso. Leve-os e me traga algo novo para assistir. Traga-os de volta amanhã para mais diversão.

Um grito de ânimo se elevou da multidão, e as palavras logo se juntaram à demanda por "Algo novo! Algo novo!".

A porta pela qual eles haviam entrado anteriormente reabriu, e Vrod apareceu, fazendo gestos para eles virem, seus guerreiros esperando com os blasters prontos.

– Traga os lobos – disse Phasma.

Siv estava muito ocupada ajudando Gosta e puxando Torben para seguir o comando, mas os dois stormtroopers imediatamente se viraram para pegar os corpos inertes dos animais cinzentos. Siv notou que o rosto de Brendol passava por algumas contorções fascinantes, de indignação a raiva, fascínio e consideração ponderada, vendo seus homens seguindo as ordens de Phasma. Vrod não discutiu quando entraram pela porta carregando os lobos de pele mortos e o seguiram pelo corredor.

– O Arratu não ficou contente? – perguntou Brendol, adiantando-se para acompanhar o captor.

– Não foi totalmente terrível – disse Vrod, suas vestes farfalhando logo atrás. – Vocês poderiam ter trabalhado um pouco mais para dar um toque extra. Da próxima vez, é provável que recebam armas para ver o que realmente podem fazer.

– Mas nós vencemos.

– Sim, bem, *ela* venceu. Mais ou menos. – Vrod sacudiu a mão para Phasma. – Você basicamente assistiu. Não é tanto sobre ganhar, sabe. É sobre mostrar a Arratu algo que ele nunca viu antes. A multidão e o próprio Arratu são apreciadores da experiência, entende? A arena nos mostrou coisas belas e coisas terríveis, e vivemos pela excitação. De vez em quando, algo é tão surpreendente que o Arratu concede a liberdade ao intérprete. Mas você não está nem perto disso. Se não pode entreter, vai definhar como o resto e morrer.

– E por quê? Esta grande cidade não tem charmes suficientes?

Vrod bufou.

– Não podemos deixar as muralhas. Nada nunca muda. Existem muitas pessoas e não há comida suficiente. Entretenimento é tudo o que temos. E os estranhos que capturamos são o melhor tipo de entretenimento.

– E ninguém desafia o Arratu?

Com isso, Vrod parou de andar e olhou para Brendol como se houvesse brotado nele uma cabeça.

– Por que alguém iria desafiá-lo? Ele tem o melhor gosto.

Eles foram colocados em um ambiente diferente desta vez, um que poderia ter servido como armazenamento. Mal era grande o suficiente para todos eles se sentarem no chão e comerem a comida deixada lá, coisas estranhas que não eram carne seca ou vegetais do mar. Nada tinha um gosto bom, mas o gosto não era o problema do momento para eles. Havia bastante água, e era a melhor água que Siv já havia provado, sem nenhum sabor de sal, nutrientes ou do mar. Os dois lobos mortos jaziam perto da porta, intocados, enquanto Vrod permanecia sobre o grupo, observando-os comer.

– O que vocês pretendem fazer com os lupulcus? – ele perguntou, divertido.

– Comê-los – respondeu Phasma.

Era impressionante que ela pudesse falar, que dirá comer, considerando que, quando tirou o capacete, seu rosto estava roxo, preto e sangrando. Os lábios estavam esmagados, um olho inchado e fechado. Siv observou-a tocar suavemente vários dentes, fazendo uma careta pelos resultados. Pelo menos a comida era macia, principalmente cubos gelatinosos e pedaços macios de algum tipo de fruta doce.

Com isso, Vrod riu com vontade.

– Comer feras doentes? Nossa comida não é boa o suficiente para vocês? Há aqueles na periferia da cidade que matariam por essas riquezas.

– São boas o suficiente – respondeu Phasma –, mas quem sabe quanto tempo você vai continuar nos alimentando?

– Uma comediante também! Você deveria trabalhar nesse ato. Vai te alimentar com a mesma facilidade, mas sem os hematomas e olhos roxos.

A comida logo desapareceu; não havia muito dela. O povo Scyre estava acostumado a pegar apenas o que precisava e a considerar as necessidades daqueles ao seu redor. Torben era grande, e mantê-lo grande beneficiava a todos. Gosta era pequena, mas ainda estava crescendo, e precisaria de comida adequada para curar sua perna machucada. Phasma também precisaria de nutrientes para se curar. Siv comeu muito pouco, sabendo que ela estava bem e também que não era grande. O que ela comeu, foi pelo bebê dentro dela.

Ainda assim, incomodava-a ver Brendol Hux, que havia feito tão pouco, ter tanta comida quanto qualquer outra pessoa. Na terra dos Scyre, os idosos – os com mais de quarenta anos – naturalmente consumiam menos comida. Eles não podiam lutar, não precisavam de peso extra e dependiam da força das costas e punhos mais jovens para mantê-los alimentados. Mas Brendol pegou o que queria, e nem mesmo Phasma falou algo contra isso, embora Siv tivesse visto seus olhos se estreitarem quando Brendol pegou a última porção.

– De volta ao alojamento, então – disse Vrod. – Com seus cães mortos, já que esse pequeno pedido divertiu o Arratu. Acho que ele viria assistir vocês descobrirem como cortar os corpos sem facas, se os guardiões o deixassem sair da segurança de sua torre sagrada.

Phasma apontou o queixo para os cães e os troopers os pegaram. O grupo inteiro seguiu Vrod pelo corredor, que andava como se não tivesse uma preocupação no mundo. E talvez não tivesse, considerando que seus guardas tinham blasters apontados para os prisioneiros perigosos caminhando, sem algemas, pelo corredor. Siv não conseguia entender as atitudes ali, o flagrante desrespeito pela segurança e pela vigilância.

– Vocês sabiam que isso já não foi nada além de uma fábrica de tecidos? – Vrod bateu em uma janela de vidro, e Siv espiou para ver grandes máquinas em movimento, cuspindo ainda mais do tecido ondulante. – Estação de Arratu. Fazia os uniformes para a Con Star Mining Corporation. Eles construíram neste lugar por causa da água. Uma enorme nascente e, antes, um rio que passava por aqui. Agora temos máquinas que podem fabricar tecidos. Tecido sem fim. Basta despejar areia em um deles e vai fazer tecido durante todo o dia. Mas não pode fazer comida, e não pode fazer os dias passarem mais rápido, então é melhor vocês encontrarem uma maneira de entreter o Arratu sem quebrar todos os seus ossos. Porque essas máquinas também não fazem remédio.

Ele abriu a porta e todos os olhos do alojamento da prisão se voltaram para eles. Phasma entrou primeiro, usando o capacete, sem mostrar sinais externos de ter sido espancada quase até a morte. Os stormtroopers entraram atrás, e ela apontou para uma mancha de sangue no chão.

– Coloque um deles lá.

Os stormtroopers se entreolharam, e um deles jogou o lobo de pele sem questioná-la. O outro continuou segurando seu prêmio sangrento, a pele cinza caindo e manchando sua armadura com sangue.

– Tenham uma boa noite. Estejam prontos para amanhã.

Vrod acenou para eles com a mão branca e a porta se fechou.

– Um desses cães é nosso. Vocês podem ficar com o outro – Phasma disse para os outros ocupantes do quarto.

– Por quê? – alguém perguntou do chão. – O que você quer?

– Não queremos problemas. E a carne vai estragar de qualquer maneira.

Phasma se afastou das pessoas que deslizavam na direção da carcaça e foi para a cama onde Elli havia ficado naquela manhã. A mulher não estava mais lá, e duas pessoas estavam deitadas no beliche, as barrigas arredondadas sobre os ossos magros. Bastou um olhar de Phasma e todos saltaram para fora da cama e rastejaram para fora de sua vista.

– Torben e Gosta.

– Não caibo ali – Torben reclamou.

– Experimente.

Gosta subiu em cima, e Torben preencheu todo o beliche de baixo, fazendo a armação de metal ranger. Quando Siv se moveu para verificar se havia ferimentos ocultos nele, não que pudesse fazer algo a respeito, notou um fato peculiar. Brendol e Phasma estavam conversando no canto, seus sussurros muito baixos para ela ouvir. Mas ela viu Brendol enfiar a mão na jaqueta e tirar algo, um tubo brilhante, que ele espetou no ombro de Phasma, bem entre as placas de sua armadura. Ela não se mexeu, não grunhiu, e certamente não agarrou a mão dele e esmagou os ossos com sua luva como punição. Siv não sabia o que havia naquele tubo, mas, o que quer que fosse, Phasma concordara. E quando foi feito, o tubo vazio desapareceu de volta na jaqueta de Brendol.

– Descansem um pouco – Phasma disse ao seu pessoal.

Ela tirou o capacete e se deitou no chão ao lado da cama de Torben. Enquanto Siv ainda se agitava ao redor dele, verificando os olhos e os hematomas escuros na garganta abaixo da sombra da barba, Phasma caiu em um sono profundo. Quando ainda estavam em sua terra, Siv teria cuidado primeiro dos ferimentos de Phasma, oferecendo-lhe o mais forte linimento e algumas ervas para mastigar que ajudariam a reduzir o inchaço. Ali, sem recursos e sem ervas, não havia nada que ela pudesse fazer. Assim como com os detraxores, ela estava desamparada sem a mochila. Verificou Gosta novamente antes que Torben a pegasse pelos quadris e a puxasse para a cama minúscula, colocando-a contra seu lado quente e segurando-a perto com o braço.

– Este lugar é tão errado – ela murmurou contra ele.

– Então vamos deixá-lo para trás.

– Eu acho que você sofreu uma concussão.

– Provavelmente.

Ela dormiu nele e, quando acordou, estava morrendo de fome. Olhou para o cachorro morto no chão, o que Phasma havia guardado para eles. Relutante, odiando-se por isso, começou a cutucá-lo para encontrar um ponto macio.

Quando olhou para o rosto adormecido de Phasma, ela o achou, no geral, curado. Os hematomas estavam amarelados, o inchaço desaparecera, e a pele partida havia sido unida por linhas cor-de-rosa de cicatrizes. O que quer que houvesse naquele tubo devia ser mais dos incríveis remédios de Brendol.

Era um milagre, mas que outros milagres Brendol guardava?

VINTE E QUATRO

EM PARNASSOS, DEZ ANOS ANTES

O TEMPO NOS ALOJAMENTOS DA PRISÃO SE ARRASTAVA ao que parecia ser para sempre. Não era de admirar que o povo de Arratu ansiasse por entretenimento. O gosto de lobo de pele cru se agarrava aos lábios de Siv. Ela desejava que qualquer coisa acontecesse. Vrod apareceu na porta várias vezes, tirando pessoas e trazendo outras. Os novos prisioneiros pareciam todos de Arratu, pois usavam roupas coloridas e estavam mais ansiosos do que apavorados, como se esperassem agradar à multidão e ganhar o favor do Arratu. Por todo aquele tempo, Phasma dormiu, de costas para o alojamento, curvada de lado na direção da parede, o que era incomum. Phasma geralmente era alerta e protetora, e acordava com qualquer ameaça possível. O que quer que Brendol tivesse lhe dado, devia ser um remédio forte.

Finalmente, Vrod apareceu na porta e gesticulou para as costas de Phasma.

– Acordem sua guerreira, se ela conseguir enxergar com aqueles olhos roxos. É hora de entreter o Arratu.

Siv, que estava cochilando, foi acordar Phasma, mas Brendol já estava lá. Ele tinha o capacete dela nas mãos, e Phasma o apanhou e o colocou na cabeça antes de se levantar. Ela não disse nada enquanto conduzia seu pessoal até a porta. Torben, pelo menos, estava de volta ao seu antigo eu, totalmente recuperado. O mancar de Gosta tinha passado, embora ela não estivesse em plena forma de luta e fosse ainda inútil no terreno irregular dos Scyre. Eles seguiram atrás de Phasma, Brendol e os outros dois soldados, e Siv sentiu algo estranho: medo. Quando entrava em uma briga, ela geralmente se sentia mais viva e gostava de um desafio; mas, agora, quando pensou em voltar àquela arena sem nenhuma arma, sentiu-se fria e entorpecida.

A porta se abriu e a multidão do lado de dentro começou a bater os pés em seus lugares na arquibancada, assobiando e pedindo sangue. Aqueles gritos vorazes a surpreenderam da primeira vez, mas agora era apenas barulho. O Arratu esperava em seu trono, flanqueado por seus acompanhantes de túnicas roxas, coberto de pássaros coloridos, e esfregando as mãos em alegria. Ele se levantou, e a multidão ficou em silêncio, tão quieta que Siv pôde ouvir a areia esmagando-se debaixo de seus pés.

– O que vamos ter hoje? – o Arratu perguntou, a voz propagando-se em sua máquina amplificadora.

Siv estremeceu quando o canto se elevou.

– Wranderous. Wranderous, Wranderous!

Era como reviver o mesmo momento novamente, quando o grande homem abriu caminho através da multidão, batendo palmas e apertando o punho. Ele pulou na areia e fez uma reverência para o Arratu, que levantou as mãos, pedindo silêncio.

– E que tipo de brinquedos devemos dar a ele desta vez?

O barulho da multidão se transformou em berreiro insano, e o Arratu deu risada.

– Alguém disse espadas?

A porta pela qual Wranderous saíra no dia anterior se abriu e alguém jogou três espadas na areia. Eram diferentes o suficiente para que Siv imaginasse que tinham sido tiradas de prisioneiros anteriores. Uma era desajeitada e feita de peças de droides e pedaços de serra, uma era fina e esguia, e uma se parecia mais com vidro retorcido arrancado da areia atingida por um blaster. As armas mal haviam pousado no chão antes que Phasma e Siv corressem para elas, as duas guerreiras Scyre mais velozes determinadas a tomar posse das armas de que precisavam tão desesperadamente.

Wranderous estava mais perto. Pegou as duas espadas mais pesadas e se virou para elas, sorrindo, uma lâmina em cada mão enorme. Com um entendimento tácito fruto dos anos lutando lado a lado, Phasma e Siv se separaram, cada uma se aproximando por um ângulo diferente, ambas competindo para conseguir a terceira espada ainda no chão atrás de Wranderous. Claro, isso era exatamente o que Wranderous estava tentando evitar, e ele atacou Phasma primeiro, pensando que ela era o alvo mais perigoso.

Siv sabia que ele faria isso, e deslizou para a areia apoiada em um quadril, deslizando ao lado do guerreiro e envolvendo os dedos no punho da terceira espada, quando Wranderous cortou o ar onde Phasma estivera. Embora maior, ele era mais lento, mesmo com Phasma prejudicada pela armadura. Ela rolou e se levantou, fora de seu alcance. A próxima investida de Wranderous pareceu passar em um arco lento sobre a cabeça dela, que conseguiu se esquivar facilmente. Enquanto o guerreiro recuperava o equilíbrio, Siv se concentrou na mão esquerda, que segurava a espada que ele ainda não tinha usado. A mão que não era a preferida para o combate. Um golpe rápido da lâmina e Siv derrubou a espada dele no chão num jorro de sangue, junto com um dos dedos.

Wranderous girou na direção de Siv, mas ela se esquivou graciosamente e entregou sua espada para Phasma. Foi lindo como a postura de Phasma mudou no momento em que tinha uma arma na mão. Ela endireitou os ombros para trás e entrou em posição de luta antes de se lançar para a frente a fim de atacar o braço de Wranderous. Ele recuou, evitando por pouco o golpe, e Siv abaixou-se e pegou a espada que Wranderous havia largado. Quando ele girou para golpear Siv, Phasma atacou e cortou a parte de trás dos joelhos do guerreiro.

– Torben! – Phasma gritou.

Ela apontou com sua espada, e o homem grande veio correndo, se plantando onde ela havia indicado, diretamente na frente do Arratu, cujo rosto estava iluminado pela sede de sangue e excitação.

Wranderous se virou para Siv nesse momento, seu rosto atormentado pela dor e pelo medo enquanto golpeava exatamente o local onde ela estava, errando por pouco. Assim que ele se desviou de Phasma, esta espetou a espada em suas costas, duas vezes, rápido: uma do lado direito e outra do lado esquerdo, como se espetasse carne. E era carne: os rins dele. Quando Wranderous se virou para ela, Siv o atacou nos tornozelos, deixando-o de joelhos, com a espada ainda na mão direita enquanto a esquerda pingava sangue.

O rosto do homem grande estava vermelho de raiva, mas ele estava perdendo muito sangue, bem como o equilíbrio. Phasma golpeou-lhe a mão direita, obrigando-o a soltar a lâmina e deixando-o sem armas. Siv foi até o lado dela, pronta para fazer o que Phasma mandasse. Embora um princípio na terra dos Scyre fosse que a morte deveria ser rápida e deveria acontecer somente quando necessário, todos sabiam agora que a teatralidade era o que os alimentaria, e, se Wranderous tinha que morrer, poderia ser do modo que mais fosse beneficiá-los. Siv o chutou virando-o de bruços e Phasma colocou um pé na espinha do guerreiro.

Todos olhavam para o Arratu. Seu rosto estava iluminado pela excitação, como se nem se importasse de perder um lutador tão bom. Tomando seus três lenços coloridos na mão, ele os segurou, e a multidão gritou e aplaudiu junto com seu séquito de pássaros. Por fim, ele escolheu o lenço verde e o jogou no chão.

– Wranderous está livre! – ele disse.

Não adiantaria muito para o homem, pensou Siv. Se eles realmente não tivessem remédio ali, como Vrod havia dito, Wranderous estaria morto em questão de horas. Porém, a multidão não parecia se importar. Todos estavam nas arquibancadas, aplaudindo e agitando suas bandeiras. A porta se abriu e uma mão lá de dentro chamou.

No entanto, Wranderous não conseguia ficar em pé, e Phasma não correu para a porta. Ela trocou a espada para a mão esquerda e saiu de cima de Wranderous, dando a volta onde o rosto dele estava apoiado na areia. Seus dedos se fecharam em punhos, ela o puxou pelos cabelos, recuou o braço e deu um soco no rosto de Wranderous, destruindo seu nariz largo com um *crack*. O sangue jorrou pelo queixo, e ele fez um barulho que era em parte um grito e em parte um choramingo, tateando na areia em busca de sua espada perdida. Phasma deu um passo à frente e a chutou para longe, e Wranderous tentou agarrá-la, suas grandes patas desajeitadas se fechando no ar enquanto ela dançava para trás. A multidão explodiu, meio excitada e meio furiosa.

– Isso não é o que vocês realmente querem? – Phasma gritou para a multidão, sua espada levantada. – Morte por mil cortes, por cem socos?

A multidão estava se tornando uma massa agora, gritando e berrando e batendo os pés. Eles eram tão ruidosos que afogavam tudo o que o Arratu estava gritando em sua máquina de amplificação. Phasma detinha sua completa atenção.

– Vocês gostariam de ver um show de verdade?

Eles imploraram por isso, e até mesmo o Arratu parou seus gritos para assistir.

Phasma olhou ao redor da arena, observando onde todas as pessoas do seu lado esperavam. Gosta com Brendol, atrás dos dois stormtroopers. Siv ao seu lado, espada na mão. Phasma fez um sinal com o queixo para Torben, que aguardava seu comando.

– Torben, ajoelhe-se – ela gritou. Então, baixinho: – Siv, mate Wranderous, mas faça isso de uma forma divertida. E um pouco devagar.

Siv assentiu com a cabeça e olhou para Wranderous, considerando pela primeira vez como matar alguém devagar e para a diversão de outra pessoa. Agora que o homem grande tinha sido superado, ela não sentia amor pela luta. Ele estava apoiado nas mãos e nos joelhos, suas múltiplas feridas jorrando sangue que se misturava com a areia, a cabeça baixa e o nariz destruído. Ela saltou nas costas dele e ficou em pé como se ele fosse uma pedra. A multidão foi à loucura. Erguendo a espada, ela gritou de volta para eles, sentindo a energia percorrer seu corpo. Ainda assim, nenhuma inspiração veio, e seu coração não conseguia se transformar em um assassino gratuito. O momento passou, sua espada não usada na mão. Por sorte, a atenção da multidão se desviou, cabeças virando para acompanhar Phasma. Siv saltou de cima das costas do homem derrotado e saiu do caminho para assistir ao verdadeiro espetáculo.

Phasma estava correndo para Torben a toda velocidade.

O homem grande se ajoelhara, de costas para Phasma, atendendo às suas ordens. Siv percebeu o que estava acontecendo um segundo antes de ocorrer. Phasma correu para Torben, saltou nas costas dele e o usou como trampolim para se atirar diretamente no camarote do Arratu, onde ela golpeou com a espada em um arco perfeito, decepando a cabeça do homem com uma passada harmônica.

Aconteceu tão rápido que o Arratu ainda sorria quando sua cabeça voou pelo ar para pousar na areia da arena. Seus pássaros levantaram--se, gritando, enquanto o corpo caía, e os anciões com vestes roxas saltaram do camarote para as arquibancadas, fundindo-se na multidão. Os quatro guardas do Arratu mal conseguiram sacar as espadas da bainha antes que Phasma despachasse todos eles.

O que aconteceu depois foi tão estranho que Siv achou que devia estar sonhando. Toda a arena explodiu em aplausos. Eles não estavam gritando e entrando em pânico. Eles não estavam se reunindo para destruir o agressor de seu líder.

Eles estavam assobiando, gritando, berrando e batendo os pés.

Eles adoraram.

Phasma ficou ali junto ao trono do Arratu, e Siv teve que supor que sua líder estava tão confusa quanto ela pela reação da multidão, embora seu capacete escondesse as emoções. Brendol e seus stormtroopers marcharam pela areia e pararam, olhando para cima, ao lado de Siv e do que restava de Wranderous. O outrora grande guerreiro Arratu caíra no chão, a respiração rasa. Matá-lo não parecia uma vitória, então Siv o deixou deitado e correu para ajudar Gosta e se juntar a Torben. Eles assistiram quando os stormtroopers de Brendol o ajudaram a subir nas arquibancadas ao lado de Phasma. Ele não era um homem atlético, por isso não foi uma tarefa fácil.

Pegando o projetor de voz do Arratu, Brendol ergueu o braço de Phasma e disse:

– Vejam seu novo Arratu! Phasma!

A multidão foi à loucura, seu canto se unindo na palavra *Arratu* gritada com um fervor quase religioso ao lado do nome de Phasma.

Phasma!

Phasma!

Phasma!

Torben se inclinou na direção de Siv.

– Se eles acham que Phasma é o Arratu deles, será que vão permitir que a gente saia deste lugar amaldiçoado?

– Eu não sei – respondeu Siv. – Mas espero que Brendol Hux tenha um plano.

Torben ajudou todos a subir e a se juntar a Phasma e a Brendol na tribuna do Arratu. Os stormtroopers puxaram o grande guerreiro Scyre por último. A multidão continuou gritando e cantando, mas ninguém parecia saber o que fazer. Alguns dos squeeps coloridos tentaram pousar nos ombros de Phasma, mas ela os afastou. Finalmente, Vrod da Mão Branca apareceu ao lado do trono. Como se estivesse esperando por ele, Brendol inclinou a cabeça um pouco e disse:

– Ah. Vrod. Que bom. Por favor, leve a nova Arratu para sua torre.

Vrod sorriu e se curvou.

– Uma abordagem interessante, com certeza, mas não é assim que funciona. O Arratu é escolhido por...

– Não, ele não é. – Phasma se colocou entre eles, a espada manchada de sangue ainda na mão. – Eu derrotei seu campeão e seu Arratu, e reivindico o trono. A menos que você deseje me desafiar, essa posição é minha.

– As pessoas nunca apoiarão isso.

Phasma riu.

– Oh, não? – Dando um passo à frente, ela levantou os braços e começou a gritar no amplificador: – Arratu! Phasma! Arratu! Phasma! As pessoas mais próximas do camarote estenderam a mão para ela, os rostos vivos de alegria e excitação começando o canto junto com ela.

– Ela é sua Arratu? – Brendol gritou através da máquina.

– Sim! Sim! Sim! – veio o grito.

Brendol voltou-se para Vrod, com as mãos para fora, sorrindo.

– Parece que as pessoas falaram.

Vrod deixou o canto continuar, e Siv pôde vê-lo silenciosamente calculando. Por fim, ele soltou a respiração e gesticulou para uma porta atrás do trono.

– Pois bem. Decidiremos isso amanhã. A multidão está empolgada demais para fazer qualquer coisa agora. Vocês não têm ideia do que significa ser o Arratu.

– Sabemos que isso significa que não vamos dormir do chão e estaremos de barriga cheia – disse Torben. – Por enquanto, isso é bom o suficiente.

– Como preferir.

Vrod conduziu-os para um corredor diferente e para um turboelevador como o que os levara às minas da estação Terpsichore. Este subiu e, quando parou, as portas se abriram para um corredor pintado de vermelho berrante, onde havia camadas de tecidos coloridos pendurados. Imagens e objetos estranhos decoravam todas as paredes e superfícies, quadros e estátuas de pessoas e monstros que Vrod chamava de "arte". Muitos deles estavam vestidos com a mesma roupa vermelha que o Arratu usara, e pareciam deuses, com auréolas, relâmpagos e adoradores em volta.

– O Arratu é mais do que um líder – explicou Vrod. – O Arratu é uma ideia. O coração da cidade, a voz, o tenor, o cordeiro do sacrifício.

– Essa parte não parece boa – disse Siv.

Vrod inclinou a cabeça para ela.

– Você acabou de ver isso acontecer. Quando o Arratu falha perante nós ou é considerado indigno, as coisas tendem a cuidar de si mesmas.

– Como o Arratu anterior morreu?

Vrod abriu uma porta, apontando para a sala além dela.

– A multidão o esquartejou membro por membro.

A câmara em que entraram havia sido projetada para a realeza, e tinha todo o conforto imaginável. A cama era grande o suficiente para conter todo o seu grupo, as mesas estavam cheias de frutas e garrafas de líquidos coloridos, e tapetes macios cobriam o chão. Várias pessoas vestidas com roupas roxas combinando se ajoelharam nos arredores da sala, com a cabeça e os olhos voltados para baixo. Na parede dos fundos, as palavras formavam dizeres que pareciam bem sofisticados, mas é claro que Siv não sabia lê-los. Mais tarde, Brendol disse-lhe o que dizia: ESTAÇÃO DE ARRATU: CON STAR DIVISÃO DE TECIDO.

– Estão dispensados – Vrod falou para os criados, e eles saíram correndo sem erguer os olhos.

– Agora que você é o Arratu, para melhor ou para pior, há algumas coisas que deve saber – disse Vrod, aproveitando a delicada seleção de frutas. – Como já mencionei, metade da cidade está morrendo de fome. Nossas máquinas podem transformar areia em qualquer tipo de tecido, mas não podemos fazer comida. Existem muitas pessoas e não há terras, plantas ou animais suficientes, e não temos para onde ir.

Mas Phasma ignorou-o e afastou-se para olhar pela ampla janela.

– Então é por isso que a perda de vidas não importa para você – disse Brendol. – Que interessante.

Vrod assentiu.

– Infelizmente, sim. Qualquer pessoa que morre significa muito mais comida para aqueles que permanecem. Nós nos tornamos bastante egoístas, receio, e muito menos exigentes. Há restrições à gravidez, e aqueles que estão muito velhos ou doentes para contribuir devem ser sacrificados. Talvez vocês comecem a entender por que o entretenimento é tão crucial. É a única coisa que pode tirar a mente das pessoas de suas barrigas vazias e de seus amigos que estão morrendo.

– Sempre foi assim? – perguntou Brendol. – Nunca houve um governo adequado?

Vrod apontou para as palavras pintadas na parede.

– Quando a Con Star chegou, esse era um vale fértil cercado por plantações e árvores e cheio de plantas e animais. E então, bem, você sabe o que aconteceu em todos os lugares. O clima mudou. A areia chegou. Só as muralhas e a última nascente impediram que o deserto engolisse todos nós. A primavera começou a desacelerar, no entanto, e está claro que nossa prosperidade nunca retornará. Nós ficamos desesperados. O que acontece na arena... essas são as dores da morte do nosso povo.

– Muito poético – disse Brendol, desdenhoso –, mas o que isso significa para nós?

– Bem, desde que vocês se deram ao trabalho de se livrar de um Arratu perfeitamente bom e substituí-lo por um estranho que não conhece os nossos costumes, cabe a vocês descobrir como impedir que as pessoas causem tumultos nas ruas. O problema em ser o líder visível de um regime falido é que sua cabeça costuma ser a mais visada.

– Existe um conselho governante? Oficiais eleitos? Líderes religiosos?

– Só há o Arratu, seus guardas e sua corte, e os Sentinelas, liderados por mim. Toda vez que tentamos ter outro tipo de governo, todos se apunhalavam pelas costas. Foi mais fácil assim. Um tolo encarregado de um bando de tolos.

– E o que seus Sentinelas fazem, além de atacar viajantes no deserto?

Com isso, Vrod jogou a cabeça para trás e riu.

– Essa é uma parte do que eles fazem. Se você está com fome, é mais fácil comer estranhos do que pessoas que você conhece. Carne é carne quando todo mundo está morrendo de fome. Há também a esperança de encontrarmos algo útil em suas bagagens que possa nos ajudar a sair dessa bagunça. Sementes, tecnologia. Tantas pessoas carregam artefatos por aí que um deles pode eventualmente servir para nos ajudar. Todas as estações da Con Star tinham uma especialidade. Isso significa que em algum lugar existe uma instalação como a nossa que pode fazer comida. Nós enviamos batedores, mas ninguém jamais retornou. Agora nós nunca vamos mais longe do que o fosso que aprisionou vocês. O combustível também está ficando escasso. – Ele bateu em um pano amarelo brilhante. – Mas nós temos muito tecido inútil e bonito. Seremos os cadáveres mais bem vestidos do planeta, em breve.

– Você é otimista – disse Torben, enfiando uma fruta na boca.

– Então, como podemos ajudar? – perguntou Siv, olhando para Phasma, que seguia ignorando a conversa e, em vez disso, andava pela sala, olhando por todas as janelas com um par de quadnocs que encontrara em algum lugar entre as coisas empilhadas do Arratu.

– Não precisamos ajudar. – Brendol serviu-se de uma bebida, cheirou-a e tomou um gole. – Não é da nossa conta. Não podemos consertar o que está quebrado aqui.

– Mas as pessoas estão morrendo.

– Então os líderes deles cometeram graves erros repetidas vezes. Este lugar poderia ter sido um paraíso.

– Olhe – disse Vrod. – Os problemas que nos assolam hoje foram criados por nossos pais e avós, a maioria dos quais já se foi. Se vocês têm alguma experiência nesses assuntos e desejam realmente atuar como o Arratu, fiquem à vontade, porque não podem piorar muito isso aqui. Agora, a verdade é que vocês estão presos aqui conosco, e todos nós vamos morrer, então vocês podem fazer o que todos os outros Arratus fizeram. Venham para a arena e promovam uma noite animada para que as pessoas parem de matar umas às outras. Ou pior: percebam que, se elas se unissem, poderiam invadir essa torre e matar a todos nós.

– Não.

Todos se voltaram para Phasma.

– Não vamos ficar aqui – ela continuou.

– Você vai. Você é o Arratu. As pessoas escolheram você, e isso não tem volta. Você pode controlar a arena, mas eu controlo os portões.

– Eu posso mudar isso. – Phasma se aproximou, e Vrod deu um passo cauteloso para trás.

A espada de Phasma cortou tão depressa que mal foi um lampejo de prata. Siv havia esquecido que sua líder ainda estava armada. Quando Phasma ficou imóvel novamente, sua espada estava molhada de sangue, e uma mancha de vermelho floresceu entre as vestes de Vrod.

– Mas... – ele começou.

– Isso é o que eu penso do seu Arratu – disse Phasma. – Isso não é maneira de governar.

Vrod caiu, seus olhos mirando o teto. Siv se agachou ao lado dele e pegou sua mão.

– Onde estão as nossas coisas? As que você pegou? – ela perguntou.

Vrod apontou para um canto e Gosta apressou-se e abriu a porta. Uma pilha de sacos estava ali dentro, e Siv reconheceu o seu fardo. Sem uma palavra, Gosta o trouxe para ela, e Siv pegou um detraxor.

– Sabia... que a tecnologia... podia ser útil... – Vrod balbuciou.

Siv segurou sua mão com força, sabendo que seu tempo era curto.

– Remédios? – ele perguntou.

– Shh. – Sua mão estava fria; seus lábios, azuis. O tapete embaixo dele estava encharcado de vermelho.

– Me cure!

– Algumas situações não têm solução – Siv sussurrou enquanto ele dava seu último suspiro.

Enviando a oração para o alto, ela começou a recuperar o que podia do homem caído. Uma grande sensação de bem-estar tomara conta dela, agora que tinha recuperado seus detraxores e era capaz de ajudar seu povo.

Como se lesse a mente de Siv, Phasma deu um passo à frente e falou.

– Reúnam suas coisas. Comam e tomem o que precisarem. Recolham toda a água e comida que puderem carregar. Temos que sair daqui e seguir nosso caminho. Este lugar foi envenenado, e não há como salvá-lo. Consigo ver a nave do General Hux pela janela, e ainda temos um longo caminho a percorrer.

Até Brendol concordou com a cabeça. Talvez fosse o véu emprestado do Arratu, mas havia um novo poder em Phasma, como se ela tivesse se tornado algo mais naquela cidade agonizante. Como se, ao tirar a cabeça do Arratu, ela também tivesse tomado sua autoridade.

– Continuem. Agora – exclamou Phasma, e tanto o povo Scyre quanto os stormtroopers se apressaram em se preparar. Quanto a Brendol, limitou-se a continuar apreciando a comida e a bebida do Arratu, e pegou os quadnocs para olhar pela janela.

Suas roupas velhas tinham sumido, provavelmente jogadas em algum lugar perto do quartel. Quando Siv terminou de colher a essência de Vrod com seu detraxor, Torben encontrou suas armas e Gosta colocou sua máscara, suspirando de alívio. Os stormtroopers prenderam os blasters de novo, e Brendol deixou a janela e mexeu dentro da própria mochila à sua maneira furtiva. Metodicamente, Phasma acrescentou seu blaster, seu machado e sua lança à vestimenta, embora mantivesse o capacete branco e deixasse o antigo capacete e a máscara vermelha na mochila. Eles dividiram a comida na mesa, embrulhando-a em qualquer pedaço de pano que encontrassem por ali. Havia mais do que suficiente, afinal de contas.

Brendol vasculhou a sala até encontrar uma tela como a da estação Terpsichore, agora escondida por cortinas. Depois de várias tentativas, ele conseguiu entrar no sistema e estudar o layout da grande fábrica. Apontou o hangar onde os GAVs estariam esperando, e ele e Phasma discutiram a melhor maneira de chegar lá. Ainda não tinham visto outra pessoa além de Vrod e os criados que ele, prestativamente, havia dispensado.

– Qualquer um que encontremos nos corredores deve ser despachado em silêncio – disse Brendol.

– Mesmo os inocentes? – Gosta perguntou.

Brendol revirou os olhos.

– Você tem que pensar em si mesma como um soldado agora. Você está em guerra, e ninguém é inocente. São eles contra nós, e eles provaram que terão prazer em capturar, espancar ou matar quem quiserem. Você ouviu Vrod. Perder a vida é uma ocorrência cotidiana aqui. Nós só vamos ter uma chance para sair. Depois disso, seremos vigiados e provavelmente presos. Se alguém entrar no seu caminho, destrua-o.

– Eles são uma força ofensiva – acrescentou Phasma. – E você sabe como nós tratamos as forças ofensivas.

Gosta assentiu, mas seus lábios se torceram. A garota estava em conflito, e Siv compartilhava de suas dúvidas. Por mais que Vrod e seus Sentinelas tivessem sido cruéis, a maioria da população causava pena. Quando ela olhou para Torben, notou o pequeno sulco entre as sobrancelhas sugerindo que ele não estava feliz. E então ela também viu a determinação em seu queixo que prometia que, de qualquer maneira, ele faria o que tinha que ser feito.

Phasma não precisou perguntar se os Scyre estavam preparados. Tudo o que ela precisou fazer foi ir até a porta e inclinar a cabeça. Siv ainda não sabia como Phasma estava funcionando depois de ter sido espancada quase até a morte por Wranderous no dia anterior, mas não estava disposta a perguntar. Qualquer remédio ou magia que Brendol tivesse guardado para aquele momento desesperado servira ao seu propósito. O capacete estava se tornando a nova máscara de Phasma, e, enquanto ela a estivesse usando, Siv não incorreria em sua ira tentando descobrir os sentimentos da outra mulher. Ela simplesmente ficou de pé, pegou os fardos contendo suas coisas e os detraxores, e tomou seu lugar habitual entre Torben e Gosta, sua lâmina e seu blaster nas mãos, pronta para lutar.

A porta deslizou suavemente. Do lado de fora da sala, os criados esperavam em fila, de costas para a parede, de cabeça baixa. Siv não tinha certeza se era isso o que Brendol queria dizer sobre as pessoas se colocarem no caminho, mas entendeu o momento em que os soldados começaram a atirar – bem, executar – os criados com os blasters, e seu coração afundou.

– Depressa!

Ao chamado de Brendol, eles olharam para Phasma e a seguiram, como se estivessem de volta à terra dos Scyre. Phasma avançou com facilidade, blaster e espada na mão, conduzindo o grupo pelos corredores sinuosos que ela havia memorizado no mapa de Brendol. No começo, não encontraram ninguém. Mas então Siv ouviu um suave "Ei!". E observou o corpo de uma mulher escorregar da lança de Phasma e cair no chão.

Então agora era assim. Sem fazer perguntas. Ninguém tinha chance de soar o alarme.

Quando Siv ouviu passos no corredor atrás deles, girou e cortou o intruso em um movimento suave. Ela aprendera havia muito tempo que a única maneira de sobreviver era fazer o que Phasma lhe dissesse para fazer. Talvez ela tivesse desobedecido na arena com Wranderous, que já estava morrendo, mas agora não ousaria decepcioná-la. Tinham que escapar e encontrar a nave de Brendol. Ela precisava manter seu bebê seguro, custasse o que custasse.

Eles encontraram a porta do hangar, e Brendol digitou o código. A porta deslizou para cima, e todos os Sentinelas de Vrod olharam de onde estavam sentados em volta de uma mesa, jogando um jogo com pedaços coloridos de tecido.

– Onde está Vrod? – alguém perguntou, um momento antes de levar um raio de blaster no peito.

Siv deu um passo à frente e se posicionou entre Torben e Phasma, esperando para ver que passos sua líder tomaria. Sem uma palavra, Phasma começou a atirar antes que o pessoal de Vrod se levantasse do jogo. O ar se encheu com o som do fogo, raios vermelhos iluminando nuvens de fumaça. Logo Siv podia sentir o cheiro de carne assada, e não havia mais ninguém respirando ao redor da mesa. As armas intocadas dos Sentinelas Arratu estavam espalhadas no chão ao redor deles, pedaços de máquinas e porretes como os dos Scyre caídos ao lado de blasters muito antigos no chão branco e liso.

– Entrem nos GAVs – incitou Brendol, enquanto digitava um código para abrir a enorme porta do hangar. – Naqueles três.

Os dois stormtroopers desconectaram os veículos, e cada um pegou o volante de um GAV coberto de espinhos, com Brendol pilotando seu velho veículo não decorado. Siv pulou com um dos stormtroopers, puxando Gosta com ela. Torben estava com o outro trooper, enquanto Phasma andava com Brendol. A areia cinzenta dançou pela porta aberta, rodopiando pelo chão varrido enquanto as máquinas aceleravam e giravam para o deserto e a crescente escuridão. Siv segurou firme, um braço ao redor de Gosta e outro na haste do veículo. O trooper estava conduzindo como se uma multidão de cidadãos irritados os perseguisse, seguindo Brendol a uma velocidade impossível. A porta se abriu negra atrás deles quando aceleraram pelo deserto.

Ficou claro no caminho escolhido que Brendol esperava que, quanto mais eles saíssem das muralhas da cidade, menos provável seria que deparassem com mais armadilhas tais como a que havia reclamado tanto suas motos speeders quanto, mais tarde, a vida de Elli. Siv não pôde deixar de olhar para a cidade, para aquele estranho borrão escuro no meio do deserto, agora iluminado por lanternas coloridas, sentindo que ela havia deixado um pequeno pedaço de si para trás. Ela não conhecia bem Elli, mas tinham sido soldados na mesma guerra, tinham respirado o mesmo ar e lutado nas mesmas lutas, e ela sentiu um certo pesar pelo fato de o corpo de Elli ter sido deixado sozinho em uma sala cheia de pessoas desesperadas, em vez de receber os últimos ritos dos detraxores de Siv, que permitiriam que a mulher sobrevivesse protegendo a saúde de seus amigos. Brendol e os soldados nem sequer reconheceram a morte da mulher. Siv não tivera muitos arrependimentos antes disso, mas suspeitava que, quanto mais se afastassem da terra dos Scyre, mais ela os colecionaria. Colocou a mão na barriga e disse a si mesma que tudo valeria a pena, para dar à luz com sucesso uma criança saudável em algum lugar entre as estrelas, onde nenhum de seus ancestrais havia estado por gerações.

Siv não conseguia relaxar, não enquanto os muros dos Arratu fossem visíveis. Sabia que havia armadilhas ali, possivelmente piores do que a vala que haviam encontrado, e a tarde estava terminando em uma escuridão sinistra. Também sabia que, mesmo com Vrod e seus Sentinelas mortos, haveria muitas pessoas em Arratu violentamente desesperadas por uma saída daquele limbo. Ela olhou nervosamente para trás, vasculhando o horizonte cinzento em busca de mais veículos ou de uma fila de pessoas com tochas, gritando, aplaudindo e batendo os pés, famintas por algo que a vida lhes negara. Que estranho que aquela parte de Parnassos sofresse de excesso de pessoas, ao passo que a maior questão enfrentada pelos Scyre fosse sua falta. Não havia muita comida lá, e cada gota de água era conseguida a duras penas, mas pelo menos todo mundo era bem-vindo, útil, tinha sentido. Um sentido além de seu peso em carne.

Finalmente, as dunas esconderam as muralhas escuras e a torre elevada do Arratu. Não havia mais armadilhas, e Siv foi capaz de relaxar, apenas um pouco, e de se concentrar na jornada à frente. O sol se punha como uma gota de fogo vermelho em uma poça calma e cinzenta, um arco-íris tumultuado com um fim que tornava o mundo um pesadelo frio. A noite caiu completamente, e o deserto se tornou um lugar silencioso e monocromático. Os condutores diminuíram a velocidade e acenderam as luzes brilhantes; à frente, as areias frescas brilhavam como joias antes de desaparecer nas sombras índigo. Gosta adormeceu contra o ombro de Siv, e, depois de observar as areias ondularem infinitamente por mais algum tempo, Siv inclinou a cabeça e encontrou sua própria fuga nos sonhos.

Ela acordou com a última coisa que queria: uma briga.

VINTE E CINCO

EM PARNASSOS, DEZ ANOS ANTES

Começou com uma discussão sussurrada, e Siv ficou tensa, os sentidos já em alerta máximo. Seu veículo tinha parado, e o stormtrooper que o conduzira havia desaparecido. Ela sabia que não deveria despertar com um sobressalto que fosse notado, mas apenas manter a respiração constante enquanto esperava, curvada perto de Gosta, ouvindo.

– A nave estará nesta direção, General Hux. Eu vi da torre. Assim como você.

– E da última vez que fomos por esse caminho, Phasma, perdemos um dos meus soldados e acabamos em uma vala. Fomos capturados pelo inimigo e perdemos tempo precioso. Você quase foi morta.

– Mas eu vivi, e nós escapamos. Chegamos até aqui sem encontrar outra armadilha. Como disse Vrod, é improvável que os Sentinelas fossem chegar a tal distância das muralhas da cidade deles. Eles são covardes.

– Como você sabe o que outras pessoas podem fazer? Você só conheceu um povo, enquanto eu visitei e estudei centenas de sociedades.

– Eu só preciso conhecer as pessoas do meu planeta para saber o que eles fariam. E você não é deste planeta.

No silêncio tenso que se seguiu, Siv podia ouvir os soldados em algum lugar perto, rindo, e Torben roncando. Então haviam parado para acampar. Ela percebeu que estava prendendo a respiração, e se forçou a respirar como se estivesse dormindo para que pudesse continuar escutando. Por mais que tivesse esperanças de encontrar a nave de Brendol, ainda havia muita coisa que ela não sabia sobre o que aconteceria quando a alcançassem.

Por fim, Brendol suspirou, e ela podia imaginá-lo esfregando o espaço entre os olhos.

– Não, eu não sou desta rocha patética, manca, ferida e podre. Eu sou um General da Primeira Ordem, e sou o salvador que vai tirar você deste planeta miserável e te dar a chance de se tornar algo verdadeiro, algo mais do que apenas um animal brigando entre os animais mais fracos em busca de algum osso patético. Mas, se você pretende se juntar a mim, você deve cuidar do seu orgulho, Phasma. Você deve aprender a aderir com elegância à vontade de um superior.

– Não se eu souber que estou certa.

– Você prefere estar certa ou estar viva?

Um longo silêncio sugeriu eloquentemente que ambos sabiam quem era mais letal e quem iria sobreviver a uma luta corpo a corpo.

– Permitam-me então apelar para o seu intelecto – disse Brendol. – Eu valorizo os subordinados dispostos a confiar no meu vasto treinamento, sabedoria e conhecimento em vez de me desafiar na frente dos outros. É dessa pessoa que eu vou precisar, assim que minha nave chegar. É disso que a Primeira Ordem precisa.

– E eu valorizo a experiência e uma compreensão em primeira mão de um ambiente. Valorizo a força de caráter e não se curvar em face da tolice e da gritaria. Isso pode não ser o que faz o melhor soldado, mas faz o melhor líder de soldados. E você, afinal de contas, já tem soldados suficientes.

Brendol soltou a respiração zumbindo, quase uma concessão, mas ainda assim era um aviso.

– Não se esqueça de que, assim que estivermos fora deste planeta, eu serei o árbitro da vida e da morte para você e seu povo.

– E não se esqueça de que, enquanto estivermos neste planeta, serei eu a desempenhar esse papel.

Brendol suspirou, e Siv pôde ouvi-lo coçar a barba rala.

– Talvez você esteja certa. Você nunca daria um soldado adequado. Mas, se puder começar desse jeito, esconda sua arrogância e aja de acordo com as regras por algum tempo, e eu tenho certeza de que você subiria rapidamente nas patentes até chegar a uma posição de liderança que a deixaria satisfeita. E então, juntos, poderíamos treinar os maiores soldados já vistos. Com minhas simulações e com sua experiência e dedicação, seríamos imparáveis. Você é uma espada, mas até mesmo a espada mais forte precisa ser afiada.

Uma risada de Phasma.

– E o que você saberia sobre espadas?

– Como obtê-las, pagar por elas, entregá-las a milhares de soldados e soltá-las em um mundo que precisa ser subjugado. Há tanto poder em controlar a distribuição de espadas quanto em empunhar uma.

– Há mais poder no cadinho que forja a arma.

– Mas alguém tem que pagar por ele.

Na longa pausa que se seguiu, Siv pôde ouvir os stormtroopers falando, rasgando carne seca com os dentes. Era uma noite parada, e os sons se propagavam. Ela arriscou abrir os olhos, e na luz baixa mal conseguia distinguir Phasma e Brendol inclinando-se contra o capô de seu GAV, comendo carne seca e os pequenos frutos da torre do Arratu.

– Talvez o seu ponto de vista seja válido – disse Phasma, por fim. – Todas as minhas armas foram coisas encontradas, coisas que aprendi a adaptar, não coisas bonitas que me foram dadas como um favor. Mas estou cansada de política. O fato continua sendo que a nave está naquela direção, e, se perdermos mais tempo, podemos encontrá-la depenada quando chegarmos lá. Não somos os únicos catadores em Parnassos. E eu sinto que estamos sendo seguidos.

– Por quem? Pelos tolos restantes de Arratu?

Phasma ficou em silêncio por um instante antes de dizer:

– Quem quer que sejam, são definitivamente tolos.

Então, um som estranho: Phasma e Brendol Hux rindo. Embora muitas vezes estivessem juntos, Siv se perguntava se o relacionamento deles poderia se tornar algo mais. Sua postura rígida e o espaço entre eles sugeriam que não havia se tornado e que nunca se tornaria. A risada sumiu, e Brendol pegou o par de quadnocs. Phasma o observou, com uma das mãos no blaster, como se ainda pudesse estar tentando decidir se ele era mais útil vivo ou morto.

Brendol largou os quadnocs e tamborilou os dedos no capô do GAV.

– À medida que o tempo se esgota, nossas opções também. Nós vamos seguir o seu caminho, mas mandaremos um dos outros veículos na frente para vasculhar quaisquer armadilhas que possam nos esperar pelo caminho. Aquele com suas duas mulheres e PT-2445. Se tivermos que perder alguém, essa é a nossa melhor aposta.

– Não. Siv e Torben podem ir juntos. Diremos que Gosta precisará se deitar, então ela será a única dos meus guerreiros naquele veículo. Siv tem os detraxores, e eles ainda podem ser o que vai nos salvar. O linimento e o unguento são mais poderosos do que você imagina. Uma grande quantidade de areia ainda nos separa da sua salvação.

Siv ficou gelada até a ponta dos pés quando se deu conta do fato de que os dois líderes estavam decidindo quem do grupo era dispensável. De apenas sete pessoas, duas foram escolhidas como um sacrifício aceitável. Por mais que tivesse ficado horrorizada – e insultada que Brendol a considerasse descartável – Siv enxergava a sabedoria naquilo. Gosta era jovem e ainda machucada por causa do acidente, e não tinha habilidades extraordinárias. Ainda assim, ver a razão não significava que estava certo. Siv amava Gosta como uma irmã, e tentaria encontrar uma maneira de evitar que a garota fosse mandada para a frente de batalha como isca para atrair problemas.

– Então vamos partir ao nascer do sol – afirmou Brendol. – Melhor dormir enquanto você pode.

Phasma não respondeu, mas Siv podia sentir o aborrecimento emanando de sua líder como ondas de calor. Provavelmente Phasma estava praticando a habilidade que ele exigira, e não se opondo a ele por instruí-la como se ela fosse uma criança tola. Siv começou a entender por que motivo Phasma, a líder mais forte e mais ousada que já conhecera, se curvaria para um homem tão inferior. Ela estava apostando em sair do planeta, e ele era a chave para esse objetivo – e qualquer sucesso que se seguisse a isso.

Brendol afastou-se em direção ao GAV que estava conduzindo. Logo Siv pôde ouvi-lo se virando de um lado para o outro durante o sono, e ocasionalmente gemendo ou suspirando enquanto mudava de posição. Com certeza era muito mais confortável se apoiar em alguém em quem você confiava, ela pensou, sua bochecha ainda no ombro de Gosta. Mas em quem Brendol Hux confiaria? Em *quem* ele poderia confiar? Em ninguém. E assim, ele merecia aquele assento duro, frio e apertado só para si.

Phasma estava andando de um lado para o outro ao redor do veículo de Siv, e finalmente tirou o capacete e o soltou com um suspiro pesado. Siv observou através de seus cílios baixos quando Phasma colocou as mãos no capô do GAV, seus ombros trêmulos. Raiva ou tristeza? Era impossível dizer. Conhecendo Phasma como ela conhecia, provavelmente uma combinação das duas coisas. Por mais que Parnassos houvesse se tornado um inferno diário em que seu povo mal conseguia sobreviver, e muitas vezes ia para a cama lamentando e ofegando por falta de água, ainda estavam em casa. E sair de casa para as estrelas que sempre pareceram tão impossivelmente distantes era uma possibilidade extremamente assustadora. Phasma não havia falado sobre desafiar e abandonar Keldo, mas seus guerreiros sabiam que nunca mais poderiam voltar. Mesmo que a nave de Brendol tivesse sido reduzida a cinzas, a terra dos Scyre não era mais uma possibilidade. Phasma, Torben, Gosta – eles haviam se tornado a única família de Siv.

Não que isso impedisse Siv de sentir falta de Keldo.

Não tinha certeza se era suicídio ou não, mas Siv saiu do veículo e andou silenciosamente até onde Phasma estava. A guerreira se endireitara e estava olhando através dos quadnocs, de volta às dunas que haviam deixado para trás.

– Você está bem? – Siv perguntou baixinho.

Phasma não abaixou os quadnocs, o que significava que Siv não podia ver seus olhos, nem muito de seu rosto. No entanto, podia ver as trilhas das lágrimas brilhando ao luar.

– Estou ótima.

O tom de Phasma era lacônico, uma imitação perfeita de Brendol.

– O que você está procurando?

Phasma não respondeu.

– Estou surpresa que você esteja olhando atrás de nós e não para a frente – Siv se aventurou a dizer.

Phasma bufou e colocou os quadnocs de volta no capô, tomando o cuidado de manter as costas voltadas para Siv enquanto se inclinava contra o veículo e cruzava uma bota sobre a outra. Ocorreu a Siv que não tinha visto o rosto de Phasma desde que ela havia adormecido depois da surra. Talvez a orgulhosa guerreira não quisesse que os outros vissem e tivessem pena de sua dor. Ou talvez, graças ao remédio de Brendol, ela estivesse perfeitamente curada e tentando esconder esse fato dos demais.

– Na minha experiência – disse Phasma –, é a coisa que se esgueira atrás de nós que é a verdadeira ameaça, não a que vem de frente.

Siv se apoiou no lado oposto do capô, de costas para as costas de Phasma.

– Então você confia nos estranhos?

– É claro que não. Mas você sabe tão bem quanto eu que os Scyre estão morrendo. – Phasma riu tristemente. – Uma única criança. Frey será a única da geração dela. E vai morrer sozinha.

– Pode haver mais crianças – Siv se aventurou.

– Não se as mães não puderem geri-las. Talvez seja o ar daqui. Talvez haja algum ingrediente vital que o planeta não forneça mais. Talvez quase morrer de fome não seja a maneira ideal de conceber uma nova vida. Mas você já perdeu filhos demais. E ainda pode perder esse que você carrega.

Isso respondia a uma pergunta que Siv vinha se fazendo. Phasma sempre tinha sido inteligente. Mas ela sabia que poderia ser de Keldo?

– O remédio na nave deles resolverá isso – disse Siv.

– Essa é a esperança.

– Você acha... – Siv começou, mas se conteve, preocupada que estivesse bisbilhotando demais.

– Se eu acho? – O raro tom gentil de Phasma sugeriu, para variar, que Siv continuasse.

– Você acha que a Primeira Ordem vai voltar para ajudar todo o nosso povo? Levá-los também para as estrelas, ou levá-los para terras mais ricas, ou pelo menos soltar aqui alguns suprimentos? Um povo tão rico deveria ter mais do que o suficiente para compartilhar. Eu odeio pensar em Keldo...

– Não me fale esse nome de novo.

A noite ficou especialmente quieta e silenciosa após a resposta ríspida de Phasma, que pareceu sair rasgando involuntariamente de sua garganta.

– Eles também poderiam ajudá-lo – terminou Siv com uma voz muito mais suave. – A perna dele só é um problema porque Parnassos é tão cruel. Talvez existam outras funções que pudesse executar, com a ajuda deles. Ele é um homem inteligente, resiliente. Poderia ser útil...

O punho de Phasma bateu no capô do veículo com um barulho.

– Isso não é mais problema meu. Ele fez sua escolha. E fez a escolha errada. Que sofra por isso.

Afastando-se do capô do GAV, Phasma pegou os quadnocs e algumas das frutas restantes, que lançaram uma fragrância doce e melosa na noite, como se pudessem começar a apodrecer a qualquer momento.

Ela caminhou até o topo da duna mais próxima, refazendo os rastros rapidamente desaparecidos de seu veículo e deixando suas próprias marcas de botas como um pequeno rio no vasto cinza. Sentada no topo da duna, colocou os quadnocs nos olhos e percorreu o terreno de onde eles tinham vindo, na direção da terra dos Scyre. Siv não pensava em Phasma como alguém que valorizasse a nostalgia ou o arrependimento. O que significava, como Phasma acabara de contar a Brendol, que ela suspeitava que estavam sendo seguidos.

Após a conversa, Siv comeu a maioria dos frutos restantes. Eram as coisas mais doces que ela já provara, toda a sua boca inundada com o suco. O mundo era assim quando havia água suficiente? Era assim que o povo de Brendol comia nas naves no céu? Talvez ela devesse ter deixado mais para alguma outra pessoa, mas seu estômago gritava de fome. Pensando em seu filho, ela sugou todas menos a última fruta, e limpou a evidência escorrendo do queixo. Foi imediatamente tomada pelo arrependimento. Na terra dos Scyre, ela teria dividido as frutas em porções para si mesma, para Torben e para Gosta, assegurando-se cuidadosamente que cada pessoa recebesse uma parte que correspondesse às suas necessidades. Mas ali estava ela, sozinha, se empanturrando de comida. Ela disse a si mesma que era o bebê, mas sabia que, parcialmente, estava mentindo. Quanto mais ela se afastava da terra dos Scyre, e quanto mais seguia as ordens de Phasma, menos segura ela se sentia sobre quem realmente era.

Aquela noite foi mais longa do que a maioria. A adrenalina da luta na arena ainda cantava em seu sangue, e, graças ao seu cochilo anterior, ela mal dormiu. Usou o tempo para tirar sua bolsa de couro com ervas e criar uma nova panela de unguento oráculo, já que a antiga lata estava acabando. O sol ali era mais punitivo do que tinha sido em sua terra, e eles estavam usando três vezes mais do bálsamo, mas sua pele continuava a ficar cada vez mais avermelhada, mesmo debaixo das máscaras. O complicado processo era desafiador, especialmente sob a luz fraca de uma lanterna que haviam trazido de Arratu, e, quando ela terminou, estava exausta.

A discussão que ouvira entre Brendol e Phasma se repetiu em sua mente enquanto ela se aconchegava com Gosta, lembrando a ela que o mundo estava, de várias maneiras, virado de cabeça para baixo. Havia esperança agora, mas também havia um novo sentimento de medo. Toda vez que ela olhava por cima do ombro de Gosta, via a silhueta de Phasma, uma figura solitária que vigiava a areia. O que quer que ela estivesse esperando não aconteceu naquela noite, e na manhã seguinte eles dividiram a comida restante do Arratu e começaram a próxima etapa de sua jornada.

Siv não conseguia encontrar uma maneira de impedir que o grupo se separasse, como Brendol e Phasma haviam planejado. A maneira como Brendol sugeriu que Gosta fosse sozinha no veículo parecia muito galante, e a garota ficou satisfeita e aliviada por ter o espaço para si mesma.

– Mas você não gostaria de ficar comigo? – Siv perguntou.

– Quero dizer, seria bom ter algum espaço. – Gosta olhou para baixo, corando, desacostumada a discutir com os mais velhos. – Meu tornozelo parece estar melhor, mas às vezes tenho câimbra.

Então a garota se esticou na parte de trás de seu próprio GAV, conduzida por um soldado, enquanto Siv se viu pressionada contra Torben. Parte dela era grata pela companhia encorajadora e tranquila do guerreiro, mas ela simplesmente não podia relaxar enquanto observava o cabelo de Gosta saltar no veículo da frente, sabendo que qualquer armadilha ou ataque da frente acometeria a garota primeiro, como acontecera com a fenda escondida diante de Arratu. Mas então ela percebeu que ela e Torben estavam atrás, a exata direção da qual Phasma esperava problemas. O GAV de Phasma e Brendol estava protegido no centro, e, embora esse fato tivesse escapado de Siv apenas alguns dias antes, agora ela vira uma breve fatia das maquinações que aconteciam em segredo entre Phasma e Brendol. E não gostava delas.

A vida na terra dos Scyre havia preparado Siv bem para aquele tipo de jornada. Muito pouco acontecia, mas ela sempre era cautelosa, esperando por um ataque ou desastre natural. O movimento do veículo antes exacerbara sua náusea, mas agora a embalava em um sono estranho e leve, e ela podia sentir o sol pressionando suas pálpebras enquanto seu corpo balançava com cada fragmento de areia. Torben era um companheiro agradável, que não achava ruim ficar em silêncio ou conversar, seu braço mantendo Siv ereta e segura. O trooper na frente, Huff, era um estudo em silêncio. Siv frequentemente esquecia que ele estava lá, que dirá que em algum lugar debaixo daquele capacete e daquela armadura havia um ser humano com uma história, pensamentos e sonhos. Quando pararam para um breve almoço e para se aliviarem, ela se percebeu curiosa sobre o homem.

– De onde você é, Huff? – ela perguntou.

Ele tirara o capacete e mordiscava pequenos pedaços da carne seca extraída do ataque do lagarto, enquanto bebia sua água. Tinha a pele pálida que parecia nunca ter visto o sol antes, e, quanto mais ficava sob os raios em chamas, mais parecia rosado e suado. Siv tinha lhe oferecido um pouco do unguento oráculo, mas ele fez uma cara de nojo e dispensou com um aceno. Embora parecesse ter vinte e poucos anos, a julgar pela maneira como as pessoas envelheciam na terra dos Scyre, seu cabelo estava rareando. Seus olhos eram de um cinza-claro que beirava o branco, e ele franziu a testa assim que ela falou com ele.

– De onde eu sou? Da Primeira Ordem – respondeu, como se ela fosse uma tola.

Siv notou que seu sotaque era diferente do de Brendol, algo mais próximo do dela, talvez.

– É um planeta?

Ele negou com a cabeça.

– É difícil dizer o que é. O governo que deveria ser. É o lado onde se deve ficar, isso posso afirmar.

– Mas você não nasceu em um planeta?

Huff deu de ombros.

– Eu estava em um orfanato em algum lugar quando era pequeno, nem me lembro onde. Não importa. Não era bom. A Primeira Ordem é minha verdadeira casa agora. Uma nave chamada *Finalizador*. Quando eu era criança, nunca tinha visto um lugar tão grande. Você poderia andar lá o dia todo e nunca ver tudo. Existem milhares de pessoas ali que eu nunca conheci. – Ele olhou ao redor, pelo deserto vazio. – O oposto disto, na verdade. A comida não é grande coisa, mas sinto falta dela. Esta carne tem um gosto podre.

Ele jogou uma tira dela no chão, e automaticamente Siv ajoelhou-se para pegá-la e tirar a areia de cima. Então lhe deu um olhar de reprovação.

– Não se pode desperdiçar comida aqui. Você não consegue ver como é algo raro?

– A Primeira Ordem virá nos buscar, e então isso não vai mais importar. Até que o General Hux ordene que eu seja parcimonioso, continuarei fazendo como sempre fiz.

Siv limpou a carne seca com os dedos e a colocou na boca; porém, logo em seguida sentiu o gosto: podre. Nada durava o suficiente na terra dos Scyre para começar a apodrecer, mas ela instintivamente sentiu vontade de cuspir. Ainda assim, comida era comida, e seu ensino era mais profundo do que o seu desagrado. Siv engoliu rapidamente, acompanhando com um pequeno gole de água de uma das peles do Arratu. Quando ela se levantou para perguntar a Huff se ele gostava da Primeira Ordem, ele já estava se afastando. Não que isso importasse. Estavam mais perto do destino do que da antiga casa, e não havia como voltar atrás.

Eles logo foram carregados para dentro de seus veículos e seguiram, pesados, em direção a onde Phasma jurava que a nave de Brendol estaria. Por horas e horas, não havia nada. Nenhum calombo no terreno, nenhum animal, nenhum muro. Nada além de onduladas dunas cinzentas de areia cintilante e o sol fustigante, que deixava Siv sonolenta e zonza, além de desejando que não tivesse comido aquela tira de carne podre. O sabor a atormentava, e não importava o quanto de água bebesse ou o quanto mordiscasse algas marinhas salgadas: não passava. Torben cochilava ao lado dela, uma mãozorra sempre sobre o porrete. Seu cabelo longo e ondulado soprava lindamente na brisa de uma forma que ele não teria sido capaz de apreciar se ela se desse ao trabalho de explicar. Ele era um homem prático, e a beleza não durava em Parnassos.

Siv foi ficando entediada e inquieta, seu olhar preguiçosamente se alterando do veículo da frente, no qual Gosta dormia, para o do meio, que Brendol dirigia, curvado sobre o volante, enquanto Phasma se sentava na torre, a mão na arma e o capacete constantemente virado para observar a areia atrás deles.

Siv me disse que sentiu algo estranho no ar naquele momento. Como se o deserto estivesse prendendo a respiração, esperando. Tudo oscilava na neblina com o sol no zênite, branco e inclemente. Seus olhos doíam de olhar para o cinza cintilante, e, cada vez que o sol captava um pouco de metal, brilhava o suficiente para deixar manchas vermelhas dançando em seu campo de visão. A viagem se tornou interminável, e pela primeira vez Siv preocupou-se com o fato de não conseguirem chegar à nave de Brendol. Como é que aqueles veículos continuavam seguindo em frente? Que combustível os alimentava? Quanto tempo durariam a água, o unguento e a comida até começarem a olhar de soslaio para os mais fracos de seus companheiros?

Ou, para ser mais honesta, quanto tempo até que Gosta sofresse um infeliz e inevitável acidente, e Brendol Hux simplesmente encolhesse os ombros e pedisse a Siv que usasse seus detraxores?

– Há alguma coisa à frente!

O grito acordou Siv de suas reflexões desconfortáveis e meio adormecidas e ela ficou em alerta, uma das mãos sobre a lâmina. Mesmo que estivesse carregando o blaster, eram as foices herdadas de sua mãe que se encaixavam melhor em suas mãos e cantavam o som de casa.

Torben, da mesma forma, ficou mais alerta ao lado dela, balançando a cabeça e resmungando:

– Sim, mas que tipo de coisa? Essa é a parte que importa.

Examinando as areias diante deles, Siv viu duas coisas. A primeira era uma estranha cerca metálica feita de arame que se estendia eternamente em qualquer direção. A segunda era uma figura brilhando tão forte que olhar para ela queimava os olhos.

Sem uma palavra, o GAV na liderança mudou de direção, apontando para a figura. Àquela distância, Siv não sabia dizer se era uma estrutura, um droide, uma máquina ou algo diferente. Outro mistério visto apenas de longe envolvia placas brancas posicionadas em distâncias iguais ao longo da cerca, batendo contra o metal e fazendo uma música estranha, sem tom, ao serem esbofeteadas pelo vento. Qualquer escrita que estivesse ali havia sido removida muito tempo antes. A cerca continuava, subindo austera contra o céu azul brilhante, e eles não diminuíram a velocidade quando se aproximaram.

Quando estavam quase dentro do alcance de um disparo de blaster, o primeiro GAV derrapou até parar. O veículo de Brendol e Phasma se aproximou e parou, assim como o de Siv. Todos em uma fileira, os motores rosnando, eles encararam a imagem intrigante. Phasma pegou seus quadnocs, considerou a cena e entregou-os a Brendol. Ele também olhou por muito tempo, e quando deixou cair os quadnocs estava com a testa franzida, o rosto inteiro vermelho e pingando de suor.

– O que é isso? – ele perguntou para Phasma.

Ela balançou a cabeça.

– Nada que eu já tenha visto antes.

– A maneira como o sol reflete nele – disse Torben. – Queima meus olhos.

Os dois líderes saltaram do veículo, e Phasma fez um gesto para seus guerreiros indicando que se juntassem a ela enquanto Brendol consultava seus stormtroopers. Mesmo com os quadnocs, Siv não podia dizer o que a coisa brilhante poderia ser, e tinha a visão mais aguçada entre o povo Scyre.

Gosta se aproximou de Siv e também experimentou os quadnocs.

– Estranho – ela murmurou. – É muito irregular para ser uma máquina, mas brilhante demais para ser algo vivo.

Brendol pôs a mão no ombro de Gosta.

– Você ainda está ferida. Fique aqui montando guarda nos GAVs. Todos os outros, preparem suas armas. – Ele puxou o próprio blaster e mexeu com os botões na lateral. – Isso não é normal.

– Bem, o que é normal hoje em dia? – Torben disse, erguendo o porrete e o machado.

Os stormtroopers foram primeiro, os blasters empinados e as botas escorregando pela areia. Phasma veio em seguida, com Siv e Torben flanqueando-a. Brendol chegou por último, o blaster tremendo na mão enquanto o suor escorria pela testa de um jeito que Siv achou quase blasfêmia quando olhou para trás. Gosta claramente odiava ficar para trás, mas segurou o blaster e tomou seu lugar na parte de trás do veículo no qual tinha vindo. Os demais subiram a colina. Desafiar Brendol, de algum modo, tornara-se um pensamento tão ridículo quanto desafiar Phasma.

A coisa toda parecia boba para Siv. Se o objeto misterioso era uma máquina, tinha sido desativada ou estivera acompanhando-os o tempo todo. Se fosse um animal, era estúpido ou lento, pois não tinha atacado. Ela não conseguia pensar em mais nada que pudesse representar uma ameaça real, e ainda assim Brendol ordenava que se aproximassem dela? Ainda assim, sua líder estava seguindo as ordens; portanto, seguiria Phasma.

Cada vez mais perto eles rastejavam em plena vista, todos os blasters apontados, todos os pedaços de metal refletindo no sol, e ainda assim a coisa cintilante não fazia qualquer movimento que fosse. Logo Siv pôde ver a verdadeira forma, e isso a lembrou de uma estátua que tinha visto em Arratu, um pedaço de barro vagamente em forma humana, aparentemente representando algum muito amado Arratu do passado. Essa forma que viam era irregular como aquela, e ainda assim o material não era nada que tivessem visto antes.

– Não é a sua nave? – Phasma sussurrou para Brendol. – Você disse que ela brilharia.

– Não desse jeito.

Eles estavam perto o suficiente para espetar a coisa com uma lança quando dois olhos prateados se abriram em meio ao dourado espelhado, cada um do tamanho do punho de Siv e segmentado como o de um inseto.

– Ah! Saudações, viajantes. Churkk estava esperando vocês.

– Vamos matar isso – sussurrou Torben. – Não gosto dele.

Brendol guardou o blaster no coldre, ergueu as mãos de um jeito tranquilizador e deu um passo à frente.

– Você é um Gand, não é?

– Churkk é um Gand com quem você fala, sim. Churkk é o último guardião das terras mortas.

Torben apontou para o infinito mar de areia cinzenta atrás deles.

– Você quer dizer que há terras mais mortas do que essa?

Churkk zumbiu uma gargalhada e, quando sua cabeça se deslocou, Siv finalmente entendeu a aparência brilhante do metal. O Gand, se é que aquilo era um Gand, estava completamente coberto com o mesmo tipo de besouro dourado que havia sido responsável por matar Carr. Enquanto a criatura ria, besouros saíram voando de cima de seus olhos e desceram até onde seu queixo estaria, se um inseto gigante tivesse queixo. A barba de besouros se moveu e estalou, fazendo Siv estremecer de horror. A face revelada do Gand não era menos horripilante, uma bolsa quitinosa com olhos alienígenas e um aparelho que não se parecia em nada com uma boca, mesmo que fosse de onde vinha a voz estridente que parecia um zumbido.

– Esses besouros – disse Siv, apontando. – Por que eles não matam você?

– Os besouros são a coisa mais próxima que Churkk tem de família. É solitário nas terras baldias, não é? Agradável ter seres com quem conversar.

– Eles sabem falar? – Torben perguntou.

Outra risada zumbida.

– Há pouco para discutir. Já se passaram muitos anos desde que seres sencientes se aproximaram da fronteira das terras mortas. Churkk ficou inativo por um longo período de tempo. É bom que Churkk tenha trabalho novamente. Se vocês estiverem prontos, Churkk entregará uma mensagem.

Brendol estivera conversando com seus soldados, mas nesse momento deu um passo à frente.

– Você tem uma mensagem para nós? De quem?

– A questão seria de quê. Agora que as placas foram arrancadas pela areia e pelo vento, Churkk é o único aviso. Não entrem nas terras mortas. Houve um grande acidente e a radiação continua lá. Aqueles que passarem esta fronteira morrerão dentro de uma semana. Ninguém entra. Ninguém sai. É um arranjo elegante, mas solitário. Talvez Churkk esteja sendo punido.

– Punido por quê? – Siv perguntou. Ela nunca tinha falado com um estrangeiro antes. Por todas as vezes que tinha lutado contra os Claw, nunca conversara com Balder ou aprendera qualquer coisa sobre sua história. Uma parte dela estava impressionada com a coragem que tinha agora.

– Os Gand não deveriam deixar os Gand. Não é o jeito a se fazer. Mas Churkk era jovem e o augúrio era claro. Churkk teve que partir. Churkk há muito espera que os outros descobridores cacem Churkk por ter deixado a seita, mas toda nave é abatida muito antes que Churkk possa ser encontrado. – O Gand riu de novo, e Siv teve certeza de que ouvira mais do que uma pequena loucura enquanto os besouros batiam asas em revoada ao redor da cara de Churkk e se reassentavam. – É divertido, não é, querer ser encontrado e esquecido ao mesmo tempo?

– Você disse radiação. – Brendol se aproximou, lançando um olhar de advertência para Siv. – E um acidente. Quando foi?

– Churkk não sabe. O tempo passa de forma estranha aqui. Churkk observou a última estrela cair no nada, e, embora não haja névoa gasosa aqui para mostrar os sinais certos, os besouros conversam com Churkk. Eles disseram que as pessoas viriam e que coisas horríveis aconteceriam. Churkk tem estado muito ansioso para que essa eventualidade ocorra.

– Coisas horríveis? – Phasma repetiu bruscamente.

Churkk riu de novo a sua risada inquietante. Siv não sabia dizer se era macho ou fêmea – ou mesmo se havia um gênero. Ela não sabia se o Gand era velho ou jovem. Tudo o que sabia era que ele estava sentado em algo tão alto quanto ela, o que o fazia parecer maior do que realmente era. De perto, observando os besouros ondularem, ela viu que Churkk estava sentado de pernas cruzadas, com as mãos nos joelhos. Não parecia ter nenhuma arma, mas estava coberto de besouros, não estava? Um movimento de um dedo e um único inseto poderia matar todo o grupo deles. E se o Gand pudesse comandar os insetos, falar com eles de alguma forma... bem, Siv resolveu não irritar Churkk.

– Coisas horríveis acontecerão de uma forma ou de outra, se isso deixar vocês mais confortáveis com o seu destino. Churkk está aqui apenas para avisá-los. Além dessa cerca, vocês têm talvez quatro dias antes que a doença esteja em seus ossos. Churkk sabe que existem medicamentos em outros lugares que podem curar facilmente tais doenças, mas Churkk duvida que esse socorro possa ser encontrado além dessa cerca.

Brendol inclinou-se na direção de Phasma, e Siv estava perto o suficiente para ouvir a conversa sussurrada.

– Ele está falando sobre envenenamento por radiação. Isso sugere que uma arma nuclear foi usada aqui, ou aconteceu um acidente em um lugar que fabricou essas armas.

– O mapa não nomeava as instalações da Con Star, General Hux? Talvez haja uma arma, mas talvez também haja uma instalação que tenha os remédios para curar a doença que ela causa.

Brendol exalou a respiração e coçou a barba.

– Se pudermos chegar à minha nave, a Primeira Ordem estará aqui em poucas horas. Nossas naves são equipadas com alas médicas e curas para todas as doenças conhecidas na galáxia. É apenas um jogo de números e tempo. Eu digo que devemos agradecer a esse maluco pelo tempo dele e continuarmos em frente.

– Você não está preocupado com a doença? Ou com o augúrio?

Um ruído anasalado de desdém.

– Eu não acredito em mágica, Phasma. E, mesmo se acreditasse, não consultaria minha sorte com um Gand louco sozinho no deserto. Eles são um povo estranho para começar. Estou confiante de que a Primeira Ordem pode deter a doença, caso a advertência dele diga respeito a um acidente radioativo real.

Phasma parou de falar por um instante, daquele jeito típico, quando ela estava pensando em todas as estratégias com seus muitos desfechos possíveis. Siv sabia muito bem que o cérebro de Phasma era como uma teia de aranha, e que ela não tomaria uma decisão até que considerasse cada fio e cada conexão. Segurando os quadnocs, ela olhou através da cerca para as areias além, então se virou para olhar o caminho para trás. Ficava claro que, independentemente dos desafios, voltar não era uma opção.

– Então vamos nos apressar – ela finalmente disse.

Brendol assentiu e se voltou para o Gand, que não havia se movido. Siv não podia nem vê-lo respirar, e se perguntou do que Churkk era feito, se tinha os órgãos e os fluidos usuais nos quais seus detraxores podiam trabalhar com sua agilidade usual.

– Obrigado pelo seu aviso, Churkk. Nós entendemos que esta área é perigosa, mas não temos escolha senão continuar em busca de nosso objetivo. Você tem algum conhecimento do terreno ou das criaturas que estão além da cerca?

A grande cabeça de Churkk se sacudiu, enviando os besouros apressados para o alto.

– Vocês vão continuar, como o augúrio disse que iriam. E o que vai encontrar vocês, vai encontrar. Churkk sabe o que vocês farão, grande General, e Churkk sabe que vocês encontrarão o seu objetivo. A galáxia cobrará seu preço, um dia. Às vezes é melhor deixar uma coisa em paz.

– Mas ninguém passou recentemente?

– Não em anos. Décadas.

– E se alguém mais tentar, você vai dar a eles o mesmo aviso?

– Você não controla Churkk, e Churkk dirá o que as areias ordenarem. Churkk dirá a quem vier o que eles precisam saber. Churkk lhes dirá que só o perigo e a morte esperam além dessa cerca, o mesmo que vocês agora sabem, por mais que tenha sido em vão. A sabedoria é desperdiçada nos fanáticos: isso é uma coisa de que Churkk tem certeza.

– Então podemos passar?

Churkk levantou um braço coberto de besouro, gesticulando com uma mão marrom de três dedos.

– Vocês vão encontrar um buraco na cerca, se andarem nessa direção.

Siv avançou, deixando um pouco de carne seca perto do assento de Churkk, mas não perto o suficiente para um besouro tocá-la.

– Obrigada, Churkk – ela murmurou, inclinando a cabeça. Sua mãe lhe ensinara, muito tempo atrás, que havia alguma sabedoria na loucura, e que aqueles que falavam com o além deviam ser respeitados e recompensados.

– Quando chegar a hora, continue andando – sussurrou Churkk, suave como um zumbido de inseto.

Siv assentiu e se virou para seus companheiros, mas seu coração afundou em desesperança no momento em que olhou por cima do ombro em direção a Gosta e seus veículos.

– Depressa! – ela gritou. – Eles estão aqui!

VINTE E SEIS

EM PARNASSOS, DEZ ANOS ANTES

Um grupo de guerreiros mascarados vinha correndo em direção a eles, puxando algo que lembrava os trenós dos esquiadores que os tinham atacado tempos atrás. Siv não conseguiu identificar ninguém na multidão, mas ela conhecia a figura que estava sendo puxada no trenó tão bem quanto conhecia qualquer coisa.

– É Keldo.

Phasma estava com seus quadnocs a postos, e assim pôde ter uma visão ainda melhor.

– Keldo, todos os Scyre e todos os Claw. Isso é loucura.

– Se parece mais com vingança – Brendol murmurou.

O grupo estava se aproximando depressa, deslizando duna abaixo em direção aos veículos, onde Gosta estava saindo do seu GAV e olhando para a fonte do barulho. Ela devia tê-los visto também quando se virou e correu o mais rápido que pôde na direção da cerca, prejudicada pelo tornozelo virado. Siv deu alguns passos à frente para ajudar a menina, mas Phasma segurou seu pulso, a luva dura do uniforme de stormtrooper afundando na carne de Siv.

– Você não pode salvá-la – disse Phasma. – Devemos continuar.

Atrás delas, Brendol gritou:

– Não podemos permitir que eles tomem os veículos! Fogo!

Os troopers colocaram os blasters nos ombros e dispararam contra os veículos e contra os agressores que se aproximavam com raios de laser incandescente. O primeiro GAV subiu em uma bola de fogo que pegou o segundo, e o terceiro perdeu uma roda e tombou tristemente para o lado.

– Phasma, socorro! – Gosta gritou, os braços estendidos em direção à guerreira que idolatrava.

Mas Phasma apenas balançou a cabeça, seu capacete de stormtrooper uma máscara branca e lisa. Siv tentou se afastar, mas o aperto de Phasma ficou mais forte.

– Ela é uma de nós – implorou Siv.

– Ela está fraca demais para continuar.

– Então vamos carregá-la!

Os guerreiros de Keldo quase alcançaram Gosta, e os stormtroopers concentraram seus blasters na multidão. Fumaça encheu o ar, proporcionando um pano de fundo nebuloso para explosões de nuvens de areia e lasers vermelho-sangue. Siv sacudiu e puxou, mas Phasma não a soltou. Ela não conseguia olhar o laser atingir a multidão de pessoas que conhecera por toda a vida, corpos gritando, berrando e tombando, então baixou a cabeça e a encostou na armadura do ombro de Phasma, um gesto estranhamente pessoal que ela permitiu.

Quando Phasma a afastou, Siv se virou. Atrás do que restava da multidão, Gosta estava deitada no chão, entre uma dúzia de outros corpos. A garota não estava se movendo, os olhos abertos voltados para o céu.

A pequena Gosta, a mais doce e mais idealista dos guerreiros Scyre, estava morta.

– Não!

Phasma ainda segurava o pulso de Siv, como se imaginasse, corretamente, que Siv sentisse a urgência de correr na direção da garota mais nova. Não só porque poderia haver alguma esperança de salvá-la, mas também porque morrer sozinha sem ajudar os seus deixaria o espírito de Gosta inquieto e a responsabilidade de Siv incompleta. Os dedos de Siv coçaram para pegar os detraxores na mochila, para alcançar a calma que ela sentia quando completava seu ritual sagrado, e seus braços doíam de vontade de abraçar a menina e lhe dizer que ela havia sido uma boa e corajosa companheira, uma guerreira valorosa dos Scyre. Porém, Phasma estava puxando Siv para trás, na direção da fenda na cerca, e logo Torben se juntou a ela, puxando Siv a contragosto, murmurando desculpas e gentilezas que não faziam nada para suavizar o golpe de sua perda.

Todos aqueles corpos – ou pelo menos muitos deles – tinham recebido o dom dos detraxores, usando orgulhosamente as listras verdes do unguento oráculo, e agora nunca contribuiriam com suas próprias parcelas. Quando escolhera ficar ao lado de Phasma e deixar a terra dos Scyre nessa missão, Siv sabia que estava abandonando seu povo, negando-lhes o bálsamo protetor de que precisavam para sobreviver e para permanecer saudáveis. Ela planejara retornar antes que eles começassem a sofrer, para ajudá-los a construir uma nova vida nas estrelas com remédios melhores do que qualquer um que ela pudesse fornecer. Agora, seu povo estava morrendo. A culpa pesava em seus ombros, e parecia uma sede que nunca poderia ser saciada.

Os pés de Siv se moviam como se a areia fosse movediça. Ela lançou um último olhar para Churkk. O Gand estava morto, tombado no chão e vazando um líquido que não era sangue. Os besouros que o tinham enfeitado ignoraram sua umidade, deixando seu rosto e corpo em vez disso para apodrecer em resultado da destruição causada pelo fogo dos blasters. Debaixo dos besouros, o alienígena insetoide usava as vestes vermelho-sangue do Arratu, com os pés segmentados descalços e as mãos de três dedos abertas para o céu. Siv olhou para Brendol, o blaster ainda na mão, mas não havia como saber se a morte do estranho guardião era um dano colateral ou uma execução propositada.

Torben e Phasma agora arrastavam Siv de verdade, cada um agarrando a parte de cima de seus braços. Seus detraxores pesavam em suas costas, depois de ver tantos nutrientes perdidos. Quando os besouros dourados cintilantes brotaram da areia para cobrir Gosta, Siv finalmente se virou, libertando seus braços e recuperando o controle das pernas novamente. A última coisa que viu foi a multidão de Scyre e Claw, os que não tinham sido atingidos por explosões dos blasters e reclamados por besouros, correndo pela areia, gritos de guerra explodindo de suas máscaras enquanto puxavam o trenó de Keldo atrás deles. Ela havia compartilhado seu leito, mas nunca o vira de máscara antes, e daquela distância não conseguia discernir o que poderia tê-la inspirado. Riscas toscas de preto, branco e vermelho eram cercadas por uma juba de penas pretas. A visão foi suficiente para fazê-la correr.

Eles corriam paralelamente à cerca alta, passando por placa após placa desgastada pelo vento, até encontrarem um rasgo na grade de metal. Um dos troopers a segurou aberta para que todos passassem arrastando-se até o outro lado, e Torben era quase grande demais para conseguir passar. Siv ficou preocupada que arames soltos pudessem feri-lo e atrair besouros, mas Phasma o empurrou de lado, em silêncio, e cavou um sulco profundo na areia para dar mais espaço. Uma vez que todos tinham atravessado, Brendol segurou as duas partes da grade e passou uma espécie de algema entre elas para prendê-las com firmeza.

– Não vai durar muito – disse ele, ecoando os pensamentos de Siv –, mas vai atrasá-los.

Uma vez dentro da cerca, nada parecia diferente do outro lado. A areia ainda era cinzenta, o sol ainda oprimia, e o ar não parecia mais perigoso do que antes de cruzarem a fronteira, como Churkk havia chamado. Mas Siv estremeceu de qualquer maneira, certa de que algo estava desesperadamente errado ali. As palavras que Gand e Brendol Hux haviam trocado – *arma*, *radioativo*, *nuclear* – estavam se repetindo em sua mente enquanto ela vasculhava o ambiente em busca de alguma nova sensação que lhe informasse o que temer. Phasma guiou-os na direção da nave de Brendol, e, como Siv nunca duvidara da navegação infalível de sua líder, não duvidaria agora. Ela tomou seu lugar, atrás de Phasma e antes de Torben, correndo facilmente e sentindo intensamente os lugares vazios de sua formação, que deveriam ser da ansiosa Gosta e do alegre Carr. Haviam deixado sua terra como cinco guerreiros, e, mesmo se as terras mortas não se mostrassem tão ameaçadoras quanto prometiam, só seriam três. Quatro, talvez, se o remédio de Brendol fosse tão bom quanto prometera e sua criança pudesse sobreviver a qualquer veneno que tivesse destruído aquele lugar.

Eles desceram uma longa duna, e a terra se achatou um pouco, como acontecia aqui e ali durante suas viagens. A julgar pelos discos que vira na Estação de Terpsichore, Siv achava que isso significava que, muito tempo antes, aquelas regiões tinham sido naturalmente mais baixas, verdadeiros vales e crateras que outrora continham água e plantas. A princípio, não havia sinal de tal topografia, mas, à medida que avançavam, estranhas formas e sombras começaram a aparecer no cinza monocromático. Eles começaram a passar por postes altos, cada um tombado de lado como um dedo quebrado saindo do chão. Mais adiante, um peculiar esqueleto de metal erguia-se orgulhosamente da areia, torcendo e torcendo como a espinha dorsal das enguias gigantes que caíam às vezes nas rochas na terra dos Scyre.

– Eram animais? – ela perguntou.

Brendol tinha ficado para trás, desacelerando todos eles com sua falta de condicionamento físico, e segurava os lados do corpo e ofegava enquanto falava:

– Diversões – ele disse. – Antes eles tinham veículos em que as pessoas andavam para se divertir. Uma forma arcaica de entretenimento em planetas sem tecnologia suficiente para estimular a população dentro de suas próprias casas. Este planeta tinha muita terra e pouca razão.

Enquanto seguiam em frente, forçados pela velocidade reduzida de Brendol a diminuir de uma corrida para uma caminhada rápida, Phasma foi para a retaguarda. Ela não conseguia andar mais do que alguns momentos sem girar para examinar o horizonte atrás deles. Keldo e seu povo não haviam se mostrado ainda, mas estariam seguindo. Em um lugar tão vazio e deserto, e com os besouros e quem sabia quais outros horrores escondidos sob a areia, não havia onde se esconder.

O crepúsculo caiu, e eles se apressaram em direção a uma série de estruturas brancas saindo da areia como dentes quebrados. Embora as paredes parecessem sólidas, não havia telhados nos edifícios, e a areia os enchia por dentro, sopradas em pilhas altas nos cantos.

– Casas – disse Brendol antes que Siv pudesse perguntar. – E é melhor nos abrigarmos em uma delas esta noite. Não podemos ir muito mais longe sem descansar. Se o outro grupo tem andado a pé esse tempo todo, eles não estão em melhor situação do que nós.

Siv sabia muito bem que o *nós* de Brendol na verdade se referia apenas a ele mesmo. Os guerreiros Scyre eram mais do que capazes de andar por mais algumas horas, e os stormtroopers estavam em excelente condição física. Mas Brendol não fora feito para Parnassos. Quando ele abaixou os óculos de proteção e os envoltórios de tecido para esfregar o suor da testa, seu rosto avermelhado estava pálido nos contornos; havia cavidades roxas profundas sob seus olhos, e seus músculos tremiam. Sua mão não havia deixado o local na lateral do corpo onde estavam os pontos, e ele cambaleava a cada poucos passos, embora não houvesse nada para impedir o trabalho das pernas. Ele devia ter reconhecido como sua situação era terrível, pois permitira que Siv desenhasse as linhas grossas do unguento sobre suas faces.

– Ali. – Phasma apontou para a última estrutura do agrupamento, que ficava um pouco mais alta e tinha parte do que outrora fora um telhado.

– PT-2445 vai fazer a primeira vigia – disse Brendol. – Vamos trocar a cada duas horas. Depois do terceiro turno, continuaremos.

Lançando olhares nervosos para a areia atrás, eles entraram pela porta e se espalharam ao redor da construção, que era dividida em muitas salas, todas cheias de areia. Embora estivesse claro que os cômodos já tinham sido altos o suficiente até mesmo para alguém da estatura de Phasma, a areia havia preenchido a estrutura de modo que suas paredes mal servissem para fornecer um apoio decente para Torben, com talvez um metro de espaço até que vigas irregulares de metal branco despontassem do branco uniforme. Siv foi até um canto, sentou-se com dificuldade e vasculhou as malas para encontrar o toque reconfortante de seus detraxores. Era seu dever certificar-se de que todos tivessem uma última aplicação do unguento oráculo antes que o sono tomasse conta deles, e o ritual da tarefa a acalmava.

Torben sentou-se ao seu lado e ela gentilmente desenhou linhas do bálsamo em suas bochechas e testa. Estavam perto da nave de Brendol, e, qualquer que fosse o perigo oculto escondido nas terras mortas, ela desejava protegê-lo.

– Obrigado – ele murmurou.

– Do corpo ao corpo, do pó ao pó – respondeu ela.

Sua mãe havia explicado que elas faziam parte de um ritual muito mais antigo, mas as palavras cerimoniais sempre a faziam sentir-se parte do planeta e de sua própria linhagem, por mais que sua mãe fosse a única parente de que ela se lembrava. Quando ofereceu a lata de bálsamo para Brendol e seus stormtroopers, ela recebeu breves agradecimentos de Pete e Huff, ambos sem os capacetes, mas Brendol apenas balançou a cabeça, o que teria sido uma grosseria digna de um conflito na terra dos Scyre. Ao se aproximar de Phasma, Siv percebeu que nunca mais passaria as linhas nas faces de Gosta, brincando com a menina e lembrando-a de beber água o suficiente.

Phasma era a única sentada do lado de fora do prédio, de costas para o que teria sido a parede externa. Ela ainda usava o capacete, e a curiosidade de Siv sobre o impacto da surra de Wranderous continuava inabalável.

Quando ela estendeu a lata para Phasma, Phasma tirou as luvas, retirou sua porção e parou por um momento, como se tivesse esquecido o que dizer. Quando as palavras vieram, eram abruptas e atonais, a própria imitação de Brendol, se ele fosse educado o suficiente para agradecer.

– Obrigada.

Siv inclinou a cabeça ligeiramente.

– Do corpo ao corpo, do pó ao pó.

Ela continuou ali parada, no entanto, esperando que Phasma pudesse dizer alguma coisa, ou tirar o capacete, ou fazer qualquer coisa que proporcionasse conforto ou compreensão. Antes, na terra dos Scyre, Keldo tinha sido a voz e o coração de sua liderança, aquele que sempre sabia o que dizer, quer envolvesse oferecer gentileza, apoio, companhia ou advertência. Naquela época, o silêncio de Phasma parecia a metade de um todo, como se a parte dela do vínculo entre os irmãos fosse o reino do físico, da proteção, da defesa e da bravura. Agora, sem a ternura e a empatia de Keldo para apoiá-la, Phasma parecia fria e desumana. O capacete só servia para aumentar sua semelhança com um droide como os da Estação de Terpsichore, que nunca mudavam de expressão, mesmo quando faziam coisas horríveis.

E, no entanto, pela maneira como Phasma se concentrava na areia, estava claro que ela sentia alguma coisa.

– Você pode pegar mais – disse Siv, quase sem pensar, enquanto pesava a lata na mão. Era a porção de Gosta daquele dia, e anos de monitoramento cuidadoso das necessidades de seu povo haviam treinado Siv para determinar exatamente o que era necessário e guardar o suficiente para todos. Agora só servia para lembrá-la de que Gosta tinha sido pouco mais que uma criança, por mais que ela procurasse pertencer ao grupo de guerreiros e ser bem empregada na batalha.

– Guarde. Talvez sirva para nos manter seguindo em frente amanhã. – Sua voz era inflexível, sem emoção, e Siv percebia, até mesmo com o capacete, que Phasma não a estava olhando.

– A doença que Churkk mencionou. Você sente?

O capacete de Phasma balançou uma vez.

– Não.

– Eu me pergunto se nós vamos perceber alguma coisa. Se vai aparecer como uma febre, quente e com calafrios, ou se vai se esgueirar na noite como a velha tosse forte fazia antes. Ou talvez ele estivesse simplesmente louco.

– Talvez.

Siv aguardou longos minutos, na esperança de que Phasma dissesse alguma coisa, qualquer coisa, para tranquilizá-la de que sua líder, na verdade, não começara também o caminho da própria loucura. Quanto mais tempo Phasma ficava ali, examinando o horizonte, segurando sua porção de pomada sem remover o capacete para aplicá-la, sem dizer nada, a mão no blaster, mais ela se distanciava da garota com quem Siv crescera e aprendera a confiar na vida.

Siv tentou uma última jogada.

– Você acha que vamos conseguir?

Com isso, finalmente, o capacete virou-se para ela e se levantou. Siv sentiu o olhar arguto de Phasma arrepiá-la e perguntou-se o que a líder via em sua segunda na hierarquia.

– Talvez.

Siv se virou para sair, mas não conseguiria até que tivesse dito tudo o que precisava. Mesmo que fosse como arrancar criaturas marinhas de dentro de suas conchas, ela saberia algo que estivesse se passando na mente de Phasma ao entrarem em um lugar que realmente a aterrorizava.

– Brendol Hux diz que vamos conseguir. Ele diz que a nave estará lá e que seu povo virá. Ele diz que vai nos levar para as estrelas e nos dar remédios. Que eles poderão consertar o que quer que tenha destruído este lugar. Você acha que é verdade?

O capacete de Phasma estalou quando ela desviou o olhar de Siv e retornou para o horizonte cinzento, o sol poente projetando longas sombras negras dos ossos de metal das civilizações mortas havia tanto tempo.

– Só podemos agir como se fosse verdade – disse Phasma. – Só podemos continuar.

Siv assentiu e foi embora, considerando as palavras. Phasma estava certa. Àquela altura, não havia mais nada a ser feito. Eles tinham que continuar insistindo e prosseguindo, acreditando que Brendol Hux seria seu salvador.

Se ele estivesse mentindo, estariam mortos em breve, de qualquer maneira.

Siv acordou coberta pelo enorme braço de Torben e uma leve camada de areia. Cada fissura de seu corpo coçava, torturada pela coisa cinza poeirenta. Ela se livrou daquilo e ficou de pé, tentando reencontrar o equilíbrio. A areia fazia seus olhos arderem, e Siv a tirou dos cílios ao se voltar para a direção em que estavam sendo perseguidos. Ela não viu Keldo e seu bando, mas não tinha dúvida de que havia pouco tempo a perder. Phasma já estava acordada, conversando com Brendol. A testa de Siv se enrugou, e ela colocou a máscara novamente no rosto. Irritava-a o fato de que tinha que se esforçar tanto para conseguir arrancar algumas palavras sem sentido de sua líder, enquanto ela parecia mais do que contente em conversar com Brendol em segredo. Na sua opinião, Phasma deveria ter sido leal ao seu povo em primeiro lugar, e aos aliados em segundo. Mas ela aparentemente não enxergava mais isso da mesma maneira.

– Levante-se, seu grande brutamontes. – Siv esfregou o ombro de Torben, sorrindo enquanto ele se mexia antes de acordar, enrugando a testa ao ver toda a areia cobrindo-o como se ele fosse uma grande montanha.

– Estou enterrado – ele disse surpreso. – Mais uma hora e você teria me perdido.

– Duvido. Você é o maior volume à vista.

Cuidar de Torben a fazia sentir-se bem, dando-lhe pequenas porções de comida e sua cota matinal de água, passando-lhe um pouco mais de bálsamo. Sem Gosta, ela ansiava por cuidar de alguém, fazer algum tipo de conexão de se doar ao outro. Quanto a Torben, levou o comentário na brincadeira e a puxou em um abraço. Era uma sensação tão gostosa que ela sentiu lágrimas vindo aos olhos. Então tirou a máscara e enfiou o rosto no peito dele, um momento roubado de conforto que parecia ainda mais precioso em uma situação tão precária como aquela.

Se o Gand tivesse dito a verdade, eles estavam indo em direção ao lugar mais letal em Parnassos, e isso dizia muito. Todos os outros inimigos que Siv encontrara podiam ser enfrentados de cabeça erguida: grupos opositores, bestas marinhas, até mesmo um monstro como Wranderous. Porém, qualquer que fosse a morte rastejante que os aguardava, era um tipo de doença com sintomas desconhecidos que podiam já estar tomando conta de seu corpo, em algum lugar lá no fundo. Quando a criança se mexeu dentro dela, como um fraco gorgolejar de bolhas na água, ela colocou a mão na barriga e ofereceu um agradecimento aos céus. Pelo menos o que ela trazia de mais precioso ainda estava intocado. Por enquanto.

Eles partiram antes que o sol tivesse realmente irrompido no céu, e Brendol resmungou que eles deveriam andar à noite, quando o ar estivesse frio e limpo, em vez de deixar o trabalho para o calor do dia. Siv esperava que Phasma compartilhasse os próprios pensamentos sobre o assunto, mas ela permaneceu em silêncio. Na terra dos Scyre, Phasma faria uma forte reprimenda a qualquer guerreiro em sua companhia que reclamasse ou questionasse seu julgamento, e haveria punição para qualquer um que desacelerasse o grupo inteiro com sua falta de vigor e energia. Ainda assim, ela acompanhava o ritmo de Brendol sem dizer uma palavra, subitamente ajustando o passo toda vez que eles começavam a sair de sincronia. Siv era muito bem treinada a essa altura para questionar essa estranha e silenciosa batalha de vontades. Sua única tarefa era chegar viva à nave de Brendol, preservando seu bebê e Torben da melhor maneira possível. Mesmo que tivesse dúvidas, Phasma era sua líder, e Siv estava obrigada a seguir suas ordens, mesmo quando se sentia em conflito pela interferência de Brendol.

Eles deixaram os prédios havia tanto tempo vazios, e novas formas se ergueram contra o céu da manhã. Estas não eram casas pequenas como aquelas que preenchiam a área anterior. Eram enormes estações, tão grandes quanto Terpsichore ou Arratu, mas... devastadas. Na primeira faltava uma parte do telhado de metal, com sombras negras assombrando as paredes brancas. Quanto mais andavam, mais danificados pareciam os edifícios. Seus telhados haviam sumido, as paredes queimadas, rachadas e com grandes pedaços ausentes. Siv sentiu-se tonta quando olhou em volta e tentou imaginar o que poderia causar tanto dano a uma área tão grande. Até mesmo o imenso oceano demorava anos para destruir os penhascos de rocha dos Scyre. Depois que eles pararam para cuidar das necessidades pessoais por trás de uma estrutura particularmente mutilada, Siv notou várias sombras negras em forma de pessoas pintadas na parede.

– O que é isso? Mais arte? – ela perguntou a Brendol, que estava esperando nas proximidades, à sombra de uma parede, sem os óculos de proteção e com os envoltórios de tecido soltos enquanto coçava os olhos.

Ele se virou para seguir o olhar dela.

– Resíduo de uma explosão nuclear – disse ele, testa franzida e boca tensa. – Devemos estar perto do epicentro.

– Resíduo?

– Oh, veja. As pessoas estavam em pé na frente da parede quando a bomba as atingiu. Tudo explodiu e o poder da explosão desintegrou-os onde estavam. Seus restos mortais foram impressos contra a parede pelo poder da explosão. Está vendo?

– Não. Eu não sei o que é uma explosão.

Todos, exceto Torben, agora haviam se reunido para ouvir, e Brendol colocou as mãos nos quadris e os considerou. Ele colocara sua roupa preta de volta em algum ponto depois de Arratu, e a cor estava sendo desbotada pelo sol, as pregas e dobras cuidadosas, os volumes bufantes todos empoeirados de cinza e amarrotados. As botas pretas outrora brilhantes estavam opacas e rachadas. Sua barba tinha crescido e se tornado um emaranhado de vermelho e branco, e seu rosto estava vermelho de um jeito nada saudável, desenvolvendo algumas espinhas como as que Siv sofrera durante a adolescência.

– Olha, é muito complicado – disse Brendol. – Mas você sabe o que é raio?

Siv confirmou balançando a cabeça.

– Claro.

– Imagine um raio enorme. Tão grande e com tanto poder que possa destruir tudo até onde a vista alcança. Cada pessoa, cada animal, cada planta, cada edifício. Apenas as superfícies mais fortes dos minerais mais resilientes podem sobreviver. A matéria orgânica é desintegrada, totalmente destruída e não deixa nada para trás. O céu inteiro fica negro de fumaça, bloqueando o sol e transformando a chuva em veneno. Literalmente nada sobrevive.

– Não consigo imaginar isso – disse Siv, mas sua voz era oca.

Ela não podia imaginar, mas podia *entender*. A descrição de Brendol explicava muito sobre Parnassos, sobre por que não havia sobrado mais nada. Ela sempre ouvira falarem que o próprio planeta tinha sido a causa da destruição de seu povo, mas isso fazia muito mais sentido. Claro que eram as pessoas. As pessoas tinham destruído aquele lugar. E tinham abandonado os poucos sobreviventes para juntar as peças de uma vida violenta preenchida de dor e tormento. Torben tinha se juntado a eles e ouvira a última parte. Seu rosto corou de fúria, como se ele pudesse alegremente arrastar a pessoa responsável de qualquer buraco em que estivesse escondida e a espancar até a morte. Passou um braço ao redor de Siv, como se desejasse que ele pudesse protegê-la e ao bebê de todas as tristezas que Parnassos tinha infligido.

– Quem fez isso? – perguntou Phasma.

Brendol riu.

– Não é óbvio? A Con Star Mining Corporation. Quer eles tenham sido responsáveis pelo bombardeio, quer uma empresa rival, ou se sua tecnologia defeituosa desencadeou um colapso nuclear, claramente eles foram os culpados. E, em vez de resolver os problemas, abandonaram o planeta inteiro.

– Eles ainda fazem negócios em seu mundo? – perguntou Phasma.

– Eles são uma empresa grande e lucrativa na galáxia, sim.

– Algo precisa ser feito.

Brendol assentiu, parecendo pensativo.

– Talvez isso possa ser arranjado. Eles possuem muitos recursos valiosos, e a Primeira Ordem sempre precisa de mais recursos.

Siv sentiu que Phasma e Brendol tinham acabado de chegar a um acordo tácito, que tinham algum entendimento prévio de como seus caminhos se... bem, não se cruzariam. Provavelmente também não se entrelaçariam, porque Phasma parecia não gostar particularmente dele. *Alinhariam* era provavelmente a melhor palavra. Brendol tinha algo em mente para Phasma fazer, algum lugar especial para ela entre o seu povo que iria beneficiá-lo.

Brendol foi o primeiro a caminhar, virando-se das sombras impressas como se tivesse acabado de olhar para uma pedra particularmente entediante. Os stormtroopers o seguiram, assim como Phasma, que rapidamente o ultrapassou para liderar o grupo. Siv e Torben se demoraram por um momento, e ele a puxou com mais força para o seu lado. As sombras negras pareciam ter dois tamanhos diferentes, e Siv imaginou ver adultos e crianças ali, um grupo familiar inteiro reduzido a nada além de uma imagem nebulosa na parede.

– Quanto mais rápido andarmos, mais rápido encontraremos segurança – Torben lembrou-a.

Ela se virou nos braços dele para olhá-lo no rosto sem máscara, e imediatamente colocou as costas da mão em sua testa.

– Você se sente febril? – perguntou ela.

Pois, embora a raiva tivesse passado, sua pele permanecia corada. Alguns pequenos pontos espreitavam sob sua barba marrom desalinhada, e seus olhos eram verdes e brilhantes contra brancos rosados.

Sua pele estava fria contra a dela, porém, e quando ela colocou as pontas dos dedos no pulso dele, seu coração estava batendo firme e forte.

– Eu me sinto bem – disse ele, sobrancelhas unindo-se em confusão. – E você?

Ela pôs a mão na própria bochecha. Sua pele também parecia fria, mas seus dedos dançaram sobre alguns calombos nas têmporas, na linha onde o cabelo preso para trás começava.

– Churkk disse que haveria uma doença. Eu me pergunto se é assim que começa.

Torben gentilmente puxou a máscara para o lugar e insistiu para que Siv andasse enquanto os outros desapareciam ao redor do próximo edifício.

– Perguntaremos a Brendol depois – disse ele, dando-lhe um pequeno aperto. – Nada pode ser feito por enquanto. Eu me sinto forte como sempre.

Ele bateu no peito e sorriu para ela, que retribuiu o sorriso, embora o sentisse falso. Aprendera muito com os corpos, cuidando dos detratores e, antes disso, cuidando dos idosos e dos doentes na Nautilus. Quando várias pessoas mostravam sinais semelhantes de alguma nova doença, nunca era um bom presságio.

Mas Torben tinha razão. Não havia nada a ser feito, apenas continuar andando. O que quer que fosse essa doença, Siv nunca tinha ouvido falar dela, e não tinha elementos curativos em sua mochila ou em sua memória. Tudo o que podia fazer era certificar-se de que todos usassem uma porção extra de bálsamo e de linimento, e torcer para que ele continuasse a proporcionar algum tipo de proteção. Ambos correram para alcançar os outros, subindo a pequena colina de uma duna. Toda vez que saíam de um ponto baixo, Siv ficava animada com a visão do que quer que estivesse além do cume. Mesmo que o que ela visse geralmente só trouxesse problemas, dos lobos de pele a Arratu e à cerca e às terras mortas além, ela ainda sentia uma onda de otimismo. Desta vez, finalmente, suas esperanças foram correspondidas.

Eles atingiram o ápice da duna quando o sol estava a pino e olharam para baixo, onde havia duas coisas: extrema devastação… e os remanescentes de uma nave.

VINTE E SETE

EM PARNASSOS, DEZ ANOS ANTES

– Aí está – disse Brendol, soando alegre pela primeira vez na memória de Siv.

– Parece intocada – acrescentou Phasma, olhando através dos quadnocs. – Se alguém tivesse chegado primeiro, a nave teria sido despojada de tudo.

Pelo que Siv podia ver, a nave era do tamanho de um prédio, coberta pelo metal mais brilhante que já vira, brilhante o suficiente para rivalizar com os besouros que tinham coberto Churkk, mas prateada em vez de dourada. O sol brilhava tão ferozmente sobre ela que Siv teve que proteger os olhos com as mãos. A esperança cresceu em seu coração, e ela mal podia conter o entusiasmo e a ansiedade. Por mais que tivesse se permitido acreditar no futuro prometido de Brendol, ela nunca havia confiado plenamente no homem nem na sua história sobre o poder e a generosidade da Primeira Ordem.

A nave acidentada estava bem na frente de uma estrutura que ela reconhecia muito bem: outra estação da Con Star Mining Corporation. Tinha sido totalmente destruída, assim como todas as dependências ao redor. Pedaços retorcidos de metal e estacas quebradas despontavam pela areia, e dois grandes cilindros do tamanho da própria estação se elevavam atrás dela, mortos e cinzentos contra o céu azul.

– Foi o que aconteceu – disse Brendol, quase para si mesmo. Então, mais alto: – Foi um acidente nuclear. Alguém deve ter feito cortes nos materiais de construção ou cometido outro erro estúpido. A galáxia deveria estar além desse tipo de tragédia. Sob a Primeira Ordem, uma empresa não poderia simplesmente devastar um planeta e abandoná-lo. Quem sabe quantas vidas foram perdidas aqui. – Ele balançou a cabeça e cuspiu na areia e, pela primeira vez, Siv não o culpou. Se desperdiçar uma pequena gota de umidade era uma blasfêmia, matar milhões de pessoas era infinitamente pior.

– Então a doença... – Siv começou.

Brendol olhou para ela, sua alegria anterior agora desaparecida.

– Sim. Vamos senti-la em breve. Envenenamento por radiação. A vermelhidão, as bolhas. Então, fraqueza. Vai piorar. Quanto mais rápido chegarmos à minha nave e chamarmos a Primeira Ordem, mais rápido eles vão nos tirar desta rocha morta e nos administrar o antídoto.

– Qual é?

Brendol fez um aceno de desdém.

– Quelação, antioxidantes, drogas. Não é minha área de especialização. É por isso que temos droides médicos. A questão é que, quanto mais tempo passarmos aqui falando sobre isso, menores são as nossas chances de sobreviver por tempo suficiente para sermos curados.

Phasma saiu correndo, e até mesmo Brendol encontrou alguma velocidade indo atrás dela. Eles desceram pelo outro lado da duna e entraram na cratera abaixo, escorregando e escorregando na areia, caindo e retomando a corrida. Uma dor latejante começou atrás dos olhos de Siv, e por um momento ela viu imagens dobradas e quase desmaiou, mas então Torben a estava segurando, e ela estava de pé e correndo novamente. Até mesmo os guerreiros Scyre estavam cansados quando chegaram perto o suficiente da espaçonave para ver os ângulos da superfície lisa e as placas rachadas de metal espalhadas em volta e danificadas pelo impacto.

Brendol respirava com tanta força que não conseguia falar. Ele acenou com o braço para seus stormtroopers e eles tentaram subir no metal, suas botas deslizando na superfície cromada. Siv não conhecia essa palavra – *cromada* –, mas eu conheço. Tenho certeza de que você se lembra dessa embarcação, tendo viajado a bordo dela algumas vezes na sua época. Houve um tempo em que era o iate favorito de Palpatine em Naboo, e eu não sei como Brendol colocou as mãos nele, mas adorou. E então a nave desapareceu dos registros. Talvez você se lembre de quando parou de vê-la. Talvez Brendol tenha dito que a vendeu ou que foi aposentada. Ele provavelmente não queria admitir que havia caído com ela e a abandonado.

Não era tarefa fácil invadir uma espaçonave danificada daquele tamanho sem o equipamento certo, e os stormtroopers estavam fazendo um mau trabalho.

– Deixe isso com a gente – disse Phasma, e acenou para Siv e Torben.

Contente por ter trabalho real a fazer, eles tiraram seus equipamentos Scyre das mochilas, botas de garras, luvas e cordas de rapel e ganchos feitos de detritos e equipamentos de mineração enferrujados. Na terra dos Scyre, essas coisas eram necessárias todos os dias, mas as plataformas de escalada eram inúteis desde que haviam descido a montanha e aterrissado em areia sem fim. Por apenas um momento, tendo subido em sua corda para ficar no alto da asa prateada da espaçonave, Siv foi inundada de pura alegria e realização, esquecendo tudo o que havia acontecido com sua família na última semana. Quando olhou através da proteção quebrada da cabine, no entanto, sua felicidade fugiu. Dois humanos mortos estavam sentados do lado de dentro, amarrados em suas cadeiras em capacetes pretos, besouros lutando para lamber o sangue seco que manchava suas roupas pretas.

Quando Phasma se virou para soltar uma corda de rapel para os soldados a fim de ajudar a levar Brendol para dentro da cabine, ela congelou. Siv seguiu seu olhar e sentiu o coração falhar. Era Keldo. E todos os Scyre e todos os Claw, já sobre a duna e avançando, armas prontas.

– Puxe-me! – gritou Brendol. – Depressa!

O que quer que tenha dito depois, foi perdido em uma rajada de espingardas dos soldados e na louca cacofonia dos gritos de guerra.

Pelo menos cinquenta pessoas estavam indo direto para o naufrágio, e Siv e Torben se abaixaram quando mais disparos de blasters tremeluziram da espaçonave e atingiram o espaço ao redor deles. O povo de Keldo devia ter encontrado os blasters de Gosta e os outros reserva deixados para trás nos GAVs.

Siv nunca estivera na ponta receptora dos disparos, e aquilo era desorientador. O metal brilhante os refletia, mas isso significava que havia duas maneiras de levar um tiro: o disparo inicial e os ricochetes que espirravam em direções aleatórias. Phasma lutou para, sozinha, puxar Brendol para cima da nave, mas depois a corda soltou dos dedos enluvados, perturbada por um disparo de sorte. Brendol caiu mais de um metro e aterrissou mal, gritando e batendo as costas enquanto seus troopers se ajoelhavam diante dele, devolvendo fogo contra os agressores que se aproximavam.

– Precisamos voltar ao solo e defender Brendol – disse Phasma.

– Ele não é um de nós! – gritou Torben, declarando claramente o que Siv vinha lutando tanto para comunicar.

– Mas ele é o único capaz de conseguir a ajuda da Primeira Ordem. Se não o salvarmos e o trouxermos até aqui para fazer o chamado, morremos aqui.

Siv entendeu e odiou a verdade daquilo; sabia que sua única chance era seguir as ordens de Phasma. Quando ela saltou para trás da espaçonave para descer de rapel, Siv a seguiu, e Torben estava bem atrás delas. Pousaram em uma nuvem de areia, as mãos de Siv ardendo com o atrito da corda, mesmo através das luvas.

– Proteja Brendol a todo custo – disse Phasma, falando a eles e aos soldados, que já estavam fazendo isso.

Phasma arrancou um retângulo de metal da areia e virou a espaçonave quebrada para proteger os agressores, e Torben seguiu o exemplo. Siv se juntou com gosto a ele por trás da barricada improvisada enquanto os stormtroopers faziam o mesmo, abrigando Brendol entre eles atrás do painel. Com cada disparo de blaster, o metal ecoava e sacudia, e Siv usou ambas as mãos para empurrar a areia atrás dele e ajudar Torben a contê-lo. Sempre que sentia uma pausa no tiroteio, Siv espiava ao redor da borda e disparava de volta. O súbito ímpeto de triunfo que sentia cada vez que um dos disparos de blaster encontrava o alvo era imediatamente engolido pela tristeza quando seu cérebro registrava quem acabava de derrubar. Essas pessoas tinham estado lá por toda a sua vida, ajudando-a a andar na Nautilus, ensinando-a a construir botas fortes e incentivando-a a ser destemida enquanto ela aprendia a saltar entre as torres de pedra. Agora ela estava acabando com eles puxando um único gatilho; nem mesmo era uma luta valente e digna. A maioria deles estava armada apenas com machados e facas, as armas rústicas dos Scyre, e ainda assim continuavam correndo em sua direção, gritando como se tivessem uma chance. Um por um, ela os pegava e os via tombar.

Apesar de estarem decrescendo em número e do constante fogo cruzado de blaster que os separava, Keldo e seu povo continuaram o ataque. Alguém prendera um pedaço de metal na frente do trenó de Keldo e ele se abaixava atrás dele, evitando o fogo exatamente como Siv, o que a deixava ao mesmo tempo frustrada e contente. Ela não queria machucá-lo, mas também não queria morrer. Os Scyre e os Claw se aproximavam depressa, e Siv suspeitava que, em breve, estariam perto o suficiente para chamar uns aos outros pelo nome e ver a luz abandonar os olhos dos amigos que estavam morrendo longe de seu território, cercados por besouros e cobertos de areia cinzenta.

O primeiro guerreiro colidiu com o escudo de metal de Phasma, um Claw brandindo um grande machado, visando o corpo atrás da placa. Phasma colocou um pé contra o metal e o chutou, despachando-o com um disparo de blaster impessoal no peito. Se não fosse por sua altura imponente e pelos tecidos dos Arratu entre as juntas de sua armadura, ela poderia facilmente ter sido um dos stormtroopers sem rosto e sem nome de Brendol.

Siv não tinha tempo para refletir sobre a transformação de sua líder. A onda de guerreiros atacava, e ela estava ocupada demais brandindo sua foice e atirando com o blaster para pensar em filosofia. O blaster não era tão forte ou confiável quanto os que Phasma e os soldados usavam, mas Siv era grata pela habilidade de lutar em dois planos distintos e acabar com um inimigo sem precisar arrancar uma lâmina da carne pegajosa. Ela derrubou dois Claw com o blaster, mas a arma estalou e não disparou contra o terceiro corpo na linha de fogo. Com seu próprio grito, tomada inteiramente pela sede de sangue da guerra, Siv se levantou de trás do escudo e atacou com uma de suas lâminas, uma arma que nunca falhava. Partiu o pescoço de uma mulher, quase decepando-o dos ombros.

Os olhos surpresos da mulher encontraram Siv, e Siv percebeu que era Ylva, a mãe de Frey. Ela puxou a lâmina, horrorizada, e olhou ao redor em busca da garotinha, mas tudo o que viu foram ainda mais guerreiros que queriam seu sangue. Ylva cuspiu sangue no chão e começou a gritar enquanto os besouros dourados surgiam da areia, invadindo-a e banqueteando-se com o sangue. Não havia remédio para aquilo; tais feridas não se curariam. A única dádiva de Siv era a misericórdia. Ela cortou a garganta de Ylva e passou para o agressor seguinte; não havia tempo para usar os detraxores ou dizer uma prece para Ylva, não havia tempo para limpar o sangue da foice.

Ela vislumbrava, entre ataques, seus companheiros guerreiros, sua antiga família. Torben lutava contra o próprio irmão, nascido muito menor e menos inclinado à brutalidade, e ficou claro que ele não queria ser o responsável pela morte do irmão mais velho. Eles lutavam com as mãos nuas, suas armas há muito caídas na areia, e, embora Torben pudesse ter encerrado a luta de dez maneiras diferentes, quebrando o pescoço ou a espinha de seu irmão ou enfiando seu nariz no cérebro, apenas continuou rosnando contra ele, segurando-o em algo que poderia ter sido um abraço se eles não estivessem murmurando ferozmente um ao outro sobre lealdade, cercados pelos mortos e moribundos.

Entre ataques, Siv observava seus aliados se esforçando, percebendo como eles eram poucos. Um dos stormtroopers estava morto, e Brendol estava diligentemente curvado atrás do escudo, vestindo a armadura do homem. O outro trooper tinha um blaster em cada mão e meticulosamente atirava em todos no seu caminho. Um rastro de corpos deslizava pela duna, cheios de buracos de blaster e fumaça, alguns ainda rastejando ou gemendo. Não era assim que as lutas aconteciam na terra dos Scyre, não era como o bando de Balder enfrentava os guerreiros de Phasma. Havia um elemento de coragem e respeito em seus conflitos, os bandos testando um ao outro, aguçando suas habilidades contra a oposição como uma lâmina sendo afiada em pedra. Mas isso? Era massacre, e revirava o estômago de Siv. Não havia honra nessa luta.

Quanto a Phasma, ela abandonara seu escudo e entrara em seu elemento puro: a guerra. Dançava de agressor em agressor, fugindo de cada golpe de espada e de machado. Havia uma elegância elementar em todos os seus movimentos, na precisão fria com que despachava cada guerreiro que se aproximava dela com más intenções. Observando-a, Siv podia ver o caminho que ela estava fazendo, que levava diretamente para Keldo. Incapaz de lutar, graças à sua perna perdida, ele esperava por trás do escudo, a máscara escondendo seu verdadeiro rosto, e dois blasters descartados na areia perto do trenó. Dedos minúsculos curvados em torno de seu escudo sugeriam que a criança, Frey, se escondia atrás dele, com Keldo.

Foi nesse momento que Siv se deu conta de que, mesmo se Phasma estivesse errada, Keldo também não estava certo. Um bom líder aceitaria a perda de seus maiores guerreiros e trabalharia para reforçar seu território. Ele teria armado a próxima linha de defesa, garantido comida e abrigo para aqueles que permanecessem, e se concentraria em manter seu relacionamento com o bando mais próximo, que estava igualmente enfraquecido. Em vez disso, Keldo havia abandonado sua casa geracional, o território pelo qual haviam lutado tanto e desistido de tanto, e trazido todo o seu povo para lá, através das terras inóspitas, para morrer em uma jornada inútil de vingança.

Um grito baixo atraiu a atenção de Siv, e ela viu Torben cair. O homem grande caiu de joelhos, depois deitou suavemente de lado na areia, o sangue jorrando de um corte no lado de seu corpo, a máscara escorregando do rosto. Seu irmão estava em pé sobre ele, olhando para a lâmina na mão em horror mudo. Era, até onde Siv sabia, a primeira morte dele. Ela queria correr para Torben, consolá-lo, segurá-lo, fazer as orações adequadas, mas sabia muito bem quando uma ferida era fatal. Nada que ela pudesse fazer iria salvá-lo. Os olhos dele já estavam abertos para o céu azul, vazios, os besouros fervilhando em um rio dourado para sugar a ferida aberta.

O irmão de Torben olhou para ela, seus olhos implorando por algo. Perdão, talvez, ou compreensão, ou que ele pudesse, de alguma forma, acordar daquele pesadelo. Ele não era um guerreiro e jamais ganhara sua máscara, o que significava que suas lágrimas estavam ali para todos verem. Siv não podia dar o que ele procurava. Pegou o blaster do stormtrooper morto e atirou no irmão de Torben, seu assassino, um único disparo cuidadosamente colocado para garantir a letalidade. Um pequeno sorriso iluminou-lhe o rosto antes que ele caísse, e ela pensou ter visto seus lábios formarem a palavra *obrigado*.

Siv procurou a próxima luta e descobriu que não havia mais ninguém. Torben havia partido, e os dois soldados de Brendol estavam no chão, um meio despido de sua armadura. As únicas pessoas ainda de pé eram Brendol Hux, encolhido atrás de seu escudo, parcialmente enfiado em uma armadura em que não cabia, e Phasma, em pé em um círculo de corpos que estavam sendo tomados por redemoinhos de sangue vermelho e besouros dourados. E, ao longe, Keldo em seu trenó. Corpos jaziam por toda parte. Considerando que a maioria deles eram velhos ou nunca tinham sido guerreiros, parecia menos uma vitória e mais um massacre de tolos.

Soltando o escudo, Siv lançou a Keldo um olhar duro, atravessou o campo de batalha e se ajoelhou ao lado do corpo de Torben no lado oposto do dilúvio de besouros. Tirando seu detraxor da bolsa, ela prendeu uma nova pele e inseriu a ponta no lugar. Enquanto a máquina zumbia e ganhava vida, fazendo seu trabalho e privando os besouros de seu objetivo, ela gentilmente puxou a máscara da cabeça de Torben e a partiu ao meio sobre um joelho. A pele dele estava mais vermelha agora, começando a descascar, e os lábios tão secos que estavam partidos. Seus olhos cegos fitavam o sol, fazendo uma pergunta que nunca seria respondida.

– Obrigado por nos servir, Torben – disse ela, as lágrimas ameaçando cair. – Seu hoje protege o amanhã do meu povo. Do corpo ao corpo, do pó ao pó.

O irmão estava por perto, e ela colocou o outro detraxor para trabalhar, recitando a mesma oração. Mesmo que o povo de Brendol conseguisse salvá-los a tempo, antes que a doença realmente se instalasse, e mesmo que esses medicamentos rudes não tivessem utilidade nas naves entre as estrelas, essa era a tarefa de Siv. Era assim que ela ajudava a família. Isso é o que ela era. E assim ela honraria seu povo.

Mas a luta, na verdade, não tinha acabado.

Phasma tinha as próprias responsabilidades.

Ela e Keldo se entreolharam sobre o campo de batalha. Ele tirara sua máscara feroz, como se pudesse simplesmente deixar a violência de lado. Embora Phasma usasse um capacete e a face vermelha e queimada de seu irmão estivesse desnuda, Siv sabia muito bem que nenhum dos dois piscava. Parecia ser uma batalha de vontades, a princípio, mas estava claro que Keldo não podia se mexer. Ele tinha um trenó sem ninguém para puxá-lo e apenas uma perna, embora usasse a prótese feita com o droide e se sentasse ereto com a pequena Frey no colo.

Uma criança órfã e um campo de areia e cadáveres formavam uma divisão impossível entre Keldo e sua irmã. Quando Phasma abaixou o blaster e atravessou o campo sangrento até ele, isso não foi de modo algum um ato de subserviência. Era uma declaração: *Eu ando porque você não vai andar. Porque você não pode.*

E Keldo sabia disso. Seu rosto ficou ainda mais vermelho conforme ela dava passos poderosos e deliberados em direção a ele. Ainda assim, Phasma não removeu o capacete, mas também não precisava. Ela era a mulher mais alta que Siv já vira, e, mesmo que isso não tornasse clara sua presença, sua coragem combativa o fazia. No que parecia uma eternidade, a orgulhosa guerreira em armadura chamuscada e suja se aproximava do homem indefeso preso sozinho no deserto. Brendol finalmente se levantou e se endireitou, silenciosamente desembaraçando-se da armadura que não servia bem e esfregando seu uniforme preto como se reconhecesse que algo importante estava ocorrendo. Seguiu o caminho de Phasma, com a pistola na mão, mas, enquanto ela andava a passos largos como um colosso, ele escolhia os espaços e saltava sobre os corpos como se estivesse enojado com a verdadeira carnificina da guerra que sua presença havia provocado.

Siv ouviu o som revelador de um detraxor que não tinha mais trabalho a fazer e olhou para Torben. Seu corpo enorme, outrora seu abrigo e seu conforto, tinha sido reduzido a uma casca triste e afundada. Os besouros haviam fugido, sem mais sustento para atraí-los. Reconhecendo seu chamado, ela trocou de pele e procurou o próximo corpo, mas todos estavam repletos de besouros. Ela só podia sentar-se em seus calcanhares e observar enquanto atravessava um golfo intransponível, com Brendol, uma figura quase cômica, seguindo seu rastro.

– Phasma? – perguntou Keldo. – Tire o capacete e fale comigo.

Phasma sacudiu a cabeça.

– Enquanto você se senta atrás de dois escudos? Não. Os guerreiros ganham suas máscaras quando merecem, e eu obtive uma superior.

Keldo fechou a cara com desgosto.

– O que você se tornou, Phasma? Essa não é a sua voz. Essas não são suas palavras. Essa não é a sua máscara. Você destruiu tudo pelo que trabalhamos.

O próximo passo que Phasma deu carregava uma nova ameaça. Keldo sentiu e se encolheu.

– Errado, Keldo. *Você* destruiu. Nós tivemos uma chance. Uma chance de deixar essa casca moribunda de vida por algo melhor. Em vez de se agarrar a essa grandeza, você condenou seu povo.

– Eu não matei essas pessoas, Phasma. Foi você que fez isso.

– Você entregou-os ao destino da morte.

Brendol aproximou-se um passo, as mãos atrás das costas e a postura ereta e formal.

– Phasma, devemos chamar a Primeira Ordem. Estamos desperdiçando tempo. A doença logo vai se instalar. – Suas palavras brutais e abruptas se propagavam no ar parado. – Você sabe o que tem que acontecer agora.

Ajoelhada na areia, cada respiração rasgando sua garganta seca, os olhos queimando e a pele descascando, Siv observava a cena se desdobrar como se fosse um sonho.

Keldo levantou as mãos, implorando.

– Phasma, não faça isso. Não *seja* isso.

– Eu sei o que sou, Keldo. Eu sempre soube. Essa é a diferença entre nós. Estou disposta a terminar o que comecei.

Phasma deu um passo na direção de Keldo, pegou o blaster e atirou no peito dele.

Os olhos de Keldo se arregalaram e seu corpo ficou mole, tombando de lado para fora do trenó. Um grito minúsculo e irregular saiu de Frey, ainda se escondendo atrás do escudo. Phasma apontou o blaster.

– Não! – gritou Siv.

A cabeça de Phasma girou como se tivesse esquecido que Siv existia, muito menos que sobrevivera à batalha, mas o blaster de Phasma não vacilou. Seu capacete virou-se para olhar para Brendol, como se estivesse fazendo uma pergunta.

– A Primeira Ordem sempre pode usar crianças fortes – ele disse. – Se ela puder sobreviver à doença.

Phasma assentiu uma vez.

– Siv – ela chamou.

Foi o suficiente para quebrar o feitiço. Siv esqueceu os detraxores, seus pés batendo na areia para arrancar a criança do trenó e abraçá-la com força, o último membro restante de sua família.

– Siv? O que aconteceu? – Frey perguntou. – Onde está a mamãe?

– Não diga nada, amor – Siv sussurrou no cabelo castanho desgrenhado da criança. – Nós vamos dar uma volta pelas estrelas.

VINTE E OITO

EM PARNASSOS, DEZ ANOS ANTES

O TEMPO FICOU ESTRANHO DEPOIS DISSO. Quando a loucura da batalha diminuiu, a doença se instalou. Siv já tivera febre uma vez quando criança, alternando entre quente e fria enquanto seus ossos pareciam queimar e sua cabeça latejava no ritmo do oceano. Essa doença era assim. Além da pele vermelha, que descascava, bolhas e uma sensação de que seu corpo estava inchando, sua pele se distendendo além da capacidade. Frey sofria o mesmo, e Siv cobriu o rosto dela com bálsamo e lhe deu um cantil de água para sugar, esperando que o líquido extra e os nutrientes ajudassem a garota a combater a enfermidade.

De volta ao local do acidente, Phasma subiu rapidamente até a cabine, usando suas cordas. Embora tivesse levado algum tempo, ela conseguiu içar Brendol até o bico da espaçonave. Juntos, eles destruíram o vidro restante, empurraram os pilotos mortos para fora e começaram a trabalhar em qualquer tipo de mágica tecnológica que Brendol usava para enviar seu pedido de ajuda ao espaço.

– O que aconteceu? – Frey continuava perguntando.

A própria Siv não tinha certeza. Uma simples discordância resultara em uma jornada insana e em um genocídio ainda mais inacreditável. Como ela poderia dizer à criança que todos que ela conhecia estavam mortos porque Phasma e Keldo haviam fracassado como líderes? Ela não podia. Especialmente não onde as duas únicas pessoas capazes de salvar sua vida pudessem ouvir.

Tudo o que ela podia fazer era o que sua mãe fizera: ensinar a criança a continuar. Ela explicou os detraxores, mostrou a Frey como trocar as peles de água e fez com que ela repetisse a prece a cada novo corpo, por mais que os besouros já tivessem reclamado a maior parte de seus líquidos. Frey não parecia particularmente interessada, mas, por outro lado, a garotinha devia estar em choque, e adoecia mais a cada minuto. Os movimentos de Siv estavam ficando lentos; a visão, embaçada. Ela olhou para o céu, esperando ver uma espaçonave aparecer ali e se perguntando como seria. Brilharia com toda a força do sol? Ou bloquearia o sol, tão grande quanto uma das estações da Con Star?

Quando finalmente apareceu, não era nada do que ela esperava.

A nave de Brendol lembrava a estrela cadente que tinham visto, brilhante, prateada e luminosa, mas a nave da Primeira Ordem que veio salvá-los era negra e com ângulos retos, cortando o céu como um dos tubarões que eles temiam nas ondas frias e selvagens da terra dos Scyre. Ficou pairando ali no azul por alguns momentos longos e oníricos, antes de destacar uma espaçonave menor e compacta, que se dirigiu diretamente para eles e pousou em um trecho vazio de areia cinzenta. Uma escotilha se abriu com um silvo de vapor, e fileiras de stormtroopers marcharam em passo constante, as armaduras servindo perfeitamente e dolorosamente brilhantes.

– O que é isso? – perguntou Frey.

– Nossa salvação – respondeu Siv, sorrindo.

Phasma e Brendol desceram da nave fazendo rapel com a ajuda das cordas e caminharam em direção aos troopers. Brendol estava na frente, Phasma assumiu sua posição atrás dele, o blaster entre as duas mãos para imitar os outros stormtroopers. Entre as duas fileiras de soldados brancos marchava um jovem da mesma idade de Siv e Phasma, uma versão mais jovem e magra de Brendol. O uniforme preto do homem era imaculado e impecável, os cabelos ruivos cuidadosamente penteados.

– A Primeira Ordem está satisfeita pelo senhor ter sobrevivido, pai – disse ele, com o mesmo tom seco de Brendol.

– Eu devo minha boa sorte a Phasma. Phasma, este é meu filho, Armitage.

Phasma inclinou a cabeça, mas não disse nada. Armitage olhou-a de cima a baixo, mal escondendo seu ceticismo.

– A Primeira Ordem agradece a você, Phasma – o jovem disse, claramente tentando impressionar o pai.

– Ela vai se juntar a nós na *Finalizador*. Assim como esta criança. Venha agora. – Brendol se virou e estendeu a mão, e Siv agarrou-se a Frey, percebendo que ninguém havia falado da contribuição de Siv ou de seu destino.

– Solte-a – Phasma disse, e as mãos de Siv se abriram dos ombros de Frey. – Venha, Frey.

Frey olhou para Siv, com os olhos febris e cheios de medo.

– É só a Phasma – disse Siv, sua voz fraca. – Vá até ela.

Phasma segurou o blaster numa das mãos e ofereceu a outra mão enluvada a Frey, que deu a Siv um último e perturbado olhar antes de correr para pegar a mão estendida. Siv ficou em pé e deu alguns passos vacilantes na direção dos outros, com cuidado para dar a volta nos corpos.

– E quanto à outra? – perguntou Armitage, olhando para Siv com desgosto.

– Ela já está em estágio muito avançado – disse Brendol. – E é muito fraca para os nossos propósitos.

O coração de Siv afundou no peito.

– Phasma? – ela pediu.

O capacete de Phasma se virou para ela, sem dar nenhuma pista do que a guerreira poderia estar sentindo.

– Quando eu ordenei que você matasse Wranderous, o que você fez?

Siv piscou contra o sol, seu mundo agora embaçado.

– Fiz o que achei certo. Mostrei misericórdia a ele.

– Você desafiou uma ordem direta, e isso não será tolerado.

Brendol sorriu e assentiu.

– Você se dará bem na Primeira Ordem, Phasma.

Armitage inclinou a cabeça.

– Vamos, então? O Líder Supremo tem muito a discutir com o senhor, pai.

Todo esse tempo, os stormtroopers haviam permanecido imóveis como pedra. Ao sinal de Brendol, eles se viraram, subiram de novo a rampa e entraram na espaçonave deles, Brendol e Armitage caminhando lado a lado entre as fileiras organizadas. Após uma breve pausa, Phasma seguiu, segurando a mão de Frey.

– Phasma? – perguntou Siv novamente, implorando desta vez, seu mundo se despedaçando quando a última pessoa viva de seu bando deu as costas para ir embora.

Phasma parou e olhou por cima do ombro.

– Há outra estação logo depois da próxima duna. Na maior parte, ela escapou da destruição. Brendol diz que pode estar abastecida com suprimentos médicos. – Ela continuou andando. A última coisa que ela disse foi: – Ele está certo. Você é fraca demais.

Sem outra palavra, sem um pedido de desculpas, Phasma e Frey subiram a rampa e entraram na espaçonave. Quando todos estavam a bordo, a rampa subiu, derramando areia cinzenta pelas laterais. A nave decolou com uma rajada de vapor e ruído, fazendo a areia rodopiar em grandes nuvens que fizeram Siv engasgar e apertar os olhos. Quando ela foi capaz de enxergar de novo, a única evidência de que a Primeira Ordem visitara Parnassos eram os rastros na areia, um naufrágio abandonado e os corpos de todos os que já amara.

Quando a espaçonave maior devorou a menor e desapareceu, as pernas de Siv cederam e ela caiu na areia. Parecia macia, a princípio, calorosa e tranquilamente receptiva, mas depois começou a queimar, a coçar. Siv estava febril; seus lábios, cobertos de bolhas, e os olhos pareciam cheios de areia, embora ela não soubesse dizer se era areia real ou parte da doença. Mas, sendo um sonho ou não, Phasma lhe dera um pouco de esperança, mesmo ao partir seu coração. E Siv ia aceitar.

Ela se arrastou de corpo a corpo, coletando tudo o que pôde encontrar. Água, comida, armas, capas. Colocou o capacete de Pete e olhou em volta, admirada com um mundo totalmente novo. Parecia ajudar a bloquear a náusea, ou pelo menos a rudeza cegante do sol, e ela se ajoelhou para dizer um último adeus a Torben. Ao desabar ali, areia enterrando seus joelhos, ela quase desistiu, mas então aquela persistente cambalhota na barriga a incitou a ficar de pé e arrastar-se pela areia, puxando suas bolsas com os itens que encontrara até a próxima duna e na direção da estrutura do outro lado dos cilindros gigantes que Brendol chamara de reator nuclear. As paredes brancas do edifício mostravam marcas de uma explosão, mas, fora isso, estavam mais ou menos inteiras. A porta se abriu tão facilmente quanto as portas das outras estações da Con Star Mining Corporation; com todos os seus defeitos, a Con Star sabia construir uma porta e tanto.

A areia entrou em cascata pelo corredor lateral, e Siv entrou junto com ela. Ela sabia o suficiente para pressionar o botão de fechar a porta atrás de si, e momentos depois o prédio balançou, derrubando-a no chão. Quando o mundo ficou imóvel novamente, ela se levantou, confusa, mas determinada a continuar.

Siv já estava familiarizada com o piso branco liso, com a sala de orientação, com a cafeteria cheia de comida que ela estava muito nauseada para comer. Soltou as malas e pôs a mão na parede, seguindo a linha violeta até a ala médica, um truque de que ela se lembrava vagamente da recuperação de Brendol na estação de Terpsichore. Uma vez ali, ela percebeu que não conseguia ler nenhuma das palavras ou símbolos, mas entendia as fotos, e um desenho muito prático de uma pessoa colocando o braço em uma máquina sugeriu que fazer isso poderia ser útil. Como se não tivesse sido abandonada por mais de um século, a máquina ganhou vida e emitiu vários bipes quando uma luz vermelha piscou. Logo droides saíram de todas as portas da sala, e a primeira reação de Siv foi entrar em pânico. Se esses droides estavam tão loucos quanto o último grupo, ela estava condenada.

O primeiro droide que a alcançou lhe disse calmamente que ela tinha uma doença de radiação que exigiria várias rodadas de tratamento. Levou-a a uma cama e insistiu para que se deitasse, e Siv ficou grata por ele não ter dito nada sobre louvar os criadores. A última coisa que viu foi um alegre rosto prateado, prometendo-lhe que a Con Star Mining Corporation valorizava sua saúde, e então sentiu uma picada de agulha.

Ela adormeceu e entrou e saiu de sonhos por um período indeterminado. Às vezes, seus olhos ressecados se abriam para um teto branco e liso; outras vezes Siv via um droide de pé sobre ela com vários instrumentos que teriam sido aterrorizantes se ela não tivesse sido, como ficou sabendo mais tarde, fortemente sedada e amarrada. Siv não se lembrava de tudo o que aconteceu com ela na semana seguinte, mas os droides cuidaram dela muito bem. Fluidos, nutrientes e os próprios remédios que Brendol havia prometido escorriam direto para dentro do seu corpo adormecido, e por um tempo ela foi capaz de esquecer os horrores de seus últimos dias com Phasma e Brendol.

Quando finalmente acordou, os droides estavam ansiosos para lhe fornecer o que ela precisava, e não havia menção de emprego ou remuneração. Ela foi capaz de se limpar e lentamente recuperar sua força e apetite. Um dia, eles a levaram para uma sala especial e mostraram-lhe uma imagem de seu filho movendo-se em uma grande tela preta, os pequenos dedos de sapo do bebê parecendo ondular enquanto Siv irrompia em longas lágrimas ainda não derramadas de tristeza mescladas com alegria recém-descoberta.

O bebê estava saudável, disseram os droides. Não haveria danos provocados pela radiação. Ela nasceria dali a cinco meses.

Siv chamou-a de Torbi.

Quando as visitei semana passada, Torbi era uma criança forte, e Siv tinha encontrado sua paz, morando na Estação de Calliope. Disse a ela que mandaria alguém buscá-las.

Espero poder manter essa promessa.

VINTE E NOVE

NA *ABSOLVIÇÃO*

Vi OLHA PARA CIMA, solta um suspiro e sorri, como se finalmente estivesse livre de um fardo pesado. Cardeal nunca quis atingi-la com choque tanto quanto nesse momento, mas quer que ela permaneça relaxada. Talvez agora, depois que ela contou essa história e pense que está segura, ele possa cavar mais fundo ou derrubá-la de alguma forma. Ainda assim, está com raiva. Porque não há nada ali que ele possa usar, e ela prometeu que haveria.

– E é isso? – ele diz. – Esse é o fim?

– Bem, para ser justa, a história ainda não acabou. Você e eu ainda estamos aqui, e Siv e Torbi estão esperando em Parnassos. Nós poderíamos mudar isso, você sabe.

Ele olha para Iris, feliz por tê-la feito desativar as câmeras. Interrogação é uma coisa, mas discutir deserção é outra, mesmo que ele esteja apenas tolerando a mesa de tortura para mantê-la falando.

– Mas você me prometeu informações que poderiam derrubar Phasma e informações sobre a morte de Brendol. Esta foi a história de Siv. E eu não me importo com Siv. Ela não tem ideia do que aconteceu com Phasma depois que eles deixaram o planeta. Qualquer outra coisa é conjectura.

Vi aponta a água com o queixo, e ele a ajuda a beber.

– Obrigada – ela diz. – A questão é que um bom espião não precisa de conjectura, porque há outras maneiras de seguir uma história. Se, por exemplo, alguém do meu lado fosse capaz de invadir um transportador de tropas roubado e acessar a transmissão de câmeras desde o dia em que Phasma deixou Parnassos.

Com isso, ele se anima e se inclina.

– Isso não lhe diria tudo.

– Não tudo, mas muito. Áudio, visual e linguagem corporal podem contar uma boa história.

Cardeal está preocupado que a Resistência possa roubar e hackear as naves da Primeira Ordem tão facilmente; seus superiores sabem disso? Se sabem, eles mantiveram tais erros escondidos de Cardeal, embora ele seja um Capitão e deva saber quando seus transportadores desaparecem.

Mas, por enquanto, ele está mais interessado em derrubar Phasma.

– Então fale.

TRINTA

EM UMA LANÇADEIRA DA PRIMEIRA ORDEM, DEZ ANOS ANTES

Enquanto a nave balançava sob as botas de Phasma, não havia maneira de dizer o que passava por sua mente, mas o vídeo mostrava Frey guinchando e puxando a mão para soltar a luva de Phasma, então as chances eram de que ela sentia alguma ansiedade ao começar sua primeira viagem para as estrelas.

– Ai! Por que você está apertando tão forte? O que está acontecendo? – perguntou a criança.

Phasma olhou para Frey por um longo tempo. Imagino que visse os vislumbres de Ylva, ou talvez dos olhos de Keldo, que a criança tinha. Talvez não soubesse como responder, ou talvez ainda estivesse perdida na tragédia que acabara de testemunhar. De qualquer forma, ela não respondeu, e Armitage interveio.

– Nós estamos indo para o espaço. Para vocês se tornarem bons soldados para a Primeira Ordem. Eu já fui muito pequeno e peguei carona em uma espaçonave como esta, e agora veja só como sou grande.

Ele sorriu para a criança, depois lançou um olhar avaliador para Phasma, como se estivesse tentando adivinhar se ela poderia ser amiga ou inimiga. Ela parecia estranha, com certeza, com armadura que não servia bem por cima de um tecido volumoso e rasgado, não muito típico da Primeira Ordem, de jeito nenhum; mas, mesmo assim, imagino que Armitage estava sempre procurando maneiras de impressionar ou destruir o próprio pai. O olhar que ele lançou para Brendol era de puro ódio.

– Phasma, gostaria que você visse isso – disse Brendol, de onde ele estava, junto a uma grande janela de vidro voltada para o céu. Ele murmurou instruções para o piloto, que obedientemente virou a nave de transporte de frente para Parnassos.

Quando eu estava flutuando sobre Parnassos, fiquei impressionada com sua beleza. O oceano era um redemoinho de verde-escuro e azul profundo; a terra, um mar de cinza interrompido somente pelo preto das rochas e pelos borrões que representavam estações. Aquele verde era Arratu; o branco marcava sua batalha final. Em algum lugar, escondido sob a areia, estava Terpsichore. Eu já estive em muitos planetas, e mesmo eu achei aquilo uma visão e tanto. Imagino que, para Phasma, foi a coisa mais encantadora e fascinante que ela já tinha visto. Pelo menos, a mulher ficou olhando pela janela por um longo tempo.

Se ela olhasse para a extrema esquerda, através do oceano, poderia ter visto outra massa de terra, esta marrom e verde-viva e de aparência saudável, comparada com o lugar de onde Phasma tinha vindo. Seu lar, a terra dos Scyre, dos Claw e tudo ao seu redor, exceto pelo ponto brilhante de Arratu, parecia uma mancha de podridão, como ossos mortos esperando para serem enterrados. Cinza e preto por toda parte. E, quando ela olhou para baixo, talvez tenha percebido que era possível amar e odiar uma coisa em igual medida.

– É lindo daqui de cima – Phasma disse, de qualquer forma.

Brendol se aproximou da estação de instrumentos.

– Não é isso que quero que veja. Agora observe atentamente.

O que quer que seus dedos tenham feito, os movimentos não significaram nada para Phasma. Pelo menos não até que luzes brilhantes floresceram debaixo da nave, disparando com um estrondo pesado na direção do planeta dela. Sua mão pulou de onde estava para o ombro de Frey, mas ela não conseguiu gritar, nem mesmo dar voz a um gemido de dor ao ver o que Brendol a estava forçando a testemunhar.

Ela não tinha nomes para o que eram aquelas armas, raios de blaster tão grandes que podiam chover do espaço, mas deve ter sabido instantaneamente o que eles fariam.

O primeiro raio atingiu a terra dos Scyre, e Phasma viu as cores mudarem, os penhascos negros desaparecendo no mar e grandes plumas brancas subindo. O disparo seguinte atingiu Arratu, transformando o que outrora havia sido verde vibrante em uma mancha negra na areia cinzenta.

Antes de iniciar o disparo seguinte, Brendol olhou de novo para Phasma.

– Você vê agora o poder da Primeira Ordem? O que fazemos com aqueles que se opõem a nós? Mesmo aqueles que nos incomodam?

Em resposta, Phasma apenas assentiu. Eu me pergunto se seu capacete escondia lágrimas. Em silêncio, ela entrou na frente de Frey, bloqueando a visão da criança enquanto o tiro final descia até onde eles tinham estado, onde toda a sua família havia tombado. Ela estava longe demais para dizer se havia atingido os prédios ou a espaçonave de Brendol, mas ficou claro que ele estava enviando uma mensagem que não podia ser mal interpretada.

Fazer o que ele queria, ou ser destruída.

– Poderosa, de fato – ela disse, quando conseguiu.

TRINTA E UM

NA *ABSOLVIÇÃO*

Vi observa Cardeal para avaliar sua reação. Talvez ela tenha floreado o que Siv lhe contou, só um pouco, mas esse é o dom de uma contadora de histórias, não é? Pegar uma semente e transformá-la em uma flor de beleza incalculável, brilhando de orvalho? Cardeal disse que queria saber tudo, e ela contou tudo. Ela precisava ganhar um pouco de tempo, e fez exatamente isso. E ela nunca mentia. Tudo o que dissera era verdade. Na maior parte. E, como tem uma memória fotográfica, ela sabe exatamente quais partes embelezou.

Mas funcionou. O tempo passou. Ela ficou um pouco mais forte. E, quanto a Cardeal, está tentando esconder que a história o afetou.

– Eu sei que isso é muito para absorver – Vi diz, sua voz calma e baixa.

– Você realmente acha que ela ainda é capaz de chorar?

– Gostaria de pensar que ela ainda é humana sob aquela armadura. Ou que pelo menos era, naquela época. O holograma mostra-a tremendo enquanto via Brendol destruir seu planeta.

Cardeal olha para o espaço e sorri.

– Eu me lembro da criança. Apareceu no quartel da juventude alguns dias depois, ainda cor-de-rosa da radiação, embora a ala médica a tenha curado. Ela se saiu bem. UV-8855. Eles a chamavam de Grito de Guerra, porque não conseguia parar de gritar durante todas as lutas.

Os pequenos e seus apelidos. Quando ela tinha idade suficiente, eu a graduei. Um ano atrás, mais ou menos. Passei-a diretamente para as mãos de Phasma. Será que elas se reconheceram?

Ele está tão imóvel que Vi sabe que está trabalhando alguns sentimentos profundos. Ela não quer perdê-lo. Precisa continuar a guiá-lo, conduzir a história. Quanto menos ele pensar no controle remoto e em Baako, melhor.

– O nome dela ainda é Phasma, e ela é a pessoa mais alta por aqui. Meio difícil de não notar, mas você não pode se sentir mal com isso. Frey era apenas outra criança que teria morrido em um planeta horrível, de qualquer maneira.

Pela primeira vez, a cabeça de Cardeal cai para a frente nas mãos, o cabelo suado e desgrenhado. Passa os dedos nos fios de novo e de novo, fazendo-o ficar em pé em espirais. Ele parece... bem, mais transtornado do que os stormtroopers supostamente deveriam ficar.

– Por que Brendol ordenaria um massacre tão sem sentido? O propósito da Primeira Ordem é trazer estabilidade e paz para a galáxia. Eu estive em missões e segui ordens, mas as pessoas de Parnassos não estavam em rebelião. Eles nem sequer tiveram a chance de cooperar.

Vi balança a cabeça tristemente.

– Desculpe, mas você é o único aqui que não está jogando sujo. A Primeira Ordem vai para os planetas, rouba crianças e desvia recursos. Acho que, daqui de cima, você não consegue ver o que está acontecendo lá embaixo. Por acaso você sai desse balde voador alguma vez? Tira um tempo de lazer em alguma lua tranquila com guarda-chuvas coloridos nas bebidas?

– Claro que não. Não desde que Brendol morreu. Meu dever está aqui. Eu treino as crianças.

– E agora sabe para quem as está treinando.

Cardeal se levanta e anda de um lado para o outro.

– General Hux foi meu mentor. Meu superior.

– Sim, bem, como todo mundo nessa história, Brendol Hux era um mentiroso.

Sem que ela peça, Cardeal lhe traz água, ajuda-a a beber. Suas mãos estão tremendo, ela observa. Ele não consegue encontrar seus olhos naquele exato momento. Se a questão é que ele não pode lidar com a verdade dela ou se está planejando o próximo passo, Vi não sabe. Ela ainda não lhe deu o que ele precisa. Para um homem forte e firme, um homem que quase teve as emoções programadas, Cardeal se comporta com gentileza. Como uma espiã, Vi entregou muita informação para muitas pessoas, e isso às vezes mexe com elas. Como se quisessem poder se enrolar em si mesmos e negar algo que sempre suspeitaram, lá no fundo. Algo que eles agora sabem que é verdade, mas não estão prontos para enfrentar.

– Como você sabe de tudo isso? – ele pergunta, a voz rouca. – Como você sabe que Brendol está morto? Esse é um dos segredos mais bem guardados da Primeira Ordem. Fora desta nave, a palavra oficial é que ele está em uma missão de longo prazo.

– Mas você sabe que ele está morto, e não apenas porque Armitage contou a você e a dez mil de seus amigos.

Cardeal bufa, como se ela fosse uma tola.

– Eu era seu guarda pessoal. Ele me escolheu a dedo em Jakku, ele mesmo me treinou. Fui infinitamente leal. Desde a primeira vez em que coloquei esta armadura, ele confiou em mim para mantê-lo seguro. – Ele levanta o braço, exibindo o vermelho impecável. – Ele mesmo a projetou, porque disse que o vermelho é uma cor de poder. A cada momento que passava na minha companhia, ele sabia que estava seguro.

– Mas e quando ele saiu de perto de você? – Vi pressiona. – Ele não disse nada sobre o tempo que passou em Parnassos? – Vi está genuinamente curiosa, e o interrogatório começa a parecer mais com duas pessoas de mentes afins conversando.

– Quase nada. Quando eles chegaram, Brendol parecia meio morto, e Phasma era ridícula, com uma armadura que não servia direito, muito manchada e com marcas de disparos, carregando todo tipo de armas primitivas. Eram apenas os dois e a criança, mas ela precisou de mais tempo na ala médica, então não a conheci até mais tarde. Nenhum dos stormtroopers de Brendol sobreviveu. Eles eram meus amigos, treinados ao meu lado. Na época, nos disseram que haviam morrido no acidente, abatidos por uma embarcação inimiga. Eu me senti péssimo por não estar com Brendol e pelo fato de Phasma estar lá com ele… bem, senti como se tivesse falhado com ele de alguma forma. Fiquei aterrorizado de estar sendo substituído. Acho que não tenho nada a perder, dizendo isso para você agora, tenho?

Vi sacode a cabeça e faz o possível para parecer empática, para tirar a verdade dele com seu silêncio. Pelo que aprendeu sobre a Primeira Ordem, eles não eram bons em compartilhar fraquezas e falar sobre sentimentos. Era um papel complicado, mas ela estava acostumada a encená-lo.

– Com Brendol como campeão, ela foi recebida na Primeira Ordem – ele continua, olhando para o ar morto do pequeno espaço. – Eu a treinei, como ele pediu, e então eles lhe deram uma capa de Capitão, e de repente minha própria capa não significava tanto. Brendol me deu esta armadura, e um ano depois ela estava usando a armadura cromada. Ainda não sei como ou onde ela a conseguiu. Brendol alegou que ele não sabia, mas tinha aquele sorriso estranho na cara. Ela se tornou a queridinha, a criança-propaganda, a lenda. E, mesmo me ressentindo dela, eu acreditava. Acreditava que ela era tão grande como eles proclamavam que era, mas era sempre tão quieta, tão enigmática! E então comecei a duvidar. E agora você aparece aqui, com essa história. Siv está realmente viva depois daquilo?

Vi sorri gentilmente. A faixa em sua testa range enquanto ela se inclina inadvertidamente para a frente, como se para o quê? Conspirar? Confortar?

– Siv vive, assim como sua filha. O resto deles se foi.

– Mas como?

– A Estação de Calliope foi feita para suportar qualquer coisa, e já havia sobrevivido a um evento radioativo. Ela sentiu o corredor tremer, mas o Gand lhe disse para continuar andando, então ela se levantou e fez isso, direto para dentro da ala médica. Os Scyre geram pessoas fortes. Mesmo sozinha, Siv estava determinada a viver e a criar a filha. – Vi sorri, um sorriso verdadeiro dessa vez. – Garota linda, tem a pele de Siv e os olhos de Torben. Sabe gritar alto o suficiente para atordoar um Wookiee. De qualquer forma, Siv foi inteligente o suficiente para fechar a porta corta-fogo, e a estação recebeu algumas novas cicatrizes em suas paredes brancas. Ela mesma passou por muitas coisas, ainda tem muitas cicatrizes. Não que houvesse alguém por perto para ver.

Vi tenta levantar o braço para coçar o nariz, mas está tão presa como sempre. Ela havia esquecido, com a informalidade de sua conversa, que ainda está na cadeira de interrogatório, cujo controle remoto está na mesa como um baralho de pazaak esquecido – e embaralhado contra ela.

– Mas você a viu – Cardeal pondera.

– Eu quase a matei de susto. Ela não sai há dez anos. Tem medo de que a radiação possa ferir Torbi. O que quer que tenha causado a explosão, o resto da estação está funcionando bem, e os droides estão mais do que felizes em ajudá-la. Siv tem um conjunto completo de servos úteis e comida suficiente para alimentar um exército por um século. Eles estão lá há dez anos sem ver uma única alma. Ela estava tão feliz em me ver que a história praticamente foi despejada de dentro dela.

– Então por que você parece incomodada por ela? Parece que conseguiu o que foi lá buscar.

Agora é a vez de ela desviar o olhar.

– Eu disse a Siv que voltaria. Meu starhopper; bem, tenho certeza que seus stormtroopers já o transformaram em sucata a essa altura. Eu não conseguiria encaixar dois passageiros naquela coisa, muito menos três. Então prometi a Siv que voltaria e ajudaria ela e a filha a se juntarem à civilização. Eu não contei...

Cardeal se anima.

– Contou para quem?

Vi suspira.

– Eu não contei aos meus superiores sobre essa parte. Aquela pobre mulher vai ficar prestando atenção todos os dias para ouvir motores, esperando por uma vida melhor para sua filha do que passar o tempo em um planeta morto. Eu não me importo de dizer às pessoas que elas estão ferradas, mas odeio dar falsas esperanças.

De repente ele está na cara dela, agarrando sua camisa.

– Pare com isso! Sua culpa não é problema meu. Estamos ficando sem tempo. Você disse que tinha informações para me ajudar a derrotar Phasma, e ainda as está guardando para si.

Iris emite um aviso, e Vi olha para a mão de Cardeal e de volta para seu rosto.

– Você pode começar me soltando.

Ele solta a blusa e se afasta timidamente. Talvez não esteja acostumado a perder o controle assim. Iris flutua de volta para oscilar entre eles, como se lembrasse a Cardeal que ele deveria manter distância. Este é o primeiro interrogatório em que Vi não levou um único soco, o que diz algo sobre seu inimigo. Ele pode tê-la eletrocutado algumas vezes, mas ainda está envergonhado por agarrá-la assim, com ou sem a reprimenda de um droide. Esse tipo de toque, esse tipo de raiva, é simplesmente muito pessoal.

Porém, ele tem razão. Isso que ela sabe sobre Phasma... é incrível. Ela estava segurando, mas sente que finalmente chegou a hora da grande revelação. Ele está o mais aberto possível, e se ela continuar a desafiá-lo vai perdê-lo completamente.

Ela respira fundo e encontra os olhos dele, comandando toda a sua atenção.

– O que eles disseram para você sobre a morte de Brendol? Qual é a palavra oficial?

Ele se senta novamente, inclinando-se para a frente, ávido como se fosse sua parte favorita da história, mas seus olhos sugerem que também vai ser a pior parte.

– Doença desconhecida. Eu o vi naquela manhã. Ele não parecia bem. Como se talvez estivesse tendo uma recaída de alguma coisa. Ele estava muito pálido. Sugeri que ele fosse até a ala médica para que os droides dessem uma olhada.

– E o que Brendol disse sobre isso?

O sorriso de Cardeal sugere o de um menino travesso.

– Ele me disse para cuidar da minha própria vida e respeitar meus superiores, mas foi. Ele era assim: seguia um bom conselho, mas te desprezava para você não achar que a ideia fosse sua. E então...

– Você nunca mais o viu.

Cardeal não responde, apenas olha para o chão.

Vi lambe os lábios. Estão secos de novo.

– Diga-me, então, Cardeal. Naquela última manhã, ele parecia... um pouco inchado?

Cardeal encolhe os ombros.

– Sim, mas ele sempre parecia um pouco inchado depois de uma noite no refeitório dos oficiais. Não era o mais saudável dos homens, e estava chegando aos sessenta anos naquela época. Eu não esperava que ele parecesse o retrato da saúde.

– Mas você nunca olhou seus registros médicos?

Cardeal está de pé e andando de novo de um lado para o outro, e Vi percebe que, quando se trata de Brendol Hux, ele fica com os nervos à flor da pele, totalmente sem conseguir esconder suas emoções. Isso é o que ele faz quando está realmente incomodado: não consegue parar de se mover, não consegue conter sua energia nervosa.

– Não é assim que as coisas são feitas na Primeira Ordem. Eu não posso simplesmente ir ao Departamento de Registros e pedir detalhes.

Ou entrar na ala médica e ter uma conversa particular com os droides. Você pode educadamente perguntar aos seus superiores uma vez, mas se perguntar pela segunda vez eles ficam desconfiados. Eles convocaram uma assembleia, e eu estava na frente de dez mil soldados em perfeita formação quando Armitage Hux colocou o chapéu debaixo do braço e nos contou tudo o que o pai dele havia passado.

– Nem mesmo te contaram em particular, hein? – Vi tenta não parecer muito arrogante. – E você não pediu detalhes. Eles realmente o treinaram bem.

Cardeal agarra as algemas em volta dos braços dela e sacode a engenhoca inteira, fazendo o crânio de Vi estremecer e transformando suas pernas em gelatina.

– É claro que pedi detalhes! Uma doença desconhecida, era tudo o que eles diziam. – Ele se afasta e limpa a garganta. – Deve ter sido algo que ele pegou em uma das visitas planetárias. Os droides médicos nunca tinham visto nada parecido, não tinham registros de sintomas semelhantes em suas unidades de dados. Um completo mistério. "Apenas fique feliz por não ter pegado isso também", eles disseram.

– Bem, acho que nossos hackers são melhores em resolver mistérios do que os seus, porque eles conseguiram capturar um antigo droide médico e decodificar seus dados. Deixe-me lhe contar os sintomas que levaram à morte de Brendol Hux. Primeiro ele se queixou de um pequeno caroço no pescoço, logo abaixo do colarinho, a pele vermelha, quente e dura. Achava que poderia ser um cisto, ou possivelmente uma mordida de alguma criatura estranha e desconhecida. Os droides médicos não conseguiram encontrar nada de anormal. Então Brendol começou a inchar. Sua pele ficou inchada. Seus olhos começaram a ficar esbugalhados, seus cabelos caíram e suas unhas se soltaram. Ele reclamou que se sentia desorientado e fraco. Sua pele ficou pálida, fina e translúcida. E então, flutuando em um tanque bacta na ala médica...

– Não!

– Ele apenas meio que... se dissolveu no líquido. Deixando para trás apenas alguns órgãos murchos, ossos nus e uma mancha de cabelos ruivos grisalhos.

– Então você está dizendo que Phasma trouxe um daqueles besouros de Parnassos. Que ela, o quê? Colocou o besouro em Brendol?

Vi levanta uma sobrancelha e deseja desesperadamente poder erguer a cabeça para ele; odeia quando pessoas inteligentes se fazem de idiotas.

– A menos que você saiba de que outra maneira as pessoas casualmente se transformam em grandes sacos cheios de água e explodem.

– Mas é da Capitã Phasma que estamos falando. Por que ela mataria o General Hux? Ele foi seu salvador, era o seu superior. Ele a fez ser quem é.

Vi sacode e tensiona dentro de suas amarras, desejando que ela pudesse sair e dar uma surra naquele idiota por ser tão ingênuo.

– Por quê? Porque, até onde ela sabia, Siv estava morta, e Brendol era a última pessoa que conhecia suas origens humildes. O último que conhecia a história dela. Brendol observou-a trair seu líder, lutar contra seu povo, assassinar o próprio irmão a sangue-frio. Brendol era a única testemunha de seus crimes, a única testemunha em toda a galáxia que sabia que ela não era a criança-soldado perfeita para este inferno que você chama de Primeira Ordem. No entanto, ela precisava dele, por um tempo. Precisava que ele a trouxesse de volta ao seu paraíso flutuante e contasse a todos sobre sua bravura, sua força, sua resistência, sua destreza. Precisava que ele pensasse que era seu patrono e mentor, e que ela era sua simples arma. Precisava usá-lo como uma pedra de amolar enquanto ela subia na hierarquia, exatamente como ele previu. E então, um dia, quando ele esqueceu que ela não era apenas um lobo controlado, ela jogou o besouro em sua jaqueta e saiu andando. O crime perfeito.

Ele está em algum lugar atrás dela agora. Talvez esteja encostado na parede; talvez esteja curvado em posição fetal no chão. Ela não sabe.

Queria poder ver seu rosto, ver como ele está lidando com tudo aquilo. Ver se ele está pensando em pegar o controle de novo. Por mais que ele tenha mostrado alguma bondade rudimentar, dando-lhe água e comida, e, por mais que os estimulantes e pacotes de vitaminas tenham ajudado um pouco, ela pode sentir os danos em seu corpo, nervos queimados e músculos incapazes de relaxar. Quando ele a soltar – se honrar o acordo e a soltar –, ela pode muito bem cair de cara no chão, incapaz de se arrastar para longe.

E esse é o melhor cenário.

Por tudo o que ela sabe, ele ainda pode apenas eletrocutá-la até a morte e acabar com isso.

Porque a verdade é esta: não há provas físicas. Aquele besouro desapareceu há muito tempo. Phasma certificou-se disso.

– Mas e quanto a Frey? Ela também é uma testemunha.

– Ela morreu há seis meses em um exercício de treinamento, defeito na arma. Ou pelo menos foi assim que Phasma registrou. Ela é muito boa em se livrar das testemunhas.

Por vários longos momentos, ele ficou em silêncio.

– Armitage sabe? Sobre Brendol? – A pergunta sai como uma voz fria atrás dela.

– Eu não sei o que Armitage sabe. Só sei o que foi retirado dos registros originais da ala médica, que é uma lista de sintomas que levaram à sua morte no tanque bacta. Como você sabe, a causa oficial da morte foi registrada como Doença Desconhecida.

– E você tem certeza?

– Estou amarrada a uma cadeira de interrogatório com um homem furioso. Esse é o máximo de certeza que posso ter.

– Lamento por isso.

Vi tenta sacudir a cabeça, mas não consegue.

– Lamenta pelo quê? Você não precisa fazer nada pelo que lamentar.

A próxima coisa que ela sente é a eletricidade percorrendo seu corpo, fazendo seus dentes baterem e provocando explosões vermelho-vivo por trás de suas pálpebras. Vi Moradi perde a consciência.

TRINTA E DOIS

NA *ABSOLVIÇÃO*

Assim que a espiã fica mole em suas amarras, Cardeal solta o controle. Ele sabe o que tem de fazer agora, e, por mais irônico que seja, prefere não ter uma testemunha para o próximo passo. Está cansado dessa sala, de andar de um lado para outro e encarar as paredes enquanto Vi contava a história dela. Ele exigiu que ela contasse tudo, e ela certamente contou. E quase parecia estar gostando. É estranho como um homem obcecado pode ficar ouvindo verdades sombrias sobre seus inimigos. Antes, ele não sabia nada sobre Phasma. Agora ele sabe tudo. Ou pelo menos o suficiente.

Embora Iris bipe para ele em irritação por duvidar de sua vigilância, ele checa os sinais vitais de Vi para ter certeza de que não a machucou demais, e verifica se as amarras ainda estão apertadas antes de colocar o capacete de volta. Tornou-se uma parte dele, uma extensão de seu corpo, tal como o blaster. A maneira como embota alguns sentidos enquanto expande os outros o acalma. Quando Cardeal usa esse capacete, sabe exatamente quem é e o que deve fazer – pelo menos uma coisa, então, que ele tem em comum com Phasma. E agora ele tem que encontrar Armitage Hux. Ainda faltam várias horas até a reunião, o que significa que o General provavelmente está comandando os antigos aposentos de seu pai na *Absolvição*, aprimorando suas informações e estudando a pauta.

– Fique aqui e observe-a – ele diz a Iris. A luz vermelha pisca como se o droide dissesse *Eu sei.*

Trancando a porta após sair, Cardeal atravessa os corredores, com o manto de Capitão voando atrás de si. O turboelevador leva uma eternidade, mesmo que ele golpeie o botão repetidamente. Os antigos aposentos do General Hux ficam entre os dos altos funcionários, e a jornada sempre pareceu longa mesmo nos melhores dias, quando Brendol morava ali e Cardeal se sentia bem-vindo. Quando a porta do elevador se abre no andar dos oficiais, seu coração está martelando com tanta força que ele pode senti-lo nas têmporas. Ele está um pouco zonzo, tão ligado quanto costumava ficar quando era uma criança recruta numa luta, quando todos os nervos do seu corpo estavam eletrizados e seus dentes se recusavam a relaxar.

Por mais que esteja acostumado a lutar um contra um, faz anos desde que fez suas viagens planetárias protocolares, ajudando a pacificar mundos rebeldes e liderando suas tropas em missões. Aqueles primeiros anos depois que Brendol o livrou de Jakku foram duros, enquanto seu corpo e sua mente se endureciam para se concentrar no combate, mas este será um novo tipo de luta. Cardeal nunca foi um homem de questionar seus superiores, e nunca foi o arauto de más notícias. No entanto, por outro lado, também nunca deteve ilegalmente um suspeito e o torturou por horas em um quarto escondido no porão para obter informações secretas de um colega.

Quando chega à antiga suíte de Brendol, um droide de protocolo atende a porta, plácido e refinado. Esse modelo pertencia a Brendol, e Cardeal se pergunta se sua memória foi apagada depois que o homem mais velho morreu. Ou talvez contenha todos os tipos de segredos, inclusive os de que Cardeal acabou de tomar conhecimento. Da maneira como a Primeira Ordem usa, limpa e reutiliza droides – e, às vezes, os perde –, há uma boa chance de que esse mesmo modelo estivesse naquela lançadeira com Phasma, gravando silenciosamente. Talvez estivesse lá no dia em que Phasma soltou o besouro dourado, desferindo sua arma secreta de longa data em um oficial superior de alto escalão que tomara a decisão tola de confiar nela.

– Posso ajudá-lo, Capitão Cardeal? – o droide pergunta.

– Preciso ver o General Hux, por favor. – O capacete evita que sua voz gagueje como a de um garoto, e ele coloca as mãos atrás das costas como se estivesse em posição de descanso para esconder o tremor.

– Receio que o General esteja descansando antes da assembleia.

– É uma emergência.

– Oh. Entendo. Que incomum.

– Receio que seja. Muito incomum, mas da maior importância.

O droide ainda está parado, parecendo confuso, quando o próprio Armitage aparece atrás dele. Ele não está em seu uniforme impecável, mas usa um roupão preto e composto de linhas e pregas bem passadas. Por mais que o objetivo de um roupão seja parecer casual e confortável, Armitage Hux tem um jeito de transformar qualquer coisa em um uniforme, qualquer interação em um julgamento.

– Muito incomum, de fato – ele diz. – Qual é essa emergência, Capitão?

Nos traços do rosto de Armitage, Cardeal vê o que Brendol foi um dia, antes de envelhecer e perder o vigor físico. Confiança, vitalidade, certeza. E ainda há algo cruel e selvagem no homem, algo forjado pelo próprio Brendol. Cardeal lembra-se de ter odiado Armitage quando o conheceu em Jakku. Mimado, rabugento, pequeno, franzino como um rato, mole, enquanto as crianças órfãs eram duras e afiadas. Mas, ao longo dos anos, Cardeal foi… bem, não programado. Ensinado. Esculpido. Aprendeu que Armitage é intocável, está acima dele. Armitage é inteligente e sábio e enxergava longe. Armitage ajudará a Primeira Ordem a eclipsar o poder do antigo Império e aniquilar a Nova República. Cardeal era leal a Brendol e agora é leal a Armitage. E ele aprecia esse fato.

Naturalmente, Armitage sempre favoreceu Phasma. Ambos residem na *Finalizador*, e Cardeal frequentemente os vê em conluio.

Juntos, eles gerenciam e controlam milhares de stormtroopers, planejando invasões e ataques com Kylo Ren para levar a Primeira Ordem à vitória. Em tempos de dúvida, Cardeal se pergunta se Armitage apoia Phasma por despeito ao órfão de Jakku que Brendol tomou uma vez sob sua asa. Mesmo que Armitage não goste de Cardeal, há muito tempo ele reconhece a superioridade de seus métodos de treinamento e elogia seu sucesso com jovens recrutas. Talvez o desdém que usa toda vez que fala com Cardeal seja a mesma expressão que ele mostra a todos.

Tais preocupações mesquinhas não importam agora. Isto não é uma questão de política pessoal. Como Armitage se preocupa tanto com a Primeira Ordem quanto Cardeal, ele apreciaria tomar conhecimento do que Cardeal sabe. A lealdade à causa é mais importante que o relacionamento interpessoal. Juntos, eles podem expulsar Phasma e reconstruir o programa de treinamento de acordo com as especificações exatas do Hux mais jovem. Quando Armitage entender como seu pai morreu, não há como ele deixar a assassina de Brendol figurar naqueles pôsteres, quem dirá permanecer viva.

– Bem? – Armitage pressiona.

– Tenho novas informações, senhor.

– Fale logo. Eu não tenho o dia todo, como você bem sabe.

Cardeal respira fundo e endireita a postura.

– Eu obtive informações que o senhor vai querer ouvir. Sobre o seu pai. Sobre sua morte.

Armitage quase parece surpreso, mas ele é muito bem treinado para demonstrar. Em vez disso, inclina-se para a porta, olhando de um lado para o outro no corredor antes de retornar a seus aposentos.

– Então entre. Rápido. E você está dispensado, Kayfour. Por favor, retorne a tempo para a assembleia.

– Sim, senhor.

O droide desaparece no corredor, e Cardeal entra nos aposentos de Armitage Hux. Ele estava ali constantemente quando a suíte pertencia a Brendol, mas a decoração mudara sob o domínio de Armitage.

Brendol gostava de estilos clássicos e tradicionais, tapetes elegantes, artefatos finos e comidas ricas, mas Armitage, assim como Kylo Ren, parece apreciar uma certa severidade em sua pessoa e em seus aposentos. Tudo é bonito, confortável e refinado, claro, mas cada elemento tem acabamento prateado em cantos vivos que parecem afiados o suficiente para cortar a pele. Armitage se coloca em um sofá baixo e azul-gelo, mas não convida Cardeal para se sentar. Ele, sempre o bom soldado, permanece de pé e considera seu dever fazê-lo.

– Onde está o seu droide, Capitão? Não sei se já vi você sem o seu orbe flutuante antes.

Cardeal quase se atrapalha, mas encontra algo próximo o suficiente da verdade.

– Em serviço, senhor. Não posso deixar minhas responsabilidades para trás.

Armitage sorri, uma coisa furtiva que sugere que ele fareja uma mentira.

– Verdadeiro o suficiente. Agora, a emergência?

– Recentemente, recebi algumas notícias perturbadoras sobre a Capitã Phasma.

– Pensei ter ouvido você dizer que era sobre o meu pai.

– E é. E também sobre Phasma.

Armitage se senta para a frente no sofá, uma sobrancelha arqueada.

– O que sobre Phasma?

Cardeal limpa a garganta.

– Ela não é o que parece. Não é um soldado leal. Seu passado inclui traição, homicídio, genocídio. Ela não é digna da capa de Capitã nem da sua fé nela. Ela realizou atrocidades que vão contra tudo o que defendemos.

– E ela fez isso na *Finalizador*?

– Não, senhor. No planeta natal dela, Parnassos.

Armitage sorri e se inclina nas almofadas, um longo braço sobre o encosto do sofá.

– Então, como, por favor diga, isso é problema meu? Muitos de nossos recrutas, inclusive você, viveram vidas violentas antes de jurarem lealdade à Primeira Ordem. Somos muito indulgentes com aqueles que escolhem nos servir.

Cardeal continua ereto em posição de soldado, considerando como fazer Armitage entender sem demonstrar impertinência.

– Vai mais fundo que isso, senhor. Nós lhe confiamos nossos recrutas, e ela já traiu as leis da Primeira Ordem. Ela se colocará contra nós em um piscar de olhos se nossa vontade não atender às suas necessidades. Ela é um risco.

Armitage balança a cabeça de maneira triste.

– Cardeal, você está falando em hipóteses. Eu não posso advertir alguém por algo que não fez ou que ainda pode fazer. O registro de serviço da Capitã Phasma é exemplar, e ela produz stormtroopers que atendem aos requisitos rigorosos do meu próprio pai. Ela foi elogiada repetidas vezes por seu bom trabalho. Se você não tem algum tipo de evidência direta contra ela, contra as ações reais que ela realizou desde que fez seu juramento e se juntou a nós, então eu também poderia sair para gritar com as estrelas com o mesmo efeito.

As mãos de Cardeal se fecham em punhos ao lado do corpo, mas ele é cuidadoso, muito cuidadoso, para não fazer nenhum tipo de movimento que possa parecer ameaçador para um oficial superior.

– Senhor, se assim eu posso dizer, se a Almirante Sloane estivesse aqui...

– Bem, ela não está – Armitage se exalta. – Alguma outra ameaça que você gostaria de colocar sobre a minha cabeça?

– Phasma matou seu pai – diz Cardeal, indo direto ao cerne da questão.

Armitage se levanta com um salto.

– Matou? E você tem provas? Me mostre. Me conte. E não me decepcione.

– Eu... eu posso conseguir provas. Foi um besouro. Do planeta dela. De Parnassos. Ele morde e faz a vítima se liquefazer. Foi por isso que os droides médicos não conseguiram identificar. Eles nunca viram o besouro, apenas a mordida e os efeitos do veneno.

– Mas onde está a prova?

– Deixe-me ir a Parnassos, e eu posso encontrar um besouro e trazê-lo para cá. Os droides médicos podem comparar a assinatura química com os registros do seu pai.

– Mas você não tem um com você? Ou prova de que algum deles mordeu meu pai por intermédio de Phasma?

– Não, senhor.

Armitage se senta novamente, com um sorriso de satisfação no rosto.

– Que bom.

– Que bom?

– Cardeal, você é um idiota. Meu pai sabia, e eu também sei. Eu sei que Phasma o matou, e estou feliz que o velho maldito esteja morto. Entramos num acordo sobre o momento certo de fazer isso. Falei para ela não deixar rastros, e assim deverá ser.

Por um longo momento, Cardeal só consegue fitá-lo.

– O senhor... sabia?

– É claro que sabia. Eu sempre sei. Eu sei de tudo. Agora a pergunta é esta: o que mais você sabe, e o que acha que vai fazer com essa informação?

Cardeal dá um passo para trás e sente como se pudesse estar flutuando no espaço, a caminho de seu último suspiro, totalmente perdido.

– Nada, senhor. Não sei de nada, e não tenho provas.

– Que bom. Porque, se você tentar falar com mais alguém sobre esse assunto, posso fazê-lo desaparecer também. A questão é que você é um bom homem. Um bom soldado que cumpre seu dever, que segue ordens. Precisamos de homens assim na Primeira Ordem. Preciso de homens como você ao meu lado. Então a próxima questão é: você está do meu lado?

Cardeal está balançando a cabeça em afirmativa antes que consiga encontrar sua voz.

– Sim, senhor. Minha lealdade permanece com a Primeira Ordem e com o senhor.

– Bom rapaz. Vejo você na assembleia hoje, então? E você vai permanecer, como sempre, em silêncio e firme?

– Sim, senhor.

– Excelente. Porque, apesar de tudo, Phasma faz um excelente trabalho com nossos recrutas mais velhos, e, por mais que ela esteja sempre argumentando contra minha doutrinação mais dura, não acho que poderíamos confiar seus pequenos a ela. Você acha?

Cardeal estremece com o pensamento.

– Não, senhor.

Armitage se acomoda melhor no sofá e sorri beatificamente.

– Então você está dispensado. E muito obrigado por trazer essa informação à minha atenção.

TRINTA E TRÊS

NA *ABSOLVIÇÃO*

Armitage Hux se inclina para a frente, estudando Cardeal enquanto ele sai. Mesmo sob a imponente armadura vermelha, fica claro que algo no Capitão foi quebrado, o que é uma vergonha. Cardeal é um oficial ideal, e sua mistura de paciência e severidade resultou em recrutas impecáveis de que nem o velho Brendol podia reclamar. Não, Armitage não tem uma única queixa de Cardeal.

Pelo menos não até hoje.

A arrogância do homem, vindo fazer fofoca de Phasma desse jeito. São dois pontos negativos para Cardeal. Um pela fofoca e outro por ser tolo o suficiente para mexer com Phasma. Três, na verdade. Cardeal achava que o próprio Armitage era muito burro para não saber o que estava acontecendo bem debaixo do seu nariz.

Recostando-se no sofá, Armitage aciona seu comunicador.

– Oficial Bolander?

Sua voz é clara e econômica.

– Sim, senhor.

– Por favor, envie a lista de convidados para a assembleia de hoje. Tenho algumas mudanças a fazer.

Como um bom oficial, ela não questiona nem o superior nem a ordem.

– Sim, senhor.

Talvez Armitage devesse se preocupar com Cardeal. O homem claramente se tornou instável, e guarda rancor. Ele também, inexplicavelmente, colocou as mãos em alguma informação altamente confidencial que deveria ser destruída ou enterrada tão profundamente que um wampa faminto não a encontraria nem se estivesse encharcada de sangue. Escavar essa informação sobre Brendol? Hilário. Cardeal via como o homem tratava o filho. Se soubesse alguma coisa sobre o coração humano, ele deveria ter entendido que o Hux mais forte, em algum momento, se levantaria para suplantar o Hux mais fraco e mais velho. Armitage aparentemente fez um excelente trabalho ao esconder seus traços menos dignos de seus inferiores. Os fins justificam os meios, e a Primeira Ordem não pode ser contida por ideais ultrapassados.

Armitage considera seu comunicador e flerta com a ideia de informar Phasma que seu antigo rival tem alguma informação indesejada, mas o próprio Cardeal admitiu que não tem provas. Armitage é a maior autoridade na nave espacial; a quem mais Cardeal poderia contar?

Melhor deixar esse pequeno conflito se desenrolar sozinho. Se Armitage entende qualquer coisa sobre o Capitão Cardeal, tendo-o conhecido por mais de uma década, sabe disto: ele fará o que considera ser a coisa certa. E isso significa que continuará a cumprir seus deveres prontamente e com as melhores de suas significativas habilidades. Provavelmente vai lutar com a própria consciência, lutar com seu condicionamento da Primeira Ordem, até não ter escolha a não ser confrontar Phasma ele mesmo.

O que não teria problema algum.

Phasma era boa em fazer problemas desaparecerem.

Por enquanto, Armitage tem que se preparar.

Kylo Ren não gosta de esperar.

TRINTA E QUATRO

NA *ABSOLVIÇÃO*

A porta da suíte de Hux desliza atrás dele, e Cardeal se sente verdadeiramente à deriva pela primeira vez desde que sua mãe morreu em Jakku, deixando-o sozinho. Desde que Brendol o encontrou e deu a ele um propósito, algo a que aspirar e algo em que acreditar, ele soube que estava exatamente onde devia estar. As estrelas pareciam mais um lar do que o casebre feito de sucata onde ele crescera, mas agora os corredores da *Absolvição* parecem frios e impessoais, e ele pode sentir os olhos de todos os oficiais de segurança observando-o através das câmeras que piscam em intervalos regulares. Ali em cima, entre os oficiais e a elite, cada movimento dele é monitorado. O quarto escuro no porão onde Vi espera agora se parece menos com uma prisão e mais como um refúgio.

Ainda assim, ele tem seus deveres, e eles não vão esperar. A espiã, sim. Ela não tem escolha. E, se tentar alguma coisa, Iris cuidará dela. O droide está começando a parecer o único membro da Primeira Ordem em que Cardeal pode realmente confiar. Todo esse tempo, ele pensou que Armitage era um aliado, ou pelo menos um bastião de lealdade compartilhada com a Primeira Ordem, mas, como ele acaba de descobrir, o jovem Hux é tão perigoso quanto Phasma.

O treinamento de Cardeal entra em ação, e sua postura se endireita. Como era a rima? *Queixo para cima, ombros para trás, costas eretas, não relaxe jamais.* Até mesmo o mais jovem de seus recrutas sabe repetir os versos, e o slogan é impresso em um dos muitos cartazes em volta de seus alojamentos e do refeitório dos jovens, junto com uma imagem da Capitã Phasma em posição de sentido, sua armadura cromada brilhando e sua capa ondulando atrás. Os pequenos se inspiram nela, querem ser ela. Pensam no Capitão Cardeal como seu professor, mas é Phasma que idolatram.

Eles acordarão em breve, o klaxon vai chamá-los para que desçam dos beliches, onde o programa cuidadosamente projetado por Brendol os alimenta com mensagens subliminares durante toda a noite. Reconhecendo o valor do sistema na moldagem de mentes jovens, Armitage não mudou nada no programa desde a morte de Brendol. Cardeal acha reconfortante, quando verifica as crianças à noite, ouvir o suave murmúrio da doutrina da Primeira Ordem, o mesmo de quando era criança. Ele costumava deitar na cama e fingir que era a voz gentil e carinhosa de sua mãe, mesmo que falasse de lealdade, coragem e estado de direito, todas as coisas que sua mãe nunca mencionou enquanto lutava para mantê-los vivos.

Em seus aposentos, Cardeal remove a armadura e a pendura cuidadosamente, notando algumas manchas de seu tempo com Vi. Ali, na luva, onde ele derramou café. Outra ali, no protetor de canela. Ele nem sequer se olhou no espelho antes de confrontar o General Hux. Está desmoronando.

Ele passa pelos processos padrão de higiene que aprendeu quando chegou na espaçonave pela primeira vez. O jeito certo de tomar banho, o jeito certo de limpar os dentes e fazer a barba. Seu novo macacão espera no armário, novo e perfeito, mas ele não colocará a armadura de novo até estar limpa. Enquanto lustra o vermelho brilhante, seus pensamentos chegam ao dia em que ele recebeu sua primeira armadura, o uniforme branco padrão de soldado entregue a todos os recrutas. Naquela época, ele era apenas um menino aprendendo a lutar, e seu número era CD-0922. Ele ficou muito orgulhoso quando aceitou o capacete e aprendeu as sutilezas de manter a armadura em ordem. Em posição, com seu primeiro pelotão, com o queixo para cima e ombros para trás, um blaster de treinamento preso em seu quadril, ele nunca se sentiu mais orgulhoso. A mão de Brendol pousara em seu ombro e, na época, parecia o mais alto que ele poderia chegar.

Ele se superava em cada simulação, dominava cada arma. Ganhou prêmio de reconhecimento após prêmio de reconhecimento e deixou seu pelotão para trás para ajudar um pelotão menos talentoso a encontrar seu caminho. Brendol o chamara de líder natural e elogiava sua paciência e compostura ao ensinar até mesmo os recrutas mais desajeitados ou mais nervosos sobre como atirar com um blaster ou empunhar um cassetete. Ele nunca perdia a paciência ou tinha uma palavra indelicada. Aproveitava cada novo desafio e apreciava o processo de encontrar maneiras de alcançar o inalcançável, acalmar o inacalmável e aumentar a confiança dos inseguros. Nos primórdios da Primeira Ordem, havia mais dessas características negativas, quando os recrutas eram todos adolescentes que chegavam danificados no coração ou na mente. Quando Brendol aperfeiçoou seus métodos e encontrou crianças mais novas para doutrinar, havia menos deveres como esses para Cardeal. Ele foi capaz de se concentrar em armas e executar as simulações sofisticadas programadas por ambos os Hux.

Havia muitos bons recrutas, mas no final Brendol escolheu Cardeal acima de todos os outros para essa responsabilidade. Entre milhares e milhares de soldados, foi CD-0922 que foi chamado para liderar e recebeu a grande honra de atuar como o guarda pessoal de honra de Brendol Hux, enquanto eles refinavam o programa de treinamento juntos. A primeira vez que Cardeal viu a armadura vermelha foi quando Brendol Hux a apresentou a ele em uma cerimônia na frente de milhares de seus colegas stormtroopers. Embora o capacete de CD-0922 tivesse mostrado apenas o rosto liso e branco, do lado de dentro ele estava incandescente, a alegria saindo de seus olhos e estendendo o sorriso em proporções indecorosas.

– Obrigado, senhor – ele disse.

Brendol olhou para ele, então, como... bem, talvez como um pai faria.

De uma maneira como Brendol nunca olhara para o próprio filho, Armitage.

Cardeal recordou uma conversa em particular, quando ele já era considerado uma parte confiável da vida de Brendol, e muito antes de Phasma aparecer. Brendol estava se preparando para uma grande reunião com a Grande Almirante Rae Sloane e os outros líderes da Primeira Ordem – bem, o primeiro grupo de líderes. Cardeal estava esperando na suíte de Brendol – aquela onde Armitage estava hospedado agora –, que serviu seu habitual copo de vinho de uma garrafa de cristal e ofereceu um copo para Cardeal.

– Obrigado, senhor, mas é contra o regulamento – disse Cardeal.

Brendol tinha sorrido aquele sorriso presunçoso, mas indulgente que usava apenas quando estava no melhor dos humores.

– Ah, CD-0922. Tão empertigado em seu uniforme vermelho. É por isso que você é o primeiro entre os meus homens. Um cardeal, pode-se dizer. – Ele riu da própria piada. – Você gostaria de ter um nome diferente de um número? *Capitão Cardeal* soa bem, não acha?

Era uma honra incomum, e o coração de Cardeal se encheu de alegria.

– Como quiser, senhor.

– Isso é o que você sempre diz. Eu me pergunto o que você faria se eu, como seu oficial superior, insistisse para que você compartilhasse uma bebida comigo. Você honraria seus ensinamentos da Primeira Ordem ou seguiria meu comando direto?

Cardeal tinha corado sob o capacete vermelho, um pouco em pânico. Era como se dois pensamentos estivessem passando por sua cabeça, separados, mas opostos, e nenhum dos dois era mais forte que o outro. Brendol serviu um copo e estendeu, mas Cardeal não o pegou.

– Tenho certeza de que é contra as suas ordens me convidar para ir contra os regulamentos, senhor – ele finalmente disse.

Com isso, Brendol jogou a cabeça para trás e riu.

– Boa resposta, Cardeal. Mais para mim, então.

O Hux mais velho engoliu os dois copos alegremente e foi para sua reunião de bom humor, Cardeal andando à sua frente, com o blaster pronto e a capa de Capitão fluindo atrás dele. Quando servia como guarda de Brendol, ele sempre se sentia maior que a vida, intocável e grandioso. A armadura vermelha, Brendol sempre lembrava, invocava poder. De todos os soldados idênticos, um estava acima deles. Um tinha voado mais alto. Cardeal era mais do que apenas um stormtrooper – o mais alto dos stormtroopers. Daí a cor, daí o nome único. Cardeal em homenagem ao pássaro vermelho, Cardeal para a sua posição como o primeiro de sua espécie, o primeiro soldado com um nome e com armadura vermelha.

E então Phasma apareceu.

Ela nunca teve que desistir de seu nome por um número, como fez Cardeal. Ela não recebeu uma armadura vermelha, graças a Deus, mas era óbvio que Brendol também a considerava especial. Tendo recebido uma capa de Capitã no início da carreira, ela era a única outra além de Cardeal. Recebeu a oportunidade de moldar o programa de treinamento de acordo com suas especificações, de programar as simulações e encontrar novas maneiras de desafiar os adolescentes que se formavam no currículo criado por Cardeal. Parecia... bem, ele se sentia culpado por sequer pensar nisso, mas parecia que ele fazia o trabalho pesado, preparava as bombas, e então ela pegava seus soldados perfeitos e os torcia para se adequar a ela.

Quanto mais ele pensa nisso, mais irritado fica.

Não está claro o trabalho de quem é mais importante. São duas metades do mesmo todo. Quando os stormtroopers têm um desempenho ideal e são triunfantes, é considerada uma vitória conjunta. Quando Brendol ficava diante dos stormtroopers reunidos para relatar um trabalho bem feito, Cardeal e Phasma o flanqueavam para participar da vitória, e agora fazem o mesmo sob o novo General Hux; mas, por mais que suas vidas estejam interligadas, Cardeal nunca conheceu Phasma pessoalmente. De forma alguma. Ele tem sua academia na *Absolvição*, e, quando julga que o pelotão está pronto, os soldados são enviados para a academia de Phasma na *Finalizador*. Mesmo sendo quem a treinou, ensinando-lhe as complexidades da Primeira Ordem e até mesmo a ler, ele ainda não sabe virtualmente nada sobre ela como pessoa. Phasma sempre evitava conversa fiada.

Uma coisa que Cardeal sabe é que ela memoriza os números de seus troopers. Uma vez considerou isso um sinal a seu favor, uma atenção aos detalhes que mostra o quanto ela se preocupa com sua responsabilidade, mas agora ele vê tudo o que ela faz em uma luz mais sinistra. Cardeal aprende os números dos soldados porque se orgulha deles e gosta de vê-los bem-sucedidos. Talvez Phasma registre os números caso precise fazer alguém desaparecer. Como Frey. A própria sobrinha.

Enquanto esses pensamentos passam por sua cabeça, ele lustra a armadura vermelha para um brilho mais intenso e passa pelo ritual de se vestir, antes reconfortante. O klaxon berra, e ele ouve o som de passos e gritos. Brendol ofereceu-lhe aposentos entre os oficiais, lá no alto, onde Armitage agora fica, mas Cardeal preferiu ficar ali, perto de suas recrutas, agindo como um exemplo vivo de seu serviço e modéstia dentro da Primeira Ordem. No começo, estar tão perto do caos de milhares de crianças o aborrecia, mas agora ele se sente em casa. Ouvindo-os, até mesmo com o som filtrado através de seu capacete, ele sorri.

Essas crianças um dia serão os maiores guerreiros que a galáxia já conheceu, mas agora estão lutando por chuveiros e banheiros e medindo os cabelos para ter certeza de que estão aparados até o comprimento regulatório. Ele lhes dá tempo para se vestir e tomar o café da manhã antes de verificar seu reflexo no espelho. A casca exterior não mostra as rachaduras que há por dentro. Talvez essa seja uma crise de fé, mas ele cumprirá seus deveres. Se nada mais, eles lhe dão tempo para decidir o que fazer com a espiã da Resistência. É tarde demais para contar aos seus superiores sobre ela, admitir que ele estava rastreando-a secretamente e que ela está trancada a bordo da nave, todos os registros de sua presença astutamente apagados por Iris, mas nunca é tarde demais para matá-la e chutar o corpo dela por uma escotilha de descompressão, por mais desagradável que isso possa parecer. Ela é inimiga da Primeira Ordem, afinal. Uma integrante da Resistência. Suas informações sobre Phasma, embora elucidativas, não são suficientes.

Quando chega a hora certa, Cardeal se levanta para ir, mas antes ele se vira para trás. Seus aposentos são austeros, nada como a elegância brilhante da suíte de Hux. Tendo crescido em Jakku e depois dormido no alojamento dos stormtroopers, ele não conseguira se sentir confortável no colchão macio que Brendol havia originalmente fornecido junto com a patente de Capitão. Agora sua cama é uma coisa simples, combinando com seus móveis igualmente austeros. Não há tapetes, nem arte, nem decantadores de cristal. Nenhuma suavidade ou cor ali. Apenas algumas cadeiras duras e básicas e uma pequena mesa – estranhamente semelhante à sala onde Vi o espera. Ele se ajoelha diante da mesa e puxa a única gaveta. A caixa dentro parece infantil em suas mãos enluvadas, a madeira simples e áspera, acomodada no vermelho brilhante. Ele desliza a tampa para revelar o único remanescente de sua vida antes da Primeira Ordem.

É uma escultura pequena e deselegante de um happabore.

Muito tempo atrás, Brendol disse a seu exército infantil para não trazer nada com eles, que a Primeira Ordem forneceria tudo de que precisavam, se tornaria seu pai, sua mãe e seu empregador, mas um garoto chamado Archex contrabandeara aquele objeto solitário no bolso de suas calças de exército. O pai o havia entalhado, disse sua mãe, quando ela estava grávida. Um presente para o filho que ele nunca conheceu. Na época, o menino se achava muito corajoso e imprudente. Nos primeiros anos, ele se esforçou muito para esconder o artefato, sentindo-se culpado e preocupado de que acabasse sendo descoberto, mas agora, olhando para baixo, girando o happabore entre as luvas, sente-se muito velho e em grande conflito interno.

Ele percebe, de repente e com grande emoção, que nunca matou ninguém a menos que tenha recebido ordens diretas, enquanto Phasma matou muitos. Toda vez que seu pelotão era enviado a um planeta, ele cumpria seu dever e seguia ordens, de modo que ele nunca considerou isso um problema. Seus superiores nunca questionaram sua performance. E ainda assim... ele tem o que era preciso para ser tão implacável? É por isso que ele se contém com Vi?

Será ele realmente a laranja podre no coração da Primeira Ordem? Um nó de fraqueza em meio a tanta força?

Não.

Não, isso é tolice.

Tirar vidas desnecessariamente não torna Phasma forte.

Ele deixa cair o happabore na caixa e gentilmente coloca-a de volta na gaveta. Ali está a evidência de que ele também foi imperfeito desde o início. Sua primeira resposta à bondade da Primeira Ordem foi a rebelião. A principal diferença de ambos, ao que parece, é que Phasma está disposta a fazer qualquer coisa e matar qualquer um para conseguir o que quer, e ele fica feliz em fazer o que lhe mandam e satisfeito com o que lhe foi dado.

Ou, pelo menos, ficava.

Todo esse tempo, ele pressionou Vi para lhe dar a informação a tempo para a assembleia. É muito raro que o General Hux, Phasma e os outros líderes estejam todos na mesma espaçonave. Mais e mais nesses dias, parece que tudo de importante acontece na *Finalizador*, enquanto a *Absolvição* perde relevância. Embora Cardeal tenha sido convidado a comparecer, nem foi informado do propósito da reunião. Poderia ter sido para discutir algo amplo como estratégias de ocupação planetária, mas no fundo do seu coração ele está sempre preocupado que vá perder ainda mais responsabilidades, seja para Phasma ou para outro soldado. Todos na Primeira Ordem têm uma tarefa... até que não têm mais. Cardeal estava ansioso para apresentar seu caso e observar Phasma enquanto a verdade era revelada, mas agora ele teme até mesmo comparecer. Sem Armitage do seu lado, ele precisa mais do que apenas histórias.

Sai correndo do seu quarto e caminha pelo corredor até o refeitório, contente que as crianças não possam vê-lo suando, graças ao capacete. A porta se abre e todas as cabeças se viram para olhar. Como um só, eles se levantam e saúdam, seus rostos pequenos sinceros e seus uniformes pretos impecáveis. Cardeal os encara, levanta o queixo e retorna a saudação. Quando seu braço desce, eles ficam olhando mais um momento antes de voltarem para a comida. Sua conversa é muito mais baixa agora: ninguém ousaria pronunciar uma palavra dura ou fazer qualquer coisa remotamente estridente enquanto Cardeal está observando.

Ele conhece cada rosto ali. Conhece todos os números e todos os apelidos infantis. Ele os colocava de volta em seus beliches quando tinham terrores noturnos, chamando por pais e mães que nunca mais veriam. Colocava seus dedos nos gatilhos, ensinava-lhes como apertar do jeito perfeito. Dava-lhes olhares severos de decepção e distribuía suas punições. Por quinze anos, esteve ali, olhando para um mar de rostos, cada um refletindo o garoto que ele tinha sido. Menino ou menina, alto ou baixo, claro ou escuro, corajoso ou inteligente, essas crianças são ele, e são dele. Pela primeira vez, duvida de por que os entregaria à proteção de um monstro como Phasma. Suas crianças, ela os transforma em monstros como ela, não é? Assassinos sem consciência.

Ele sente náusea.

Mas não pode deixar o mal-estar transparecer. Não quando há milhares de olhos observando.

Seguindo seu padrão habitual, Cardeal caminha de um lado para o outro entre as mesas, chamando a atenção de uma criança ou de outra para perguntar sobre seu treinamento, elogiar suas pontuações ou apontar um cinto afivelado ao contrário. Quando alcança a fila da comida, é o único lá.

– Bom dia, Capitão Cardeal – diz o droide. – Vai tomar o desjejum padrão?

– Vou. E um lanche de proteína e café extra, por favor.

Sua bandeja é diferente das que estão arrumadas em fileiras diante das crianças. Suas refeições são perfeitamente projetadas para as idades de cada um, gêneros, pesos e necessidades nutricionais. Ele suspeita de que outras substâncias químicas sejam incluídas para mantê-los saudáveis e completar quaisquer deficiências de vitaminas que possam ter tido, crescendo em planetas inóspitos. A comida não tem um gosto bom, mas a fome faz maravilhas pelo apetite, e as crianças são trabalhadas com afinco. Sua comida não tem gosto melhor, mas é tudo de que ele realmente se lembra. O café, pelo menos, o ajudará a ficar alerta – ele estava indo dormir quando Iris o informou sobre a captura da nave de Vi, e ficar acordado por tanto tempo não está ajudando seu estado mental ou seu nervosismo.

Cardeal leva sua bandeja para uma mesa arrumada em sentido perpendicular a de seus recrutas. Seu lugar é sempre deixado vago, esteja ele lá ou não, e ao redor dele estão os líderes em ascensão em seu programa. Ele se senta e olha pelo salão. Não há escolha a não ser ver os pôsteres de Phasma vigiando as crianças como uma grande deusa prateada usando capa. No entanto, eles não veem um monstro. Veem um herói. Um soldado alto, olhando para o futuro, sua capa dramaticamente delineando a armadura cromada brilhante. Os olhos negros do capacete refletem os stormtrooper que eles um dia se tornarão. Veem o que devem ser, o que podem ser se trabalharem o suficiente, se brigarem bem o bastante. Desejam ser moldados à imagem dela. Ele nunca tinha percebido antes a quantidade dos malditos cartazes que cobrem as paredes. É como se não pudesse escapar dela.

– Bom dia, senhor – diz FE-1211. Ele é seu puxa-saco, mas sempre obtém a maior pontuação nos testes de inteligência, e tem um olho maléfico com um blaster.

– Dormiu bem, senhor? – Isso de FB-0007, uma criança séria que não amaria nada mais do que suplantar FE-1211, sem nunca ter sucesso.

– Sim, obrigado – diz Cardeal. Enquanto ele olha para o prato, percebe que terá que tirar o capacete para comer, e então as crianças poderão ver a guerra mental que está lutando nos traços do seu rosto.

A terceira criança, FM-0676, apenas olha para ele, seus olhos escuros tão duros como uma máscara. *É ela que preciso vigiar*, ele pensa. Porque ela é quem está sempre vigiando.

– Tenho uma reunião hoje. Façam o seu melhor. Vou verificar sua pontuação hoje à noite. Podem continuar.

Ele se levanta, pega a bandeja e se força a andar devagar com seriedade para o quarto, onde tira o capacete e enxuga o suor do rosto com um pano antes de comer. A comida entala na garganta e ele a força com o café. Não faz melhor no seu estômago, onde se agita como uma bola de pedra e ameaça voltar a subir. Ele não consegue engolir mais proteína, então embolsa o pacote extra e vira o café, desejando que fosse mais fácil colocar as mãos nos verdadeiros estimulantes de batalha entregues aos soldados quando eles estão treinando em simulações e depois lutando em campo. Um impulso extra não seria nada mal agora. O negócio que ele dera para Vi é brincadeira de criança em comparação.

Quando ele se levanta, suas pernas tremem.

A nave, uma vez tão sólida, parece que está estremecendo ao seu redor.

Ele deveria estar supervisionando o treinamento das crianças, mas não pode parar de se preocupar com seu pequeno projeto no andar inferior. Se algum trooper aleatório receber a incumbência de descer com o lixo pela primeira vez, se confundir com as portas e deparar com a espiã, a vida inteira de Cardeal será destruída. As probabilidades são impossíveis, mas paranoia não se importa com probabilidades. Por mais inteligente que Iris seja, ela não é programada para lidar com isso. Ele aciona seu comunicador para contatar o colega mais próximo a bordo da nave. Se Cardeal tem um amigo, é SC-4044.

– SC-4044. Estou me sentindo um pouco esquisito hoje. Execute o programa como de costume. Avise-me se tiver algum problema. Coloque FE-1211 no flanco traseiro e veja o que FB-0007 pode fazer com o seu próprio pelotão.

– Indo para a ala médica, senhor?

Ele faz uma pausa.

– Não é tão ruim assim.

– Finalmente se embebedou?

Outra pausa.

– Mais ou menos isso.

Ele enxuga o rosto novamente antes de colocar o capacete e sair. Nunca se sentiu claustrofóbico antes, não em naves espaciais e não com seu capacete, mas agora o capacete parece feito de chumbo, como se estivesse pressionando-o para baixo, deixando-o menor e estúpido. Ele pode ouvir seus batimentos cardíacos nos ouvidos, sentir o cheiro da própria respiração amarga misturada com café. Quando verifica sua imagem no espelho perto da porta, não consegue evitar de olhar.

Este é ele.

Este é o Capitão Cardeal.

Este é o líder do programa de treinamento de jovens, uma vez o braço direito de Brendol Hux.

Ele é a perfeição polida, reto de força e coragem. Ele é o segundo soldado mais importante de toda a Primeira Ordem, e agora sabe que a soldado número um não é o que todo mundo pensa que é. Fez a coisa certa, denunciou a má conduta a seu superior hierárquico conforme descrito nas leis da Primeira Ordem, e, em troca, aprendeu que um assassino anda livre entre o seu povo, recebendo as mais altas honras acima dele, com ações apoiadas por aqueles que a deveriam estar punindo. E a única coisa que ele pode fazer é voltar para uma espiã da Resistência para ver que outros artifícios ela usará contra ele para conseguir sua liberdade.

Ele está fora da porta, andando com passos decididos ecoando pelo corredor, quando quase esbarra em alguém ao virar uma esquina.

É a Capitã Phasma.

– Perdoe-me, Capitão – ela diz, sua voz tão fria e cortante como sempre.

Por um momento, Cardeal não pode fazer nada além de ficar parado e olhar. Sua armadura cromada é tão bem polida quanto a dele, sua capa de cota de malha é igualmente longa e impressionante. Ela é mais alta que ele, mas ele é mais musculoso, e, embora nunca tenha visto seu rosto, imagina um semblante feroz e retorcido, rasgado por cicatrizes, algo mais parecido com a máscara parnassiana, rodeada por penas e pelos.

Ele fecha as mãos em punhos. Sua direita se abre e seus dedos dançam sobre o blaster no quadril. Como gostaria de matá-la, bem ali. Matá-la e dizer a verdade, não apenas para Armitage, mas para toda a Primeira Ordem, para Ren e Snoke e para qualquer outra pessoa que estivesse disposta a ouvir. Ele poderia pegar Vi Moradi, poderia voltar para Parnassos e trazer Siv de volta como testemunha do caráter de Phasma. E dezenas de besouros. Ele poderia se livrar daquele monstro de uma vez por todas.

Ele quer tanto matá-la.

Seu corpo inteiro treme. Está muito perto de fazer isso.

Um tiro e todos os seus problemas desapareceriam.

Mas ele não puxa o blaster. No final, Cardeal é totalmente incapaz de ir contra sua ordem mais estrita. Assim como com o antigo povo Scyre de Phasma, não deve haver brigas entre os soldados. É uma das primeiras coisas que eles aprendem ali.

– Capitão? – diz Phasma, quando ele não se move nem responde.

– Perdoe-me – ele diz, feliz pela modulação da voz que o capacete oferece.

Desvia dela e se afasta sem olhar para trás.

TRINTA E CINCO

NA *ABSOLVIÇÃO*

VI NÃO SABE HÁ QUANTO TEMPO ESTÁ DESACORDADA, mas já faz tempo demais. Ficar inconsciente não é como dormir, ela pensa. Dormir é como se acomodar em uma banheira morna, ao passo que ser nocauteada é mais como ficar presa debaixo d'água. Você perde tempo e não tem controle sobre quando poderá subir novamente. E, quando você começa a emergir, o mundo volta em fragmentos.

Ela sente primeiro a faixa de metal em sua testa, quente e dura, pressionando, como se tivesse espinhos profundamente enfiados em seu crânio. Recua só um pouquinho – tudo o que consegue –, e sua pele se agarra ao metal e descola com um leve som de sucção. Tinha caído para a frente, e as tiras metálicas foram fincadas em seus braços, espetando sua carne. O maldito poderia ter pelo menos inclinado a cadeira de interrogatório para trás, em vez de deixá-la em pé sobre as pernas que não podem sustentá-la, presas no lugar por correias que afundam nos músculos de seus braços. É óbvio que ele nunca interrogou ninguém antes. Provavelmente nem sabe que a cadeira pode recuar para tirar um pouco do peso dos pés entorpecidos do sujeito desequilibrado para que eles possam ser torturados por mais tempo antes de perderem a sensibilidade.

Os pés de Vi escorregam tentando encontrar apoio para o corpo, e ela fica em pé por si mesma, uma dor subindo latejando pelas costas.

Está ficando velha demais para esse tipo de coisa. Se sair dali, jura que da próxima vez que a General Organa – ou qualquer um – pedir a ela para dar uma olhada, vai correr na direção oposta e achar uma bela cantina para desaparecer. Prefere ficar em Pantora com Baako, enterrada até os joelhos no pântano, do que estar ali. Esquivar-se do sistema de defesa planetária de Parnassos era uma tarefa simples, considerando que ela procurasse os códigos certos, mas agora ela sabe que é impossível evitar os destróieres estelares da Primeira Ordem. Quando eles te veem e miram o raio trator para fazer uma captura, você está sem sorte. A resistência precisa dessa informação, mas Vi não tem certeza se vai ser capaz de fornecê-la.

Ainda assim, ela não perdeu a fé. Já escapou de situações piores. É verdade que geralmente tinha pelo menos um membro da tripulação e algumas armas com ela quando o fazia – e, ainda mais frequentemente, tinha uma pequena espaçonave rápida –, mas há esperança.

– E você, Iris? Tem algum interesse oculto em desertar para a Resistência?

Em resposta, o orbe flutuante emite um som que parece uma risada, e coloca para fora um bastão de choque, estalando de eletricidade.

– Perguntar não ofende.

Há muito tempo para ela considerar as chances enquanto espera que Cardeal retorne. Inferno, talvez ele não volte. Parecia muito perturbado pela história. Não que estivesse surpreso; ele sabia que havia algo obscuro à espreita sob a superfície de Phasma, da mesma forma que a maioria das pessoas de bom coração pode sentir o cheiro de um rato. Não, o que realmente o destruiu foi o conhecimento de que Phasma matou Brendol e não apenas viveu para contar a história, como continuou a subir em hierarquia e reputação. Esse é o problema de seguir todas as regras – alguma outra pessoa vai acabar quebrando-as, e então onde você estará? Vi sempre se certificava de quebrar pelo menos uma regra, até mesmo algo tão insignificante quanto colocar as botas no painel ou derrubar migalhas nas almofadas do assento. Apenas para se preservar de errar do lado da perfeição e da obediência.

A porta se abre e os olhos dela observam de soslaio. Quando ela vê que é Cardeal, suspira de alívio e relaxa contra suas amarras. Não que pudesse realmente fazer alguma coisa se alguém aparecesse, mas não podia evitar a tensão. Cardeal, ela imagina, é o maior coração mole da espaçonave.

– Bem-vindo de volta, Freio de Emergência. Acha que talvez possa me inclinar um pouco para trás? Não estou sentindo meus pés.

Cardeal não lhe dá mais do que um breve olhar. Ele está digitando no datapad e mexendo nas câmeras mais uma vez, mas ele está ligando, ou...? Não. Ele arranca um monte de fios em uma delas. Se ele não estava blefando antes, agora está mortalmente sério.

Depois de se mover pela sala, ele aparece na frente de Vi, uma parede sólida de vermelho brilhante, impecável, sua capa balançando atrás dele.

– Iris, ela tentou fugir?

O droide emite um bipe negativo.

Agora ele foca em Vi.

– Que bom. Posso confiar em você? – ele pergunta com urgência, e agora é diferente da primeira vez em que perguntou, horas ou talvez dias atrás.

Vi lambe os lábios secos.

– Essa ainda é uma questão complicada. Digamos que você pode confiar em mim para não lutar para conseguir sair daqui. Eu não menti para você até agora, e não planejo fazê-lo, a menos que pense que você vai me matar se eu disser a verdade.

Ele bufa com o nariz.

– Essa é uma resposta honesta para uma espiã.

Ela dá o menor vestígio de um encolher de ombros, tudo o que as amarras permitem.

– Sou uma espiã bem honesta.

Tirando o capacete, ele o coloca na mesa e se senta na frente dela. Ah. Como se olhar em seus olhos mostrasse novas verdades só porque o rosto vermelho do capacete não está entre eles.

E ainda assim... ele olha. Bem nos olhos dela. Como se estivesse tentando entrar em sua alma, um homem se afogando vasculhando águas escuras em busca de uma corda de salvação. Gotas de suor brotam em sua testa, sob as olheiras escuras, acima da pele recém-barbeada sobre o lábio, marcada com um pequeno e imperfeito corte.

– Eu vou deixar você sair da cadeira. Você não ficará presa. Você poderá comer e beber. – Ele coloca uma garrafa de café e um pacote embrulhado com papel prateado sobre a mesa. – Mas você vai me contar mais. Tudo. Tudo o que você tiver. Eu contei a Armitage que Phasma matou Brendol e não foi suficiente.

– Como assim não foi suficiente?

– Ele já sabia. E parecia contente com isso.

Essa é apenas mais um pedacinho de informação para Vi armazenar em sua memória. Armitage Hux não deixou tantos rastros de dados quanto os outros líderes da Primeira Ordem, porque não teve vida fora dessa máquina de guerra. Ele era o odiado filho de Brendol na Academia Imperial de Arkanis, e então era o odiado filho de Brendol na *Finalizador*, e então ele subiu na hierarquia para se tornar o que é agora: o verdadeiro herdeiro do comando de Brendol e um poderoso líder da Primeira Ordem. Mas agora eles sabem que ele tem seus próprios segredos, e isso é útil.

– Bem, o que você sabe? A doninha ruiva oleosa deu cria a uma doninha ruiva oleosa.

O braço de Cardeal voa para trás como se ele estivesse prestes a dar um tapa nela, mas ele se detém antes que seu droide apite um aviso. Abaixa o braço e o acomoda do seu lado novamente.

– Diga o que quiser sobre Armitage Hux, mas cuide da sua língua para falar sobre Brendol. Aquele homem foi meu salvador, e ele fez mais por mim do que meu próprio pai.

Ela estreita os olhos, incapaz de deixar isso passar.

– Então a sua família era um lixo. – Ele lhe dá um olhar severo, então ela ri tristemente. – Mas, falando em famílias terríveis, posso te dar o que você precisa saber. Apenas me solte primeiro. Essa foi uma boa ideia. Uma de suas melhores, na verdade.

– Você jura que não vai tentar nada?

– Eu não vou tentar nada físico, mas vou tentar o diabo para convencê-lo a me deixar ir embora de verdade.

Ele já está pegando a tira ao redor da cabeça dela quando suspira.

– Se isso é o melhor que você pode fazer, suponho que é tudo que posso realmente esperar.

O metal range, e a cabeça de Vi balança para a frente como se seu pescoço fosse feito de borracha. O gemido de alívio que ela solta tem um caráter quase íntimo, e então ele está trabalhando nas correias ao redor dos pulsos e dos braços. Cada novo incremento de liberdade, ela tem certeza, é a melhor sensação que já teve. Quando a tira em volta do peito é solta, Vi fica surpresa ao perceber seu corpo arremessado para a frente, e Cardeal é forçado a pegá-la ou vê-la cair. O impacto a faz chorar, e então ela é esmagada por um plastoide duro e liso enquanto ele tenta ajudá-la a mover um corpo que perdeu toda a sensibilidade e a força ao longo do último dia. Tudo o que ela enxerga é vermelho.

– Isso é estranho – ela diz, enquanto ele tenta ajudá-la a se levantar. Vi tem toda a elegância de uma boneca quebrada.

– Sou um pouco novo nisso – ele admite, parecendo humano demais para o homem que a deixou inconsciente não faz muito tempo. – Não antecipei essa parte.

Trabalhando juntos, eles conseguem sentá-la em uma cadeira de verdade, com os braços e a cabeça na mesa. Ela precisa de todas as suas forças para não deslizar e cair no chão. Se Cardeal fosse alguém de sua equipe, ela imploraria para que ele ajudasse a massageá-la para recuperar a sensibilidade nos ombros de uma maneira puramente platônica, mas o pensamento é simplesmente absurdo demais. É difícil conciliar o Cardeal que ela pesquisou ao longo de semanas com o homem decididamente não monstruoso empurrando com cuidado a garrafa de café em direção a ela. O que implora a pergunta: quem é ele, no coração? O órfão de Jakku, desejoso de pertencer, ou o soldado que sofreu lavagem cerebral, programado para matar?

– O café está frio e eu bebi metade, mas não achei que você ia reclamar – ele diz.

Vi descobre como segurar a cabeça, apenas o suficiente para ele ver seu sorriso. Talvez ele seja as duas coisas, afinal. E talvez também seja o cavaleiro branco de armadura vermelha que se enfurece contra a injustiça, contra a trapaça e a traição e quer ver o monstro que é Phasma cortado da Primeira Ordem que ele ama.

Essa é outra coisa que Vi aprendeu. Ninguém nunca é só uma coisa. O truque é descobrir quem eles são no momento e convencê-los a fazer o que você quer que eles façam. E, nesse caso, isso significa que ela quer que Cardeal ouça sua história e dê o próximo passo lógico.

Quando ela consegue fazer os braços trabalharem, desliza a garrafa de café para mais perto e mordisca o canudo até o colocar entre os lábios. Ela não está prestes a tentar levantar a garrafa ainda, mas consegue beber. O pensamento de Cardeal de joelhos com as mãos no chão, enxugando café derramado com um lenço, quase lhe provoca um ataque de risinhos maldosos, mas ela os disfarça com uma risada forçada.

– Eu não poderia te atacar de qualquer maneira, você sabe. Acho que meu corpo inteiro foi dormir – ela diz entre goles cuidadosos. – A Primeira Ordem sabe trabalhar uma garota.

Cardeal não dá importância, e sua boca se torce em algo como um sorriso divertido.

– Então você está dizendo que a Resistência é preguiçosa?

Com isso, ela realmente ri.

– Fico feliz que você tenha perguntado, mas vou ser sincera: é um trabalho duro. Não rende muito dinheiro, nenhum apoio oficial do governo. Tem cabeças de balde com lavagem cerebral e caçadores de recompensa atrás de você em qualquer cantina, esperando conseguir qualquer prêmio que tenham colocado por sua cabeça esta semana. É absolutamente tranquilo aqui agora, em comparação, estou lhe dizendo.

Ele parece bastante surpreso quando uma risada sai de sua boca, mas ele rapidamente a sufoca.

– Então o que motiva você a continuar?

Vi conseguiu puxar o pacote de comida, mas está lutando com o canto picotado da embalagem. Então Cardeal tira para ela, abre-a de um jeito profissionalmente violento e a desliza de volta. Ela suga alguns bocados de pasta nojenta enquanto considera sua resposta.

– Esperança – diz ela. – Sabendo que, um por um, podemos vencer algo imparável. Um gigante que pensa que somos apenas formigas mal-intencionadas a serem esmagadas, mas você conhece o poder de dez mil formigas? De dez milhões? – Ela toma outro gole, seu estômago se apertando de fome. – Esperança e comida melhor do que essa. O que é isso, tudo proteína? Sem sabor, sem uma colher de adoçante. Não admira que vocês estejam tão zangados o tempo todo. Embora eu aposte que seus dentes são perfeitos.

Em resposta, Cardeal sorri, e ele de fato tem fileiras perfeitas de dentes brancos. É um sorriso bonito, Vi pensa, e sorri de volta sem realmente pensar muito. Algo em seu gesto o inquieta, e Cardeal reconfigura seu rosto na expressão mais comum de preocupação.

– Você está livre. Você comeu. Você bebeu alguma coisa. Agora me conte o resto. – Ele põe as mãos na mesa e se acomoda como se o peso do mundo estivesse em seus ombros. – Porque o que eu tenho até agora... não é suficiente. E você pode estar fora da cadeira, mas não está segura; nem você nem seu irmão.

Ela franze a testa.

– Ainda estamos nessa? Nas ameaças?

– Vamos fazer isso até você me dar qualquer informação que esteja segurando. Eu não vou para aquela assembleia até que tenha o que preciso, e se eu não tiver o que preciso nosso acordo está rompido.

Vi olha para ele e a sala de repente parece fria, como se ela pudesse sentir o ar noturno de Parnassos, sentir a areia batendo em seu rosto.

– Só mais uma história, então. E uma mais antiga, mas mais extraordinária.

TRINTA E SEIS

EM PARNASSOS, QUINZE ANOS ANTES

Agora, esta história que Siv me contou acontece alguns anos antes de todas as outras, quando Phasma e Keldo eram crianças. Keldo ainda tinha as duas pernas e era o guerreiro da família, e Phasma ainda não era a lutadora e líder que conhecemos hoje, embora Keldo a estivesse treinando. Eles nem faziam parte do grupo dos Scyre ainda. Viviam com um grupo familiar muito menor e mais fraco, e seu único território era diretamente ao redor da Nautilus, considerada um grande prêmio.

Keldo disse para Siv que sua mãe e seu pai estavam ficando mais velhos e mais fracos, junto com suas tias e tios. Um primo mais novo ainda era pequeno demais para contribuir. Como você viu nas histórias anteriores de Parnassos, a terra estava se tornando hostil para qualquer um que não estivesse em boa forma e pronto para lutar a qualquer momento. Em sua família, Keldo e Phasma foram forçados a se desafiarem.

Por volta dessa época, a vida ia de insuportável até quase impossível. Os pequenos bodes foram morrendo, a chuva já ácida se transformara em um líquido que queimava a pele descoberta, e as costelas de todos começaram a aparecer debaixo das roupas. Sua dieta diminuiu para moluscos e algas marinhas. Os dentes começaram a se enfraquecer, as feridas a infeccionar, e eles aprenderam que, se não amputassem e cauterizassem, até mesmo o menor arranhão das pedras induziria a temida febre. Eles estavam exaustos, a pele pálida e o cabelo caindo. Nunca tinham ouvido falar de detraxores. O grupo familiar perdera metade de seus membros no último ano e, apesar de serem crianças, Phasma e Keldo eram sua única esperança.

Precisavam de um esforço quase sobre-humano para defender a Nautilus das invasões dos Scyre e dos Claw, e muito de sua força vinha de armas passadas de geração em geração, pedaços afiados de metal, um blaster que só funcionava de vez em quando.

À medida que a invasão se intensificava, ficou claro que os Scyre estavam perdendo a paciência e queriam a Nautilus. Phasma e Keldo tinham que dormir em turnos, de modo que um deles estava sempre acordado e pronto para lutar contra qualquer incursão do povo dos Scyre, mais velhos e endurecidos pela batalha. Balder roubou a prima pequena deles para o povo Claw, e os ataques adquiriram um novo terror. Eles perdiam terreno todos os dias, até não haver praticamente nada, e os batedores Scyre podiam ser vistos sempre observando das bordas de seu território como abutres circulando um eopie mancando.

Keldo discutiu com os pais sobre como lidar com os ataques dos invasores. Era óbvio que o grupo deles não poderia durar, mas a geração mais velha se recusava a desistir de seu lar ancestral, muito menos a compartilhá-lo com invasores vingativos que não o honrariam.

– Você preferiria morrer a compartilhar? – Keldo perguntou ao pai, uma noite, enquanto estavam sentados em volta da fogueira que queimava no centro da Nautilus.

– Pelo menos eu não estaria aqui para testemunhar a profanação – disse ele. – Melhor deixar nosso mundo moribundo do que ver outro homem sentado neste trono.

– Você não é rei – disse Keldo. – Você não pode mais lutar.

Por isso, seu pai deu-lhe uma bofetada. Embora o homem não estivesse tão em forma como antes, deixou uma marca.

– Eu entendo – o garoto disse, e saiu da Nautilus para assumir o turno de vigia e liberar Phasma.

Mas, quando ele se arrastou para a pedra acima, não viu sua irmã em lugar nenhum.

– Phasma? – ele chamou, examinando a área.

Naquela época, as camadas de pedra marcavam a fronteira entre o território deles e o dos Scyre, mas Phasma não estava em lugar algum. Ele caminhou até a beira dos penhascos e olhou para baixo, mas tudo o que viu foi o mar escuro e agitado, o progenitor de todos os seus problemas. Talvez sua irmã tivesse se lançado naquele grande além, ansiosa para acabar com o mundo cruel, como Keldo às vezes ansiava fazer. Mas não. Phasma, muito provavelmente, nunca considerara tal coisa.

– O que você está fazendo, irmão? – ela perguntou, aparecendo atrás dele como fumaça com o blaster na mão.

– Procurando-a. Onde você estava?

Ela ignorou a pergunta. Eles não usavam máscaras ainda, e a lua estava cheia, então ele era capaz de enxergar dentro de seus olhos. E ela foi capaz de ver a marca da mão em sua bochecha, o que só fez seu rosto ficar mais duro.

– O que ele fez – ela disse, e não era muito uma pergunta.

– O pai não quer fazer concessões – disse ele. – Não para os Scyre e não para ninguém. Ele prefere morrer a perder a Nautilus.

– E o que você acha?

– Eu acho que prefiro ficar vivo a morrer por algo que já está meio morto.

Ela apertou a mão sobre o ombro dele.

– Tem certeza? – ela perguntou.

– Certeza sobre o quê?

Ela não respondeu, apenas assentiu decisivamente. Antes que Keldo pudesse questioná-la ainda mais, ela sacou sua pequena faca de pedra e enterrou-a no músculo de sua panturrilha, fundo o suficiente para atingir o osso.

Keldo gritou e caiu, e Phasma o guiou até a pedra áspera com uma gentileza estranha, para que ele não despencasse do penhasco no mar.

– Você vai entender mais tarde – ela disse enquanto arrancava a lâmina. – Mas saiba que isso tinha que acontecer desse jeito, e eu sinto muito.

Keldo estava entrando em choque, e só conseguia murmurar:

– Por que, Phasma? Por quê?

Ela se levantou e o arrastou para o buraco que levava para dentro da Nautilus. Quando ele estava perto o suficiente para olhar para dentro da caverna, ela o empurrou sem aviso.

– Socorro! – ela gritou. – Estamos sob ataque!

Keldo aterrissou com força e ergueu os olhos do chão da caverna lá embaixo. Vários rostos mascarados apareceram ao redor de Phasma, mas eles não estavam lutando com ela, e ela não os estava atacando. Estavam à espera de alguma coisa.

– Não vão – Keldo resmungou para o resto da família, prestes a desmaiar. – Ela está…

A última coisa que viu foi sua pequena, cansada e fraca família pegando em armas, suas espadas, machados e porretes, e subindo da Nautilus para lutar contra os Scyre.

Quando Keldo acordou, ele ainda estava na Nautilus, mas deitado ao pé do trono, aninhado nos cobertores de seu pai. Phasma estava sentada ao lado dele, vestida de couro como os Scyre, segurando sopa. O som de conversas, risos e passos ecoava ao redor, e, quando sua visão voltou ao foco, ele viu dezenas de pessoas, mais do que ele jamais vira em um único lugar em sua vida, alegremente descansando, cozinhando e comendo pela Nautilus.

– O que aconteceu? – ele perguntou. Porque, de tudo o que ele lembrava, nada disso fazia sentido.

– Nós fomos atacados – disse Phasma. – Pelos Scyre. Mãe e pai e todo o resto… se foram.

Ela o observou estranhamente, como um falcão procurando algum movimento pequeno e revelador.

– Mas você me apunhalou. Minha perna.

Ele se esforçou para se sentar e olhar para baixo, mas o cobertor de seu pai estava espalhado sobre ele. Percebeu que não conseguia sentir o pé e, quando sacou o cobertor, descobriu que havia perdido a maior parte da perna. O coto estava coberto por um bálsamo verde espesso que tinha o cheiro do mar.

– Não, Keldo. Foram os Scyre. Eles pegaram você durante o seu turno de vigia, e eu te joguei dentro da Nautilus. Salvei sua vida. Temos sorte de eles nos convidarem para ficar aqui, para morar entre eles. Tudo o que precisamos fazer é concordar em nos unir a eles de boa fé. Em lutar por eles e contribuir. E então podemos ficar aqui na Nautilus. Ainda será nossa. O que você diz?

Keldo sabia que ela estava mentindo. Ele se lembrava de seu pedido de desculpas sobre o penhasco e a fisgada da faca. E ele entendeu naquele momento que ela havia permitido que ele vivesse, mas ficasse incapaz de lutar contra ela enquanto assegurava a Nautilus para os dois. O tempo todo, Keldo havia argumentado que eles deveriam se juntar aos Scyre, mas seu pai discordava. Agora ele percebia que Phasma via as coisas da mesma maneira que ele, mas seu método de salvar a vida e manter a caverna fora decisivo, cruel e inflexível. E que agora tinha apenas duas opções: juntar-se aos Scyre com ela... ou morrer.

Um lutador musculoso parou atrás de Phasma, um homem alto que Keldo nunca tinha visto, mas que parecia um líder forjado em batalha.

– Irmão, este é Egil, o líder dos Scyre. Ele é um homem bom e justo, e usará a Nautilus para o benefício de seu povo. Para o benefício do *nosso* povo.

– Agora me diga, Keldo – perguntou Egil, com a mão na lâmina. – Você vai se juntar a nós? Ou vai se juntar a eles?

– Me juntar a quem?

Egil se afastou e apontou para seis corpos dispostos ordenadamente ao longo da parede, cada um envolto nos tecidos finos que eles guardavam cuidadosamente na Nautilus, transparentes e sedosos demais para usar como roupas. Flores de vermelho brilhavam no cinza, e Keldo não tinha que ver seus rostos para saber quem eles eram ou como tinham morrido. Dois deles tinham máquinas presas nas coxas como apêndices estranhos e indesejados, e uma mulher Scyre de pele escura agachava-se ao lado de um desses equipamentos, a filha adolescente ao seu lado com uma cesta cheia de odres de água e plantas secas.

Keldo ficou imóvel, e mais tarde ele disse a Siv que podia sentir o frio se espalhar até os dedos que não faziam mais parte de seu corpo. Olhou para Phasma, seu queixo caído e seus olhos implorando para que ela dissesse que ele não via o que estava vendo.

– O que elas estão fazendo? Com a mãe e com o pai? Com a nossa família?

– Aqueles são detraxores – explicou Egil gentilmente. – Eles recuperam nutrientes vitais dos que tombam. Vala e sua filha, Siv, usam essa essência para fazer um bálsamo que previne doenças e outro que cura feridas. O linimento na perna salvou sua vida, e é dali que ele vem. – Ele se virou e gritou – Siv! Traga uma lata de bálsamo. A nova.

A menina adolescente pegou uma lata antiga que estava ao lado da maior silhueta embrulhada, que Keldo reconheceu como seu pai. Ela se levantou graciosamente e atravessou a Nautilus como se sempre tivesse vivido ali. Seus olhos percorreram curiosamente Keldo, e ela sorriu timidamente enquanto levava a lata aberta para Egil.

– Você lutará pelos Scyre? – Egil perguntou a Phasma.

– Orgulhosamente – ela respondeu.

O líder passou o polegar largo pela pomada verde-escura e passou um risco molhado sob os olhos de Phasma. Todos na terra dos Scyre sempre usaram essas listras, e a família de Keldo assumira que fosse para fazê-los parecer mais ferozes durante a batalha. Agora ele entendia sua verdadeira função: ela os tornava fortes o bastante para lutar.

– Bem-vinda aos Scyre, Phasma – disse Egil com grande solenidade. – Do corpo ao corpo, do pó ao pó.

Phasma inclinou a cabeça ligeiramente.

– Do corpo ao corpo, do pó ao pó – respondeu ela.

Mas, antes que Egil pudesse repetir o ritual com Keldo, Phasma pegou a lata da garota chamada Siv e enfiou os dedos. Sem fazer a pergunta a Keldo, ela desenhou as riscas no rosto dele.

– Do corpo ao corpo, do pó ao pó – ela disse.

Mas Keldo não repetiu a frase a princípio. E, é claro, não poderia ter respondido a mesma pergunta; sem a perna, ele não poderia lutar pelos Scyre, poderia? Phasma tinha se certificado disso. A mão de Egil pousou no punhal em seu cinto, e a Nautilus ficou em silêncio enquanto esperavam pelo juramento de Keldo.

– Você tem que dizer – sussurrou Siv, com os olhos arregalados e preocupados.

O bálsamo era frio e grosso nas bochechas de Keldo, uma linha escura pairando na borda de sua visão. Tinha cheiro de mar, de morte e de escuridão. Pelo menos não carregava o cheiro de seu pai, por mais que fosse desenhada sobre a mesma bochecha em que o homem havia dado um tapa no que parecia ser anos antes, quando Keldo ainda era inteiro e sua família ainda estava intacta.

Ele olhou nos duros olhos azuis de Phasma e tentou se lembrar de como ela ficava sem a tinta verde, antes de ele ter visto sua verdadeira face.

Não conseguiu.

– Diga – ela exigiu.

Ele não tinha escolha. Egil e Phasma haviam deixado isso claro.

– Do corpo ao corpo, do pó ao pó – ele murmurou.

Egil deu um tapinha em suas costas e sorriu.

– Bem-vindo aos Scyre.

TRINTA E SETE

NA *ABSOLVIÇÃO*

Vi observa o rosto de Cardeal enquanto termina a história. O soldado está com o queixo no punho enquanto olha para o nada, com a boca franzida.

– Então você está me dizendo que eles o pintaram com o bálsamo feito a partir do pai dele...

– Ambos pintaram. Foi assim que eles se juntaram ao Scyre. Ela sacrificou seus pais e familiares para sobreviver.

Cardeal balança a cabeça e fica de pé.

– Mas ela amava o irmão. Ela vingou a morte dele matando Brendol. Isso faz... um pouco de sentido.

Vi se senta mais para trás, finalmente capaz de segurar a cabeça e rir dele do jeito certo.

– Ah, era isso que ela estava fazendo quando assassinou Brendol? Vingando o irmão? Engraçado, pensei que ela estivesse se livrando da única testemunha que conhecia seu verdadeiro passado em Parnassos. Quem sabia até onde ela iria para sobreviver e ter sucesso? Ela protestou quando Brendol abateu o povo dela? Ela implorou pela paz ou falou por seus guerreiros? Ou considerou um jeito limpo de começar sua nova vida com a Primeira Ordem? Foi da mesma forma que ela se uniu aos Scyre. Ela fez um sacrifício, cortou todos os laços e prometeu sua lealdade ao clã mais forte.

Ele bate a mão entre eles como se quisesse apagar o que ouviu.

– Isso não me ajuda. Só porque estou convencido de que ela é uma traidora não significa que meus superiores vão se importar. Eles obviamente não se importam.

Vi coloca as mãos na mesa e tenta se levantar, mas suas pernas ainda não estão prontas para sustentar seu peso. Ela se recosta com um *tum* e bebe mais café, esperando revigorar seu corpo antes que a mobilidade realmente se torne um problema. Ela está sem histórias, e os dois sabem disso.

– Então eles são tolos. As pessoas não mudam. Phasma sempre será aquela garotinha com a faca, a usurpadora de Arratu com a espada, o assassino frio como pedra jogando um besouro no homem que a salvou.

– Novamente: de acordo com essa história, Phasma não fez nada para trair a Primeira Ordem. Então, por que você a deixou por último?

– É importante – ela diz com cuidado – porque de todas as histórias que ouvi em Parnassos, e eu não contei a você todas, apenas as que eu achava que seriam pessoalmente ressonantes, essa é a que me arrepia mais. Porque deixa claro que você não pode vencer Phasma. Nem você. Nem ninguém. Ninguém vai mais longe do que o desejo dela de sobreviver.

Embora isso não vá convencer seus superiores, Cardeal sabe que Vi está certa. Mesmo quando era órfão, ele nunca usou meios tão ousados e cruéis para sobreviver. E pensar: quando era uma menina adolescente, ela propositalmente aleijou o irmão com uma faca e viu seus pais morrerem, então... pintou o corpo com o que restava deles para consolidar sua próxima lealdade. Quando ela aceitou o unguento, ela se tornou uma Scyre. E ele já sabe o que aconteceu com os Scyre. Armitage acha que tem um cão de caça na coleira, mas o que tem é um rancor só esperando o portão se abrir. Ninguém verá a verdadeira Phasma até o momento em que os desejos da Primeira Ordem não sejam mais os de

Phasma. Um dia – e está chegando – Phasma vai trair todos eles. Assim como ela fez com sua família, e assim como ela fez com os Scyre.

Sua lealdade? Não significa nada.

Nada, exceto que o próprio Armitage ainda não recebera uma faca nas costas.

Cardeal é o único que sabe.

E é o único que pode pará-la.

A minúscula câmara de interrogatórios, ou seja lá para o que tivesse sido construída, parece subitamente muito pequena e muito próxima, e Cardeal sente os odores corporais da espiã, cada vez em pior estado, e o fedor persistente de seja lá qual parte dela foi frita pelo choque.

Não vai deixá-la saber disso, mas não duvida mais dela. Em absoluto. Ele sabe que Vi está certa, que tudo o que disse a ele é verdade. Tudo se encaixa muito bem para ser uma história que ela acabou de inventar para salvar a própria pele.

Iris apita e ele verifica seu comunicador. Já está quase na hora.

– Última chance. Existe alguma prova real? Seu tempo acabou, e a assembleia não vai esperar.

Vi bate os dedos na mesa brevemente e acena afirmativamente com a cabeça.

– Há outra coisa, na verdade, mas preciso que você fique calmo. Vou colocar a mão em um bolso escondido da minha jaqueta e pegar algo que parece uma faca bem assustadora.

– O que é?

– É uma faca bem assustadora, mas não vou usá-la. Vou colocá-la na mesa, bem devagar, e depois colocar as mãos atrás da cabeça. Se eu conseguir. E o que você vai fazer é não perder a compostura, e definitivamente não vai tocar a lâmina de nenhuma forma que possa render cortes para nenhum de nós dois. Porque lembre-se: está envenenada.

Cardeal solta a respiração de uma maneira desapontada, em parte porque ele e seus homens a revistaram e deixaram de notar uma faca, e em parte porque ele classificou Vi em um patamar mais elevado, e de alguma forma esperou que ela estivesse sendo honesta sobre não ter armas escondidas enquanto ele a torturava em uma nave inimiga. Ela apenas encolhe os ombros.

– Eu faço parte da Resistência. É claro que ia resistir. Você quer ou não?

Ele puxa o blaster e o mantém apontado para baixo, na direção da barriga dela. Vi revira os olhos como se dissesse: *Já não superamos isso?*

Em resposta, ele também revira os olhos e diz:

– Só porque estamos do mesmo lado nessa discussão não significa que estamos do mesmo lado nessa luta. Agora me dê a faca. E depressa. Meu tempo é curto.

Ela sorri para ele e lentamente, muito lentamente, põe a mão em um bolso interno de sua jaqueta.

– Eu vou usar duas mãos, agora – ela avisa.

E, para ser honesto consigo mesmo, ele não está preocupado. Ela não consegue ficar de pé, mal consegue erguer os braços. O que quer que tenha lá, bem, ela poderia ter usado contra ele a qualquer momento desde que a desamarrou, e ela não o fez. Nem mesmo passou a mão nesse bolso. Então ele balança afirmativamente a cabeça e espera, seu blaster pronto.

É preciso dar alguns puxões, mas Vi tira um pedaço de armadura dobrada de seu casaco, coloca-a sobre a mesa e a abre. Assim que os lados caem, ela se afasta da mesa com as mãos na cabeça, exatamente como prometeu. E ali, sobre a mesa, está exatamente o que ela descreveu: uma faca bem assustadora.

É mais ou menos do comprimento de sua mão e feita de pedra lascada. A lâmina é revestida com grânulos de um pó enferrujado salpicado de verde-acinzentado, e o cabo é envolto em couro manchado de um tom profundo e forte de castanho: suor e sangue. É uma coisa cruel, rústica e deselegante, destinada a fazer buracos que não podem fechar adequadamente.

– Esta é uma das facas de Phasma. A que ela fincou na perna do irmão e no peito de Balder, de acordo com a história. Siv a recuperou durante a batalha dos Claw; ela era rápida assim.

– Posso? – pergunta Cardeal, e Vi inclina a cabeça.

– Você é o dono do show. Pegue. Mas, por favor, prometa que você depois vai me contar a cara que Phasma fará quando a vir. Como se ela tivesse visto um fantasma particularmente vingativo, imagino.

Cardeal recolhe o blaster e levanta a faca cuidadosamente pelo cabo. Ele se lembra da parte da história sobre Phasma usando venenos feitos à base dos líquenes de Parnassos. Tem certeza de que os droides médicos podem identificar e anular o veneno, mas ele não pretende apostar nisso.

– Ninguém nunca vê o rosto dela – ele diz baixinho. – Eu nunca vi. Ninguém que eu conheço viu. Ela tem os próprios aposentos, como eu, e nunca come junto com os soldados.

– Ninguém nunca se pergunta o que ela está escondendo?

Cardeal olha para cima e encontra seus olhos.

– Eu sempre me perguntei. Acho que agora eu sei.

Vi olha para a porta com anseio.

– Então, que tal? Você vai honrar nosso acordo?

Ele balança a cabeça.

– Ainda não é suficiente. Você sabe disso.

– Então você vai me matar?

O rosto dele se enruga em desgosto.

– Não quero fazer isso.

E ele honestamente não quer, mas...

Vi está sorrindo.

– Você parece muito feliz em morrer – ele observa.

– Eu tenho mais uma coisa. Prometa de novo que você vai me libertar se eu te der essa informação.

Sentindo-se tão exasperado quanto se sentia com seus recrutas mais novos e mais jovens, Cardeal suspira.

– Os termos não mudaram. Você me dá provas, eu deixo você ir. Absolutamente última chance.

– Vou colocar a mão na minha jaqueta de novo.

Enquanto tira outro pedaço de armadura de dentro do couro grosso, Cardeal nota que ele precisa treinar seus homens para buscar objetos não metálicos e remover todas as peças de roupa exteriores dos prisioneiros. Quando Vi abre o pedaço de armadura, Cardeal não consegue parar de sorrir.

É um estojo transparente para insetos, e dentro dele há um besouro dourado reluzente, ainda vivo.

– Você não vai querer abrir esse estojo – Vi alerta. – Eu vi esses carinhas fazendo o trabalho deles, e não é nada bonito. Joguei um pouco de água na areia, e de repente havia mil deles.

Cardeal levanta o besouro e sente seu coração se aliviar. Finalmente, finalmente, ele tem evidências concretas. Se ele levar esse besouro na reunião, tudo o que precisa fazer é entregá-lo aos droides médicos, que confirmarão que o besouro contém a mesma assinatura química que matou Brendol.

– Então, o que você vai fazer? – Vi toma o café e o observa. Ela está um pouco melhor, não tão desidratada. Talvez seu tempo inconsciente realmente tenha lhe dado algum descanso. Cardeal se sente um pouco mal com isso; ele a eletrocutou mais forte do que pretendia, mas os olhos dela, dourados e duros, não piscam tanto quanto deveriam. Como é estranho que ele se sinta julgado, que não queira decepcionar esse pedaço de lixo espacial espionando para seu inimigo?

Não importa. Tinha chegado a hora. Ela lhe deu o que precisava. Ele não pode deixar o General Hux, a Capitã Phasma e os outros oficiais de alta patente esperando. Cardeal se levanta e coloca seu capacete. É mais fácil quando Vi não pode ver seu rosto.

Vi se senta com um grunhido e franze a testa para ele.

– Eu vou confrontar Phasma – ele finalmente diz. – Mostrar-lhe a faca e o besouro. Na frente do General Hux e os outros oficiais.

Com isso, os lábios de Vi se curvam para cima em um sorriso.

– Boa sorte. Em um nível pessoal, espero que você simplesmente a destrua.

Isso ganha uma risada.

– Obrigado. – Cuidadosamente, ele pega a faca e a coloca no coldre, atrás do blaster. O estojo do besouro entra em uma das caixas de munição em seu cinto.

Na porta, ele volta e toma a primeira das muitas decisões que poderiam desfazer tudo o que ele trabalhou tão arduamente para construir. Todos aqueles anos na aspereza de Jakku. E depois os anos em que ele lutou para se adequar aos ideais da Primeira Ordem, passando por constantes testes e programação sob o treinamento de Brendol. Anos subindo na hierarquia, lutando nos simuladores, superando seus companheiros e desafiando-se a obter sucesso. Tudo para o que ele trabalhou, seus objetivos... tudo mudava ali, não?

– Vou deixar a porta destrancada. Vou levar Iris comigo. Conte até mil e depois... faça o que quiser.

Vi levanta uma sobrancelha.

– O que eu quiser?

– Fuja se puder, durma se você não tiver outra escolha, morra aqui se isso parecer mais fácil. Se alguém te pegar, vou dizer que a encontrei durante minhas rondas e você me dominou e escapou. Droga, talvez eu diga a eles que você tinha poderes da Força. Vão caçá-la com hostilidade extrema, mas não vai ser minha culpa. Nem meu problema.

– Existe outra opção – ela diz.

Isso chama sua atenção. Ele estava prestes a digitar o código para abrir a porta, mas, em vez disso, se vira para considerá-la.

– Deserte. Fuja comigo. Venha se juntar à Resistência, ou pelo menos pegue o dinheiro deles em troca de alguma informação e fuja. Eles vão te dar perdão total. Se você não puder fazer isso, ainda posso ajudá-lo a sair da nave e chegar a algum planeta da Orla Exterior de que você goste. Comece uma vida nova. Você não tem que ficar do lado perdedor aqui.

Por um momento apenas, ele considera a ideia, mas depois as últimas palavras o atingem como um tapa.

– Eu não estou do lado perdedor. Você está. Boa sorte para sair da nave.

Sem outra palavra, Cardeal insere o código com força e entra no corredor, com Iris flutuando atrás dele. Não olha para Vi quando a porta se fecha. Ela não é mais preocupação sua. Ele tem tudo o que precisava dela. A verdade, o entendimento, o besouro. E a faca.

Ela pode estar do lado errado, mas ele concorda com a espiã da Resistência Vi Moradi em uma coisa.

Cardeal está a caminho de mostrar a faca para Phasma, e só deseja poder ver a cara dela.

TRINTA E OITO

NA *ABSOLVIÇÃO*

O Destróier Estelar *Absolvição* é uma nave espacial muito grande, e é uma longa caminhada de onde está Vi até a sala de reuniões. A cada passo, Cardeal se sente mais desolado. Phasma é uma ficção vazia, uma lenda construída em cima de mentiras. E a Primeira Ordem – e até mesmo o próprio Brendol Hux – escolhera Phasma em vez dele. Brendol, sabendo que Phasma tinha os próprios objetivos, sabendo que venderia a própria família para conseguir o que queria. Ele olhara para Phasma e vira uma grande líder, alguém para colocar nos cartazes de propaganda e ser erguida em um pedestal.

E pagou caro por esse erro.

É difícil para Cardeal pensar no que deve ter sido para Brendol, morrendo de uma doença misteriosa, um enigma mortal que nem mesmo os droides médicos de última geração conseguiam resolver. Será que Brendol reconheceu os sintomas, tentou dizer aos droides o que estava acontecendo com ele? Será que sabia que Phasma estava por trás daquilo? Será que olhou em seu armário em busca de algum remanescente de Parnassos que pudesse esconder uma carapaça dourada reluzente? Será que chamou Armitage enquanto flutuava no tanque bacta, tornando-se cada vez mais líquido, e falou ao rapaz sobre o futuro da Primeira Ordem, a única coisa sobre a qual os dois Hux concordavam com o mesmo entusiasmo? Será que sugeriu então que Phasma fosse elevada à grandeza, aclamada como a soldado perfeita?

Ou sussurrou para Armitage que Phasma o matara e pediu ao rapaz que lhe desse o que quisesse, desde que beneficiasse a Primeira Ordem e mantivesse pelo menos um dos Hux vivo? Será que talvez tenha dito a Armitage para jogar Phasma por uma escotilha, e então tenha visto seu filho sorrir lentamente, sacudindo a cabeça em negativa?

É assim que deve ser, Cardeal reflete, perder a fé.

Ele sabe de tudo, e agora sabe que Armitage sabe de tudo – ou, no mínimo, que conhece as partes mais perigosas e condenáveis. A Primeira Ordem preferia ter Phasma como ela é, uma assassina sanguinária e desleal, a um verdadeiro soldado, honrado, fiel e correto como Cardeal. Cardeal, que fez tudo o que eles já pediram. Cardeal, que ensina, conforta e encoraja as crianças. Cardeal, que deu tudo o que tinha em nome da Primeira Ordem.

Pensamentos, dúvidas e raiva se sucedem em sua cabeça quando o elevador sobe, sobe e sobe. Seus dedos se apertam e abrem, e o suor escorre pela nuca, mas ele é um Capitão da Primeira Ordem e não mostrará sinais externos de fraqueza. Antes, essas reuniões sempre lhe causavam entusiasmo. As tropas de Cardeal eram elogiadas e ele era parabenizado por seu excelente serviço contínuo à Primeira Ordem, mas desde que Phasma se tornara Capitã, Cardeal perdera mais e mais de seu programa para ela, seus recrutas eram levados à *Finalizador* cada vez mais cedo. Agora é a sua chance de parar de se decepcionar e começar a recuperar o controle. Hoje, a despeito do que eles achem que será o tema da reunião, esta será sobre revelar e deter Phasma antes que ela traia a Primeira Ordem.

Enquanto Cardeal percorre os longos corredores até a sala de reuniões, prepara seu discurso na cabeça. O que ele dirá, como dirá. Como condensar horas e horas dos detalhes narrativos de Vi nos fatos simples que condenarão Phasma completamente. Mesmo Armitage já tendo descartado suas preocupações, o jovem Hux não é a única autoridade na Primeira Ordem. Os outros, talvez até mesmo Kylo Ren, vão querer saber sobre o monstro escondido à vista de todos. A deslealdade de Phasma é apenas uma questão de tempo e oportunidade. Talvez eles também desejem ver o rosto por trás da máscara. Considerando o que Cardeal agora sabe sobre Armitage, ele entende que essa reunião é a única chance de apresentar seu argumento; um homem disposto a deixar Phasma matar seu próprio pai não teria nenhum problema em acabar com o próprio Cardeal. Ele está disposto a correr esse risco.

Deu-se muito tempo para chegar ali, já que sempre gostava de chegar cedo para esses eventos. Quando ele vira a esquina onde cruzou pela última vez com a Capitã Phasma, o ar parece mais frio, de alguma forma. Alguns oficiais estão conversando em frente à sala de reuniões, seus uniformes pretos impecáveis e seus quepes pontiagudos perfeitamente alinhados. Armitage Hux aparece atrás deles seguido de Phasma, e os oficiais ficam em silêncio e entram na sala. Armitage vê Cardeal, para, acena com a cabeça e entra. Phasma faz uma pausa. Não faz nenhum movimento, nenhum aceno, um encolher de ombros ou qualquer coisa que sugira haver um ser humano sob sua armadura cromada brilhante. Sem dizer uma palavra ou mesmo acenar, ela segue Armitage para dentro da sala, e Cardeal retoma o ritmo, a capa farfalhando enquanto se apressa, mas não o suficiente para fazê-lo parecer preocupado.

A porta está fechada e ele insere o código, mas ela não se move. Uma sensação de pânico se instala em seus ombros enquanto ele olha para cima e para baixo no corredor. Ele olha a hora, mas ainda está trinta minutos adiantado. Ninguém mais parece estar vindo. Ele tenta o código novamente, que falha mesmo assim. Quando olha para Iris, o sinal sonoro do droide sugere que ela também está confusa. E Iris nunca fica confusa.

– General Hux, o código foi alterado? – ele diz em seu comunicador.

Ele ouve um suspiro, e Armitage diz:

– Foi. Sua presença não é mais necessária. Por favor, continue com seus deveres regulares.

– Mas, senhor.

– Um bom soldado não desafia seu oficial superior, CD-0922.

– Sim, senhor.

– Dispensado.

O comunicador fica em silêncio. O corredor está vazio. Acabou.

TRINTA E NOVE

NA *ABSOLVIÇÃO*

Cardeal não tem escolha a não ser fazer o que lhe foi dito. Apesar de toda sua recente rebeldia, ele foi programado pelos melhores para ser o melhor, e tem trabalho a fazer. É meio assustadora a facilidade com que seu treinamento toma conta de suas ações, colocando-o no piloto automático. Ele tira Vi Moradi de sua mente e volta para seus deveres nos alojamentos dos soldados. As crianças estão jantando agora; ele perdeu as sessões de treinamento, algo que nunca aconteceu antes, se não estivesse cumprindo ordens diretas. Enquanto se move entre eles no refeitório, pergunta como se saíram e verifica as pontuações postadas na parede. Ele estava certo sobre o FB-0007; o menino ia bem quando FE-1211 estava fora de cena. Ele faz uma anotação para misturar os grupos novamente em breve, encontrando melhores ajustes para os líderes em formação, para maximizar seu desempenho. Não pode deixar o conspirador FE-1211 receber toda a glória.

E não deixa de notar a ironia.

Pegando sua bandeja para ir, ele faz um novo pedido ao droide do refeitório: licor. O droide não está programado para parecer surpreso ou se importar com essas coisas, e apenas entrega uma garrafa como se isso fosse uma ocorrência cotidiana; Cardeal é um Capitão, afinal de contas, e Brendol proporcionou-lhe muitos privilégios dos quais ele nunca tirou proveito. A garrafa não tem nada de especial, nada que merecesse o fino decantador de cristal do velho General Hux, mas Cardeal não conheceria uma boa safra se a provasse, de qualquer forma. Ele simplesmente precisa, por um tempo, esquecer.

De volta aos seus aposentos, ele tira o capacete e o joga do outro lado da sala antes de arrancar sua armadura e jogá-la no chão sem poli-la. Iris emite um alarme, e ele a manda para um armário para que não possa testemunhar seu comportamento aberrante. Não suporta o mau cheiro do próprio corpo, o cheiro de medo e tristeza, então tira a roupa e toma o banho mais quente que pode. Se ao menos o calor pudesse queimar as partes dele que estão erradas, expelir sua pele e deixá-lo novo e inocente como era antes de conhecer Vi Moradi. Claro, ele detestava Phasma antes disso, mas pelo menos era capaz de suportá-la. Pelo menos acreditava que ela queria as mesmas coisas que ele, que mantinha os mesmos ideais e lutava pela mesma lealdade.

Mas ele não pode voltar. Não pode esquecer o que sabe.

Mas ele pode beber, e ouviu que não existe nada igual à bebida para fazer um homem esquecer. Ou, melhor ainda, parar de se importar.

Os primeiros goles queimam, que é o que ele queria sentir, de qualquer forma. Então seus lábios ficam entorpecidos, um fogo se acumula em seu estômago, e ele finalmente sente seus músculos tensos relaxarem. O copo seguinte tem um gosto muito melhor, e o terceiro é tão rápido que o gosto não é um problema. Algo pinga no copo vazio, espalhando as gotas do líquido âmbar, e ele percebe que está chorando. Cardeal não chora desde Jakku. Não tivera motivos para isso.

Algum tempo depois, ele desmaia em sua cama. E é um alívio.

Quando seu alarme pessoal anuncia o próximo turno, Cardeal não faz ideia de quem ele é, onde está ou o que está acontecendo. Tudo é pegajoso, sem clareza, e sua cabeça está latejando. É uma luta abrir os olhos, ficar de pé, até tomar banho. Em todos os outros dias na *Absolvição*, ele acordava com propósito, pronto para enfrentar o dia e fazer a Primeira Ordem sentir orgulho. Hoje ele nem mesmo se barbeia, apenas enfia o capacete por cima. Não tem tempo para polir sua armadura, apenas tira-a do chão e veste-a às pressas antes de o klaxon das crianças tocar. Encontra a faca de Phasma junto à garrafa meio vazia de bebida e a enrola em um pedaço de pano, colocando-a em uma das caixas de munição em seu cinto, junto com o besouro. Sufoca uma risada triste. Acontece que as provas só funcionam quando você tem permissão para apresentá-las.

No desjejum, sente como se estivesse apenas observando a vida de outra pessoa se desdobrar. As crianças o cumprimentam, sorriem e demonstram deferência, e ele passa pelos movimentos, todo o tempo sentindo-se oco e doente por dentro. Ele pega sua bandeja, e o droide da cafeteria oferece a ele um pacote extra que ele não tinha recebido antes.

– Para a ressaca – diz, sua voz mecânica.

Cardeal olha feio para Iris, que balança como se encolhendo os ombros, e ele considera como seria despedaçar um droide com as próprias mãos, mas, em vez de descobrir, simplesmente pega o pacote sem agradecer. Ele está prestes a tirar o capacete para comer com as crianças quando percebe que seu rosto provavelmente é um desastre completo. Em vez disso, leva a comida para o seu quarto e acha tudo mais insípido do que o habitual. O pacote de ressaca é um pó que deixa sua água alaranjada e levemente efervescente. Assim que engole o líquido, o latejar surdo em seu crânio diminui um pouco, mas o vazio em torno de seu peito não se move. Há uma dor lá no fundo que não vai embora.

Ele chega à sala de treinamento antes das crianças e analisa o que sempre considerou seu domínio. Impecavelmente limpo, perfeitamente bem cuidado, tudo exatamente onde deveria estar para maximizar seu treinamento. Ele está de pé na sacada alta, com vista para as arenas de luta de um lado e a janela para o simulador cavernoso do outro. Cinco técnicos sentam-se nos bancos de computadores, esperando por sua palavra sobre qual simulador rodar. Ocorre-lhe que os simuladores não são reais, e ele se pergunta como é para seus novos recrutas, servindo em suas primeiras viagens ao redor do planeta sob o olhar atento de Phasma. Sair dos simuladores bem controlados de Cardeal e seu treinamento paciente para segurar uma arma de verdade e tirar vidas humanas sob o comando de Phasma. Muitos de seus colegas soldados pareciam gostar desse trabalho, mas Cardeal sempre achou desagradável, se necessário. Phasma provavelmente gosta disso.

Enquanto ele observa as pequenas crianças em suas igualmente pequenas armaduras chegarem e baterem umas nas outras com cassetetes, percebe que vai descobrir, e logo, como é lutar quando há algo muito importante em jogo.

QUARENTA

NA *ABSOLVIÇÃO*

Enquanto o dia passa e Cardeal percorre sua vida como um fantasma, seguido por um droide que agora parece menos um cúmplice e mais uma babá, ele sente uma pressão crescente no peito. Leva sua bandeja de volta para o quarto na hora do jantar, mas não tem apetite. Até a água é difícil de engolir, como se ele tivesse um nó na garganta. Repugnado, ele joga tudo no lixo e vai para o chuveiro.

O banho da noite anterior foi um ataque violento e descuidado à sua carne. Esta noite ele passa pelo procedimento delineado pela Primeira Ordem com um novo senso de calma, tendo orgulho e conforto em cada pequeno passo. Ele se lava como eles o ensinaram na academia de Brendol, esquerda-abaixo-acima-direita. Ele usa a quantidade precisa de limpador. Seca da maneira que economiza tempo. Faz a barba com uma precisão absurda, satisfazendo-se com o raspar de sua navalha. Desta vez, não corta a pele. Quando raspa a cabeça, sente-se como se uma nova criatura tivesse sido revelada.

– Meu nome é Cardeal – ele diz para o espelho. – Antes conhecido como CD-0922. Antes disso, Archex, mas agora meu nome é Cardeal. Eu sou um Capitão condecorado da Primeira Ordem e um soldado leal.

Enquanto veste uma roupa nova, ele não consegue deixar de notar os músculos que desenvolveu ao longo de anos de combate corpo a corpo, corrida e calistenia. Ele é um homem no auge de sua vida, em excelente forma. Pode superar qualquer ataque, fazer flexões e barras até que todo mundo esteja sem fôlego. Só porque ele não precisou ou acessou seu poder em vários anos, não significa que esteja indefeso.

Antes de colocar sua armadura, pega peça por peça, polindo-as até ficar brilhando, sem arranhões, sem partes ásperas. Ele seleciona uma capa recém-passada da fileira em seu armário e a arruma de forma impecável por cima do ombro. Uma vez completamente vestido, ele verifica as caixas de munição em seu cinto, depois cada uma de suas armas, garantindo que o blaster esteja preparado, pronto e programado para matar. A faca de Phasma ainda está sobre sua mesa; ele se lembra de inspecioná-la na noite anterior, segurá-la diante da luz, como se quisesse descobrir algum segredo escondido na lâmina salpicada de sangue. Agora devolve a faca para a caixa com o besouro no cinto de utilidades, desenrolada e com a lâmina para baixo.

Enquanto está diante do espelho, vê um soldado que qualquer um teria orgulho em comandar. Um líder e um guerreiro, perfeitamente treinado e capaz de respostas em frações de segundos para qualquer situação. Brendol Hux disse-lhe uma vez que, juntos, eles estavam treinando uma nova geração de stormtroopers que superariam em muito as tropas imperfeitas do Império. Cardeal acreditava nele, e ainda acredita. Sabe, no fundo do coração, que é imbatível.

O único problema é que agora ele suspeita que a Capitã Phasma seja basicamente igual.

Quando coloca o capacete, percebe que ele se tornou o seu lar. Sim, claro, a *Absolvição* é um lar e aqueles aposentos austeros são um lar, mas Cardeal sente-se mais ele mesmo quando está polido e brilhando, vendo o mundo através das lentes polarizadas de seu capacete. É estranho, ele se pergunta, que se sinta mais ele mesmo quando está de uniforme? De fantasia? Até o dia anterior, não havia nada de estranho, nada a questionar. Agora, olhando para sua imagem totalmente vestida no espelho, ele entende que sua humanidade foi apagada. O uniforme violentamente vermelho é apenas a expressão externa do que eles fizeram com um garotinho encontrado meio faminto, sozinho, em um planeta periférico. Eles fizeram dele o que é, a Primeira Ordem, Brendol e até mesmo Armitage. Ele não é o homem que se criou sozinho, independente, que sempre se considerou ser. É apenas mais um produto, outra engrenagem perfeita estampada e arrancada de um longo cinturão de engrenagens para fazer sua parte em uma máquina maior.

Cardeal estava feliz em ser uma engrenagem, mas agora que sabe que toda a máquina é uma fraude, que Phasma e Armitage são assassinos egoístas que se importam mais com seu próprio avanço do que com a Primeira Ordem, qual é o objetivo? As crianças que ele está treinando acabarão se formando e caindo nos cuidados de Phasma, sendo moldadas então em qualquer tipo de monstro que seja requisitado dali em diante. É revoltante. É horrível.

E, como Cardeal vê agora, é tudo culpa de Phasma.

Seus olhos estão trancados na escuridão reflexiva das lentes do capacete. De que cor eles são? Ele ainda se lembra? Antes que perceba o que está fazendo, seu punho dispara e quebra o vidro. Desta vez Iris não apita em alarme. O droide não parece surpreso.

Virando-se nos calcanhares, ele sai pela porta e Iris o segue. É apenas uma curta caminhada para onde ele está indo: a sala de treinamento.

Phasma é conhecida por sua atenção pessoal a cada parte do regime de treinamento stormtrooper que ela supervisiona, e toda vez que deixa a *Finalizador* para visitar a *Absolvição*, disseca completamente todos os componentes do currículo de Cardeal, tomando nota do desempenho de seus alunos e das simulações de batalhas que estejam sendo executadas. Antes, ele via isso apenas como uma maneira inteligente de fazer a transição da educação das crianças à medida que elas cresciam para fora de seus alojamentos e para as dela, mas agora ele reconhece o que é: intromissão arrogante e vigilância intrusiva. É apenas mais um motivo para odiá-la, mas pelo menos significa que ele sabe exatamente onde encontrá-la hoje.

A porta desliza para ele, então pelo menos o General Hux não tomou medidas decisivas com base em sua pequena discussão anterior, trancando-o para fora de sua própria sala de treinamento. Depois de ser excluído da reunião, Cardeal estava esperando, em parte, ser conduzido para fora de seus próprios aposentos e jogado pela ponte. Se Cardeal conhece Armitage, e ele conhece a doninha desde que ele era uma criança catarrenta e vingativa, sabe que não lhe será permitido continuar em sua missão atual por muito tempo. Assim como Cardeal retira pontos de recrutas que se desentendem com outros recrutas, Armitage certamente mantém uma série de marcas contra ele, e essa é uma marca de fogo que não pode ser apagada com um bom polimento.

Não que isso importe. Cardeal está vendo o que quer. Olhando da sacada para a sala dos simuladores, observa Phasma. Ela está lá embaixo com uniforme completo, capacete e capa, bastão na mão, trabalhando em uma simulação que Cardeal pessoalmente programou como teste de graduação para seus recrutas mais velhos. Ela a está destruindo, é claro, esmagando a pontuação até mesmo dos melhores alunos. Tomando o controle remoto como costuma fazer quando interrompe uma simulação no meio da batalha para oferecer instrução ou advertência a seus alunos, ele desce as escadas e abre a porta da sala de simuladores. Phasma não o notou no começo, já que está totalmente imersa na tarefa, todos os seus sentidos focados em enfrentar um Twi'lek particularmente ágil com equipamentos da Resistência, então ele aperta PAUSE, congelando a cena no meio da luta.

– O que está achando do meu programa, Capitã Phasma? – pergunta ele. Mesmo através do vocoder do capacete, ele parece zombar, e não se importa de que ela perceba.

Phasma abandona sua postura de luta, deixa seu bastão de choque cair e vira a cabeça lentamente, como se Cardeal representasse zero ameaça e ela estivesse surpresa ao descobrir que ele sabe falar.

– Você sabe o que eu sinto, Capitão Cardeal. Seus números são superlativos, mas suas simulações inteligentes e os regimes automatizados de Armitage não são páreo para a experiência real. Não importa o quanto sejam bonitas, essas simulações tão imateriais não podem ser comparadas a um inimigo de carne e osso. – Ela passa a mão na face do Twi'lek, depois bate nele. O droide embaixo de sua pele holográfica balança por causa do golpe. – Não é possível ter uma reação real a uma briga falsa. Você nunca sabe o verdadeiro valor de um soldado até que ele esteja no campo de batalha, enfrentando a morte.

Cardeal aperta o controle remoto e o holograma desaparece. Areias, monstros, droides, civis, obstáculos e combatentes inimigos desaparecem para revelar uma enorme sala cheia de droides de holograma de combate em modo de espera. As paredes são revestidas de armas e iluminadas com luzes frias vindas de muito alto. Agora são apenas eles. Capitão Cardeal, Capitã Phasma e sua única testemunha, um droide flutuante registrando silenciosamente cada palavra deles.

– Então você... o quê? Gostaria que eu mandasse minhas crianças para batalhas reais? Atribuísse pontos por assassinarem civis e possivelmente umas às outras? Meu trabalho é torná-los soldados. Você é quem garante que eles sejam assassinos.

Phasma se aproxima um passo, e Cardeal odeia que ela seja mais alta do que ele, forçando-o a olhar para cima.

– Correto, Capitão. Eu me certifico de que eles sejam assassinos, porque é isso que a Primeira Ordem exige. Coragem, tenacidade e a habilidade de puxar o gatilho quando ele precisa ser puxado. É assim que a supremacia é conquistada. Você nunca viu um combate real, não é mesmo?

Cardeal encolhe os ombros e casualmente puxa seu blaster vermelho. *Pew, pew, pew,* e ele atinge o centro de três alvos na outra extremidade da sala.

– É claro que vi, e sempre recebi as melhores notas. Considero meu dever fazer o que a Primeira Ordem deseja. E faço o que eles mandam com o melhor da minha capacidade, como Brendol Hux me treinou para fazer. Até mesmo o Supremo Líder Snoke fala muito de meus resultados e minhas habilidades. Se você acha que minha falta de experiência recente é um problema, suponho que poderia conversar com ele. Ou com Armitage Hux. Ele parece apreciar um soldado com experiência em primeira mão de assassinato.

A maneira fria com que Phasma inclina a cabeça lembra Cardeal de algum predador na natureza selvagem. Ele tem sua atenção completa agora, e está absolutamente certo de que esta é uma situação a que poucas pessoas sobreviveram. No cromado de seu capacete, tudo o que Cardeal vê refletido é um campo de vermelho forte.

– Você parece estar insinuando algo bastante perigoso, Capitão Cardeal.

Cardeal bate o blaster novamente dentro do coldre.

– Um soldado leal nunca desafia seus superiores, mas, como somos ambos Capitães, suponho que tenho algumas perguntas sobre seu compromisso em defender os ideais da Primeira Ordem.

– Você está desperdiçando meu tempo com esses jogos infantis, Cardeal. Se você tem algo a dizer, diga.

O momento se dilata. É impossível travar os olhares quando ambos os lados estão usando capacetes, mas Cardeal sente que quem piscar primeiro perde. No fim, ele não sabe ao certo o que dizer. Seu treinamento o impede de acusar diretamente um colega oficial de assassinato, mesmo tendo 99,9% de certeza de que ela é culpada.

– Foi o que pensei – diz Phasma, a voz abafada com desgosto. – Covarde.

Cada pensamento miserável do dia anterior se aglutina em fúria. Cardeal pega o cassetete que ela deixou cair. O bastão se acende e ganha vida no momento em que suas luvas magnetizadas o ativam. Com um grito de raiva, ele se vira para Phasma, desesperado para sentir a arma colidir com carne real, a carne de sua inimiga.

Mas Phasma é rápida demais para ele, saindo do alcance e disparando para a fileira de bastões na parede. Arrancando seu manto com uma das mãos, ela brande seu bastão em posição e avança na direção de Cardeal, soltando um grito de guerra próprio. O grito ululante ecoa nas paredes altas e o treinamento de Cardeal entra em ação.

Ele corre de encontro a ela.

QUARENTA E UM

NA *ABSOLVIÇÃO*

Está claro desde o primeiro ataque que o que está em jogo nessa luta é diferente. Seus bastões se chocam com força, o impacto abalando os braços de Cardeal, fazendo seus ossos doerem. Ele treina regularmente com SC-4044 e seus outros instrutores subordinados, mas é sempre uma experiência amigável e descontraída. Não essa... essa loucura. Phasma o golpeia de forma implacável, grunhindo e gritando com cada impacto. Enquanto trocam golpes, Cardeal sente o corpo reagir meio segundo antes que sua mente possa acompanhar. Ele parece se separar em duas metades. Um está agindo no piloto automático, seus músculos e nervos perfeitamente sincronizados, como se ele fosse um droide rodando um programa. O outro é um ser puramente instintivo, cheio de raiva, medo e fogo, e seu lábio se curva quando ele une esses dois eus, colocando o poder da fúria em seus ataques.

– Você é fraco, Cardeal. Você ataca como se estivesse seguindo instruções que alguém escreveu – Phasma diz, sua voz um grunhido e seu sotaque muito menos contido.

– Você é uma assassina. – Ele parte para um golpe de baixo para cima, mas ela atinge seu bastão de lado, fazendo-o tropeçar e se recuperar.

– Se você não luta como se fosse até a morte, você está realmente lutando?

Ela acerta sua armadura e a eletricidade o percorre e estremece sobre ele, mas não consegue perfurar o traje.

– Eles deveriam escrever ASSASSINA debaixo do seu cartaz, não EXEMPLAR. Aquelas crianças têm você como modelo, Phasma!

– Como deveriam!

Cada ataque seu é jogado de lado. Ela é maior, mas é rápida, e cada golpe ecoa nos nervos de Cardeal. Ele olha para Iris, mas ela é impotente para ajudá-lo. Ele nunca a programou para defender sua vida, e ela não poderia ferir um soldado da Primeira Ordem, de qualquer forma. Ela só pode assistir.

– Você só está agindo para si própria. Sua lealdade não significa nada. Brendol deveria tê-la deixado onde a encontrou! – ele grita.

Seus bastões se chocam e travam, e Cardeal empurra o máximo que pode, os dentes arreganhados enquanto o suor escorre pela testa sob o capacete.

– Sua lealdade é nojenta – Phasma dispara. – Você era como um cachorro se mijando aos pés de Brendol. Acha que ele se importava com você? Ele só te usava. Acha que ele respeitava você? Acha que Brendol Hux era digno da sua lealdade, da sua adoração? Se você acha que sou uma assassina, então deveria conhecer o verdadeiro Brendol. Quem ele era fora desta nave.

O metal range enquanto Cardeal se esforça para impedir que o bastão dela avance. Precisa do maior esforço para não cair para trás, mas não pretende deixar Phasma ver sua fraqueza.

– Ah, eu fiquei sabendo. Fiquei sabendo de tudo. Sei que você matou Brendol, e sei que matou seu próprio irmão, e sei que deixou morrer a todos que fingiu amar. Contanto que você sobrevivesse, por que se importaria?

Phasma recua, fazendo Cardeal tropeçar para a frente. O bastão se ergue e colide contra seu capacete, fazendo as leituras zumbirem e falharem e seus ouvidos ecoarem com sons estridentes. Aproveitando sua confusão, ela o atinge no tornozelo e ele cai de costas, mas também havia sido treinado para isso; ele rola por cima do ombro com a energia e fica de pé novamente, seu bastão pronto.

Ela balança o dedo e estala a língua.

– Eu conheço todos os seus movimentos, Cardeal. Estudei seus programas, rodei seus simuladores. Não há nada que você possa fazer que me surpreenda.

Sua única resposta, aparentemente, é recuar e jogar o bastão na cabeça dela. Enquanto ela se abaixa, Cardeal joga a Capitã Phasma no chão.

Esse não é um movimento sancionado pela Primeira Ordem.

Os stormtroopers da Primeira Ordem são ensinados a nunca soltar uma arma. Deixar uma arma cair dá ao inimigo a vantagem – e outra arma. Desconsiderar o treinamento funciona, porque Phasma cai como um saco de areia, sua armadura provocando um ruído metálico no chão. Enquanto ela se agita, Cardeal usa seu peso e pega a faca dela, tirando-a da caixa de munição e apontando para o traje que escapa de dentro da armadura em seu pescoço. É um movimento sujo, mas é a maior lacuna na armadura, e ele sabe que só terá uma chance.

Antes de afundar na carne, a faca é parada. Ele pressiona com mais força, mas apenas rala contra o metal liso no antebraço de Phasma. Ela passa o outro braço em volta de seu pescoço, puxando-o para perto e prendendo-o. Incapaz de se mover, Cardeal fica surpreso ao descobrir que este é o mais próximo que ele já esteve de outro humano adulto. Nunca abraçou uma mulher, nunca vestiu seu uniforme simples para socializar em um dos bares da nave, ou tirou licença da *Absolvição* para visitar os becos mais escuros de um mundo periférico. Mesmo que sua pele esteja escondida sob as camadas de armadura e o traje grosso por baixo dela, mesmo que ambos estejam usando capacetes, há uma estranha intimidade ali que Cardeal não consegue processar.

– O que você vai fazer? – pergunta ele. – Me matar? – Seus olhos são desviados para Iris.

Phasma ri, um som sombrio.

– Eu lutei muito e perdi muito para chegar onde estou para arriscar tudo matando-o. Mas, se você sangrasse depois desse terrível acidente de treinamento, duvido que o General Hux investigasse o incidente com muita atenção. Tivemos uma pequena conversa sobre você na assembleia. Você e sua recente... como Armitage chamou? Fuga da realidade. Foi sugerido que talvez nossa programação precise ser ajustada para impedir que qualquer outro recruta atinja esse seu triste fim. Houve alguma discussão sobre a implementação dos meus métodos de treinamento muito superiores e a eliminação de sua pequena sala de jogos. Depois que você não estiver mais aqui.

– Não – ele diz. – Isso seria o fim da Primeira Ordem.

– Errado. Seria apenas o começo.

Phasma executa um movimento que coloca Cardeal de costas no chão. Ela está no topo, na posição de poder agora, mas ele já tinha abandonado a luta. De que adiantaria? Se ele matar Phasma agora – se for capaz de fazê-lo, o que é duvidoso –, sua vida ainda estará acabada. Se Armitage está contra ele, toda a Primeira Ordem está contra ele. Ele não sabe como eliminam os indesejáveis, mas sabe que isso acontece. Viu crianças desaparecerem ao longo dos anos, ou pelo menos descobriu sua ausência na sala de treinamento, seus números de série apagados dos registros e placares como se nunca tivessem existido. Eles eram sempre os lentos, os desajeitados, os que lutavam contra a programação, questionavam os simuladores ou resistiam quando recebiam ordens. Quase como se estivessem conectados de modo errado. Ele sempre soube que isso acontecia, mas nunca perguntou por que ou como. Talvez fosse parte do treinamento – não sentir falta do que fica para trás, do que foi tirado. Nunca questionar.

Agora que ele está questionando, é claro que não pode durar ali.

Sua cabeça cai para trás e seu capacete se choca contra o chão.

– Eles me fizeram. Eu sou o que deveria ser – ele murmura, seja para si mesmo ou para sua inimiga.

– Ah, Cardeal. Esse é o seu problema. Você só foi feito para ser a ferramenta, não a mão que a empunha. Você é o que Brendol achava que queria, uma criatura chata que ele criava para fazer sua vontade, mas eu? Eu sou o que ele não sabia que precisava. Eu sou a sua evolução. E isso significa que você é um peso morto. Foi extinto.

Com isso, ele sente uma dor aguda no lado do peito, logo abaixo do ombro. Não precisa olhar para baixo para saber que é a faca. Ela a segura entre eles, considerando a gota de sangue no fio irregular da lâmina.

– Eu não vejo essa faca há muito tempo. Onde você a encontrou?

Cardeal tosse e soluça.

– Parnassos.

– Então parece que eu preciso fazer outra visita e ver quem sobreviveu. Não podemos ter testemunhas correndo por aí com provas, podemos?

Seus pés e mãos estão começando a ficar frios. Durante todos os seus anos de treinamento e luta, ele nunca sofreu um ferimento que fosse em nada assemelhado a esse. Em sua mente, ele ouve uma voz suave entoando: *Use um cinto ou corda para fazer um torniquete entre a facada e o coração. Se uma artéria tiver sido perfurada, você precisará de atenção médica imediata de um droide autorizado pela Primeira Ordem. Tente manter a lesão acima do seu coração e sua cabeça levantada. Se você relaxar, tem uma chance melhor de sobreviver. Se suspeitar que não sobreviverá à ferida, tente matar o combatente inimigo e alerte seu sargento para que ele possa planejar algo que supra sua falha.*

Cardeal não pode fazer nenhuma dessas coisas. E tem certeza de que ela atingiu um pulmão, talvez pior. Tudo está acontecendo muito rápido.

– Gravadores em todos os lugares – ele diz. – Eles estão sempre vigiando.

Ele se levanta com um sobressalto quando a faca mergulha de volta no outro lado, ainda mais fundo.

– Eu me tornei bastante hábil ao longo dos anos em desligar câmeras e apagar feeds estranhos. Alguém tem que fazer o lixo desaparecer por aqui.

O peso deixa o peito de Cardeal, e Phasma está sobre ele. Ela puxa o blaster, atira, e Iris cai no chão, soltando faíscas. O droide rola um pouco e emite um sinal sonoro triste quando sua luz vermelha se apaga.

– Boa tentativa, Cardeal, mas você nunca teve a menor chance. Há uma razão pela qual eles me colocaram nos cartazes em vez de você. Ah, e olhe, você me trouxe um velho amigo. – O capacete dele se vira para o lado a tempo de vê-la pisar no estojo que caiu de sua caixa de munição aberta. O besouro se agita em meio ao plastoide, os fragmentos dourados de carapaça brilhando no preto pegajoso de suas entranhas.

Ele tem uma última jogada. Alcança seu blaster.

QUARENTA E DOIS

NA *ABSOLVIÇÃO*

Mas ele não é rápido o suficiente. Phasma vê seu movimento e chuta sua mão, forte o bastante para quebrar ossos. Ele nem chega a tocar no blaster. Tudo o que Cardeal pode fazer é ficar ali deitado, sofrendo.

Por todo o tempo que passou na sala de simulação, criando, executando, praticando e instruindo, ele nunca a viu deste ângulo: do chão. Estendendo a mão, puxa a faca do peito e é recompensado com uma nova gota de sangue. Apenas Phasma poderia inserir uma lâmina entre as placas da armadura fundo o bastante para alcançar a carne dele com tal precisão fatal. Ele mal consegue respirar; ela definitivamente acertou um pulmão. Não que importe o que ela atingiu ou não. Ele sabe muito bem que a lâmina está envenenada. Foi por isso que havia tentado golpear Phasma com ela.

Enquanto seu sangue se esvai, o mesmo acontece com sua raiva. Apesar de toda a sua conversa sobre lealdade, integridade, obediência, aliança, agora ele sabe que, quando chega a hora, as palavras não significam nada em face do poder. Era sua primeira luta real, e Phasma estava certa. Ele perdeu. Todos os simuladores e treinamentos na galáxia não poderiam corresponder a uma vida inteira gasta lutando para sobreviver.

Naquele último momento, a faca cintilando em sua mão, ele titubeou com medo? Amoleceu? Será que não tinha o instinto para uma morte tão pessoal? Ou ela era simplesmente boa demais em ler um oponente e controlar a luta? Ele ainda não sabe bem o que aconteceu, se ele errou ou se ela se defendeu. Tudo o que sabe é que sua lâmina não encontrou carne. E a dela, sim.

Um barulho lembra que ele não está sozinho. Phasma o está fitando, e ele vê um campo de vermelho refletido no capacete cromado, armadura e sangue misturados.

– Você ainda está aí, CD-0922? Ainda tentando entender como você perdeu?

– Hipócrita – ele resmunga, embora seja um esforço.

– Não sou hipócrita só porque não acredito nas mesmas coisas que você.

– Mentirosa.

– Sim, e quem não é? Armitage não recompensa honestidade. Ele recompensa resultados.

Ele tosse e a umidade respinga dentro do capacete.

– Monstro.

Em vez de responder a essa acusação, Phasma faz o impensável: ela tira o capacete.

Ninguém na Primeira Ordem jamais viu Phasma sem o capacete, até onde Cardeal sabe – ele não estava mentindo quando contou isso a Vi. Quando ele ainda passava o tempo entre os homens de sua idade, era um tema muito debatido, se a alta guerreira reluzindo nos cartazes era na verdade horrorosa sob sua máscara ou terrivelmente linda. Agora Cardeal sabe, e está realmente surpreso. Há aqueles olhos azuis sobre os quais Siv contou a Vi, e uma coroa de cabelos dourados macios adornando a pele branca e pálida. Uma beleza mortal, e ele é o único que sabe. Ele pode imaginar as listras verde-escuras sob seus olhos, os dentes arreganhados para atacar.

Phasma o chuta, e, quando ele não pode fazer nada além de gemer, ela se ajoelha e tira seu capacete, colocando ambos os capacetes lado a lado como uma plateia, uma prata brilhante e uma vermelha.

– Todo mundo é um monstro – ela diz, e sua voz é muito diferente sem o vocoder.

– Eu não sou…

– Ora, Cardeal. Certamente você fez algo rebelde no seu passado. Algo de que você se arrepende. Além de atacar um oficial esta noite, é claro.

– Eu fiz o que tinha que fazer – ele gagueja – para chegar até você.

– Eu fiz o que tinha que fazer para chegar até mim também. Não me arrependo. Essa é a diferença entre nós. Eu sei o que sou e aceito isso. Tenho orgulho disso. Eu lutei por tudo que tenho, cada pedaço do que sou. Agora que você vê o que você é, você despreza. Você tem vergonha. E olha aonde isso o levou.

Ela balança a cabeça como se estivesse desapontada e coloca o capacete de volta. Ele observa, de soslaio e através de uma névoa vermelha, quando ela recoloca a capa de Capitã e desliza a faca em sua própria caixa de munição. Enquanto ela se afasta, ele sente um desespero repentino.

– Você vai simplesmente me deixar aqui? Nem mesmo vai acabar comigo? – ele provoca, sua voz um sussurro.

– Eu acabei com você – ela diz. – Você só não percebeu isso ainda.

A porta se fecha atrás dela.

O mundo de Cardeal fica escuro.

QUARENTA E TRÊS

NA *ABSOLVIÇÃO*

– Ah, Freio de Emergência. Eu sabia que vermelho era a sua cor, mas não tanto vermelho assim.

De alguma forma, Cardeal é capaz de abrir os olhos, e ele vê a imagem mais estranha: um stormtrooper inclinado sobre ele e falando com a voz de Vi Moradi.

Como ela conseguiu? Ele não quer saber. Odiaria pensar que a *Absolvição* tem fraquezas estratégicas que poderiam ser facilmente exploradas por uma espiã meio morta, mas talvez ela não esteja tão prejudicada quanto o levou a acreditar. E talvez ele não mais se importe tanto com a *Absolvição.*

– A faca de Phasma – ele diz. – Veneno.

O capacete de Vi balança.

– Eu odeio dizer que te avisei, mas...

Ele dá uma risada triste e sente sangue quente espirrar em seu queixo.

– Você me avisou.

Ele quer pedir a ela que o deixe sozinho para que possa morrer em paz. Seu corpo, pelo menos, ficou dormente. Há lugares piores para morrer do que em sua própria sala de treinamento, mas ele não quer que a última coisa que ele veja seja uma espiã da Resistência, especialmente uma que se regozija enquanto veste a armadura que ele uma vez usou.

– Vá embora – ele murmura, virando a cabeça. – Nós tínhamos um acordo.

Mas, em vez de ir embora, ela coloca o capacete de volta nele e o empurra para o que percebe ser uma maca flutuante. Eles sempre mantêm algumas na sala de treinamento, caso seja necessário atendimento médico de emergência. Logo ele está flutuando, na mente e no corpo, enquanto Vi o empurra... para algum lugar.

– O que você está fazendo?

– Salvando você – ela responde rápido. – Agora me diga como chegar ao hangar ou cale a boca.

Mesmo meio morto, ele conhece sua nave e consegue dar a ela algumas instruções. Os ferimentos não doem tanto agora, mas ele pode sentir a febre aumentando, ouvir seu sangue bombeando nos ouvidos.

– Perda de tempo – ele murmura. – Febre de Parnassos. Não posso amputar meus pulmões.

– Não, mas posso colocá-lo em coma induzido e levá-lo a uma ala médica de última geração.

Ele quer rir, mas mal consegue respirar. É como se estivesse se afogando no próprio sangue.

– Por quê? – é tudo que consegue dizer.

Ela acena formalmente enquanto passam por soldados marchando, depois se aproxima.

– Porque eu sou uma criatura infinitamente esperançosa, e ainda acho que você pode mudar de lado.

– Difícil.

– Mas estou disposta a arriscar. A questão é que acho que você é realmente um homem bom debaixo de toda essa armadura vermelha cruel.

Ele oscila entre a consciência e a inconsciência. A próxima vez que olha para cima, eles estão no hangar principal. Então Vi está manobrando-o para dentro de uma nave espacial – não a dela: outra. Algo ligeiramente maior, mas ainda rápido. Então eles estão no ar, e ela berra em seu comunicador. E então, abençoadamente, ele vê a calma escura do espaço, e fica perplexo ao perceber que ela pode realmente conseguir se safar.

– Para onde estamos indo?

O hiperespaço gira no alto, e ele luta para ficar acordado para ouvir a resposta. Vi está acima dele e remove seu capacete de stormtrooper, dando-lhe aquele sorriso irônico que ele agora conhece muito bem. Há círculos escuros sob seus olhos, e a cadeira de tortura deixou uma marca queimada em sua testa. Que dupla eles são; inimigos mortais, ambos meio mortos, rodopiando no espaço.

– Eu fiz uma promessa – Vi o lembra. – Disse a Siv que voltaria para buscá-la, e você sabe que cumpro minhas promessas. Acontece que ela e Torbi moram em uma estação com uma ala médica incrível, então não acho que você vá se importar. Agora vou colocá-lo para dormir. Assim retardamos a infecção, e você vai me fazer um favor e ficar inconsciente para não morrer.

Antes que ele possa protestar, sente a pontada de agulha no ombro e seu corpo relaxa. De agora em diante, tudo está fora de suas mãos. Talvez ele viva, talvez morra. Talvez, um dia, possa encontrar uma maneira de derrubar Phasma para sempre, mas por enquanto tudo o que pode fazer é sucumbir ao anestésico.

O mundo começa a escurecer.

A última coisa que ele ouve é Vi suspirar e murmurar:

– Queria ter algo para tricotar.

QUARENTA E QUATRO

EM PARNASSOS, NOVE ANOS ANTES

O CAÇA TIE PRETO POUSOU, afundando na areia macia e cinzenta. Fazia quase um ano desde que Phasma vira o planeta natal pela última vez, e Parnassos não mudara muito. Parecia tão inóspito e miserável como ela se lembrava.

Ela não viu imediatamente a coisa pela qual tinha vindo, mas também não esperava que ela estivesse ali, na superfície. Felizmente, tinha trazido máquinas para encontrá-lo. Uma varredura rápida revelou a forma oculta, e logo ela estava escavando areia com as mãos. Apesar de todo o planejamento cuidadoso, ela não pensara o suficiente nessa parte, não trouxera uma pá ou mesmo um droide para fazer o trabalho sujo. Mesmo sabendo como as coisas funcionavam em Parnassos, como a natureza conspirava para eliminar tudo o que era importante ou bom, ela havia esquecido que um ano no deserto deixaria qualquer coisa enterrada na areia. Devia haver dezenas de corpos ali, os ossos a poucos metros ou até menos debaixo de suas botas brancas, mas não era por isso que Phasma tinha vindo. Os mortos não eram sua preocupação.

Logo suas luvas rasparam algo duro, e ela começou a encontrar a forma de seu prêmio. Quando o primeiro brilho do sol refletiu no metal, ela teve que desviar o olhar. Um ano sob a areia não havia feito nada para amenizar aquele brilho espetacular que ela havia tocado um ano antes, depois de arrastar Brendol Hux pelo deserto sem fim, lutando por cada passo. Demorou horas para descobrir o prêmio escondido, e teve que tomar cuidado com os besouros que surgiam da areia de vez em quando, famintos por qualquer tipo de movimento que pudesse indicar líquido. Ela esmagava cada um que via, sabendo muito bem seu poder. Um deles, no entanto, chamou sua atenção, sem nenhum motivo específico. Ela se lembrou de ver a doença tomar conta de Carr, observando-o desaparecer até ficar praticamente transparente, muito além de qualquer ajuda.

Quando o besouro rastejou por cima da luva, as perninhas e o probóscide caçando a menor fenda a invadir e sua carapaça dourada cintilando como fogo ao sol, ela sorriu por baixo do capacete. Soltando uma caixa de munição de seu cinto, ela a abriu e esvaziou, despejando a célula de energia na areia. O besouro entrou e ela fechou a abertura com um clique, sacudindo-o para ter certeza de que estava intacto. O pequeno animal poderia ser útil algum dia.

Voltando ao trabalho real que tinha em mãos, ela continuou a escavar a espaçonave de Brendol, a que ele chamou de iate do Imperador de Naboo. Um nome bobo para um brinquedo quebrado. Ela não pôde deixar de se lembrar da primeira vez que a viu, uma estrela cadente queimando no céu e mergulhando em terras desconhecidas, mais distantes do que qualquer pessoa que ela conhecesse tivesse chegado. Phasma havia deixado um rastro de corpos atrás dela para chegar ali. E deixaria um rastro de corpos para trás no caminho de volta, se fosse necessário para apagar todos os sinais da garota que nascera ali em um planeta esquecido, destruído, chamado Parnassos.

Desmontar a nave demorou horas. Mesmo com suas várias ferramentas, era um trabalho exaustivo, tudo feito sob o sol escaldante, vestida em sua armadura completa. Ela teve que fazer vários intervalos para se sentar em seu TIE, bebendo água, vigiando os besouros, enxugando o suor da testa. Engraçado como, mesmo em Parnassos, ela não se sentia confortável sem o capacete. Depois de ter se juntado aos

Scyre, havia abraçado suas máscaras ferozes e pintura de unguento como seu novo rosto, como uma maneira melhor de encarar o mundo e aterrorizá-lo, talvez dando-lhe uma ligeira vantagem em qualquer batalha. Seu capacete desempenhava o mesmo serviço. Ela primeiro havia colocado a armadura do stormtrooper morto no meio daquele exato deserto e nunca mais olhou para trás. Ninguém na Primeira Ordem sabia como era sua verdadeira face, exceto Brendol.

Ela iria remediar isso. Em breve.

Mas primeiro precisava completar sua tarefa. Tinha a sensação de que era um ritual o que estava fazendo ali. Parecia certo. Transformar valiosos restos em proteção era, afinal, um talento muito parnassiano.

Não que fosse fácil, mas o que em sua vida tinha sido? Enquanto arrastava as placas cromadas de volta à sua espaçonave, uma a uma, lembrou-se de ter usado placas de metal como trenós, e depois como escudos. E pensar que, em todos os anos em que vivera na Nautilus e depois entre os Scyre, ela não tinha ideia do que existia fora de seu pequeno território. Parecera uma revelação que um grupo inteiro pudesse dormir em um único pedaço de terra como o povo de Balder fazia. E, depois que encontrou os registros e estudou a colonização de Parnassos, ela soube que, como Brendol lhe havia dito, de fato havia terras ricas um pouco além de seu alcance o tempo todo. Algumas horas em uma espaçonave e a vida teria sido completamente diferente, desprovida de violência. Ela estava indo visitar um desses lugares de abundância agora, na verdade.

Só pegou o tanto de chapas de cromo do iate de que precisava, deixando o resto para o deserto, onde logo seria enterrado. De volta ao seu TIE, ela decolou e percorreu o céu azul, sobrevoando o oceano. Parecia tão profundo e sombrio quando ela era criança, uma promessa imensa e borbulhante de morte fria e monstros. Lá de cima, parecia amigável, azul e agradável. Pouco tempo depois, pousou a espaçonave em uma ampla faixa de terra verde. Uma vez ali houve plantações para alimentar os milhões de trabalhadores da Con Star Mining Corporation; agora era uma profusão de grãos crescendo sem controle. A poucos passos de distância estava exatamente a coisa de que ela precisava, o que a Con Star tinha sido gentil o suficiente para construir cerca de duzentos anos antes: uma fábrica. Não qualquer fábrica, mas uma dedicada à fabricação de equipamentos de mineração a partir de metais e minérios locais. Estação Cleo.

No ano em que esteve na Primeira Ordem, Phasma passara o maior tempo possível aprendendo. Estava acostumada a dormir quatro horas ou menos em um dia; então, enquanto o resto dos stormtroopers e oficiais dormiam, ela estava colhendo informações sobre tecnologia, tática, história galáctica. Até mesmo um pouco de forja. Ela digitou o código certo no datapad, e as portas da fábrica abandonada se abriram como se tivessem sido lubrificadas no dia anterior. A Con Star não entendia como fazer a terraplanagem de um planeta, mas sabia o que estava fazendo quando se tratava de construir e programar suas instalações para durar.

No interior, o edifício era impecável. Era como se os mineiros tivessem simplesmente saído e tudo tivesse continuado sem eles. O que era praticamente o que tinha acontecido. Depois que Phasma encontrou uma pequena carroça e empurrou as pesadas placas de metal pelo corredor liso, passou por janelas largas e brilhantes que mostravam o chão da fábrica e as salas de reuniões. Em uma sala, encontrou centenas de droides desativados, parados e cobertos de poeira. Em outra, várias dezenas de pessoas curvadas no chão como se tivessem simplesmente se deitado para dormir e ficado lá. Ao lado de cada uma delas havia uma taça ainda salpicada de veneno. Engraçado como as pessoas que nunca tiveram que lutar para permanecer vivas estavam tão dispostas e ansiosas para desistir quando enfrentavam alguns desafios. Phasma crescera comendo ouriços-do-mar crus e bebendo água em conchas de caracóis, enquanto essas pessoas tinham olhado para campos de cereais abundantes à sua volta e sido incapazes de lidar com o abandono de seus senhores.

Phasma estava mais feliz com a Primeira Ordem do que fora com os Scyre, mas nunca estaria disposta a beber veneno por mestre nenhum.

– Tolos – ela murmurou, arrastando o carrinho pelo corredor.

Ela havia escolhido essa fábrica em particular, dentre dezenas de fábricas da Con Star, porque tinha máquinas específicas capazes de replicar um tipo muito particular de processo. Tendo baixado o mapa da instalação em seu datapad, ela sabia exatamente qual sala abrigava o equipamento de que precisava. Nem precisou acionar o gerador; tudo zumbiu perfeitamente e começou a funcionar quando ela ligou o sintetizador.

Placa por placa, ela alimentou com as folhas cromadas a câmara de fundição até que todas desaparecessem. Então, peça por peça, removeu sua armadura de stormtrooper, colocou-a na câmara de escaneamento, esperou até que fosse devidamente codificada e a substituiu pela peça seguinte. Eles haviam construído essa máquina cara para que não tivessem que importar constantemente peças novas sempre que algo quebrasse; poderiam simplesmente replicar um substituto exato. Phasma ficou feliz em considerá-la como uma pequena indenização da Con Star por ter tornado os estágios iniciais de sua vida um inferno.

O sintetizador guinava de um lado para o outro enquanto cada nova peça de armadura tomava forma no glorioso cromo. Teve que refilar cuidadosamente as bordas afiadas, fazer furos e colocar parafusos aqui e ali, mas o trabalho da impressora era impecável além da sua imaginação. O capacete foi a última peça, e também a mais demorada. Ela havia escolhido um protótipo de capacete que Brendol havia rejeitado mas pelo qual ela lutara, e teve que primeiro remover todos os eletrônicos intricados dentro sem danificá-los, em seguida recolocando-os dentro do novo capacete. Era algo complicado quando se trabalhava com plastoide, e ainda mais desafiador quando se lidava com a textura lisa do cromo. Ela suspirou pesadamente e pegou seu datapad, estudando as instruções baixadas para ajudá-la a ajustar todos os acessórios do jeito certo. E pensar: há apenas um ano, ela nunca havia segurado um datapad que funcionasse, e agora podia construir um a partir do zero, se tivesse os componentes certos.

Desligando o sintetizador, Phasma deixou sua velha armadura branca no chão. Peça por peça, colocou a armadura cromada pela primeira vez, ajustando carinhosamente cada placa brilhante. Seu manto de Capitã estava perfeitamente arrumado sobre seu ombro, girando em torno do metal com um movimento satisfatório que não tinha antes sobre o velho plastoide branco. Junto com o cromado da espaçonave, ela também puxou uma nova arma e um blaster cromado, ambos encomendados secretamente e já adequados a suas luvas. O blaster deslizou no coldre com um clique decisivo, e Phasma sorriu.

Em pé diante de uma janela de vidro, Phasma, pelo menos uma vez, estava satisfeita. Assim como ela havia construído o traje brilhante, o primeiro de seu tipo na Primeira Ordem e ainda mais distintivo e dominante do que o traje vermelho do tolo e adulador Cardeal, também tinha construído uma Phasma completamente nova. Falava fluentemente o Básico atualizado da Primeira Ordem, com seu sotaque tão conciso e polido quanto o de Brendol Hux. Lutava melhor que qualquer outro stormtrooper, incluindo Cardeal. E recebia as ordens diretamente do General e de nenhuma outra pessoa, uma posição que alcançara em menos de um ano.

Em parte livrando-se de qualquer um que estivesse em seu caminho, é claro, mas isso era algo que ela aprendera exatamente naquele planeta. Matar ou morrer.

Então ela matava. E ainda assim se elevava.

Phasma esfregou um ponto baço no capacete de cromo até ele brilhar e o carregou debaixo do braço. No longo corredor, passando pela tumba de tolos mortos e saindo pela porta, caminhou a passos largos, suas botas o único som no mundo inteiro. Sua espaçonave esperava em um campo pacífico, o tipo de lugar sobre o qual seus pais e depois o povo Scyre lhe contaram histórias quando ela era criança, um sonho perdido há gerações atrás de simplesmente andar em terra firme sem uma barriga faminta. Colocando o capacete cromado na cabeça, ela respirou fundo através do sistema de filtragem, saboreando o ar de Parnassos pela última vez e achando-o mais doce do que nunca. Embarcou em sua nave espacial, decolou e disparou no céu e de volta para a *Finalizador* e sua nova vida.

Jurou nunca voltar àquele planeta novamente, ou para a menina que uma vez vivera ali.

Havia apenas mais um homem que tinha visto seu rosto, e estava prestes a acabar com ele.

Ela havia se tornado a Capitã Phasma da Primeira Ordem, e nada poderia impedi-la.

AGRADECIMENTOS

Há muito tempo, em uma galáxia muito, muito distante, ou talvez em 2015, comprei um cupcake de baunilha no mercado porque tinha um anel de plástico do Darth Vader preso na cobertura. Enquanto segurava o cupcake, fiz um pedido: eu queria escrever um romance de *Star Wars*. Algumas semanas depois de empurrar aquele bolinho na minha boca e devorá-lo em duas mordidas gigantes, fui convidada a escrever *The Perfect Weapon*. Um ano depois, me ofereceram a imensa honra de escrever *Phasma*.

Começar a escrever histórias no universo de *Star Wars* é um sonho realizado para mim, e sou muito grata pela chance de fazer parte de algo que tem sido tão importante em toda a minha vida. Gostaria de agradecer a todos que trabalham na Del Rey *Star Wars*, incluindo Elizabeth Schaefer, Tom Hoeler, Jen Heddle, Shelly Shapiro, Michael Siglain, David Moench, Julie Leung, o Story Group, e as pessoas da publicidade que cuidam muito de nós autores em convenções (e em qualquer outro lugar). Agradeço à minha agente, Kate McKean, por me ajudar a navegar mesmo sem saber ao certo quem é Yoda. Obrigada aos meus melhores amigos Kevin Hearne e Chuck Wendig, que transmitiram seu conhecimento inestimável sobre escrever obras do cânone de *Star Wars*, bem como o apoio de Ty Franck, Daniel Abraham, Matt Stover, Christie Golden, Claudia Grey, Tim Zahn e Janine K.

Spendlove. Beth Revis, EK Johnston e Kelly Thompson – caramba, todos os incríveis escritores de *Star Wars*, com abraços extras para o #StarWarsGirlGang.

Sou muito grata a todos que leem meus livros e àqueles que revisam, fazem podcasts, retuítam, escrevem em blogs ou, de outra forma, dedicam tempo para espalhar a palavra. Os fãs de *Star Wars* são os melhores fãs. Obrigada a 501st por nos convidar para sua incrível festa na *Star Wars* Celebration Orlando – e por fazer tanto bem ao mundo. E um grito para todos os cosplayers da Bazine Netal e da Capitã Phasma. Não acho que vou parar de gritar quando vejo suas fantasias incríveis.

Obrigada ao meu marido, Craig, por sempre ser meu maior fã e minha pessoa favorita, e por ser tão nerd sobre *Star Wars* quanto eu – mas, novamente, você deveria se sentir muito mal por me matar com Noghri. Obrigada aos meus filhos, ambos secretamente nomeados neste livro, por serem incríveis. Obrigada à minha mãe, Linda, por ajudar a cuidar dos Padawans enquanto eu estava escrevendo. E obrigada à minha amada Princesa Kneesaa, que está comigo desde o Natal de 1983. Sou e sempre serei o #TeamMurderbear.

Que a Força esteja com vocês, e obrigada pela leitura!